여주인공의 오빠를 지키는 방법

킨 장편소설

초판 1쇄 찍은 날 | 2020년 9월 2일
초판 2쇄 펴낸 날 | 2021년 2월 26일

지은이 | 킨
발행인 | 이진수
펴낸이 | 황현수

펴낸곳 | 주식회사 카카오페이지
등록번호 | 제2015-000037호
등록일자 | 2010년 8월 16일
주소 | 경기도 성남시 분당구 판교역로 221 6(일부)층

제작·감수 | KW북스
E-mail | cl_production@kwbooks.co.kr

ISBN 979-11-6509-413-3 04810
       979-11-6509-412-6 (set)

여주인공의 오빠를 지키는 방법

I

긴 장편소설

Contents

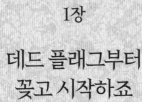

1장

데드 플래그부터
꽂고 시작하죠

그러니까 이 이야기는 친애하는 내 아버지가 어떤 소년을 납치해 오면서 시작되었다.

"아버지, 앤 누구예요? 지금까지 봤던 장난감들하고는 좀 다른데?"

"건방진 개새끼의 아들인데 교육 좀 시켜 주려고 데려왔지."

나는 한눈에 그 아이가 누구인지 알아차렸다. 저런 존재감 넘치는 사람은 무릇 이 세계의 주역이게 마련이었으므로.

"그럼 제가 가지고 놀아도 돼요? 이제 저도 교육 잘 시키는데."

"나도, 나도!"

아버지를 닮아 싹수가 노란 동생들이 먹이를 눈앞에 둔 아기 새들처럼 탐욕스럽게 삐약삐약거렸다.

"일단 좀 고분고분해질 때까지 지하에 가둬 놔."

아버지의 명령을 받은 수하들이 소년의 머리채를 잡았다. 그는 대마물용 구속구를 팔다리에 차고 입에 재갈까지 물고 있는 상태였다.

하지만 혈혈단신으로 사지에 굴러들어온 사람이라고는 믿기지 않을 정도로 소년에게서 풍겨 나오는 기백은 엄청났다. 그는 지하 감옥으로 끌려가는 중에도 끝까지 내 가족들을 매섭게 노려보았다. 그 살기 어린 형형한 눈빛에 나는 오금이 저릴 지경이었다.

"오, 이번 장난감은 재미있겠네."

"빨리 같이 놀고 싶다아."

앞서 말했듯이 나는 그가 누구인지 이미 알고 있었다.

바로 여자 주인공의 오빠인 카시스 페델리안.

신이 나서 떠들어 대는 동생들과 달리 지금 내 머릿속을 가득 채우고 있는 생각은 단 하나였다.

와아. 이거 완전히 좆 됐네.

기어이 이 망할 아버지가 나한테 데드 플래그를 꽂아 버렸다.

2장

이런 환생은 싫어요

물론 나도 처음부터 이곳이 책 속의 세계란 사실을 알았던 건 아니었다. 내가 교통사고를 당해서 죽은 것은 눈보라가 몰아치던 한겨울이었다. 한참 졸업 논문으로 씨름하다가 도서관에서 늦게 귀가하던 참이었는데, 눈길에 미끄러진 차가 인도를 덮쳤다. 나는 재수 없게도 하필 그 자리를 지나가고 있었고 말이다.

그렇게 나는 죽었고, 환생했다. 뭐, 지난 생의 일은 구구절절 읊지 않고 그냥 생략하도록 하겠다. 어차피 별로 재미도 없을 테고. 또 이제 와서 과거를 그리워하며 반추해 봤자 나한테 도움 될 건 하나도 없으니까.

그리고 여기서 중요한 건 내가 지난 생에서 어떤 삶을 살아왔느냐가 아니라 얼마나 거지 같은 곳에서 환생했느냐 하는 거였다.

시작은 의외로 나쁘지 않았다.

"이번에는 딸이라니. 위로 아실이 있으니 딱 좋구나."

태어나서 가장 먼저 들은 어머니의 목소리는 다정하고 따뜻했다. 듣자 하니 내 위로 아들을 낳았기 때문에 둘째로는 딸을 원했던 것 같았다.

물론 죽었다가 다시 태어났다는 사실에 제법 큰 타격을 받기는 했지만 그래도 나는 꽤 빨리 현실을 받아들였다. 그러지 않으면 뭘 어쩌겠는가. 이미 나는 죽었고, 아무리 원한다 해도 예전으로는 다시 돌아갈 수 없는데. 게다가 나는 원래도 적응력이 제법 좋은 편이었다.

새로운 내 어머니는 굉장한 미인이었다. 순금을 녹여 만든 듯한 꿀 같은 달콤한 금발에 호수 같은 깊은 푸른 눈동자를 가진 어머니는 동화책 속에 나오는 공주님처럼 아름다웠다.

와아, 이런 미인을 쟁취한 남자라니. 내 아버지는 완전 행운아네. 나는 꽤 얼빠 기질이 있었고, 예전부터 잘생긴 오빠들보다는 예쁜 언니들을 보는 걸 더 좋아했다.

게다가 내 어머니는 혼혈인 건지, 동서양이 조합된 실로 완벽한 미모를 가지고 있었다. 나는 날마다 어머니의 얼굴을 보며 감탄했다.

"그래, 이 아이인가?"

하지만 알고 보니 내 아버지는 어머니보다도 더 인상적인 외모를 가지고 있었다.

"당신을 많이 닮은 것 같군."

검은 머리에 붉은 눈을 가진 남자와 시선이 마주친 순간, 나는 깜짝 놀랄 수밖에 없었다. 그는 내 어머니와는 좀 다른 의미로 눈에 띄는 사람이었다.

이목구비가 굉장히 뚜렷해서 그런지, 아니면 풍기는 분위기가 어딘가 범상치 않아서 그런지, 그는 한번 보면 잊을 수 없을 것 같은 무척이나 강렬한 인상을 가지고 있었다. 상당한 미남이기도 했지만 주위에 깔린 분위기에 눌려 오히려 미형의 외모가 부각되지 않는 느낌이었다.

"네, 하지만 눈은 당신을 닮은 붉은색이에요."

내 어머니가 청초하게 웃으며 말했다. 이쯤 되니 나는 내 미모가 기대되기 시작했다. 이 두 사람의 유전자를 타고났다면 나도 한 미모 하는 게 당연할 것 같지 않은가?

"록사나."

그런데 어머니의 품에 안겨 있는 나를 보는 아버지의 시선은 어딘가 심드렁했다.

"이 아이의 이름은 록사나로 하겠어."

그는 내 이름만 지어 주고 홀랑 밖으로 나가 버렸다. 그러고 보니 이 사람은 내 시야가 트이기 전까지 단 한 번도 나를 찾아오지 않았던 썩을 아버지였다.

지금 나를 내려다보던 아버지의 눈빛도 딸을 보고 있다고는 믿을 수 없을 정도로 심히 무미건조했다. 저런 정나미 없는 사람이 내 아버지라니.

"록사나. 내 예쁜 아기."

어머니도 조금 서운한 듯했지만 그래도 곧 여느 때처럼 말갛게 웃으며 나를 내려다보았다.

"어서 무탈하게 자라 훌륭한 아그리체가 되어야 한다."

바로 그 순간 이상한 기시감이 들었다. 아그리체…… 어디선가 들어 본 것 같은 이름인데.

그나저나 아버지까지 생긴 게 저런 걸 보면, 나는 외국에서 환생한 건가? 사용하는 언어가 영어는 아닌 것 같은데 내가 자연스럽게 알아들을 수 있는 걸 보니 나름대로 환생자 버프란 걸 받은 것 같기도 했다.

하지만 곧 잠이 쏟아졌기 때문에 오래 고민하지 못했다. 아기들은 잠을 많이 잔다더니, 진짜네. 으음. 나는 어머니의 토닥임을 받으며 곤히 잠들었다.

그때까지만 해도 나는 몰랐다. 내가 속한 이 아그리체가 얼마나 지

독하고 끔찍한 가문인지. 그리고 내가 아주 터무니없는 곳에서 환생
해 버렸다는 사실도.

하긴, 알았어도 할 수 있는 일은 아무것도 없었겠지만 말이다.

내 위로는 오빠 하나만 있는 것이 아니었다. 알고 보니 이 세계는 개
인의 능력 여하에 따라 일부다처제나 일처다부제가 허용되는 세계였다.

내 아버지의 부인은 총 네 명이라고 했다. 지금까지 태어난 아버지
의 자식은 나까지 합해서 다섯 명이었다. 그리고 그중에서 나와 같은
어머니를 둔 형제는 단 한 명뿐이었다.

나와 네 살 터울인 오빠의 이름은 아실이었다.

"사나, 귀여운 내 동생. 오빠가 꼭 지켜 줄게."

어머니를 닮은 금발과 아버지를 닮은 적안을 가진 나와 다르게 아
실은 머리끝부터 발끝까지 모두 어머니를 닮아 있었다. 그는 호구미
가 낙낙한 멍멍이 같은 녀석이었다.

이런 악독한 집안에서 나고 자란 놈답지 않게 마음이 여리고 맑은
웃음을 가진 소년이기도 했다. 그는 내가 요람에 있을 때부터 바보같
이 헤헤 웃으며 저런 시건방진 소리를 곧잘 해 댔다.

그래 봤자 실제의 나보다 한참은 어린 주제에 오빠랍시고 날 챙기
는 모습이 웃기기도 했다. 내가 이 엿 같은 집에서 나름대로 적응하고
살았던 것은 아실의 영향이 컸다.

내 가문의 이름은 아그리체로, 이 집안의 가풍은 꽤 독특했다.

간단히 설명하자면 아그리체는 뒷세계에 터를 둔 범죄자 가문이었다.

이를테면 도둑질도 하고, 사기도 치고, 마약이나 독극물도 밀거래하고, 그러다가 필요하면 사람도 죽이고, 그러면서 근근이 벌어먹고 사는 집안이었다. 물론 그 '근근이'의 스케일이 눈 튀어나오게 크긴 했지만 말이다.

무슨 마피아 집단도 아니고, 나는 기가 막혔다. 하지만 더 기가 막힌 건 이 가문에서 태어난 아이들도 모두 그런 가풍을 따라야 한다는 사실이었다.

지금까지도 아그리체는 그런 식으로 명맥을 유지해 왔으며, 우리도 진정한 아그리체가 되기 위해 어릴 때부터 꾸준히 교육받아야 한다고 했다.

하지만 대한민국의 평범한 사람이었던 내가 그런 가풍을 쉽게 받아들일 수 있을 리가 없었다. 아무리 내 적응력이 빠르다고 해도 이건 예외였다.

여기에서 매일 공부하는 거라고는 무기를 다루는 방법이라든가, 독과 마약이라든가, 은신술이라든가, 사람의 급소라든가, 그런 거였으니까.

차라리 외우기만 하는 공부면 괜찮았는데 나는 특히 실기 쪽에 재능이 없었다.

"뭐 하나 특출한 구석이 없군."

내 아버지라는 인간도 가차 없이 평했다. 나는 그때 여덟 살이었고, 그동안 이 인간의 얼굴을 본 횟수도 그 정도쯤 되었다. 한마디로 우리는 정이 심하게 없는 부녀 사이였다.

내 아버지인 란트 아그리체는 자식들에게 별로 관심이 없는 사람이었다. 하긴 그동안 부인도 자식도 늘어나서 이제 이 집에 있는 내 어머니들은 열 명, 내 형제들의 숫자는 열여섯 명이 되었다. 그러니 그 모두에게 균등한 관심을 쏟는 것도 무리일 것이다.

"하나라도 뛰어난 부분이 있다면 그쪽을 좀 더 개발시켜 볼 텐데."

품평하듯이 나를 훑어보는 시선에 기분이 나빴다. 꼭 딸이 아닌 물건을 보는 것 같은 눈빛이었다.

아니, 내가 언제 이딴 집안을 위해 일하고 싶다고 했나?

불쾌함에 뭐라고 한마디 해 주고 싶었지만 어머니와 아실이 며칠 전부터 나를 붙잡고 신신당부했던 게 있어서 그냥 가만히 있었다.

어머니는 그런 내 옆에서 어쩐지 무섭도록 긴장하고 있었다. 마침내 아버지가 내 얼굴을 잠깐 쳐다보다가 다시 입을 열었다.

"그래도 다른 쪽으로 쓸데가 있겠어."

내 쓰임을 결정했는지 아버지는 이제부터 내게 다른 교육을 시킬 것을 명했다. 그리하여 내가 그날부터 배우게 된 것은…….

바로 미혹술이었다.

이런 미친!

아니, 물론 미인인 어머니를 닮아 내가 뛰어나게 예쁘기는 하지만! 그래도 정상적인 집안이라면 여덟 살 된 애한테 이따위 걸 가르칠 리가 있냐? 다른 쪽으로 쓸데가 있을 거라고 했던 게 이런 거였다니. 이런 빌어먹을.

아무래도 나중에 상대를 홀려서 정보를 캐 오거나 암살을 시킬 용도로 나를 교육시키는 것 같았다. 이런 어린애한테 미혹술 따위나 가르치다니, 정말 역겨운 집안이 아닐 수 없었다.

"어머니, 저 이런 거 배우기 싫어요. 제가 왜 이런 걸 공부해야 해요? 잊고 계신 것 같은데 전 이제 고작 여덟 살이에요."

"사나, 그런 말을 하면 못써. 넌 아그리체야. 열심히 공부해야 나중에 훌륭한 가문의 일원이 될 수 있단다."

생각해 보면 그 당시 내 어깨를 꽉 붙들고 말하던 어머니에게는 어떤 절박함이 있었다. 나는 어머니의 애처로운 눈빛을 이길 수가 없었다.

게다가 이 집안은 상명하복의 개념이 아주 투철해서 가문의 주인인 아버지의 명을 거스른다는 것은 있을 수 없는 일이었다. 아주 더럽고 치사했지만 결국 나는 판을 엎지 못하고 시키는 대로 교육을 받았다.

하지만 열심히 할 마음이 도저히 생기지 않아서 그런지 그 후로도 내 성적은 영 지지부진했다. 그러던 중에 내 친동기인 아실이 '폐기 처분'되었다.

그의 나이 열다섯 살 때의 일이었다.

"아실……!"

귓가에 울리는 어머니의 비명 소리가 지극히 비현실적이었다. 며칠 전까지만 해도 내 앞에서 해맑게 웃던 아실은 싸늘한 시신이 되어 어머니와 나에게 돌아왔다.

나는 완전히 얼이 빠졌다. 자신을 '집행관'이라고 소개한 여자는 아실이 아그리체에 어울리지 않는다고 판명되었기 때문에 규칙에 따라 그를 폐기 처분했다고 말했다.

우리 세대에 그 규율이 발동된 것은 그때가 처음이었다. 그 순간 찬물을 맞은 것처럼 번쩍 정신이 들었다. 그와 동시에 온몸에 오한이 돌았다.

"뭐 하나 특출한 구석이 없군."

3년 전, 물건을 품평하는 듯한 눈으로 나를 훑어보던 아버지가 떠올랐다. 그날따라 이상할 정도로 긴장하던 어머니의 모습도. 이 집안이 기이하게 비틀어져 있다는 사실은 일찍이 알고 있었지만 설마 이 정도일 줄은 상상도 하지 못했다.

심약한 어머니는 아실의 시신을 앞에 두고 기절했다. 그리고 그 후로 열흘가량을 앓아누웠다. 당연히 나도 큰 충격을 받았다.

나는 이대로는 안 되겠다고 생각했다. 아실이 폐기 처분되었다면 그다음은 나일 수도 있었다. 그런 생각을 하자 등줄기에 오소소 소름이 돋는 느낌이었다.

아버지인 란트 아그리체는 어떤 식으로든 쓸모 있는 사람을 좋아했다. 일단 나는 그 후로 전에 없이 열심히 교육에 임했다. 그리고 그와 동시에 냉정하게 내가 처한 상황을 다시 파악하기 시작했다.

"사나, 요즘 공부는 잘되어 가니?"

"네, 열심히 하고 있어요."

"그래, 훌륭한 아그리체가 되기 위해 오늘도 최선을 다해야 한다."

"네, 어머니."

나는 이제 그녀의 말에 반박하지 않았다.

여덟 살 이후로 주력 분야가 사람을 홀리는 기술로 바뀌었을 뿐이지, 훗날의 쓸모를 위해 여전히 다양한 것을 배워야만 했다. 기본적인 체술에서부터 여러 무기를 다루는 방법, 또 약에 대한 지식, 전반적인 정세에 대한 정보 습득과 화술 등, 내가 공부해야 하는 과목은 무척 많았다.

가족애라고는 눈곱만큼도 찾아볼 수 없는 이 가문은 한 달에 한 번 '대만찬' 시간을 갖곤 했다. 아버지는 그 자리에 한 달 동안 큰 성취를 보인 상위 세 명의 아이를 불러 함께 시간을 보냈다.

당연하게도, 지금까지 나와 아실은 단 한 번도 대만찬에 초대받은 적이 없었다.

아실 이후로 두 명의 아이가 더 폐기 처분되었다. 그중 한 명은 자신이 죽으리란 사실을 예감하고 아그리체에서의 도주를 시도했다. 그러나 결국 붙잡혀 이제까지 중에 가장 처참하게 사살당했다.

그때쯤 나는 이 세계에 의문을 품고 있었다. 그리고 그 해답을 구할 곳은 아버지인 란트 아그리체밖에 없다는 사실을 깨달았다.

아실이 죽고 1년이 지난 열두 살의 여름, 드디어 나는 대만찬 자리에 초대받았다. 그리고 그때, 내가 환생한 이곳이 책 속의 세계란 사실을 확신했다.

"열쇠 좀 잠깐 빌려줄래?"

다시 현재로 돌아와, 나는 지하 감옥에 와 있었다. 계단을 내려와 철문 앞에 서자 안에서부터 새어 나오는 축축한 습기와 냉기가 느껴졌다.

"안 됩니다. 아무도 안에 들이지 말라고 주인님께서……."

"그래서, 싫다고? 정말?"

내 물음에 보초를 서고 있던 수하가 움찔했다. 나는 잘 생각하고 대답하라는 듯이 고개를 비스듬히 기울이며 옥지기를 지그시 응시했다.

나는 처음 대만찬에 초대받은 후부터 열여섯 살 생일이 막 지난 지금까지 내내 그 고정 멤버였다. 이를테면 아그리체의 떠오르는 샛별이자 유망주다, 이 말씀이다.

아니, 물론 전혀 자랑스럽지는 않지만.

난 악당 꿈나무도 아닌데 어쩌다 이렇게 되었냐고 물으신다면, 살아남기 위해서 그동안 겁나 노력했다고 대답하겠습니다.

"하지만……."

옥지기가 망설였다. 조금만 더 하면 넘어올 것 같은데. 그럼 협박을 할까, 회유를 할까?

나는 잠깐 고민하며 그를 물끄러미 쳐다봐 주었다. 그러자 서서히 옥지기의 얼굴이 빨갛게 달아오르기 시작했다.

아니, 잠깐만. 나 아직 미인계 쓰지도 않았는데 벌써 이러시면 어떻게 해요.

이거 이거, 쇠고랑 철컹철컹할 싹이 농후한 사람이네?

물론 아직 하수 중에 하수라 그런지 나이가 10대 후반 정도로 제법 어려 보이기는 한데. 아무래도 그동안 내가 지하 감옥 쪽에 오는 일이 없어서 나한테 전혀 면역이 안 된 모양이었다.

뭐, 나야 잘된 일이지.

나는 문지기가 당황한 사이 그의 손에서 열쇠를 쑥 빼냈다.

"그냥 잠깐 얼굴만 보고 나올게. 그럼 티도 안 날 테니 아버지한테 굳이 보고할 필요도 없잖아."

일부러 나긋하게 다독이는 말투로 속삭이며 한 번 웃어 주자 상황은 종료되었다. 문지기는 아무에게도 말하지 않을 테니 얼른 들어갔다 나오라며 허둥지둥 직접 문까지 열어 주었다.

흐응. 보아하니 이 사람도 이 집에서 오래 일하기는 글렀어.

나는 싸늘하게 평가하며 지하 감옥 안으로 들어섰다. 완전히 안으로 몸을 들이자 아까보다 또렷한 냉기가 피부에 스몄다. 게다가 지하 감옥에서는 기분 나쁜 악취까지 났다. 하기야 이곳은 대대로 납치 감금 및 고문을 자행했던 장소였으니 그럴 만도 했다.

나는 얼굴을 굳히고 좀 더 안쪽으로 들어갔다. 잠시 후 철창 안에 갇힌 사람의 모습이 시야에 들어왔다. 조금 전 문지기에게서 갈취해 온 열쇠로 문을 따고 그 안으로 들어섰다.

끼이익.

녹이 슨 쇠문이 날카로운 소리를 내며 열렸다. 아까 납치당해 온 소년은 여전히 사지가 결박된 채로 벽에 기대 있었다.

고개가 비스듬히 아래로 떨어뜨려져 있어서 푸른빛이 도는 신비로운 은발이 제일 먼저 눈에 띄었다. 아까 우리 가족을 노려보던 살기등등한 금색 눈동자는 지금 감겨 있었다.

저러고 있는 걸 보니 의식을 잃은 것 같은데.

나는 문가에 서서 조용히 그를 불렀다.

"저기요."

이봐요, 여주인공 오빠 씨. 눈 좀 떠봐요.

"카시스 페델리안."

하지만 내가 이름을 불러도 소년은 꼼짝도 하지 않았다. 나는 그를 조용히 내려다보다가 문 앞에 멈춰 있던 걸음을 옮겼다.

가까이에서 살펴본 소년은 생각보다 심한 몰골을 하고 있었다. 구속구에 쓸려 살이 깊게 파인 손목과 발목도 그렇고, 처음 그를 보았을 때에는 없었던 상처까지 몸에 새로 생겨 있는 게 눈에 띄었다.

고분고분해질 때까지 가둬 두라고 하더니, 그새 채찍질까지 당했구나.

그래도 자국을 보니까 유리가 박힌 것 말고 일반 채찍을 썼나 본데 그건 다행이었다. 아직 사지가 멀쩡한 것을 보니, 이 소년의 처우를 지금 당장 결정할 생각은 없는 듯했다. 지금까지 란트 아그리체가 데려온 사람들은 이렇게 상태가 온전하지 않았으니 말이다.

물론 지금 이 소년의 모습을 보고 '온전하다'고 평하는 건 황당한 일일지도 몰랐다. 하지만 아그리체의 기준에 따르면 이건 몹시 양호한 상태였다.

그렇다면 나도 일단은 한시름 놨다고 할 수 있었다. 이 소년이 이대로 죽어 버리면, 이 집안의 일원인 나도 나중에 무사할 수는 없을 테니까.

나는 품에 숨겨 두었던 약을 꺼냈다. 그리고 비스듬히 기울어져 있는 소년의 머리를 붙잡아 들었다.

잘그락.

음, 역시 잘생겼네. 영락없는 귀공자처럼 보이는 외모였다. 곱상한 얼굴에 상처 자국이 있으니 꽤 피학적으로 보이기도 했다. 왠지 괴롭혀 주고 싶은 인상이라고나 할까.

아까 눈을 부릅뜨고 노려볼 때는 기세가 굉장했는데 말이지. 이렇게 조용히 눈을 감고 있는 걸 보니 맥이 빠질 정도로 곱고 순하게 생겼다. 나이는 나보다 조금 더 많은 것 같았다. 내 정보에 따르면 현재 열일곱 살일 테지.

"곤란하네."

만약 다른 곳에서 보았다면 소년의 외모에 순수하게 감탄했겠지만 지금의 나는 다소 심각했다.

이건 꽤 샬럿 취향인데.

샬럿은 아까 이 소년을 보고 같이 놀고 싶다며 종알거리던 두 동생 중 한 명이었다. 나보다 세 살이 어린 여동생인데, 벌써부터 싹수가 노란 훌륭한 악당 꿈나무였다. 아직 어린 주제에 가학적인 성미를 지니고 있어 아버지가 데려온 장난감들과 노는 게 취미이기도 했다.

나는 미간을 좁힌 채 소년의 얼굴을 이리저리 훑어보다가 이내 턱을 붙잡아 입을 벌렸다.

끄응. 일단 약부터 먹이자.

그러다 피가 맺혀 있는 입술을 건드렸는지, 소년이 움찔 얼굴을 찡그렸다. 혹시 깨어나려나 싶어 잠시 행동을 멈추었다. 하지만 소년은 잠잠했다.

그래, 이 정도야 뭐. 우리도 월례 평가 때마다 달고 다니는 상처인데.

나는 약간 무감하게 생각하며 그의 입안에 알약을 집어넣었다. 차라리 이렇게 기절한 게 다행인 것 같기도 하고. 만약 깨어나 있었으면 내가 주는 약을 온순히 받아먹었을 리 없을 테니까.

"으음."

바로 그때 작은 신음이 소년에게서 새어 나왔다.

앗, 설마 조금 전에는 낚시질이었나. 이번에는 진짜 깰 것 같은데?

내 생각이 맞았다. 소년의 눈꺼풀이 잘게 떨린 직후 금색 눈동자가 모습을 드러냈다. 초점 없는 눈이 깜빡깜빡, 느리게 감겼다 떠졌다.

이런, 낭패다. 그래도 조금 더 기절해 있을 줄 알았는데.

다음 순간, 소년과 눈이 마주쳤다.

"어, 안녕?"

나도 모르게 인사했다. 당연하게도 지금은 한가롭게 '안녕' 소리나

하고 있을 때가 아니었다.

내 앞에 있는 소년은 아직 상황 파악을 못 한 듯했다. 하지만 곧 초점이 흐리던 그의 눈에 반짝 빛이 들어왔다. 녀석은 자신의 눈앞에 서 있는 내 존재를 드디어 깨달은 눈치였다. 게다가 입안에 약이 있다는 사실도 안 것 같았다.

"무, 슨…… 읍!"

잔뜩 쉬어 거칠어진 목소리가 강제로 끊겼다. 내가 손으로 소년의 입을 막았기 때문이다. 거의 반사적인 행동이었다.

그 순간 소년의 눈에서 불똥이 튀었다. 그는 나를 떼어 내기 위해 마구 몸부림치기 시작했다.

철컹철컹!

엄마야, 아직도 꽤 팔팔하네.

설마 이 정도까지 기운이 남아 있을 거라고는 생각도 못 해서 조금 놀랐다. 그래도 구속구에 연결된 사슬이 벽에 바싹 고정되어 있어 소년의 움직임이 나한테 별로 큰 영향을 끼치시는 않았다.

"읍읍!"

"뱉지 마. 이거 해독제야."

"으읍!"

"내가 지금 그쪽을 죽이려고 하는 거면 굳이 독을 왜 쓰겠어."

하지만 계속 미친 듯이 몸부림치는 걸 보니 아무래도 내 말을 들을 상태가 아닌 것 같았다.

하기야, 당연한가. 적의 소굴에 강제로 납치당해 들어온 데다 기절한 사이 웬 약까지 먹으려고 하는데 얌전히 있는 게 더 이상한 거긴 했다.

그래도 내 입장에서는 이놈이 이렇게 계속 버둥대니까 거치적거리는 게 사실이었다.

약이 다 녹을 때까지만 기다리면 되는데 이건 조금 귀찮네.

"미안. 계속 버둥거리니까 나도 어쩔 수 없어."

나는 소년의 입을 막은 채 그대로 팔을 밀어 그의 고개를 뒤로 확 꺾었다.

"읍, 킥!"

불시의 기습에는 별수 없었는지, 소년이 내가 준 약을 억지로 삼켰다. 으음, 하지만 이대로 손을 떼면 이놈이 약을 토해 낼 가능성이 매우매우 컸다.

그럼 하는 수 없네. 기절이나 해라.

"쿨럭! 욱, 이게 무슨……."

"오빠, 한 번 더 미안요."

퍼억!

"크윽!"

나는 미리 사과한 뒤 주먹으로 그의 명치를 가격했다. 급소를 공격당하자 소년은 단말마의 소리를 내지른 뒤 의식을 잃고 다시 축 늘어졌다. 아까 기절해 있던 것보다 한결 더 힘이 없어 보이는 모습이었다.

어라, 조금 세게 쳤나.

나는 약간 머쓱한 마음으로 그에게서 손을 뗐다.

아그리체의 아이들은 모두 기본적인 체술을 익히기 때문에 내 또래의 소년 하나쯤 제압하는 것은 나한테 있어서 별로 어려운 일이 아니었다.

하물며 이렇게 상대방의 팔다리가 묶여 있는 상황에서는 더더욱. 게다가 그는 독에 당하기까지 한 상태였다.

그래도 너무 팔팔하게 발버둥치기에 이 정도는 해야 될 줄 알았는데 아니었나.

뭐, 어차피 이미 저지른 일이니 어쩔 수 없기는 했다. 나는 식은땀을 흘리며 기절한 소년을 남겨 두고 지하 감옥을 빠져나왔다.

다음 날 다시 지하 감옥을 찾았다.

원래 뭐든 처음이 가장 어렵고 두 번째부터는 더 쉬운 법이다. 그런데 나는 처음부터 이 감옥을 출입하는 게 쉬웠으니 두 번째는 더 볼 것도 없었다. 옥지기를 딱히 구슬릴 필요도 없이 그는 내 얼굴을 보자마자 넙죽 문을 열어 주었다.

나는 그 안으로 발을 들이기 직전에 옥지기를 향해 물었다.

"어제 내가 다녀간 뒤에 나 말고 다른 사람이 이 안에 들어온 적 있어? 제레미라거나 아니면 샬럿이라거나. 혹은 다른 사람이라도."

"아니요, 주인님께서 아무도 안으로 들이지 말라고 하셨습니다."

"그래도 나는 들어갔잖아."

스쳐 지나가듯 읊조린 내 말에 그가 멈칫했다. 나는 슬쩍 옆에 있는 얼굴을 살핀 뒤 언제 그를 관찰했냐는 듯이 눈꼬리를 접어 사르르 웃었다.

"나만 특별히 들여보내 준 거구나."

나 말고 다른 사람이 이 안으로 들어가지 않았다는 말은 사실인 것 같았다.

"이름이 뭐야?"

"네?"

"너 말이야. 이름이 뭐냐고."

나이도 한참 더 어린 내가 대놓고 반말을 하는데도 그는 조금의 위화감이나 불쾌감도 느끼지 못하는 사람처럼 멍청하게 얼굴을 붉혔다.

"요, 요안입니다."

"그래. 고마워, 요안. 혹시 나 때문에 난처한 일이 생기지 않게 오늘도 잠깐 얼굴만 보고 나올게."

"별말씀을요!"

고작 이름 한 번 불러 주고 좀 웃어 주었을 뿐인데, 그는 술에 취하기라도 한 사람처럼 귓불까지 빨갛게 붉힌 채 횡설수설했다.

"저야말로 소문으로만 듣던 록사나 아가씨를 이렇게 직접 뵙게 되어서 영광이고, 또 이렇게 작은 도움이나마 될 수 있어서 기쁜……."

나는 격양된 어조로 주절거리는 그의 말을 웃는 낯으로 무시한 뒤 감옥 안으로 들어섰다.

으음. 여전히 기분 나쁜 곳이야. 공기도 불쾌하고. 웬만하면 별로 오고 싶지 않은데. 하지만 카시스 페델리안이 여기에 있으니 어쩔 수 없지.

끼이익.

오늘도 철문에서는 귀 따가운 소리가 울렸다. 적어도 100년은 기름칠을 안 한 것 같은 끔찍한 소리였다.

감옥은 다 이런가? 예전부터 소설이나 영화, 혹은 드라마 같은 데서 보면 꼭 이런 장소에서는 문에서 소름 돋는 소리가 나더라. 공기가 습해서 그런가.

그런 생각을 하며 안으로 들어서다가 문득 감옥 안에 있던 소년과 눈이 마주쳤다. 타오르는 태양 같은 강렬한 금색 눈동자가 한 치의 오차도 없이 나를 응시하고 있었다.

"아, 오늘은 깨어 있었네."

어제의 기절한 모습이 뇌리에 남아 있던 탓일까? 설마 벌써 이렇게 눈을 말똥히 뜨고 있을 줄은 몰라 한순간 멈칫했다.

그는 숨을 죽인 채 조용히 나를 주시하고 있다가 내 목소리를 듣고 움찔 눈살을 찌푸렸다.

"너……."

곧이어 그가 나를 매섭게 노려보며 입을 벌렸다.

어제 그를 찾아왔던 사람이 나라는 사실을 이제야 깨달은 눈치였다. 어제는 비몽사몽간이라 내 얼굴을 제대로 보지 못했던 걸까?

내가 철창 안으로 들어서자 그가 경계하며 물었다.

"어제 나한테 뭘 먹인 거야."

여전히 잔뜩 쉬어 갈라진 목소리였다. 그러면서도 그는 당장에라도 나를 베어 넘길 듯한 서늘한 눈빛을 보내고 있었다. 팔다리도 여전히 묶여 있는 주제에 용감하다고 해야 할지. 궁금해하니까 대답해 줄까?

"해독제. 마비 독에 당해서 왔잖아."

나는 담담한 어투로 말을 이었다.

"그거 그냥 놔두면 적어도 닷새는 가. 그때 되면 근육통이 엄청나거든."

보아하니 어제 이후 추가적으로 더 맞은 곳은 없는 것 같았다. 대충 확인하긴 했지만 다른 상처가 더 늘어나진 않은 듯했으니. 채찍질 당한 상처를 치료해 주는 건 너무 눈에 띄는 짓이라 거기까지 할 생각은 나도 없었다.

"지금 그 말을 믿으라는 건가?"

"어제보다 몸이 많이 편해지지 않았어? 이렇게 멀쩡한 정신으로 나랑 대화도 나누고 있잖아."

내 말에 그가 입을 꾹 다물었다. 당연히 나를 곧바로 믿는 눈치는 아니었다. 나한테 다른 것을 더 묻고 싶은 것 같았지만 그는 상당히 신중한 성격인지 쉽게 입을 열지 않았다.

"그게 해독제가 맞다면, 무슨 꿍꿍이로 나한테 약을 준 거지?"

"그런 거 없어."

형형하던 그의 눈에 일순간 혼란이 스쳐 지나갔다. 물론 그것은 아주 찰나의 순간이었을 뿐, 곧 그는 다시금 냉담한 얼굴로 나를 보며 입술을 달싹였다.

"너…… 도대체 누구야?"

낮게 갈라진 목소리가 바닥을 기어 내게 도달했다. 하지만 남의 정체를 알고 싶으면 자기소개부터 하는 게 인지상정 아닌가?

"카시스 페델리안."

뒤이어 내 입에서 흘러나온 이름에 소년이 움찔했다.

"당신 이름 맞아?"

그래도 이때까지는 아주 조금이나마 기대하고 있었다. 혹시 이 소년이 내 예상과는 다른 인물이 아닐까 하고. 하지만 곧 고막을 파고든 살기 어린 음성에 나는 미련을 버릴 수밖에 없었다.

"이제 와서 무슨 발뺌이지? 내가 누구인지 뻔히 다 알면서 비열한 수를 써 여기까지 끌고 와 놓고는."

아, 제기랄. 역시 맞구나. 그래도 만에 하나에 걸어 보고 싶었는데.

"그만 네 정체를 밝혀. 너도 더러운 아그리체의 졸개인가?"

미쳤네, 여기가 아그리체인 것도 알고 있구나.

하긴 내 아버지가 딱히 은밀하게 정체를 감추고 범죄를 저지르는 성격은 아니지. 차라리 눈앞에서 대놓고 상대방을 비열하게 비웃어 주면서 칼빵을 놓으면 또 몰라.

나는 제자리에 서서 약간 심란한 눈으로 눈앞의 소년을 보다가 낮은 한숨을 내쉬었다.

"저기, 그런데 나 계속 궁금했던 게 있는데."

"네 정체가 뭐냐고 물었어. 대답부터 해."

나는 카시스 페넬리안의 말을 무시하고 어제부터 계속 신경 쓰였던 것을 물었다.

"당신, 지금 눈 안 보이지?"

그 직후 지하 감옥 안에 침묵이 맴돌았다. 카시스 페넬리안은 내 말에 동요를 내비치지 않았다. 하지만 조용히 나를 주시하는 그의 눈을 보고 나는 해답을 찾아냈다.

"맞구나, 안 보이는 거."

지금 내가 걸음을 옮겨 다가가는 동안에도 그는 정확히 내 얼굴을 보고 있었다. 아까 철창의 문을 열어 이곳에 막 발을 들였을 때부터 카시스는 아주 자연스럽게 시선으로 나를 좇았다. 그래서 나도 계속 긴가민가하며 확신하지 못했던 것이다.

"이거 몇 개로 보여?"

"치워."

나는 카시스의 앞에 다다라 눈앞에 손을 들어 휘휘 흔들었다. 물론 그는 내게 장단을 맞춰 주지 않았다. 하지만 나는 이미 그의 태도에서 확신했다.

"어쩐지 날 보고도 너무 무반응이더라."

그래, 눈이 제대로 보였으면 나를 이렇게 코앞에 두고도 동공의 흔들림 하나 없을 리가 없었다. 적어도 눈이 마주친 첫 순간 정도는 동요를 보여 주는 게 맞았다. 지금까지 내 얼굴을 보고 조금도 놀라지 않은 사람은 단 한 명도 없었으니까.

물론 나는 그가 적지에서 보게 된 사람이었으니 경계하고 싫어하는 게 당연할 테지만, 그건 이것과 별개였다. 물론 누가 들으면 도끼병 말기라고 생각할 수도 있었다. 하지만 이건 매우 타당한 결론이었다.

역시 카시스는 내 말이 무슨 의미인지 알아차리지 못한 눈치였다.

그래, 눈이 보이지 않으면 그럴 수 있지.

게다가 조금 전 그가 내게 '너도 아그리체의 졸개냐'고 물었던 것이 결정적이었다. 분명 어제 카시스는 다른 가족들의 옆에 함께 서 있던 나와 시선이 마주쳤으니 말이다.

내 생각에는 그를 납치해 올 때 마비 독 말고 시력을 앗아 가는 수단까지 사용한 것 같았다. 지금 카시스가 손발에 차고 있는 것도 그냥 마물이 아닌 대마물용 구속구였다. 대마물용 구속구는 일반 구속구에 마물의 힘줄까지 가공해 넣은 것이라 그 강도가 훨씬 뛰어났다. 그런 걸 보면 이 소년을 사로잡기가 어지간히 까다롭기는 했던 모양이다.

어제 나와 내 가족들을 노려보는 형형한 눈빛에 놀랄 정도였는데, 그때도 그저 기척으로 위치를 파악한 것뿐이었나.

나는 잠깐 그의 몸을 위아래로 훑어보았다. 딱히 불온한 목적이 있어서가 아니라, 그의 눈에 관련된 징후를 찾기 위해서였다.

마침내 내 눈에 어떤 흔적이 비치어 들었다. 나는 서슴없이 손을 뻗어 찢어진 셔츠의 틈새를 벌렸다. 내 손길이 닿은 순간 카시스가 미간을 좁히며 움찔했다.

"이건 독이 아니라 주술이네. 일시적인 효과라 오래가지는 않겠어."

허리 부분에 새겨진 작은 소용돌이 문양을 보니 지금 카시스는 사실상 실명한 상태인 게 분명했다.

그런데도 이렇게 감쪽같이 행동하다니……. 이 자식, 좀 놀라운데?

나는 미간을 좁히며 눈앞에 있는 그의 얼굴을 올려다보았다. 이번에도 그는 정확히 내 눈을 마주했다.

가까이에서 본 카시스는 어제 느낀 것보다 확연히 큰 존재감을 드러내고 있었다. 기절해 있을 당시에는 굉장히 곱상하고 순한 인상이라고 생각했는데, 이렇게 제대로 눈을 뜨고 나를 내려다보고 있으니 그에게서 느껴지는 압박감이 상당했다.

아직 열일곱 살밖에 안 된 소년답지 않게 어른스러운 분위기를 풍기고 있어서 그런가. 이런 상황에서도 이렇게 침착한 태도를 보이고 말이야.

"일단 눈은 그냥 놔둘게."

지금도 두려움이나 불안감을 표하기는커녕 눈빛이 굉장히 싸늘하게 벼려져 있어 등줄기에 한기가 느껴질 정도였다.

"어차피 이틀 정도 있으면 조금씩 시력이 돌아오기 시작할 테고, 해주법이 까다로운 주술이라 지금 건드리는 건 비효율적이야."

카시스는 내 말의 의중을 파악하려는 듯이 잠시 침묵했다. 앞에 있는 내 기색을 읽으려 하는 것이 느껴졌다.

"그리고 어차피 이런 말 해 봤자 안 믿겠지만."

나는 그를 향해 조용히 읊조렸다.

"난 당신이 죽기를 바라지 않아."

"뭐……?"

내 말이 뜻밖이었는지 그의 표정이 변했다.

"그럼 또 올게."

"잠깐, 기다려……!"

카시스가 나를 붙잡았지만 나는 망설임 없이 걸음을 옮겨 지하 감옥에서 벗어났다.

방으로 돌아온 나는 기분이 별로 좋지 않았다. 지하에 갇혀 있는 저 소년이 카시스 페델리안이 맞다는 사실을 본인의 입으로 직접 확인했으니 내가 기분이 좋을 리가 없었다.

제기랄. 이 위기를 어떻게 극복한다지.

나는 왜 하필 이런 답 없는 악역 가문에 태어나서.

내가 왜 저 소년을 이렇게까지 신경 쓰는지 설명하려면 그 책의 내용을 먼저 말하지 않을 수 없다. 아그리체와 내 미래가 적혀 있던 것도 바로 그 책이니까.

지난 생에서 교통사고로 죽기 전에 나는 어떤 로맨스 소설을 읽은 적이 있다. 졸업 논문 때문에 바쁘기 전, 같은 과 친구가 요즘 한창 인기 있는 책이라며 추천해 준 것이 계기였다.

원래 나는 로맨스 소설을 읽는 취미가 없었다. 그런데 그때는 유독 한가해 심심하던 시기라 친구가 빌려준 책을 한번 읽어 보기로 한 것이다.

제목은 『나락의 꽃』.

그래, 제목에서부터 느낌이 오겠지만 이건 피폐 로맨스 소설이었다. 책장을 넘길수록 나는 이 책을 집어 던지고 싶은 기분을 느껴야만 했다.

왜냐하면 이것은 여주인공인 실비아가 다른 남자 주인공들과 찐한 납치 감금 로맨스를 찍는 19금 역하렘 소설이었기 때문이다.

이 책의 배경은 꽤 독특했다. 대충 청, 백, 적, 황, 흑의 5가문이 이 세계를 지배하는데, 여주인공인 실비아가 속한 가문은 '청의 페델리안'이었다.

이야기는 여주인공의 소녀 시절부터 시작한다. 실비아는 푸른빛이 도는 신비한 은발과 햇살 같은 찬란한 금색 눈동자를 가진 아름답고 사랑스러운 소녀였다.

그녀는 유복하고 화목한 가정에서 태어나 부족함 하나 없이 한껏 사랑받고 자란 사람이었다. 위로는 오빠가 한 명 있었는데 남매간의 우애도 아주 돈독했다.

보통 남매끼리는 사이가 좋지 않은 경우가 대부분이지만 이 소설 속 여주인공 남매는 전혀 그렇지 않았다. 좀 오버해서 말하자면, 이 둘은 상대방이 원한다면 간이고 쓸개고 다 빼 줄 수 있을 정도로 서로를 아주 몹시 아끼고 사랑하는 남매였다.

음, 솔직히 난 이걸 보고 '역시 픽션이네.'라며 코웃음을 쳤지만.

아무튼 각설하고.

여주인공의 비극은 바로 그 소중한 오빠가 어느 날 갑자기 실종되면서 시작되었다. 그 당시 여주인공의 나이는 열다섯 살, 오빠의 나이는 열일곱 살이었다.

그래. 이미 짐작하고 있겠지만 바로 그 납치당한 여주인공의 오빠가 지금 우리 집의 지하에 갇혀 있는 카시스 페델리안이다. 그는 지배 계층 가문 중 하나인 페델리안의 후계자로서 일찍부터 '청의 귀공자'라 불리며 가문의 공무에 참여하고 있었다.

그날 카시스는 경계 부근에서 감지된 불온한 움직임을 확인하기 위해 길을 나선 뒤 그대로 종적을 감추었다. 당연히 여주인공과 그 가족은 카시스를 찾기 위해 혈안이 되었다.

짐작 가는 곳은 있었다. 바로 '청의 페델리안'과 예전부터 척을 지고 있던 '흑의 아그리체'였다.

어쩐지 까도 까도 속이 시꺼멓더라니, 하필 이름도 흑의 아그리체란다. 내 가문에 참으로 잘 어울리는 이름이 아닐 수 없었다.

정의를 수호하는 페델리안과 비열한 짓을 일삼는 아그리체는 예전부터 사이가 좋을 수가 없었다. 게다가 그 무렵 페델리안의 수장과 아그리체의 수장은 크게 다툰 일이 있었다. 그래서 실비아의 가족들은 카시스를 데려간 것이 아그리체일 것이라 생각했다.

그것은 정답이었다. 하지만 심증만 있을 뿐, 물증이 나오지 않았다. 흑의 아그리체 역시 청의 페델리안과 동등한 위치인지라 심증만으로는 쉽게 움직일 수 없었다.

그래도 손 놓고 있을 수만은 없어 아그리체에 몰래 첩자를 숨겨 들여보내기도 했지만 번번이 시체가 되어 돌아올 뿐이었다.

그렇게 3년의 시간이 흘러갔다.

물론 실비아는 그때까지도 오빠를 찾는 일을 포기하지 않았다. 열여덟 살이 된 실비아는 직접 오빠의 행방을 추적하기로 결심한다.

그런데 이 소설이 괜히 19금 피폐 역하렘 소설이 아니어서…….

실비아가 정보를 얻기 위해 향한 곳은 다른 백, 적, 황의 가문들이 있었는데, 거기에 있는 남주들이 아주 미친 것들이었다. 내가 봤을 때는 정말 다들 제정신이 아니었다. 여주인공에게 반해서 납치와 감금의 로맨스를 찍었으니까.

나는 이 책을 다 보고 참 또라이들의 집합소라고 생각했다. 심지어 흑의 아그리체에서도 실비아에게 반하는 또라이가 나온다.

실비아는 이 또라이에게도 납치를 당하게 된다. 어찌 보면 그 덕분에 지금까지 그토록 발을 들이고 싶어 했던 적의 소굴에 힘 하나 쓰지 않고 쉽게 침투한 셈이었다.

그리고 그녀는 바로 이 아그리체에서 오빠인 카시스가 처참하게 죽었다는 사실을 알게 되었다. 그 후 실비아는 흑화해서 그녀에게 반한 다른 백, 적, 황의 남주들과 사이좋게 손을 잡고 아그리체를 파멸시킨다.

그러고 나서 그들은 역하렘을 구성해서 행복하게 잘 살았습니다…… 였다면 피폐 소설의 위명이 울지. 결국 여주인공 실비아가 다른 남주인공들의 장난감이 되어 새장 속에 갇혀 산다는 것이 바로 이 『나락의 꽃』의 줄거리였다.

젠장.

실비아도 실비아지만, 이 소설에서 아그리체는 그야말로 아주 폭삭 망해 버렸다. 페델리안의 분노는 굉장해서 그들은 아그리체를 씨알도 남기지 않고 모조리 몰살해 버렸다. 다른 가문의 남주들도 자기들이 좋아하는 실비아를 도와 아그리체를 섬멸하는 데 앞장섰다.

한 가지 더 말하자면, 지금 내가 환생한 록사나 아그리체도 이 소설의 악역 조연이었다. 어떤 역할인지 궁금하다고? 어찌 보면 꽤 진부한 캐릭터라고 할 수 있는데…….

아버지의 명령으로 여주인공인 실비아의 남자들을 유혹하려다가 실패한 뒤 아그리체의 대학살 날 함께 처참히 죽는 캐릭터였다.

"아, 진짜. 나 그냥 다시 환생하면 안 되나……."

나는 벌써 몇 번째인지 모를 한탄을 하며 중얼거렸다. 정말이지, 악역 가문에 속한 악역 캐릭터다운 말로이지 않은가.

그래도 그렇지, 아그리체의 일원이라는 이유만으로 죽이기까지 하다니. 막상 내가 아그리체에 속하고 나니 좀 억울한 연대 책임이 아닐 수 없었다.

하지만 사실 이 집안은 기회가 될 때 뿌리째 뽑아 버리는 게 맞긴 하다. 내가 살아 보니 이 집안에 있는 사람들은 다들 최소한 어느 한 부분씩은 정상이 아니었다.

이 망할 가문은 멀쩡한 사람도 미치게 만드는 재주가 있었다. 여기에 적응하지 못하면 결말은 딱 하나다. 폐기 처분. 내 오빠였던 아실처럼 불량품으로 취급받아 죽고 마는 것이다. 잠깐 아실이 처형당했던 날의 일이 떠올랐다.

나라고 해서 그냥 이 썩을 집구석에서 도망쳐 버릴까, 하는 생각을 안 해 본 것은 아니었다. 하지만 아무리 아그리체의 유망주인 나라고 해도 무시무시한 인간들이 즐비한 이 가문의 눈을 완벽히 피해 숨을 자신은 없었다.

똑똑.

그때, 문을 두드리는 소리가 귓가에 울렸다.

"록사나 아가씨. 에밀리입니다."

"들어와."

곧 문이 열리고 무표정한 얼굴의 여자가 내 방으로 들어섰다. 그녀는 내 심복으로, 매일 이 시간이 되면 나를 찾아오곤 했다.

에밀리의 손에는 쟁반이 들려 있었다. 그 안에는 물 잔과 두 번 접힌 하얀 종이가 들어 있었다.

"보고해."

"네타륨 내성화 5단계에 접어들어 오늘부터 복용량을 0.2페론 늘렸습니다. 치사량인 4.7페론에 달한 수준으로, 지난 단계에는 없던 복부 통증과 일시적인 마비, 토혈 등의 부작용이 있을 수 있습니다."

나는 심드렁하게 약포지를 들어 그 안에 있는 하얀 가루를 물 잔에 쏟아부었다. 남들 귀에는 설명이 다소 살벌하게 들릴 수 있지만 이 정도는 별일도 아니었다.

아그리체의 사람이라면 누구나 내성화를 위해 어릴 때부터 조금씩 독을 복용한다. 각자의 몸에 맞춰 적응이 가능한 양만큼만 치밀하게 재서 섭취하기 때문에 이 과정에서 죽는 일은 없었다. 그러니 지금 내가 복용한 양이 일반적인 치사량이라고 해도 실제로 사망할 일도 없었다.

나는 기초 내성화 작업을 이미 예전에 끝냈지만 지금은 개인적인 이유로 독을 섭취하고 있었다.

"제레미는 지금 뭘 하고 있어?"

"방에 계십니다."

에밀리가 다시 쟁반을 들고 나가기 전에 지나가듯 묻자 곧바로 대답이 들려왔다.

제레미는 샬럿과 함께 카시스 페델리안을 탐냈던 이복 남동생이다. 어제부터 간간이 위치를 파악해 두고 있는데 내 생각에는 슬슬 나를 찾아올 때가 된 것 같았다.

"사나 누나!"

호랑이도 제 말 하면 온다더니.

에밀리가 문을 열자마자 그 앞에서 우렁찬 외침이 들려왔다. 그는 에밀리를 밀치고 냉큼 방 안으로 들어왔다. 검은 머리에 푸른 눈을 가진 예쁘장한 소년의 얼굴이 시야에 비쳤다.

그는 바로 소설 속에서 여주인공을 아그리체에 납치해 와 가문을 말아먹게 만든 악역 서브남, 제레미였다.

"누나, 방에 언제 왔어? 내가 아까도 찾아왔었는데……."

제레미는 투정을 부리며 걸어오다가 문득 깨달은 듯이 뒤를 돌아보았다.

"뭐야, 넌 왜 아직도 멀뚱거리고 서 있어? 빨리 안 꺼져?"

나를 향할 때와 완전히 다른 싸늘한 눈짓과 말투였다. 제레미는 아직 문가에 서 있는 에밀리에게 눈을 부라렸다. 내 방에 제멋대로 들어온 건 자신이면서 에밀리를 방해꾼 취급하는 모양새였다. 그는 그녀의 존재가 퍽 거슬리는 눈치였다.

하지만 에밀리는 내 권속이었다. 그녀는 제레미의 말을 듣고 곧바로 방에서 나가는 대신 나를 쳐다보았다. 허락도 없이 방으로 들어온 제레미를 내쫓을지 아니면 그냥 둘지 의견을 구하는 눈빛이었다.

"나가 봐, 에밀리."

내가 말하고 나서야 그녀는 조용히 인사한 뒤 문을 나섰다. 제레미의 스산한 눈빛이 에밀리의 뒷모습에 닿았다. 물론 내 사람을 마음대로 건드리지는 않겠지만 에밀리의 태도에 심기가 다소 사나워진 모양이었다.

"제레미."

탁. 문이 완전히 닫히고, 나는 약간의 성가심을 느끼며 그를 불렀다.

"이리 와."

물론 그런 감정을 겉으로 드러내지는 않았다. 어쨌거나 나는 이 녀석에게 상냥하고 다정한 누나였으니까. 내 부름에 제레미가 못 이긴 척 문에서 시선을 떼고 나를 향해 다가왔다. 나는 그에게 손을 내밀었다.

"아까 왔을 때 방이 비어 있던데. 어디 갔었어?"

제레미는 그 손을 잡으며 서슴없이 내 발치에 주저앉았다. 그러면서 내 다리에 얼굴을 기대는 모습이 꼭 주인에게 꼬리를 흔드는 개 같았다.

제레미가 에밀리를 빨리 내쫓으려고 한 것도 이해가 되었다. 다른 사람에게 이런 모습을 보일 수는 없었으니까. 그는 아까 나를 찾아왔을 때 만나지 못하고 허탕을 친 것이 어지간히 아쉬웠는지 약간 부루퉁한 얼굴을 하고 있었다.

나는 제레미의 물음에 동요하지 않고 말했다.

"부화실에."

"독나비 부화실?"

"응."

사실은 지하 감옥에 있는 카시스 페델리안을 보러 간 것이었지만 그런 말은 하지 않았다. 제레미는 내가 둘러댄 말을 곧이곧대로 믿는 듯, 눈살을 찌푸렸다.

"그거 진짜 부화시킬 거야?"

"마지막 하나 남은 알이니까 이번에는 성공시켜야지."

"난 그냥 지난번처럼 죽었으면 좋겠는데."

"어렵게 얻은 건데 성과가 없으면 아쉽잖아."

하지만 제레미는 계속 마음에 들지 않는 눈치였다. 나는 녀석이 지금 나를 걱정해 주고 있다는 것을 알고 마음이 좀 너그러워졌다.

소설 속에서의 제레미는 여주인공에게 홀려 가문의 비밀과 치부를 술술 불어 버린 조금 멍청한 악역 캐릭터였다. 하지만 아직은 어려서 그런지 이렇게 보면 제법 귀여운 구석이 있었다. 성격이 조금 더럽긴 해도 아그리체에서는 보편적인 수준인 데다, 나한테만큼은 온순했다.

"이번에 아버지가 가져온 장난감 말이야."

내 무릎을 베고 어리광을 피우던 제레미가 문득 생각났다는 듯이 카시스 페델리안의 이야기를 꺼냈다.

"우리는 접근도 못 하게 하는 걸 보면 평범한 놈은 아닌 것 같은데, 도대체 누구지?"

"글쎄."

이미 알고는 있었지만, 역시 그는 지하에 있는 새로운 장난감에게 상당한 흥미가 있는 것 같았다.

"보통내기가 아닌 것 같기는 하더라."

내가 지나가듯 흘린 말에 일순간 제레미의 몸이 움찔했다.

"뭐야, 누나도 관심 있어?"

곧 그가 내 다리에 파묻고 있던 얼굴을 들었다. 조금 전의 내 반응에서 무언가를 기민하게 포착한 모양이었다.

"누나, 지금까지 한 번도 장난감에 흥미 보인 적 없었잖아."

제레미가 나를 물끄러미 바라보았다. 새파란 눈동자가 내 얼굴을 살피듯이 응시하고 있었다.

"응, 그런데 이번 건 좀 재미있어 보여서."

나는 기꺼이 그의 반응에 부응했다. 잔잔히 미소 지은 내 얼굴을 보고 제레미가 눈을 가늘게 좁혔다.

"흐응, 그래?"

잠깐 무언가를 생각하는 듯하던 그가 곧 다시 내 다리 위에 턱을 괴며 나를 올려다보았다.

"그럼 난 누나한테 양보하지 뭐."

제레미가 한번 점찍은 사냥감을 양보하는 것은 엄청난 일이었다. 하지만 나는 그가 이렇게 말할 걸 이미 알고 있었다. 슬쩍 나를 올려다보는 눈동자에는 희미한 기대감이 어려 있었다.

이건 '나 착하지? 빨리 칭찬해 줘!'라는 의미였다.

나는 생긋 웃으며 제레미의 머리를 쓰다듬었다. 그러자 제레미가 배부른 짐승처럼 포만감 어린 얼굴을 하고 내 손에 머리를 비볐다. 골골거리는 소리를 내는 모습이 꼭 고양이 같았다.

이 녀석이 맹수라는 사실을 잊어서는 안 되었다. 하지만 이렇게 나한테 매달려 애정을 갈구하는 모습을 보면 이러니저러니 해도 아직은 열다섯 살밖에 안 된 어린아이였다. 나는 예전부터 제레미가 원하는 것이 무엇인지 알고, 기꺼이 그의 바람대로 해 주고 있었다. 내 손길을 받고 있는 제레미는 만족스러운 기색이었다.

나도 네가 내 뜻대로 움직여서 기뻐.

나는 그를 어루만지고 있는 다정한 손길과는 달리 약간 건조한 마음으로 그렇게 생각했다.

빌어먹을 아그리체.

카시스는 욕지기가 솟는 것을 느끼며 입안에 고인 피를 뱉어냈다.

조금 전 간수가 와서 그를 한 차례 고문하고 갔다. 묶인 채로 채찍질을 당한 것은 이번이 두 번째였다. 정보를 알아내거나 다른 목적이 있어서가 아니라, 그저 단순히 그에게 고통을 주기 위해서였다.

멀끔하던 카시스의 모습은 이미 처참한 지경이 된 지 오래였다. 모두가 기꺼이 그를 '청의 귀공자'라 우러르게 했던 요소들 중 하나인 수려한 외모에도 지금은 가학적인 상처 자국이 가득 그려져 있었다. 그를 납치하기 위해 아그리체에서 사용했던 독극물과 주술, 그리고 덫의 후유증으로 인한 내상도 상당했다.

카시스가 이곳에 온 이후로 나흘 정도의 시간이 지났다. 흑의 아그리체가 얼마나 비열하고 사악한지는 그도 예전부터 익히 들어 온 바 있었다.

하지만 설마 이렇게 청의 페델리안에 대놓고 선전 포고를 할 줄은 상상도 하지 못했다. 이것은 전쟁의 시작을 알리는 것이나 마찬가지였다. 감히 페델리안의 땅을 밟고 들어와 후계자인 그를 공격해 포로처럼 끌고 오다니.

몸의 통증 따위보다는 속에서부터 들끓는 분노가 카시스를 뒤덮었다. 당장에라도 란트 아그리체를 베어 버리고 이곳에서 벗어나고 싶었지만 앞도 제대로 보이지 않는 지금으로서는 무리였다.

카시스는 섬뜩하리만치 예리한 눈길로 철창 너머를 노려보았다. 아직 시야가 흐려 불빛만 희미하게 보일 정도였지만 어제보다는 상태가 나았다. 그 소녀의 말처럼 서서히 시력이 회복되기 시작하고 있었다.

덜컹.

그때, 저 멀리서 문이 열리는 소리가 들렸다. 그 후 작은 발소리가 이어졌다. 카시스는 숨을 죽이고 그 소리에 귀를 기울였다.

조금 전 왔던 간수는 아니었다. 그보다 더 보폭이 작고 가벼운 발소리가 카시스가 있는 곳으로 향하고 있었다. 그 사람이었다. 벌써 몇 번째 그를 찾아오고 있는 정체 모를 소녀.

"오늘은 좀 심한 몰골이네."

철창의 문을 열고 들어온 소녀가 그를 보자마자 말했다. 어딘가 유감스러운 듯한 어투였다. 여트막하게 한숨을 내쉰 것 같기도 했다.

별안간 앞에서 인기척이 느껴지더니, 은은한 향기가 다가들어 코끝을 스쳤다. 카시스는 뒤이어 몸에 닿아 오는 체온을 느끼고 싸늘히 말했다.

"나한테 손대지 마."

"심한 외상이 없는지 확인만 할 거니까 가만히 있어."

조심스러운 손길이 찢어진 옷을 들추는 느낌에 절로 몸이 경직되었다. 그는 몸부림쳐서 소녀의 손길을 떨쳐 낼까 하다가 이내 가만히 앞에 있는 얼굴을 주시했다.

탐색하는 시선이 눈앞에 있는 소녀에게 못 박혔다. 하지만 답답한 시야에는 어렴풋한 사람의 형체밖에 비치지 않아 그는 얼굴을 찌푸릴 수밖에 없었다.

"다행히 그럭저럭 괜찮은 것 같아. 그래도 많이 아프면 진통제를 줄까?"

"필요 없어."

카시스는 소녀의 목소리를 들을 때마다 기분이 조금 이상해졌다. 묘하게 달짝지근한 느낌을 풍기는 음성은 옥구슬이 굴러가는 것처럼 청아하고 나긋했다.

게다가 말로는 설명할 수 없는 어떤 기이한 힘이 깃들어 있기라도 한 것처럼 어느새 정신을 차리고 보면 무의식중에 저 목소리에 귀를 기울이고 있는 자신을 발견하고 말았다.

"이거 먹어. 굶어 죽고 싶은 게 아니면."

문득 입에 무언가가 닿아 왔다. 약간 물렁한 감촉의 동그란 무언가. 거기에서는 익숙한 약초 냄새가 희미하게 났다.

카시스는 소녀가 내민 것이 무엇인지 어렵지 않게 알아차렸다. 이것은 사람이 섭취해야 하는 영양소를 정제, 농축해 만든 환으로 한 알을 먹으면 식사 없이도 사흘 정도는 버틸 수 있었다. 그래서 카시스도 경계로 향하기 전 이것을 복용한 바 있었다.

아마도 소녀는 지금 감옥의 바닥에 나뒹굴고 있는 그릇을 본 것 같았다. 아그리체에서는 그를 당장 죽일 생각은 없는지 하루에 한 번 먹을 것을 내주었다.

하지만 그것은 냄새만 맡아도 역겨움이 밀려드는 오물이나 마찬가지인 정체불명의 음식이었다. 게다가 카시스는 설령 산해진미를 내온다 해도 아그리체에서 주는 것을 먹을 생각은 눈곱만큼도 없었다.

"내가 뭘 믿고 네가 준 걸 먹어야 하지?"

그것은 소녀가 준 것이라 해도 마찬가지였다. 카시스는 지금 눈앞에 있는 사람도 믿지 않았다. 물론 소녀의 태도는 오묘한 구석이 있었고, 또 그의 죽음을 바라지 않는다는 말도 했지만…….

그래도 자신의 앞에 내밀어진 것을 넙죽 받아먹을 정도로 소녀를 신뢰하고 있지는 않았다. 무엇보다도 그는 아직 눈앞에 있는 사람의 정체도 모르고 있었다.

카시스의 거부에 소녀는 잠깐 말이 없었다.

"그래? 그럼 어쩔 수 없네."

다음 순간 눈앞에서 느껴지는 수상한 낌새에 카시스는 퍼뜩 무언가를 눈치채고 다급히 입을 열었다.

"잠깐……!"

퍼억!

그러나 이미 늦었다.

"윽!"

카시스는 처음 소녀를 만났을 때처럼 복부를 파고드는 통증을 느끼며 신음했다. 하지만 이번에는 독에 당해 있던 지난번보다 그의 몸 상태가 나아진 탓인지 단번에 기절하지 않았다. 소녀는 그 사실에 조금 난처한 기색이었다.

"어, 이번엔 좀 살살 쳐서 그런가."

"지금 그걸 말이라고……."

"미안, 한 대만 더 때릴게."

그 직후 정말 복부에 아까보다 한결 더 강한 힘이 틀어박혔다.

이런 치사한…….

이번에는 카시스도 별수 없이 의식을 잃고 말았다.

"이게 뭐 하는 짓이야?"

다음에 다시 만난 소녀를 향해 카시스는 날 선 반응을 보일 수밖에 없었다. 자신을 멋대로 기절시켜 버린 소녀에게 화가 나기도 했고, 또 황당하기도 했다. 심지어 이런 짓을 한 것이 이번이 처음도 아니지 않은가.

"내가 주는 건 먹기 싫다며. 그러니까 별수 없잖아."

으르렁거리는 그를 향해 소녀가 그를 달래는 듯한 어투로 말했다. 하지만 말투만 미안한 듯했을 뿐, 그 내용은 전혀 그렇지 않았다.

"그렇다고 사람을 기절시켜?"

"그럼 이제부터는 얌전히 먹을래?"

카시스의 매서운 시선을 정면에서 받으면서도 소녀는 눈 하나 꿈쩍하지 않았다.

"뭐, 태도가 조심스러운 건 좋아. 호의로 접근한 듯이 보이는 사람에게도 쉽게 의심을 거두지 않는 것도 훌륭하고. 앞으로도 나 말고 다른 사람이 주는 건 웬만하면 받아먹지 마. 사실 이 집에서 나 말고 당신한테 좋은 의도로 접근하는 사람은 없을 테니까."

이 무슨 병 주고 약 주는 태도란 말인가.

카시스는 정말 이 소녀를 종잡을 수가 없었다. 목소리에 아직 앳된 느낌이 남아 있는 것이나 흐릿하게 시야에 비치는 형체를 보면 그와 비슷한 나이이거나 좀 더 어린 것 같았다.

그런데 하는 행동이나 말은 그가 상상한 범위를 벗어나고 있었다. 소녀는 벌써 두 번이나 그를 기절시켰지만 결과적으로 그녀가 준 것을 먹고 탈이 난 적은 한 번도 없었다.

굳이 사실을 밝히지는 않았으나 솔직히 말하자면 오히려 몸 상태가 그전보다 편해진 상태였다. 게다가 소녀는 지금 또 그를 염려해 주는 것 같은 말을 하고 있었다. 그의 상처를 확인할 때의 손길은 가차 없이 급소를 칠 때와 달리 조심스럽고 부드럽기 그지없었다.

그래서 카시스는 이 소녀가 어떤 사람인지 아직 제대로 파악할 수가 없었다.

카시스는 잠시 입을 다물고 소녀를 응시했다. 물론 이런다고 해서 뭐가 보이지는 않았다. 하지만 그래도 이렇게 하면 눈앞에 선 사람의 분위기나 내면에 숨겨진 의도를 읽을 수 있기라도 한 것처럼, 그는 말 없이 조용한 시선을 보내기만 했다.

소녀도 카시스가 자신을 탐색하며 무언가를 생각하는 것을 방해하지 않고 그저 가만히 기다렸다.

잠시 후, 카시스는 천천히 입을 열었다.

"나한테 또 뭘 먹였는지 말해. 입에 약 냄새가 남아 있어."

"진통제랑 항생제야. 겉으로 보이는 상처는 눈에 띄니까 치료 못 해 줘. 한동안만 참아. 조금 기다리면 지금보다 편하게 해 줄 테니까."

"네가 무슨 수로?"

소녀는 첫 번째 질문에는 곧바로 대답했지만 두 번째 질문에는 말을 아꼈다.

"너는……."

카시스는 다시금 소녀의 정체가 궁금해졌지만 어차피 말해 주지 않으리라는 생각에 다른 것을 물었다.

"내가 이곳에서 살아서 나갈 수 있을 거라고 생각하는 건가?"

하지만 그렇게 물으면서도 카시스는 답을 알고 있었다.

"란트 아그리체는 날 죽일 작정으로 데려온 걸 텐데."

머저리가 아닌 이상 이렇게 대놓고 자신을 끌고 온 란트 아그리체의 의도를 모를 수는 없었다. 페넬리안에 대한 정치적 도발의 의미든, 아니면 번번이 지속되어 온 페넬리안과의 마찰에 대한 단순한 화풀이든, 아니면 그 둘 모두든 간에. 어찌 되었건 아그리체는 카시스를 살려서 내보낼 생각은 아닐 것이다.

만약 그가 살아서 아그리체를 나간다면 분쟁의 씨앗이 될 것이 분명했다. 페넬리안은 감히 그들을 먼저 공격한 아그리체를 결코 용서할 리 없었고, 카시스도 이 치욕을 그냥 넘기지 않을 것이었다.

"누가 그래?"

소녀는 어쩐지 조금 불편한 목소리로 물었다. 그의 말을 부정하고 싶은 듯한 느낌이기도 했다.

"란트 아그리체가."

"……"

그것이 가당찮아 카시스가 비소하며 답하자 소녀는 침묵했다. 어떤 의미의 침묵인지는 알 수 없었다. 카시스는 지금 소녀가 짓고 있을 표정이 조금 궁금해졌다.

얼마간의 시간이 지난 후 가느다란 목소리가 다시금 그의 귓가에 흘러들었다.

"당신은 안 죽어. 왜냐면 내가……"

하지만 소녀는 말을 끝까지 잇지 않았다. 감옥 안에는 다시금 침묵이 내려앉아 두 사람의 야트막한 숨소리만 귀를 간질일 뿐이었다.

그때, 저 멀리서 어떤 희미한 소음이 전해져 왔다. 어쩐지 밖이 조금 소란스러운 것 같았다. 소녀도 그 소리를 들은 듯, 고개를 돌리는 것 같은 작은 기척이 앞에서 느껴졌다.

잠시 후 소녀가 그를 향해 좀 더 가까이 다가왔다.

"이거 먹어."

감촉으로 보아하니 입에 닿아 온 것은 약인 것 같았다. 카시스는 아까보다 가까워진 얼굴을 물끄러미 내려다보았다. 어제보다 아주 약간 밝아진 시야에 여전히 희미한 형체가 잡혔다.

언뜻 허공에서 눈이 마주친 것 같았다. 이내 카시스의 입술이 느리게 벌어졌다. 그는 자신에게 내밀어진 약을 처음으로 아무 말 없이 받아먹었다. 입에 넣자마자 약이 녹았기 때문에 물이 없어도 삼키는 것은 어렵지 않았다.

소녀는 곧바로 나가지 않고 여전히 그의 앞에 서 있었다. 다른 때는 그의 상태를 살피자마자 바로 이곳을 빠져나갔었는데. 혹시 조금 전

들려온 바깥의 소란과 연관이 있는 건가?

카시스는 오감을 끌어 올려 주변의 모든 자극을 민감하게 받아들이며 다시금 입을 열었다.

"이름."

"뭐?"

"너, 이름이 뭐야."

정체가 무엇이냐는 질문에는 답하지 않았으나 혹시 이름만이라면 괜찮을까 싶어 물었다. 하지만 소녀에게서는 아무 대답도 들려오지 않았다.

'역시 그런가.' 하고 카시스가 내심 실소하며 포기할 때쯤, 속삭이는 듯한 작은 목소리가 그의 귀에 박혀 들었다.

"록사나."

록사나.

카시스는 고막에 맺힌 이름을 머리에 아로새기듯이 입안에서 소리 없이 읊조렸다.

록사나…….

어두운 밤의 장막이 걷히면 찾아오는 새벽의 이름이었다.

사위에 어둠이 가득 깔린 깊은 밤이었다.

"……그래, 아무도 없었다고?"

작게 속삭이는 목소리가 방 안에 감도는 적막감 위로 흩뿌려졌다. 창문에 드리워진 커튼이 바람을 타고 느리게 팔락팔락 흔들리고 있었다. 창가에 걸터앉은 소녀 위로 달빛이 아낌없이 쏟아져 내렸다.

"그럼 이번에는 서쪽 경계로 가 봐."

신이 직접 숨결을 불어 넣었다 해도 믿을 수 있을 정도로 비현실적일 만큼 아름다운 소녀였다. 허리춤까지 내려와 부드럽게 물결치는 머리카락이 밤하늘의 별빛과 첫 새벽빛을 한데 모아 엮은 것처럼 어둠 속에서도 찬연하게 반짝였다.

붉은 피를 정제해 보석으로 만든 것 같은 눈동자에는 누구나 시선을 마주한 순간 전율을 느낄 수밖에 없을 정도의 매혹이 넘쳐흘렀다. 여린 살결은 달빛을 받아 백옥 같은 은은한 빛을 발했다. 고귀한 느낌마저 풍기는 소녀의 모습은 지극히 황홀하게 아름다워 압도적인 충격을 느끼게 했다.

"그를 찾는 이들을 발견하면, 그중에서 가장 강한 힘과 맹목적인 마음을 가진 사람을 찾아."

록사나는 그녀의 충실한 종에게 새로운 명령을 내렸다. 그러자 손가락 위에 앉아 있던 검붉은 나비가 대답하듯이 살랑 날갯짓했다. 곧 그녀의 손을 떠난 나비가 허공에 날아올라 창밖으로 날아갔다.

록사나의 시선이 어둠에 파묻혀 가는 그 뒷모습을 좇았다. 동쪽과 남쪽은 허탕이었다. 그러니 서쪽 경계에서야말로 카시스 페델리안을 찾는 사람들이 있으면 좋겠다는 생각이 들었다. 길이 엇갈려 접촉이 늦어지면 시기를 맞추기 어려워질 테니까.

록사나는 지하 감옥에 있는 소년을 생각하며 낮게 한숨지었다. 아름다운 얼굴에 얕게 깔린 수심이 애처로움을 자아냈다.

그녀의 머릿속은 조금 바쁘게 돌아가고 있었다. 아까 록사나가 지하 감옥에 있을 때 문밖이 시끄러웠던 것은 그녀의 이복동생 중 하나인 샬럿이 그곳을 찾았기 때문이었다.

샬럿은 새로운 장난감을 보고 싶다며 옥지기와 실랑이를 벌였다고 한다. 옥지기는 생각보다 제법 강단이 있어서 샬럿이 떼를 써도 문을 열어 주지 않았다. 하지만 이런 상태가 언제까지 지속될지 장담할 수 없었다.

"어떻게 할까……."

록사나의 눈동자가 낮게 가라앉았다. 아까 카시스는 기절시키는 방법을 사용하지 않아도 그녀가 주는 약을 얌전히 받아먹었다. 조금은 그녀에 대한 경계를 풀었다는 의미일까. 물론 아직 그녀의 기대에 미치기에는 턱없을 정도일 게 분명하지만, 그래도 그녀가 그에게 해가 되는 것을 먹이지는 않을 것이라 생각할 만큼은.

뭐, 어쩌면 그저 단순히 어차피 지금 먹지 않으면 또다시 기절시킨 후 강제로 먹일 것을 알아서 체념한 것뿐인지도 모르지만.

툭툭. 록사나의 손가락이 창틀을 가볍게 두드렸다. 이번 월례 평가는 카시스 페델리안이 아그리체에 오기 전에 치러졌다.

곧 대만찬이 열릴 시기였다. 록사나는 이번에도 부동의 2위로 대만찬에 참석할 권한을 얻게 되었다. 그 자리에는 아버지인 란트 아그리체도 함께할 것이다.

아무래도 이번에는 정면 돌파가 좋을 듯했다.

3장

당신을 지키는 방법

"욱."

갑자기 목에서 비릿한 액체가 넘어오는 느낌에 얼굴을 찌푸렸다. 몇 번 잔기침을 한 뒤 손을 떼 보니 하얀 피부가 붉은 액체로 물들어 있는 것이 보였다. 요즘 먹고 있는 독의 부작용이었다.

그래도 대만찬을 위해 치장하기 전이라 다행인가. 미리 옷을 입고 있었으면 꼼짝없이 다른 걸로 갈아입어야 할 뻔했다.

나는 손과 옷을 적신 피를 담담하게 내려다보다가 고개를 들었다. 거울 속에 있는 아름다운 소녀는 토혈 정도는 아무렇지도 않은 것처럼 무표정한 얼굴을 하고 있었다. 입가에도 피가 묻어 있어 얼굴이 평소보다 조금 더 창백해 보였다.

옆으로 손을 내밀자 거기에 서 있던 에밀리가 내게 손수건을 건네주었다. 나는 일단 그것으로 입가에 번진 피를 먼저 닦아 냈다. 독의 부작용을 겪은 것이 이번이 처음인 것도 아니었기 때문에 나도 에밀리도 동요하지 않았다.

똑똑.

"사나."

그때, 문밖에서 누군가 노크를 하며 나를 불렀다. 어머니의 목소리였다. 내가 눈짓하자 에밀리가 걸음을 옮겨 문을 열었다. 그 사이로 나와 닮은 얼굴을 가진 아름다운 여인이 모습을 드러냈다.

내 어머니인 시에라 콜로니스는 혼자서만 세월이 비껴가기라도 한 것처럼 여전히 빛나는 아름다움을 자랑하고 있었다. 어디를 봐도 열여섯 살 먹은 딸을 둔 어머니로는 보이지 않았다. 만약 아실이 살아 있었다면 스무 살 된 아들까지 있는 셈이었으니, 믿을 수 없는 그녀의 동안에 놀라 혀를 내두를 만했다.

"오랜만이구나, 사나야."

"네. 그러네요, 어머니."

몇 년 전부터 그녀와 나는 아예 머무는 건물 자체가 달라졌기 때문에 웬만해서는 우연히 마주치는 일조차 없었다. 나를 향해 다가오던 어머니가 별안간 멈칫하며 두 눈을 조금 크게 떴다.

"피를 왜…… 어디 다쳤니?"

입가에 묻은 피는 닦았지만 아직 옷을 갈아입기 전이라 가슴께를 적시고 있는 붉은 자국이 고스란히 보였다.

"아무것도 아니에요. 여기는 어쩐 일이세요?"

나는 그녀에게 이유를 설명하지 않고 말을 돌렸다. 굳이 내 상황을 알려 줘야 할 필요성을 느끼지 못해서였다. 내가 대답하지 않자 어머니도 거기에 대해 더 묻지 않았다.

"오늘이 대만찬 날이잖아. 혹시 네가 긴장하지 않을까 싶어서 와 봤단다."

"대만찬에 참석한 게 한두 번도 아닌데 새삼스럽게 왜 긴장을 하겠어요."

내 말에 어머니는 무슨 말을 해야 할지 모르겠다는 눈으로 나를 쳐다보았다.

아마도 그녀는 혹시 내가 대만찬 때 아버지의 심기를 거스르기라도 할까 봐 걱정이 되어 나를 찾아온 것일 터였다. 이제 나는 충분히 내 앞가림을 할 수 있을 정도로 자라 있는데 그녀는 여전히 내가 염려스러운 모양이었다.

어느 순간부터 어머니와 나 사이에 있는 거리감은 점점 더 그 격차를 크게 벌려 가고 있었다.

그래도 지금처럼 저렇게 애달픈 빛을 띤 눈으로 호소하듯이 나를 쳐다볼 때면, 그녀가 원하는 일은 무엇이든 다 해 주고 싶은 마음이 들었다.

나는 천천히 입술을 달싹여 말했다.

"괜찮아요. 어머니가 걱정하실 일은 없을 거예요."

정말 의연해 보이는 내 얼굴에 어머니는 그제야 안심한 것 같았다. 곧 그녀가 야트막한 숨결을 내쉬며 입을 열었다.

"그래, 이제는 너도 훌륭한 아그리체니까."

그 말을 듣는 순간, 내가 어떤 표정을 지었는지 모르겠다. 일순간 내 눈을 마주한 어머니의 여린 몸이 움찔 떨렸다. 그 덕분에 지금까지 내가 쓰고 있던 무형의 가면이 벗겨졌다는 사실을 알았다.

나는 그녀의 얼굴에 보고 싶지 않은 다른 감정이 떠오르기 전에 다시금 온화하게 미소 지었다.

"네, 어머니가 바라셨던 대로 저도 이제는 훌륭한 아그리체가 되었어요."

당장에라도 깨져 버릴 것처럼 연약한 아름다움이란 어쩌면 이다지도 애달프고 사랑스러운지.

내 오빠 아실이 부당하게 죽어도 방에 틀어박혀 우는 것 말고는 아무것도 하지 못했던 사람.

그리고 내가 오늘 당장 눈앞에서 살해당한다 해도, 두려움에 떨며 내가 죽어 가는 모습을 그저 가만히 지켜보기만 할 사람.

"좀 더 쉬었다 가시겠어요? 전 대만찬 준비를 해야 해서 어머니와 함께 시간을 보내지 못할 것 같네요."

나는 부드럽게 말하며 다시 거울이 있는 방향으로 몸을 틀었다.

"아니야, 내가 있으면 방해만 될 것 같구나."

내게 이 이상 대화를 이어 갈 의사가 없다는 사실을 느꼈는지 어머니도 고개를 저었다.

"그럼 살펴 가세요."

나는 그녀를 붙잡지 않았다.

어머니는 잠시 머뭇거리다가 이내 소리 없이 방에서 빠져나갔다.

그녀가 떠난 뒤 에밀리가 대만찬을 위한 단장을 도와주었다. 나는 가족과의 식사 자리에 나서는 것이 아니라 총과 칼이 없는 전쟁터에 나가기 위해 무장하는 사람처럼 조금은 강박적으로 나를 꾸미고 치장했다.

거울 속에는 그야말로 눈이 멀 것처럼 화려한 소녀의 모습이 비쳤다. 지독히도 무표정한 얼굴에 천천히 미소를 그려 넣자 아직도 가끔 내 것처럼 느껴지지 않는 아름다운 얼굴에 단숨에 생기가 피어올랐다.

"록사나 아가씨. 시간이 되었습니다."

나는 만찬장으로 향하기 위해 방에서 나섰다. 복도는 조용했다. 어머니가 걸어갔을 복도를 잠시 바라보다가 이윽고 나는 그 반대 방향으로 발길을 돌렸다.

나는 아실과 나를 지켜 주지 못하는 그녀를 원망하지 않았다. 그녀를 미워하지도 않았다. 하지만 더 이상은 예전처럼 그녀에게 안길 수도 없었다.

그저 그뿐이었다.

한 달에 한 번 열리는 대만찬은 아그리체의 수장인 란트와 그 달의 평가에서 가장 좋은 성적을 낸 상위 세 명의 아이가 함께하는 자리이다.

이래저래 포장은 거창하지만 간단히 말하자면 그냥 한자리에 모여 저녁 식사를 하며 대화를 나누는 시간이었다. 대만찬 시간에는 주로 이제까지 이루어 온, 혹은 앞으로 이루어야 할 아그리체의 과업과 현재 돌아가는 바깥 세계의 정세, 또 각자의 교육적 성과와 앞으로의 발전 가능성 및 전망 등등에 대한 이야기가 오갔다.

가끔은 란트 아그리체가 우리를 시험하듯이 무언가를 물어 거기에 답해야 할 때도 있었다. 하지만 아주 쓸데없는 화제가 식탁 위에 오를 때도 있었다.

바로 지금처럼.

"개 같은 페델리안 새끼들 같으니."

내 아버지인 란트 아그리체가 이를 갈며 읊조린 말에 나는 '또 시작이구나.' 하고 생각했다. 사실 내가 지금 이곳이 소설 속 세계라는 사실을 확신하게 된 것도 바로 대만찬 때마다 청의 페델리안을 씹어 대는 란트 아그리체 덕분이었다.

"왜요? 아버지한테 또 왈왈거려요?"

제레미도 나와 같은 생각을 했는지 다소 시큰둥한 반응을 보였다. 그는 월례 평가 때 3위를 차지해 지금 이 자리에 있었다. 몇 년째 고정된 1, 2위와 달리 3위의 자리는 다소 유동성이 있었다.

부동의 1위는 이복 오빠 중 하나인 데온 아그리체였다. 현재 내 위로는 폐기 처분 당하지 않고 살아남은 두 명의 이복 오빠와 한 명의 이복 언니가 있었고, 데온은 그중 차남이었다.

지금은 공무 때문에 이 자리에 없는 그는 현재 열아홉 살이었다. 데온은 내가 이 대만찬에 초대받아 오기 시작할 때부터 이미 변함없는 1위였다.

물론 소설 속의 내용을 상기하자면 나중에는 제레미가 1위가 되겠지만, 아직 어리기 때문인지 지금은 데온과 내가 1, 2위를 차지하고 있었다.

아마도 앞으로 3년 정도가 더 지나면 소설 속의 명실상부한 악역 남캐였던 제레미가 우리 중 가장 강해지지 않을까 하는 생각이 들었다.

나는 데온을 좋아하지 않기 때문에 지금 이 자리에 그가 없어 다행이라고 생각했다. 그 남자의 얼굴을 보며 식사를 해야 하는 대만찬 때마다 체할 것 같은 기분을 느껴야만 했으니까.

"그놈들이야 허구한 날 귀 따갑게 짖어 대는 게 일이지. 리셸 페델리안의 입을 언젠가 찢어 버려야 속이 후련할 텐데."

리셸 페델리안은 카시스의 아버지이자 페델리안의 현 수장이었다. 물론 란트 아그리체와는 엄청나게 사이가 좋지 않았다. 두 사람은 만날 때마다 서로 싸우는 게 일이라고 했다.

하지만 아무리 그래도 그렇지 이렇게 보복성으로 자식을 납치해 와 죽이려고까지 하다니. 그 정도면 상대에 대한 감정의 골이 여간 깊은 것이 아닐 터였다.

"그래도 오늘은 다른 때보다 기분이 좋아 보이세요."

나는 접시 위에 식기를 내려놓았다. 그러고 나서 란트 아그리체를 향해 은은하게 미소 지으며 먼저 운을 뗐다.

"제 생각에는 이번에 아버지께서 포획해 오신 사냥감 때문인 것 같은데, 맞나요?"

란트 아그리체의 시선이 나를 향했다. 섬뜩한 붉은 눈동자가 나를 꿰뚫듯이 응시했다. 곧 그가 제법이라는 듯이 입꼬리를 끌어 올렸다.

"록사나, 역시 넌 눈치가 빨라. 날 닮았어."

그딴 같잖은 칭찬 필요 없어.

나는 여전히 웃는 얼굴을 한 채 속으로 싸늘히 생각했다.

"왜요, 그 장난감 정체가 뭔데?"

심드렁한 모습으로 식사를 하던 제레미가 아버지와 내 대화에 호기심을 보였다. 란트 아그리체는 사냥에 성공한 맹수처럼 포만감 어린 얼굴로 의자에 느른히 몸을 기댔다.

"오늘 보니 페델리안에서 아주 애가 달았던데."

그렇게 말하는 그는 진짜 악당 같은 표정을 짓고 있었다.

와, 사람이 어쩌면 저렇게 사악하고 비열해 보이는 얼굴로 웃을 수 있을까? 저것도 정말 신기한 재주였다. 꼭 이마에 '악역!' 하고 써 붙인 것 같지 않은가?

"하지만 아무리 눈이 돌아 발버둥 쳐 봤자지. 아그리체의 지하에 갇힌 놈을 제까짓 게 무슨 수로 찾겠다고."

"지하에 있는 게 도대체 누구길래 페델리안에서 찾아요?"

제레미는 알 듯 말 듯한 얼굴을 하고 있었다.

란트 아그리체가 나를 쳐다보았다. 어디 한번 네가 알고 있는 것을 말해 보라는 듯한 허락의 눈빛이어서 나는 기꺼이 기회를 잡았다.

"청의 귀공자, 카시스 페델리안."

내가 말한 순간 제레미가 얼빠진 표정을 지으며 입을 벌렸다.

"진짜?"

확인하는 듯한 시선이 란트 아그리체에게 날아갔다. 그는 카시스 페델리안의 정체를 맞힌 나를 칭찬하듯이 만족스럽게 웃으며 쳐다보고 있었다.

"와, 아버지. 와아……."

제레미가 헛웃음을 내뱉었다. 페델리안의 후계자를 납치해 온 란트 아그리체의 기상천외한 행위에 상당한 감명을 받은 눈치였다.

"아버지, 이번 사냥감의 교육 방식은 결정하셨나요?"

나는 란트 아그리체의 분위기와 표정을 읽으며 넌지시 물었다. 내 입에서 지하에 갇힌 장난감에 대한 이야기가 나오자 제레미가 나를 쳐다보았다. 아버지의 시선도 나를 향하고 있었다.

그는 사냥 후 여유를 즐기는 짐승처럼 손에 천천히 턱을 괴며 입매를 느슨히 풀었다.

"록사나, 네가 생각해 둔 좋은 방법이 있으면 말해 보아라."

란트 아그리체는 오늘따라 관대했다. 리셀 페델리안이 아들을 찾아 혈안이 된 모습을 보고 온 후라 다른 때보다 마음이 너그러워진 것 같았다.

"이번 장난감에는 저도 흥미가 있어요."

나는 내가 무엇을 제안해야 그의 귀가 솔깃해질지, 또 내가 어떤 식으로 말해야 그가 흡족함을 느낄지 이미 알고 있었다.

"페넬리안은 공명정대하고 청렴결백한 심판자라고 알려져 있죠. 또 개중에서도 청의 귀공자는 성품이 특히 올곧고 강직해 페넬리안 중의 페넬리안이라 불린다고 들었어요."

어느덧 주위가 조용했다. 란트 아그리체가 내 말에 집중해 귀를 기울이고 있었다. 주사위를 던져야 할 순간은 지금이었다.

"그 고결한 카시스 페넬리안이⋯⋯."

나는 입꼬리를 끌어 올려 아마도 란트 아그리체와 닮았을 짙은 미소를 얼굴에 그려 넣은 뒤 노래하듯이 속삭였다.

"제 발밑에 깔려서 발정 난 개처럼 추잡하게 망가져 짖어 대는 꼴을 보는 것도 재미있을 것 같아요."

결론적으로 말하자면, 란트 아그리체는 내 말을 굉장히 마음에 들어 했다. 그는 한번 생각해 보겠노라고 했지만, 나를 보던 눈빛이나 표정으로 미루어 짐작했을 때 카시스를 내 수중에 두게 되는 것은 시간문제인 것 같았다.

대만찬이 끝나고 돌아오는 길에, 나는 아까 란트 아그리체 앞에서 내가 했던 말을 떠올리고 입안이 떫어지는 것을 느꼈다.

내가 이런 악당 같은 대사를 읊다니.

물론 진짜로 카시스 페넬리안을 농락할 생각은 눈곱만큼도 없었다. 만약 그랬다가는 카시스를 이 집에서 무사히 내보내는 데 성공한다 해도, 나중에 그가 수치심에 이를 갈며 나한테 복수할지도 모를 노릇이었다.

이건 어디까지나 란트 아그리체의 취향을 고려해서 말한 것이었다. 그는 고귀한 페델리안이 가장 비참한 모습으로 망가지는 것을 바랄 테니까.

게다가 대쪽 같은 페델리안의 정신과 육체 모두를 타락시키는 쪽이 단순 고문으로 고통을 주는 것보다 더 재미있을 것이 분명했다.

"사나 누나, 진짜 누나가 그 장난감 직접 교육시킬 거야?"

그때, 만찬장을 나와서 나란히 함께 걷고 있던 제레미가 물었다. 그는 조금 기분이 저조한 것 같았다. 아까 대만찬 자리에서 내가 카시스 페델리안에 대해 아버지에게 이야기했을 때부터 줄곧 그랬다.

이미 내가 카시스에게 관심을 갖고 있다는 사실을 알고 있었으면서, 막상 내가 아버지 앞에서 그를 달라는 소리를 하자 심기가 언짢아진 모양이었다.

어린 녀석. 나는 이놈이 내 관심을 장난감에게 전부 빼앗길까 봐 이러는 것을 눈치챘다.

"응, 이번 장난감은 내가 좀 가지고 놀아 보려고."

그때 뒤에서 누군가의 기척이 느껴졌다. 제레미와 나는 대화를 멈추고 동시에 몸을 돌렸다.

"그게 무슨 소리야? 언니가 지금 지하에 있는 장난감을 교육시킨다고?"

이복 여동생인 샬럿이었다. 이제 열세 살인 샬럿은 강렬한 붉은 머리카락과 녹색 눈을 가진 새침한 인상의 여자애였다. 그녀는 아버지인 란트 아그리체를 조금도 닮지 않은 자신의 외양을 싫어했는데, 나는 오히려 그런 그녀가 조금 부러웠다.

샬럿은 조금 전 제레미와 내가 나누던 대화를 들었는지 귀여운 얼굴을 구기고 있었다.

그녀가 왜 만찬장과 가까운 곳에서 얼쩡거리고 있었는지 알 것 같았다. 그래서 나는 살포시 미소 지으며 입을 열었다.

"그래, 샬럿. 방금 대만찬 자리에서 아버지께 그렇게 말씀드리고 온 참이야."

오늘은 데온이 없어서 그런지 평소보다 일찍 대만찬이 끝났다. 샬럿은 아버지에게 이번 장난감에 대한 이야기를 하려고 지금 이 자리에 온 것이 분명했다.

그녀는 카시스를 보기 위해 지하 감옥 앞에서 한바탕 소란을 피운 전적도 있었다. 이제까지 아그리체에 들여온 장난감에 이 정도까지 오래 접근 금지 명령이 붙은 적은 한 번도 없었으니 샬럿이 안달 날 만도 했다.

"그런 게 어디 있어? 그건 내가 처음부터 찍어 둔 건데!"

샬럿은 이번 장난감의 교육을 맡은 사람이 나라는 소리에 굉장히 분개했다. 물론 란트 아그리체는 아직 확답을 하지 않았지만 굳이 그런 사실을 샬럿에게 알려 주지는 않았다.

어쩐지 카시스 페넬리안을 처음 보는 순간부터 눈을 빛내더라니.

내가 보기에도 그는 상당히 샬럿의 구미에 들어맞는 생김새를 가지고 있었다. 나는 쓸데없이 샬럿의 취향으로 생긴 카시스를 속으로 탓하며 쯧 작게 혀를 찼다.

"야, 언제부터 우리가 장난감을 먼저 찍은 순서대로 가졌냐?"

옆에서 제레미가 싸늘하게 웃으며 샬럿을 비웃었다. 과연 그의 말처럼 우리에게 그런 규칙은 없었다. 하지만 이미 흥분한 샬럿의 귀에는 아무것도 들어오지 않는 것 같았다.

"록사나 언니는 이제까지 장난감에 관심도 없었잖아? 그런데 이런 식으로 갑자기 치사하게 끼어들어서 내 걸 빼앗아?"

저런. 샬럿이 계속 우기기 시작하자 나는 슬슬 귀찮아지기 시작했다.

"샬럿, 언제부터 지하에 있는 장난감이 네 것이었니?"

나는 철없는 내 이복동생에게 그녀의 생각이 얼마나 바보 같은 착각인지를 설명해 주었다.

"권리를 주장하려거든 그에 걸맞은 자격을 갖춰야지. 이제까지 네가 장난감들을 마음대로 가지고 놀 수 있었던 건, 내가 거기에 관심을 두지 않았기 때문이야. 설마 넌 그게 당연히 네가 가져야 할 네 몫인 줄 알았어? 난 네가 그렇게 멍청하다고는 생각하지 않는데."

차분한 어조의 목소리였지만 그 안에는 경고의 의미가 담겨 있었다. 샬럿은 성격이 다소 불같고 경솔해 가끔씩 선을 넘을 때가 있어 곤란했다.

"언니한테 못 줘. 저건 내가 가질 거야. 누구든 탐내면 가만히 안 둬."

이번에도 그녀는 표독스러운 눈으로 나를 노려보며 이런 건방진 소리를 지껄였다.

"샬럿."

나는 심히 유감스러워졌다.

"좋은 말로 하니 말귀를 못 알아듣는구나."

얕은 한숨을 내쉬며 속삭인 내 말에 샬럿도 무언가를 느꼈는지 허리춤에 차고 있던 채찍을 꺼내 들었다. 나는 그녀를 향해 상냥한 미소를 지으며 서늘히 말을 이었다.

"그래, 내 귀여운 동생. 멍청한 너를 위해 좀 더 쉬운 방법으로 알려 줄게."

그리 긴 시간은 걸리지 않았다.

"샬럿, 난 말이야. 주제 파악을 못 하는 아이가 싫어."

나는 나지막하게 읊조리며 손에 묻은 피를 무심히 털어 냈다. 내 손짓을 따라 하얀 복도에 미지근한 붉은 액체가 튀었다.

"어차피 이기지도 못할 걸 왜 덤벼들어서 사람을 귀찮게 하지?"

샬럿을 상대하는 데는 머리를 장식하고 있던 핀 정도로 충분했다. 보석이 박힌 다섯 개의 핀을 전부 사용했더니 완전히 풀어 헤쳐진 긴 머리채가 내 어깨와 등 뒤를 덮고 있었다.

샬럿은 아까의 사나운 기세를 한풀 꺾고 피를 흘리며 내 앞에 쓰러져 있었다. 나는 그녀를 밟고 있는 발에 지그시 힘을 주었다.

"샬럿. 내가 원하는 장난감 하나를 갖는 데 고작 네 허락 따위를 구해야 할 필요가 있을까?"

"윽."

"난 아니라고 생각하는데."

당연히 나도 샬럿에게 이 정도까지 하고 싶지는 않았다. 하지만 아직은 어리니까, 어차피 이 애도 태어나면서부터 이 집안에 세뇌당한 것뿐이니까, 그런 생각으로 샬럿의 언행을 그냥 참고 넘어가면 그녀는 꼭 나를 우습게 여기고 기어올랐다.

지금도 나한테 굴욕적으로 제압당하고도 기가 죽기는커녕 독기 어린 눈빛을 쏘아 보내고 있지 않은가?

나는 내 상대도 되지 않으면서 꼭 한 번씩 까부는 샬럿이 성가셨다.

이렇게 한 번씩 밟아 주는 것도 꽤 번거로운 일이었고 말이다.

"내가…… 언니 나이가 되면 훨씬 더 강해질 거야."

젖살이 남은 귀여운 얼굴로 살벌하게 중얼거리는 말을 듣고 나는 후우 야트막하게 웃었다. 그 소리를 들은 샬럿이 일순간 몸을 움찔했다.

이런 걸 보면 나를 아예 안 무서워하는 것은 아닌데, 어떤 의미로는 근성이 있다고 표현해야 할지.

"그래, 그럴 수도 있겠지. 지금으로 봐서는 잘 모르겠지만."

나는 무심히 읊조린 뒤 샬럿의 몸에서 발을 뗐다.

"누나, 앤 내가 처리할 테니까 먼저 가."

벽에 기대 우리의 모습을 관전하고 있던 제레미가 다가왔다. 그는 피를 흘리며 쓰러진 샬럿을 힐끔 깔아 보며 나를 향해 말했다.

나는 잠시 두 사람을 번갈아 보다가 이내 그의 말대로 먼저 자리에서 발길을 뗐다.

록사나가 복도를 완전히 빠져나간 뒤, 제레미는 싸늘한 시선으로 샬럿을 내려다보았다. 그녀는 몸을 추스른 뒤 비척거리며 자리에서 일어나는 중이었다. 제레미의 발이 그런 샬럿에게 망설임 없이 날아가 박혔다.

퍼억!

"악!"

어깨를 걷어차인 샬럿이 다시금 바닥에 널브러졌다.

"정말, 사나 누나는 너무 착하다니까. 이런 시건방진 걸 이 정도까지 봐주고."

제레미는 샬럿에게 다가가 몸을 숙였다. 그리고 그녀의 헝클어진 머리채를 잡아 고개를 들게 했다. 샬럿은 반항적인 눈빛으로 제레미를 노려보았다. 그 모습을 보고 제레미는 혀를 찼다.

　필요 이상으로 상처를 입히지 않고, 딱 급소만 공격해 상대방을 효율적으로 제압한 것이 과연 록사나다웠다. 물론 어지간히 실력 차이가 크지 않고서야 큰 부상 없이 싸움을 종결짓는 게 오히려 더욱 어려운 법이었다.

　샬럿은 이럴 때마다 록사나와 자신의 실력 차이가 두드러져 더욱 자존심이 상하는 모양이었지만, 제레미가 생각하기에는 록사나가 너무 관대한 것 같았다.

　"시발. 가뜩이나 별 좆같은 새끼 때문에 빡치는데 너까지 열 받게 할래?"

　제레미가 새파란 안광을 빛내며 섬뜩할 정도로 날카롭게 일갈하자 그제야 샬럿은 흠칫해서 눈을 내리깔았다.

　"내가 뭘 그렇게 잘못했다고……."

　"이게 진짜 뒈지려고. 네까짓 게 누나한테 시비를 턴 게 그럼 잘못이 아냐?"

　"오빠는 맨날 록사나 언니 편만 들더라? 이번 장난감도 그래. 내가 얼마나 마음에 들어 했는지 알면서!"

　샬럿이 억울한 듯이 소리쳤으나 제레미는 눈 하나 꿈쩍하지 않고 붙잡고 있던 샬럿의 머리채를 떠밀듯이 놓았다. 하찮은 것을 다루는 듯한 무성의하고 배려 없는 손길이었다.

　"야, 화풀이를 하려거든 지하에 있는 놈한테 가서 해. 이건 다 제 주제도 모르고 감히 사나 누나 앞에 얼쩡거려서 눈에 띈 그 새끼 잘못이니까."

그렇게 말하는 동안 또 한 번 짜증이 치밀어 올라 제레미는 욕설을 내뱉었다. 이번 장난감에서 손을 떼겠다고 지난번에 록사나 앞에서 말한 것만 아니었으면, 청의 귀공자인지 뭔지 하는 그 새끼를 지금 당장 조져 버리는 건데.

록사나에게 칭찬받고 싶어서 먼저 장난감을 양보하겠다고 말한 주제에 또 정작 그녀가 그놈에게 생각 이상으로 관심을 둔 것 같자 기분이 더러워졌다.

"그래, 생각해 보니까 진짜 전부 다 그 청의 개새끼 탓이네."

제레미는 지금도 지하에 갇혀 있을 카시스 페델리안을 향해 살의를 느끼며 바득 이를 갈았다.

"청의 개새끼?"

"그거, 카시스 페델리안이래."

바로 그 순간 샬럿의 눈에서 확 불길이 일었다. 그녀도 이번 장난감의 정체가 페델리안이었다는 사실을 지금 처음 알고 적잖은 충격을 받은 것 같았다.

그 직후 샬럿의 눈동자에 떠오른 감정을 보고 제레미는 그녀를 이용하기로 했다. 그래, 내가 직접 건드릴 수 없다면 다른 사람한테 대신 시키면 되잖아?

물론 사나 누나는 모르게.

"아쉽겠다. 그거 진짜 딱 네 취향이었을 텐데."

조롱 어린 제레미의 말에 샬럿이 입술을 깨물었다.

"그런데 뭐 어쩌겠어. 장난감은 딱 하나뿐인데."

그는 마주한 얼굴에서 들끓는 강렬한 탐욕과 분노, 그리고 질투를 읽으며 비리게 웃었다.

"네가 갖지 못한다고 해서 망가뜨릴 수도 없고. 그렇지?"

"피 냄새가 나는군."

제레미와 샬럿을 두고 발길을 돌린 록사나는 지하 감옥으로 향했다. 그녀가 안으로 들어왔을 때부터 유심히 주의를 기울이던 카시스가 불현듯 입을 열어 예리하게 읊조렸다.

그 소리를 듣고 록사나는 흠칫했다. 그의 말처럼 지금 그녀의 손과 옷에는 피가 묻어 있었다. 조금 전 복도에서 샬럿을 상대할 때 묻은 것이었다.

하지만 그 냄새를 또 맡다니. 보통 후각이 아닌데? 록사나는 미묘한 기분을 느끼며 카시스를 올려다보았다.

"별것 아니야. 당신은 신경 쓸 것 없어."

대충 내뱉은 그녀의 대답에 카시스가 미묘하게 눈살을 찌푸렸다. 하지만 그에게 솔직히 말할 수는 없었다. 동생과 싸우느라 이렇게 피를 봤다고 하면 그녀를 더 경계하겠지? 더군다나 그 피가 그녀 본인의 것도 아니고 상대방의 것이라고 하면 더더욱.

그렇다고 다른 이유를 둘러대자니 또 귀찮았다. 어차피 카시스는 지금 눈도 제대로 보이지 않을 테니 그냥 넘어가도 상관없을 것이다. 이럴 줄 알았으면 그냥 방에 들러 피도 닦고 옷도 갈아입고 오는 건데.

그렇게 생각하며 록사나는 입을 열었다.

"나 한동안 못 올 거야."

록사나의 말에 카시스는 대답 없이 눈앞에 있는 사람을 바라보았다. 두 사람이 이런 식으로 지하 감옥 안에서 만난 것도 이제 그 횟수가 제법 되었다.

어제보다 좀 더 밝아진 시야에 가냘픈 소녀의 형체가 비쳤다. 아직까지도 모든 게 희미해서 가까스로 얼굴과 몸의 윤곽이 드러나 보일 뿐이었지만 말이다. 그래서 이 피 냄새의 원인이 정확히 무엇인지도 알 수가 없었다.

"그렇게 오래는 아니고, 그냥 며칠 정도."

혹시 자신의 이름을 록사나라고 밝힌 이 소녀가 어딘가 다친 것일까?

카시스는 그녀를 걱정할 입장도, 또 그럴 관계도 아니었다. 하지만 후각을 자극하는 이 짙은 피 냄새의 주인이 눈앞에 있는 이 어린 소녀라고 생각하니 어째서인지 조금은 신경이 곤두서는 느낌이었다.

어쩌면 비록 그 의도는 아직 의심스러울지라도, 소녀가 다른 사람의 눈을 피해 몰래 카시스를 도우려 한다는 사실 그 자체만큼은 더 이상 부정하기 어려워서인지도 몰랐다.

카시스는 눈앞에 있는 사람의 상태를 살피듯이 시선을 두었다. 눈이 보이지 않아 상황을 직접적으로 파악할 수 없다는 것은 상당히 불편한 일이었다.

"그러니까 다시 볼 때까지 잘 지내. 내가 없으면 필요할 때 당신을 도와줄 사람이 없어서 조금 걱정이지만."

여느 때처럼 차분하고 나긋한 목소리.

카시스는 아무래도 상관없다고 말하듯이 싸늘한 눈길을 다른 곳으로 비꼈다. 하지만 다음에 만났을 때는 지금 앞에 있는 사람의 얼굴을 볼 수 있었으면 좋겠다고, 속으로 그렇게 생각했다.

이틀 뒤, 나는 샬럿이 지하 감옥을 지키고 있던 옥지기를 쓰러뜨리고 억지로 그 안에 들어갔다는 이야기를 듣게 되었다. 그것으로도 모자라 샬럿은 카시스 페넬리안을 공격해 상처를 입혔다고 했다.

"흐응."

역시 예상대로네.

나는 독을 탄 차를 마시며 한가로운 시간을 보내다가 에밀리에게서 그 소식을 전해 듣고 무심히 생각했다. 샬럿은 대만찬 날 장난감의 소유권 문제로 내게 덤볐다가 결국 무참히 패배했다. 카시스를 얻지도 못하고 내게 무력으로 당하기까지 했으니 샬럿의 성격에 분해서라도 가만히 있을 리가 없었다. 게다가 제레미가 옆에서 샬럿에게 바람을 불어넣기도 했겠지.

그날, 만찬장에서 나온 제레미의 기분이 저조해 보였을 때부터 앞으로 이어질 그의 행동을 어느 정도 짐작하고 있었다. 그런 와중에 제레미가 나를 먼저 보내고 샬럿과 단둘이 남으려 하기까지 했으니, 그 후의 일을 예측하지 못하는 게 더 이상했다.

역시 샬럿은 자신의 차지가 되지 못할 장난감을 온전히 놔두려 하지 않았다.

하지만 어차피 그녀가 한 행동은 화풀이밖에 되지 못했다. 처음 카시스를 데려왔을 때 우리들의 아버지인 란트 아그리체는 잠시 결정을 보류해 우리에게 한동안 아무도 그를 건드리지 말라고 명했다.

그러니 아무리 분노에 눈이 먼 샬럿이라 해도 아버지의 명령에 정면으로 반해 폐기 처분 당하고 싶은 것이 아니라면 카시스를 죽일 수 있을 리가 없었다.

그러니까 샬럿은 어차피 못 먹는 감, 찔러나 보자는 심정으로 카시스를 건드린 것이다. 물론 그것만으로도 그녀는 아버지에게 크게 혼이 날 테지만, 내 몫이 될 장난감을 망가뜨리는 일에 그 정도의 가치는 있다고 여긴 것이 분명했다.

하지만 그런 것치고는 카시스의 부상 정도가 생각보다 경미했다. 최소한 팔다리 하나쯤은 못 쓰게 될지도 모른다고 생각했는데. 샬럿이 내 예상보다 더 몸을 사린 것인지.

나는 조금은 아쉽다고 생각하며 시선을 내리깔았다.

"게다가 샬럿 님이 실수로 포로의 구속구를 파열시켜 오히려 역공당할 뻔하셨다더군요. 그 일까지 추가돼 가중 처벌을 받게 되실 것 같습니다."

"뭐?"

이어진 에밀리의 말에 나는 찻잔을 든 손을 멈칫하고 말았다. 이건 미처 예상하지 못했던 상황이었다.

구속구 파열이라니.

다른 것도 아니고 내구성이 뛰어나기로 유명한 대마물용 구속구를 샬럿이, 게다가 카시스를 공격하다가 단순한 실수로 부숴 버렸다고?

"재미있네."

그럴 리가. 카시스 페델리안이 무언가 술수를 부린 것이 분명했다. 샬럿이 다소 경솔하고 다혈질적인 건 맞지만 하필이면 그렇게 공교로운 순간에 실수를 해 구속구를 부수다니, 있을 수 없는 일이었다.

내 생각에는 그게 아니라 카시스가 일부러 교묘하게 샬럿을 이용한 것 같았다. 물론 내가 그를 과대평가하고 있는 것일 수도 있지만, 이래 봬도 그는 청의 귀공자라는 별명까지 가지고 있는 페델리안의 후계자였다. 여주인공의 오빠라는 타이틀을 차치하고서도.

나는 탁자 위에 찻잔을 소리 없이 내려놓았다. 아무래도 카시스에게는 조금 더 시간이 지난 후에 들러 보는 것이 좋을 듯했다.

"누나, 샬럿 얘기 들었어?"

"지하 감옥의 일이라면 들었지."

그날 저녁 제레미가 내 방에 찾아왔다. 그는 여지없이 내게 달라붙어 어리광을 부리다가 은근한 목소리로 샬럿에 대한 이야기를 꺼냈다.

샬럿은 처벌의 방에 20일간 감금당하는 징계를 받았다. 란트 아그리체는 샬럿이 자신의 명을 어겨 마음대로 지하 감옥에 들어간 데다 멍청하게 카시스의 구속구를 부순 일로 크게 화가 난 것 같았다.

나는 이 결과가 상당히 만족스러웠다.

"장난감이 좀 망가진 것 같던데 안 가 봐도 돼?"

제레미의 목소리가 한결 더 은근해졌다. 심해 같은 푸른 눈이 나를 물끄러미 응시했다.

나는 제레미가 검은 머리카락 말고는 란트 아그리체를 별로 많이 닮지 않아 다행이라고 생각했다. 만약 그의 외모가 아버지를 연상시켰다면, 이렇게 가까이에서 얼굴을 마주할 때 나도 모르게 거부감을 표출했을지도 몰랐으니까.

"크게 흠집 난 것도 아니라는데 뭐 하러."

나는 제레미의 머리를 쓰다듬으며 나른히 말을 이었다.

"샬럿이 손댄 게 마음에 안 들긴 하지만 어차피 아버지한테 벌을 받을 테니까 내가 나설 필요는 없겠지."

제레미가 카시스의 문제로 나를 떠보려 하는 것을 알고 나는 일부러 무감한 반응을 보였다.

"흐응, 그래?"

내게 카시스의 상태를 살피러 갈 생각이 없다는 사실을 알게 되자, 제레미는 아닌 척해도 확실히 기분이 좋아진 것 같았다.

아까보다 한결 더 선명한 미소를 띤 제레미가 다시 입을 열었다.

"누나, 이제부터 내가 샬럿도 지하에 접근 못 하게 할까?"

샬럿을 부추겨 지하 감옥에 들어가도록 만든 것은 제레미일 게 분명했다. 그런데 그는 이제부터 나를 위해 앞장서서 샬럿을 막겠노라는 의사를 표명하고 있었다.

모든 진실을 아는 내 입장에서는 꽤 웃긴 일이었다.

"그냥 놔둬. 그 애도 목숨이 아까우면 알아서 몸을 사리겠지. 나도 두 번은 용납 안 할 테니까."

물론 샬럿은 한동안 처벌의 방에 들어가 있느라 카시스 근처에 얼씬도 하지 못할 테지만.

"제레미, 넌 샬럿처럼 제멋대로 내 장난감을 건드리지 않을 거지?"

나는 상냥한 어투로 나긋하게 속삭이며 제레미의 매끄러운 머리칼을 어루만졌다.

"넌 내가 유일하게 아끼는 내 착한 동생이잖아."

그 순간 제레미가 멈칫했다. 하지만 그것은 지극히 찰나의 순간이었다. 곧 그는 태연하게 나를 향해 웃으며 대답했다.

"당연하지. 사나 누나가 싫어하는 일은 안 해."

"샬럿, 그 병신 같은 게."

제레미는 록사나의 방에서 빠져나와 복도를 걸으며 짜증스럽게 뇌까렸다.

다 된 밥에 재를 뿌려도 유분수지, 기껏 자리를 깔아 줘도 이렇게 머저리 같은 짓이나 하다니. 적어도 그 새끼를 반불구로는 만들었어야지.

그런데 그러지는 못할망정 실수로 구속구를 깨서 오히려 역공당할 뻔하기나 하다니, 아그리체의 수치가 따로 없었다.

"그냥 폐기 처분이나 당해 버릴 것이지."

빙해 같은 눈동자가 싸늘하게 빛났다.

제레미는 여전히 지하에 갇힌 카시스 페델리안을 죽여 없애 버리고 싶었다. 하지만 그는 더 이상 록사나의 장난감을 간접적으로라도 건드릴 수 없었다. 록사나에게 '유일하게 아끼는 동생'이라는 말까지 들어 버렸는데, 이 이상 그녀의 신뢰에 반하는 일을 하는 것은 제레미에게 있을 수 없는 일이었다.

제기랄, 이 빡치는데 뿌듯한 기분은 도대체 뭐지?

제레미는 기묘한 심정을 안고 뒷머리를 거칠게 긁적이며 자신의 방으로 향했다.

그 후로 사흘이 더 지나서야 나는 카시스를 찾아갔다. 지하 감옥의 앞을 지키는 것은 다른 사람으로 바뀌어 있었다. 샬럿에게 공격당한 원래의 옥지기는 현재 치료를 받는 중인 것 같았다.

나는 그사이 란트 아그리체에게 지하 감옥의 출입 허락을 받은 후였다. 그렇기 때문에 새로운 옥지기에게도 제지받지 않고 안으로 들어갈 수 있었다.

"몸은 좀 어때? 괜찮아?"

내가 안으로 들어서자 카시스가 고개를 돌렸다.

오랜만에 보는 그는 여전히 포로 같지 않은 분위기를 흘리고 있었다. 표정은 의연했고, 눈동자에 어린 빛은 변함없이 강렬했다.

카시스는 내 물음에 답이 없었다. 어째서인지 그는 내가 철창의 문을 열고 안으로 들어서는 동안 그저 나를 물끄러미 바라보기만 했다.

그러다 곧 카시스의 입술이 천천히 벌어졌다.

"록사나."

처음으로 그의 입에서 속삭여진 내 이름을 듣고 나는 별수 없이 동요했다. 잠깐 당혹감을 느끼며 두 눈을 깜빡이다가, 곧 평정을 되찾았다. 어차피 이름은 부르라고 있는 것이었고, 카시스에게도 진작 내 이름을 알려 주었으니 그리 놀랄 일도 아니었다.

뒤이어 카시스가 나직한 목소리로 내게 물었다.

"네가 마지막으로 온 지 며칠이 지났지?"

나는 고개를 슬쩍 기울이며 대답해 주었다.

"7일이야."

"그래."

어쩐지 상황에 어울리지 않는 담담한 목소리들이 오갔다.

"좀 더 오래된 줄 알았는데."

달리 감정이 스미지는 않은 무미건조한 음성이 덧붙여졌다. 내가 없는 시간을 실제보다 길게 느꼈다는 말을 듣자 기분이 다소 묘해졌다. 물론 카시스는 별다른 의미 없이 내뱉은 소리일 수도 있지만.

나는 아버지의 화를 산 샬럿이 처벌받아 더 이상 카시스에게 접근하지 못하게 되는 계기를 원했다. 하지만 사실은 이참에 카시스도 조금쯤은 내 필요성을 깨닫게 되면 좋겠다고 생각했다.

그래서 일부러 그를 며칠간 그냥 이대로 내버려 두었다. 샬럿이 그를 공격하러 올 것이라는 사실을 알면서도 아무것도 하지 않았고, 또 부상을 입은 그를 오늘까지 찾아오지도 않았다.

표정 없는 얼굴을 한 카시스가 나를 향해 다시 입을 열었다.

"그렇게 계속 문가에 서 있을 건가?"

나직한 음성이 귓가를 스치는 순간 나도 모르게 멈칫했다. 그의 말이 낯설었기 때문이다. 카시스가 먼저 내 접근을 허용하는 듯한 말을 꺼내는 건 이번이 처음이었다.

가만히 서 있는 나를 보고 그가 다시 느릿하게 입술을 뗐다.

"이쪽으로 와, 록사나."

속삭이는 듯한 나지막한 음성이 또 한 번 귓가에 고였다. 카시스의 얼굴에서는 감정을 읽어낼 수 없었다. 나는 잠깐 그를 쳐다보다가 자리에서 발길을 뗐다.

"그래. 어차피 치료해 주러 온 거니까."

카시스가 그런 내게 시선을 고정한 채로 말했다.

"눈에 띄는 상처를 치료하는 건 곤란하다고 했던 걸로 기억하는데."

"그때와는 상황이 조금 달라졌거든."

병 주고 약 주는 것이나 마찬가지였으니 한편으로는 내 행동이 조금 우습게 느껴지기도 했다. 나는 카시스를 향해 다가갔다. 그는 조금씩 가까워지는 나를 또 조용히 주시하고 있었다. 왠지 문득 기분이 좀 묘해져서 걸음을 멈추었다.

"왜 그러지?"

그러자 카시스의 눈꺼풀과 속눈썹이 느릿하게 반쯤 내려앉았다.

"더 가까이 와."

명령도 강요도 아니었다. 그런데 기이하게도 거부하기가 어려웠다. 나는 잠깐 멈췄던 발을 다시 앞으로 옮겼다. 사실상 카시스에게 반쯤 종용당해 움직이면서도 왠지 자존심이 상해서 그게 온전한 내 의지인 양 행동했다.

아마도 이번에 부서진 구속구는 카시스의 왼쪽 손목에 있던 것이었나 보다. 새것으로 교체된 구속구만 눌어붙은 핏자국 하나 없이 깨끗했다.

그의 수려한 얼굴에도 전에는 보지 못한 상처 자국이 늘어나 있었다. 그것을 샬럿이 남겼다는 생각에 기분이 조금 마뜩잖아졌다.

나는 카시스에게 손을 뻗어 그의 상태를 더 면밀히 살폈다. 내가 처음에 생각했던 것처럼 팔다리가 떨어져 나가지는 않았지만 갈기갈기 찢긴 허리 부근의 상처는 조금 심각했다.

어디 보자. 그 밖에도 오른쪽 어깨가 탈골된 것 같고. 복부에도 크게 베인 상처가 있네.

어, 그런데 이 새파란 멍은 설마 나 때문에 생긴 건 아니겠지?

"이번엔 심하게 다쳤네. 좀 더 방치했다가는 상처가 크게 덧날 뻔했어."

그 방치에 일조한 사람이 나면서 아무것도 모르는 양 천연덕스럽게 말했다.

"많이 아플 텐데 잘 버티고 있었어. 이제 내가 왔으니까 걱정하지 마."

그런데 어쩐지 카시스의 기색이 조금 이상했다. 나는 문득 이상함을 느끼며 고개를 들었다.

그 순간 생전 처음 보는 표정을 짓고 있는 카시스 페넬리안과 시선이 마주쳤다. 카시스는 숨을 멈춘 것 같은 얼굴로 나를 내려다보고 있었다.

상처 자국을 매단 그의 얼굴은 대리석 조각처럼 딱딱하게 굳은 상태였다. 태양 같은 찬란한 금색 눈동자가 나를 정면에서 꿰뚫었다. 그 안에는 미처 말로는 설명하지 못할 혼란과 당혹감이 어려 있었다.

그 순간, 나는 위화감의 이유를 깨달았다.

"아, 그런가."

내 입에서 자그마한 소리가 새어 나오는 순간, 카시스가 그제야 정신을 차린 사람처럼 얕게 숨을 들이켰다.

그래, 이제 알았다.

나는 숨결이 느껴질 정도로 가까운 거리에 있는 그의 얼굴을 마주하며 이윽고 작게 미소 지었다.

"이 거리에서는 이제 보이는구나, 내 얼굴."

생각지도 못하게 카시스의 동요를 목격하게 되자 나는 기분이 다소 기꺼워졌다.

카시스는 그래도 굉장히 빨리 평정심을 되찾았다. 일순간 미약한 잔물결을 그리던 눈동자도 잠시 후 고요한 호수처럼 다시 잠잠해졌다.

몇 해나 함께 지내고도 아직까지도 나만 보면 정신을 못 차리는 아그리체의 사람들도 있었으니, 내 입장에서 카시스의 반응은 양호하다

못해 무미건조한 수준이었다.

"좀 더 놀라도 되는데."

"놀라지 않았어."

"그래?"

거짓말하긴.

내가 안 믿는 듯하자 카시스는 입을 다물었다. 그의 얼굴은 아까와 다른 의미로 굳어 있었다. 아마도 한순간이나마 내 외양에 동요한 사실에 적잖은 충격을 받은 기색이었다.

하지만 그건 당연한 거니까 그렇게 예민하게 받아들일 필요 없는데. 지금까지 나를 본 사람들은 하나같이 경악하거나 넋을 잃거나 지금 그들이 서 있는 곳이 꿈인지 현실인지 모르겠다는 표정을 지었다.

세월이 흘러 내가 아이 티를 벗기 시작할 때부터는 특히나 그랬다.

게다가 내 미모는 일종의 무기로써 어릴 때부터 쉴 없이 갈고닦아진 것이었다. 그러니 제아무리 청의 귀공자라 해도 이제 겨우 열일곱 살밖에 안 된 소년인 카시스가 내 앞에서 무반응으로 일관할 수 있을 리가 없었다. 조금 더 산전수전 다 겪은 어른이 된다면 기대해 볼 만하겠지만 지금으로서는 무리인 게 당연했다.

오히려 그는 내 앞에서 볼썽사나운 꼴을 보이지 않은 것만으로도 스스로를 칭찬해야 마땅했다. 참고로 샬럿에게 공격당한 요안이라는 이름의 이전 옥지기는 처음으로 나를 가까이에서 마주한 날 혼이 빠져나가서 내가 말을 걸어도 멍청하게 '네? 네?'만 반복했다. 그가 나와 대화란 것을 나눌 수 있게 되기까지는 어느 정도의 시간이 소요되었다.

그에 비하면 카시스의 반응은 무척 재미없는 편이었다. 지금 카시스는 침묵한 채 내 얼굴을 내려다보고 있었다. 하지만 내게 미혹되어서 쳐다보는 느낌은 아니었다.

카시스의 눈빛은 다른 때보다 조금 더 서늘했다. 그러고 보면 아까 지하 감옥에 막 들어선 나를 쳐다보던 때부터 그랬던 것 같았다. 이렇게 가까이에서 시선을 맞대고 있으려니 그 온도 차이가 더욱 확연히 느껴졌다.

"지금 무슨 생각 해?"

나는 그의 눈을 피하지 않았다. 지금 마주한 눈빛에 담긴 의미가 무엇인지 짐작 가는 바가 있었다.

"혹시 나를 죽이고 싶다고 생각하고 있어?"

일부러 조금 극단적인 단어를 골라 말했다. 뒤이어 나직하게 속삭인 내 물음에 카시스는 대답하지 않았다. 조금은 뜬금없다고도 할 수 있는 말이었는데도 의문스러워하지도 않는 기색이었다.

"궁금한 걸 물어봐. 이제 내 얼굴을 봤으니 할 말이 있을 텐데."

나는 어머니를 많이 닮았지만 그렇다 해서 란트 아그리체를 하나도 닮지 않은 것은 아니었다. 특히 피처럼 붉은 눈동자는 내 아버지의 것을 완전히 빼다 박은 듯했다.

그 순간, 카시스의 금색 눈에 일전에 보았던 것과 같은 불길이 한 차례 일렁였다.

그는 내 정체가 무엇이냐고 묻지 않았다. 다만 이미 짐작하고 있던 것을 확인하듯 낮게 속삭이는 듯한 음성으로 내 이름을 읊조렸다.

"록사나 아그리체."

내가 그에게 알려 준 것보다 좀 더 구체화된 이름이었다. 나는 기꺼이 그에게 정답을 확인시켜 주었다.

"맞아."

혹시 또 처음에 만났을 때처럼 난동을 피우지는 않을까 싶었지만 카시스는 그러지 않았다. 단지 그는 무섭도록 시린 눈빛으로 나를 조용히 꿰뚫어 보기만 했다.

반응을 보아 하니, 카시스는 오늘 내가 이곳에 방문하기 전부터 내 정체를 알고 있었던 것이 분명했다.

출처는 역시 샬럿인가.

지하 감옥에 쳐들어와 카시스를 공격할 때 그녀가 무어라 입을 놀렸을 가능성이 컸다.

뭐, 그녀가 할 만한 말은 보나마나 뻔했다.

내 입으로 설명하는 건 좀 별로지만 '록사나 언니에게 널 빼앗길 바에는 차라리 망가뜨려 버리겠어!' 같은 말을 지껄였겠지.

음, 이렇게 말하니까 꼭 치정 같아서 구리네. 어쩌면 거기에서 그치지 않고 장난감이란 단어를 내뱉었을지도 모르겠다.

카시스가 아직 나를 신용하지 않는다는 사실은 이미 알고 있었다. 그럼에도 치료를 목적으로 내가 접근하는 것을 허용한 건, 좀 더 가까이에서 내 정체를 파악하기 위해서라는 사실도 모르지 않았다.

이번에는 카시스가 아그리체에서의 내 위치를 확인했다.

"란트 아그리체와의 관계는?"

"내 생물학적 아버지야."

그럼 아까 그가 한 말도 이와 같은 맥락에서였을까. 빨리 내 정체를 확인하고 싶은데 내가 오지 않아서, 그래서 내가 없는 시간이 길게 느껴졌다고 말한 것일 수도 있었다.

그래도 난 카시스가 조금은 내 도움을 바라며 빈자리를 아쉬워하기를 기대했는데, 역시 아직은 일렀던 모양이다. 하긴, 시간이 얼마 지나지도 않았는데 벌써 나를 철석같이 믿어 버린다면, 페넬리안의 이름이 울 것이었다.

하지만 애초에 나는 카시스에게 내 정체를 끝까지 숨길 생각은 없었다. 만약 그랬다면 그에게 내 이름을 알려 주지도 않았을 테고, 주술이 풀려 카시스의 시력이 되돌아오도록 놔두지도 않았을 것이다.

카시스는 '록사나 아그리체'에게 도움을 받았다는 사실을 명확히 인지하고 있어야 했다. 내가 자선 사업가도 아니고, 난 대가 없이 그를 도우려고 하는 게 아니었다.

"정체를 숨기고 나한테 접근한 이유가 뭐지?"

"정체를 바로 밝히지 않은 건 당신이 지금처럼 나를 더 경계할 게 뻔하니까 그런 거고, 당신한테 접근한 이유는……. 말했잖아. 당신이 이곳에서 죽기를 바라지 않는다고."

내 말에 카시스가 싸늘하게 실소했다.

"그래서 죽이는 대신 나를 장난감으로 삼겠다고?"

아, 역시 샬럿이 거기까지 다 불었구나. 하지만 그건 다 이유가 있는데…….

어차피 이제부터 카시스의 취급이 변할 예정이었고, 거기에 대해 알려 줘야 할 필요도 있었으니 딱히 그가 장난감에 대한 걸 알게 된다 해서 문제 될 건 없었다.

음, 그래도 막상 지금 당장 설명하려니 좀 난감하네.

"고문당해 죽는 것보다는 그게 낫지 않아?"

그래도 지금 이 말은 너무 직설적이었나.

"당신이 지하에서 벗어나려면 이 방법밖에 없어. 아그리체에서 무사히 나가고 싶으면 그냥 내 도움을 받는 게 현명해."

"나보고 란트 아그리체의 딸을 믿으라는 건가."

카시스는 잠깐 말없이 무언가를 가늠하는 듯했다. 그의 생각을 읽고 싶었지만 벽이 견고해 도무지 속내를 알아낼 수가 없었다.

"난 너를 믿지 않아."

잠시 후 카시스가 한 점의 동요도 깃들지 않은 고요한 눈으로 나를 보며 입을 열었다.

"하지만 네가 거짓말을 한다는 생각이 들지도 않으니 이상한 일이지."

그렇게 말하는 카시스는 여전히 속을 읽을 수 없는 얼굴을 하고 있었다.

"카시스 페델리안."

그 순간의 그와 나는 명백하게 서로를 재고 있었다.

"내가 지켜 줄게."

그 순간 카시스의 표정이 아주 이상해졌다. 나는 몹시 기이한 말을 들은 사람처럼 나를 바라보는 카시스를 향해 다시금 말을 이었다.

"당신이 이곳에서 무사히 벗어날 때까지, 내가 지켜 줄게."

그렇게 해서 이 지독한 운명의 끝이 변할 수만 있다면.

카시스 페델리안과 록사나 아그리체.

결코 같은 선상에 놓일 수 없는 두 사람의 이름이 지금 막 같은 페이지에 적혀 내려갔다. 그와 내 이야기의 첫 장은 지금 막 시작된 것이나 마찬가지였다.

4장

개와 주인

당연한 말이지만, 존경하는 내 아버지 란트 아그리체가 카시스를 마냥 곱게 지하 감옥에서 내보내 준 건 아니었다.

카시스는 란트의 수하들에게 끌려 나와 바닥에 굴욕적으로 무릎 꿇려졌다. 저벅거리는 발소리와 함께 그 앞으로 란트 아그리체가 다가와 섰다.

나는 두 사람의 시선이 허공에서 맞부딪치는 모습을 조용히 지켜보았다.

카시스는 이곳에 온 첫날처럼 사지가 포박된 상태로 입에는 재갈까지 물려 있었다. 그때와 마찬가지로 카시스의 몸은 만신창이였다. 더군다나 지금은 강제로 굴종하는 듯한 자세를 취하고 있기까지 했다.

하지만 마주한 사람을 직시하는 그의 눈빛은 조금도 수그러들지 않은 상태였다. 그 누가 지금의 카시스를 보고 포로라 생각할 것인가. 란트 아그리체를 정면에서 쏘아보는 카시스의 눈동자에는 강렬한 살기가 넘쳐흘렀다.

저렇게 무릎을 꿇은 자세로도 위압감을 조성할 수 있다니. 나는 저 것도 참 대단한 능력이라고 생각했다. 란트 아그리체도 그에 못지않은 눈빛으로 카시스를 내려다보고 있었다.

나는 두 사람 사이에서 파지직 전기가 튀는 환영을 보았다. 그러던 어느 순간, 란트 아그리체의 얼굴에 비린 미소가 걸렸다.

퍼억!

뒤이어 그의 발이 카시스의 가슴팍에 날아가 꽂혔다. 나는 그 모습을 보고 속으로 탄식했다.

그래, 오늘도 내 아버지는 차곡차곡 데드 플래그를 축적하는 중이구나.

퍽!

아앗, 저긴 샬럿이 찢어진 걸레짝처럼 만들어 놓은 옆구리잖아.

카시스를 완전히 양도받은 후에 치료해 주려고 아직 손을 대지 않고 있었는데 일부러 거기를 구둣발로 쑤시다니. 역시 내 아버지라고 해야 할지.

퍼억!

"큭……!"

이번에는 카시스의 얼굴이 란트의 발에 걷어차였다. 나는 조금 전 지하 감옥에서의 일을 떠올리고 슬쩍 그에게서 고개를 돌렸다.

카시스의 처참한 모습을 더 이상 지켜볼 수가 없었다. 이곳에서 무사히 빠져나갈 때까지 지켜 주겠다고 하자마자 이렇게 되어서 어쩐지 조금 무안하기도 했다.

하지만 지금은 어쩔 수 없었다. 아직 나는 완전히 카시스를 양도받은 것이 아니었고, 더군다나 지금 그에게 폭력을 행사하는 사람은 다름 아닌 란트 아그리체였다.

"리셀 페넬리안의 피를 이어서 그런지 눈빛이 시건방진 것까지 꼭 빼닮았군."

란트 아그리체는 기어이 새로운 피로 카시스를 칠갑해 준 뒤에야 그를 걷어차는 것을 멈추었다.

카시스는 바닥에 고개를 처박은 채 옆구리와 이마, 그리고 재갈을 문 입에서 피를 흘리고 있었다. 그런 와중에도 란트 아그리체를 향한 눈빛만은 여전히 무섭도록 번뜩이고 있어 절로 감탄이 새어 나올 지경이었다.

"그 빌어먹을 개새끼한테 자식이 둘 있다는 것을 알고 처음에는 그 중 어느 걸 고를지 조금 고민했었지."

그때, 란트 아그리체가 전 세계 악당들의 뺨을 골백번 후려치고도 남을 만큼 악독한 미소를 그리며 말을 이었다.

"그래도 계집보다는 오래 버틸 것 같아 일부러 네놈을 골라 온 것 인데, 아무렴 이렇게 나와야지."

친애하는 내 아버지는 기어이 지뢰를 밟아야만 만족하는 모양이었 다. 가족 사랑 동생 사랑이 넘쳐흐르는 카시스한테 여동생인 실비아 를 걸고넘어지다니.

지금 여주인공 오빠 씨 눈 좀 봐요. 아주 그냥 눈빛만으로 사람 한 둘쯤은 가뿐히 찢어 죽이고도 남을 것 같지 않아요?

"록사나."

"네, 아버지."

물론 란트 아그리체에게 내 마음의 소리가 들릴 리 없었다. 그는 카 시스의 머리를 지그시 짓밟으며 나를 불렀다. 아까부터 란트의 뒤쪽 에 가만히 서 있던 나는 그의 부름에 조용히 대답했다.

카시스의 뜨거운 눈길도 덩달아 나를 향해 미끄러졌다.

저기, 그런데 여주인공 오빠 씨. 설마 지금 나까지 싸잡아서 적으로 생각하는 건 아니겠지요?

내가 지금 겉으로 보이는 포지션이 이렇다고 해서 진짜 내 아버지 편인 건 아닌데. 그런데 이렇게 흉흉한 눈빛은 좀…….

아니, 그래. 뭐, 지금 상황에서는 저럴 만도 하지.

내가 카시스 페넬리안이었어도 란트 아그리체와 내가 똑같은 악당 부녀로 보였을 것이다. 왜인지 한숨이 나오려 했지만 지금은 참아야 했다.

"마침 네 생일이 지난 지 얼마 되지 않았지."

"네, 기억해 주시다니 기뻐요."

"이 개새끼는 네게 선물로 주마. 어디 한번 질릴 때까지 가지고 놀아 보거라."

이 사람도 참. 그냥 주면 될 걸, 뭘 또 괜히 있어 보이려고 생일을 들먹이고 있어? 지금까지 자식들 생일 한번 따로 챙겨 본 적 없는 인간이.

"감사합니다, 아버지."

나는 냉소적인 속마음을 감추고 란트 아그리체를 향해 웃었다.

"실망하시지 않도록 제가 잘 교육시킬게요."

그렇게 나는 처음으로 내 소유의 개를 갖게 되었다.

"록사나 아가씨, 장난감의 조치는 어떻게 할까요?"

란트 아그리체가 자리를 떠난 뒤 카시스의 운반을 맡은 수하들이 내게 물었다.

"내 소유의 빈방에 데려다 놔."

카시스는 의식을 잃은 상태였다. 가뜩이나 성치 않은 몸인데 방금 전 란트 아그리체가 퍼붓는 무자비한 폭력을 또 한 번 고스란히 받아 들여야 했으니 그럴 만도 했다.

그래도 란트 아그리체가 눈앞에서 완전히 사라진 후에야 의식의 끈을 놓은 것을 보면, 카시스의 의지력은 인정해 줘야 했다.

"영 못 봐 줄 꼴이네."

나는 피떡이 된 카시스를 힐끔 내려다보며 입을 열었다.

"이대로는 도저히 가지고 놀 마음이 들지 않겠어. 아무래도 그 전에 치료 정도는 해 줘야 할 것 같으니 알아서 처리해."

"예, 알겠습니다."

카시스는 수하 두 명에게 양팔을 붙들려 질질 끌려갔다. 그가 있던 자리에는 선명한 혈흔이 남았다. 당연히 그 피의 원천인 카시스의 몸은 완전히 못 봐 줄 정도였다.

나는 아그리체에서 내내 구르기만 하는 카시스를 안쓰러운 마음으로 바라보았다. 그러던 어느 순간, 문득 나는 희미한 위화감을 느꼈다. 피투성이가 된 카시스를 바라보는 동안 어떤 사소한 의문이 뇌리를 스쳐 지나갔다.

나는 눈을 가늘게 뜬 채 멀어지는 카시스에게 잠깐 시선을 두었다. 그러다 이내 나중에 다시 그를 만났을 때 이 의문을 확인해 보기로 하고 자리에서 발길을 돌렸다.

"사나 누나, 이제 와?"

네가 왜 거기서 나와?

나는 층계참에 앉아 있는 제레미를 보며 걸음을 멈추었다.

"제레미, 왜 그러고 앉아 있어?"

그는 계단에 앉아 다리에 팔을 올리고, 또 그 팔에 턱을 괸 상태로 나를 올려다보고 있었다. 집이 큰 만큼 계단도 넓었기 때문에, 거기에 혼자 동그마니 앉아 있는 제레미의 모양새가 더욱 눈에 띄었다.

아무래도 나를 기다린 것 같은데…….

방문 앞도 아니고, 왜 하필 계단 위에서 이렇게 나를 맞아 주는 것인지 의미를 알 수가 없었다.

"누나가 그 개새…… 장난감 보러 갔다고 그래서 나도 한번 와 봤지."

그렇게 말하는 제레미의 목소리가 조금 싸늘했다. 얼굴에서도 불만이 묻어나는 것을 보니 오늘로 카시스가 완전히 내 장난감이 된 사실이 못마땅한 것 같았다.

지난번에는 또 혼자 기분이 좋아져서 샬럿이 벌을 다 받고 나온 뒤에도 카시스에게 접근하지 못하게 해 주겠다고 나서더니. 제레미 이 녀석도 참, 이미 알고는 있었지만 기분이 엄청 쉽게 오락가락하는 놈이었다.

"그럼 1층으로 오지 왜 여기에서 이러고 있어."

역시 성가신 녀석. 장단 맞춰 주기 귀찮네. 마음 같아서는 이마를 한 대 찰싹 때려 주고 싶었지만 나는 그 대신 부드러운 손길로 녀석의 앞머리를 쓸어 주었다.

"아버지가 누나 장난감을 쥐어패고 있기에 그냥 좀 구경하다 올라 왔어."

제레미는 여전히 말투가 조금 삐뚜름했지만 그래도 내가 만져 주자 기분이 나아진 것 같았다. 아니면 카시스가 맞는 모습을 떠올려서 기분이 좋아진 것이든가.

"누나 장난감, 나중에 내가 따로 보러 가도 돼?"

제레미가 턱에서 손을 뗀 뒤 나를 향해 물었다. 나는 그런 그의 얼굴을 보며 고개를 살짝 비스듬히 기울였다.

이건 꿍꿍이가 있는 눈빛인데.

그래도 나는 오래 끌지 않고 대답했다.

"그래. 그런데 지금은 말고 나중에."

"왜?"

"아까 아버지가 때리는 거 너도 봤다며. 지금은 상태가 영 별로라서. 나도 갖고 놀고 싶은 마음이 안 생겨서 일단 빈방에 데려다 놨어."

무심함을 입혀 내뱉은 내 목소리를 듣고 제레미가 엉덩이를 털면서 자리에서 일어났다.

"그래, 그럼 꼬락서니가 좀 나아지면 보러 갈게."

어차피 한 번은 제레미가 카시스를 보러 오겠거니 하고 생각했기 때문에 갑작스러운 말에 당황하지는 않았다. 오히려 나를 한순간이나마 멈칫하게 만든 것은 그 후에 제레미가 지나가듯이 덧붙인 말이었다.

"참, 나 방금 누나네 어머니 봤는데."

하지만 나는 곧 아무렇지 않은 척 입을 열었다.

"그래? 어디서?"

"누나 방 앞에서. 아마 지금은 안에 들어가서 기다리고 있을걸."

머무는 건물도, 행동반경도 다른 두 사람이 어디에서 마주쳤을까 했더니 내 방 앞이었나. 얼마 전 대만찬 날에도 만났던 어머니가 왜 또 이렇게 금방 나를 찾아왔을까 조금 궁금해졌다.

"누나한테 장난감이 생겼단 소식을 들은 것 같던데?"

잇따른 제레미의 설명에 나는 납득했다.

아, 그런 거였군.

"어머니가 너한테 그런 소리를 해?"

"아니, 누나 방 앞에서 에밀리랑 둘이 잠깐 이야기하는 걸 들었어."

그 후 제레미가 무슨 생각을 하는지 입매를 비틀어 웃었다.

"누나 어머니 표정 존나 웃기더라."

그의 발이 계단 난간을 툭 걷어찼다. 나는 제레미의 기분이 저조해 보였던 이유가 카시스 때문이 아니었다는 사실을 깨달았다.

"누나 어머니나 내 어머니나. 시발, 자기들이 무슨 괴물 새끼라도 낳은 줄 아나. 왜 벌벌 떨고 지랄이야."

그 말투도 내용도 신랄하기 그지없었다. 어쩐지 왜 내 방 앞이 아닌 이런 층계참에서 나를 기다리고 있나 했더니만. 오늘 본 내 어머니의 모습이 유독 그의 심기를 불편하게 만든 모양이었다.

나는 제레미가 내 어머니에게서 자신의 어머니를 투영해 보고 있다는 사실을 알았다.

이 소설을 쓴 작가는 과연 피폐 소설의 대가답게 악역인 제레미에게도 어두운 과거를 안겨 주었다.

그의 어머니는 아주 오래전부터 제레미를 굉장히 무서워했다. 한해 한 해 시간이 지나 제레미가 점점 더 아그리체의 아이다워질수록 그녀의 증상은 더욱 심해져 갔다. 급기야 제레미가 대만찬에 처음 초대된 후부터는 그를 보기만 해도 기절할 듯이 비명을 지르며 도망가기 일쑤였다.

그럴 정도로 심약한 사람이 어떻게 란트 아그리체와 결혼을 한 것인지 나로서는 도저히 이해할 수가 없었다.

어쨌든, 그런 제레미의 어머니는 몇 년 전에 죽었다. 그날도 제레미의 어머니는 복도에서 우연히 마주친 아들을 피해 도망갔다.

다른 때 같으면 그냥 못 본 척하고 지나갔을 제레미도 그날따라 어머니에게 울컥해 그녀의 뒤를 쫓았다. 제레미는 부모에게 사랑받지 못한 어린아이가 으레 그렇듯이 애정 결핍을 가지고 있었다. 하지만 그것을 표출하지 못하고 꾹꾹 눌러 참다가 결국은 한순간에 폭발해 버렸다.

그들의 술래잡기는 금방 끝났다.

제레미의 어머니는 자신의 방에 도착해 문을 걸어 잠갔으나 크게 화가 난 제레미는 기어이 방문을 부수고 안으로 들어갔다. 숨을 곳을 잃은 그의 어머니가 선택한 것은 테라스 밖으로 뛰어내리는 것이었다.

제레미가 놀라서 달려갔을 때, 다행히 그녀는 난간을 붙잡고 있었다. 하지만 제레미가 어머니를 구하기 위해 뻗은 손은 그녀에게 닿지 못했다. 그녀는 끝까지 아들을 거부하며 차라리 추락을 선택했다.

그들이 있던 곳은 3층이었으니 운이 좋으면 살 수도 있었을 것이다. 하지만 결국 제레미의 어머니는 그대로 목뼈가 부러져서 죽었다.

"그래도 누나 어머니는 좀 다른 줄 알았는데, 그깟 장난감 하나 들였다고 놀라서 달려온 꼴 하고는."

제레미가 내 어머니에게서 무엇을 보고 이러는 것인지 나도 짐작 가는 바가 있었다. 언젠가부터 내 어머니는 나름대로 아버지의 총애를 받는 나를 기특하게 여기는 동시에 내게 거리감을 느끼는 듯한 눈빛을 보이곤 했다.

가끔은 자신의 딸이 아닌 다른 미지의 무언가를 대하는 듯이 내게 은근한 두려움을 표할 때도 있었다. 아마 어머니는 내가 그런 사실을 모르는 줄 알고 있을 것이다.

하지만 본래 자식들이란 부모의 감정에 민감하게 반응하는 법이 아니던가?

"방에 가자."

나는 앞에 있는 제레미를 향해 손을 뻗었다. 그는 아직도 계단 난간을 한쪽 발로 툭툭 걷어차고 있었다.

"누나 방에 지금 어머니 와 있다니까. 난 안 가."

"아니, 내 방 말고 네 방에."

그 순간 제레미가 난간을 걷어차는 것을 멈추었다.

"어머니 보러 안 가? 지금 누나 기다리는데?"

원래 제레미와 내 키는 비슷했지만 지금은 밟고 선 계단의 높이가 달라서 그런지 내가 그를 올려다봐야만 했다. 나는 제레미의 손을 잡고 계단을 하나 더 밟고 내려갔다. 이번에는 제레미도 순순히 내게 끌려왔다.

"응, 나도 지금은 별로 만나고 싶지 않아."

제레미에게서 동질감을 이끌어 내기 위해서 한 거짓말인지, 아니면 정말 어머니를 만나고 싶지 않은 내 온전한 진심인지 나조차 명확히 구분할 수가 없었다.

그렇다면 그냥 전자인 것으로 치자.

슬그머니 내 손을 맞잡아 오는 제레미의 손이 따뜻했다. 나는 그 온기를 느끼지 않으려고 조금 노력하며 걸음을 옮겼다.

란트 아그리체는 여자를 취할 때 다양한 요건을 고려했다. 즉 마음이 동할 정도로 아름다운 여자만 품지는 않는다는 뜻이었다.

실제로도 내 어머니들은 공통분모를 거의 찾아볼 수 없는 여인들이었다. 미모도 내 어머니처럼 눈이 번쩍 뜨이도록 아름다운 여자에서부터 박색 수준의 여자까지 다양했다.

성격 역시 암사자처럼 대범하고 호탕한 여인에서부터 온실 속의 화초처럼 얌전하고 소극적인 여인까지 가지각색이었다. 지금까지는 단순히 '이 사람, 취향 한번 종잡을 수 없네.'라고 생각했는데 진실은 그게 아니었다.

결국 나는 란트 아그리체가 온갖 방면에서 재주를 가지고 있는 여자들을 부인으로 맞아들이고 있다는 결과를 도출해 냈다. 마치 다양한 유전적 실험이라도 하듯이 말이다.

하지만 개중에 내 어머니가 그의 눈에 띈 이유는 단언컨대 '미모'일 것이라고 나는 생각했다. 이런 말은 딸로서 할 도리가 아니었지만, 내 어머니의 장점은 정말이지 그것밖에 없었던 것이다.

물론 나는 그녀의 온화한 성정과 다정한 마음씨를 좋아했다. 하지만 이 집안에서 그것은 결코 장점이 될 수 없었다. 아마 란트 아그리체 역시 그런 점을 매력적으로 느끼지는 않는다는 데 제레미의 머리카락을 걸 수도 있었다.

그러나 여덟 살 때 란트 아그리체의 앞에서 나를 살린 것은 결국 그녀를 닮은 이 뛰어난 미색이었으니, 어떤 의미로 나는 어머니의 덕을 톡톡히 본 셈이었다.

그런 내가 어머니를 이런 식으로 피하는 것은 어쩌면 명백한 불효일지도 몰랐다. 물론 그 사실을 새삼스럽게 깨닫는다 해서 지금 바로 그녀가 기다리고 있는 방으로 돌아갈 생각은 없었지만 말이다.

달칵.

나는 제레미를 방으로 데려다준 뒤 카시스가 있는 곳으로 향했다. 다른 때 같으면 제레미를 좀 더 어르고 달래 주다가 왔겠지만 오늘은 그러지 않았다.

곧바로 어머니에게 향하지 않고 그를 선택한 것만으로도 이번에는 충분했다. 나는 그와 일정 거리를 유지해야 할 필요가 있었다.

"진짜 최소한의 치료만 했네."

나는 카시스의 상태를 살피고는 미간을 좁혔다. 카시스는 아까 봤던 대로 대마물용 구속구와 재갈을 차고 있었다. 그래도 큰 상처들은 치료가 잘 되어 있어 다행이었지만 자잘한 부분은 아직 그대로였다.

나는 가까이 다가가 카시스의 손목과 발목을 살폈다. 구속구에 쓸린 피부가 심하게 벗겨져 보기만 해도 눈살이 찌푸려질 정도였다.

그의 손목을 살짝 들어 올리자 기둥과 연결된 사슬에서 듣기 싫은 쇳소리가 났다. 발목에도 같은 사슬이 이어져 있었다.

방 안의 모습은 꽤 살풍경했다. 그래서인지 그 한가운데에 덩그러니 몸을 누이고 있는 카시스가 더 처량해 보였다. 그나마 지하 감옥에서처럼 팔이 벽에 붙어 고정되어 있는 것은 아니라 그때보다는 편해 보였지만 그뿐이었다.

나는 일단 카시스의 입에 물린 재갈을 벗겨 주었다. 구속구까지 풀어 줄 수는 없었기 때문에 따로 챙겨 온 약을 손목과 발목에 바르고 붕대를 감아 주는 것으로 만족했다. 몸에 난 다른 상처도 꼼꼼히 살피고 치료가 덜 된 부분은 내가 직접 손을 댔다.

알고는 있었지만 이 집안의 장난감 취급은 정말 너무했다. 하기야, 장난감만 그렇던가. 이 아그리체에서 뭔들 안 심하고 뭔들 안 너무할까.

치료를 끝마친 뒤 나는 곧바로 카시스의 곁을 떠나지 않고 눈앞의 얼굴을 물끄러미 내려다보았다. 의식을 잃고 있는 카시스는 역시나 굉장히 온순한 얼굴을 하고 있었다. 이렇게 착하고 맑은 인상을 가진 남자애를 이런 꼴로 만든 아그리체가 굉장히 몹쓸 존재로 느껴졌다.

아니, 물론 아그리체는 사라져야 마땅한 이 세계의 명백한 악이 맞긴 하지.

나는 한숨을 내쉰 뒤 털썩 주저앉아 벽에 몸을 기댔다. 요즘 다른 때에 비해 머리를 하도 많이 굴려서 그런지 조금 피곤했다. 어쩌면 알게 모르게 카시스의 일로 계속 신경 쓰고 긴장하고 있던 터라 뒤늦게 피로가 밀려오는 것일지도 몰랐다.

나는 힐끔 옆에 있는 카시스를 쳐다보았다. 상처투성이인 상태로 맨바닥에 누워 있는 그의 모습이 오늘따라 애처로워 보였다.

나는 잠깐 그 모습을 바라보다가 카시스에게 조금 더 다가갔다. 그런 후 그의 머리를 내 다리 위에 얹었다. 얇은 천 조각 위로 묵직한 무게감이 내려앉았다. 그래도 바닥에 그냥 누워 있는 것보다는 내 다리라도 베고 있는 게 조금이라도 더 편하겠지.

비록 어쩔 수 없는 일이었다고는 하나, 아까 전에 란트 아그리체에게 맞는 카시스를 외면했던 것이 괜히 미안해져서 이러는 게…… 사실 맞았다.

공격받는 카시스를 지켜보는 동안 아그리체에 살면서 잠시 잊고 지내던 내 양심이 콕콕 찔리는 느낌을 받았다.

또 카시스가 이러고 있는 것을 보니 조금은 가여운 마음이 들었다. 페넬리안에서 그는 모두에게 사랑받고 또 존중받는 자랑스러운 청의 귀공자였을 텐데. 누구나 다 그의 앞에는 찬란한 미래가 펼쳐져 있으리라 믿어 의심치 않았을 것이다.

하지만 소설 속에서 카시스는 굉장히 비참한 방법으로 죽었다. 심지어 실비아가 오빠의 실종에 관한 진실을 밝힌 3년 후까지, 누구도 그의 죽음에 대해 알지 못했다.

제레미는 소설 속의 못된 악역이었지만 그래도 좋아하는 여자에게 만큼은 호구 같은 구석도, 또 맹목적인 구석도 있었다. 그래서 그는 자신이 납치해 온 실비아에게 아그리체에서 죽은 카시스에 관해 아는 것을 술술 불어 버렸다.

카시스는 아그리체에서 장난감으로 굴려지다가 결국 참혹하게 망가져서 죽었다. 망가졌다는 것은 정신적인 의미와 육체적인 의미 모두가 포함되어 있었다.

카시스가 아그리체에서 보낸 시간이 얼마나 혹독했는지는 극 중에 자세히 서술되지 않았고 또 나도 그렇게 상세히 기억하지 못했다. 하지만 카시스의 죽음에 영광도 조의도 없었다는 사실만큼은 선명히 기억하고 있었다.

그런 미래를 앞두고 있는 사람을 이렇게 마주하고 있으려니 조금 기분이 묘해졌다.

하긴, 미래가 깜깜하기는 나도 마찬가지였지만 말이다.

지금 당장 거울을 들여다보면 창창한 나이에 죽을 예정인 사람을 하나 더 목격할 수 있을 것이다.

"난 죽기 싫은데……."

그러려면 일단 카시스를 살려야 했다. 하지만 만약 그를 아그리체에서 내보내는 데 실패하게 되면…….

음, 그때는 제레미를 꼬드겨 봐야 하나. 나중에 실비아를 납치해 오지 못하게.

아니야, 애초에 제레미와 실비아가 만나지 않는 게 더 나을 수도 있었다.

물론 이건 나중에 일이 잘 안 풀렸을 때 새로 계획을 세워도 될 문제이긴 하지만.

또다시 이런저런 생각을 하며 나는 무의식중에 손을 움직였다. 어느새 나는 카시스의 머리를 제레미에게 하는 것처럼 살살 쓰다듬고 있었다. 이러고 있으려니 때에 안 맞게 평화로운 기분이 들었다.

일단 카시스를 내 공간에 들이고 나자 마음이 좀 편해졌다. 이제야 카시스가 진짜 내 손에 들어왔다는 느낌이 났다.

형제들끼리 장난감을 공유하는 경우도 있었지만 소유욕이 강한 샬럿이나 제레미 같은 경우에는 그런 취미를 가지고 있지 않았다.

그러니 나도 적당히 그런 식으로 핑계를 대면 될 것이다. 그럼 지하감옥에 있을 때보다 훨씬 안전하게 카시스를 옆에 둘 수 있겠지.

물론 란트 아그리체는 카시스가 내 밑에서 마냥 편안하게 지내는 것을 원하지 않을 테니, 일단 겉으로 보이는 모습은 좀 신경 쓸 필요가 있었다.

그러다 문득 나는 기묘한 느낌을 받고 시선을 내렸다. 내 손길을 받고 있는 카시스는 여전히 눈을 감은 상태였다. 내가 만져서 그런지 아까보다 헝클어진 머리카락이 그의 이마를 덮고 있는 것이 보였다.

"그런데 이상하네."

나도 모르게 작게 중얼거렸다. 손가락에서 느껴지는 감촉에 문득 의문이 생겼기 때문이다.

"그사이에 누가 씻겨 주기라도 했나. 머리카락이 왜 이렇게 부드럽지?"

내 손에 감긴 카시스의 머리카락은 제레미 못지않게 아주 부드러웠다. 심지어 갓 목욕하고 나온 사람처럼 뽀송한 느낌으로 찰랑거리기까지 했다.

하지만 카시스는 아그리체에서 나름대로 도련님 취급을 받으며 편안한 생활을 하고 있는 제레미와 달리 지하 감옥에서 몇 날 며칠 동안 굴려진 사람이었다.

그 열악한 환경에서 씻는 것은 고사하고 제대로 먹지도 자지도 못한 채 이따금 채찍질만 당했다는 사실은 나도 잘 알고 있었다.

그 증거로 카시스의 몸은 지금도 피에 절은 상태 그대로였다. 내가 만지고 있는 머리카락에도 붉은 핏물이 묻어 있었다.

그런 걸 보면 누가 씻겨 준 건 당연히 아닌데…….

아까 전에 내가 피투성이가 되어 끌려가던 카시스에게서 위화감을 느낀 이유도 이와 비슷했다.

"냄새도 안 나고."

그러고 보면 비단 지금뿐만이 아니라 지하 감옥에서부터 내내 그랬던 것 같았다. 그렇게 내가 혼잣말을 중얼거린 바로 그 순간, 내 손 아래에 있던 카시스의 고개가 아주 살짝 꿈틀거리며 움직이는 느낌이 들었다.

그것은 지극히 작은 미동이었다. 만약 그와 내 몸이 맞닿아 있는 상태가 아니었다면 미처 눈치채지 못했을 것이 분명했다.

그 순간 불현듯 스쳐 지나간 생각에 나도 덩달아 움찔 눈매를 좁혔다.

……혹시 이 사람, 지금 깨어 있는 건가?

보통 의식을 잃은 척하는 사람은 아무리 노력한다 해도 어떻게든 티가 나게 마련이었다. 특히 지금처럼 몸을 바싹 밀착한 정도로 가까이에 있는 경우에는 더더욱.

하다못해 의식이 있는 사람과 없는 사람은 호흡에서부터 차이가 났다. 하지만 카시스는 그런 의심스러운 부분이 하나도 없어서 당연히 진짜 기절했다고 생각한 것인데.

지금도 그는 조금 전처럼 흔들림 하나 없는 야트막한 숨소리를 내며 눈을 감고 조용히 누워 있었다.

잠깐 카시스를 관찰해 봤지만 시간이 지나도 마찬가지였다.

그래서 나는 아리송해졌다.

만약 카시스가 정신을 차린 게 맞다면 이렇게까지 동요를 드러내지 않을 수 있을까 싶었다. 사실 고개 정도야 진짜 잠들어 있는 와중에도 움직일 수 있는 것이고.

그럼 그냥 내 착각이었나?

그래도 나는 완전히 의심의 끈을 놓지 않고 카시스의 얼굴을 내려다보았다.

흐음. 그래도 혹시 모르니까 일말의 가능성을 생각해서 물밑 작업이나 해 둘까.

"……의식도 없는 사람한테 이런 말 하는 건 좀 웃기지만."

나는 다시 입을 열어 혼잣말하듯이 자그마한 목소리를 흘려보냈다.

"아까 막아 주지 못해서 미안해."

만약 카시스가 지금 정말로 기절한 상태라면 그것대로 상관없었고, 만약 단순히 기절한 척하고 있을 뿐이라면 그것도 괜찮았다.

"하지만 그 자리에서 내가 나설 수는 없었어."

물론 이왕이면 지금 내가 읊조리는 말을 그가 들어 주는 편이 더 낫긴 했다.

"그래도 이제부터는 그런 일 없을 거야. 이제 당신은 나한테 속하게 되었으니까 다른 사람은 함부로 건드리지 못해."

이 집안에서 명목이라는 것은 생각보다 중요했다. 그러니 지금부터는 설령 란트 아그리체라 해도 내 장난감이 된 카시스를 아까처럼 마음대로 다룰 수 없었다.

나는 다시금 카시스의 머리를 천천히 쓰다듬었다.

"내가 꼭 여기에서 내보내 줄게."

그것은 꼭 카시스에게 하는 말이라기보다는 스스로를 향한 독려와 비슷한 것이었다.

과연 내가 이 사람을 무사히 아그리체에서 빠져나가게 할 수 있을까?

카시스를 만난 이후로 수도 없이 자문했던 질문이 다시 한번 머릿속에 맴돌았다. 물론 그 답을 아는 사람은 아무도 없었다.

한편, 록사나가 의심했듯 그 시각 카시스는 의식을 잃지 않은 상태였다. 좀 더 정확히 말하자면, 애초에 기절 같은 건 하지 않았다.

"구두가 더러워졌군."

카시스의 소속을 록사나의 밑으로 두겠다고 선언한 뒤 란트 아그리체는 근처에 있던 수하를 불렀다.

"닦아."

"네, 주인님."

곧바로 달려온 남자가 서슴없이 무릎을 꿇고 피에 젖은 란트 아그리체의 구두를 옷자락으로 닦았다. 그 모습이 마치 부하가 아니라 잘 길든 노예 같았다.

바닥에 쓰러진 카시스는 역겨운 기분으로 그 모습을 지켜보았다. 그러다 란트 아그리체가 자리를 떠난 뒤 고통에 못 이겨 의식을 놓은 척했다.

"록사나 아가씨, 장난감의 조치는 어떻게 할까요?"

"내 소유의 빈방에 데려다 놔."

익숙한 목소리가 귓가에 울린 직후, 곧 장정 두 사람이 다가와 카시스의 양팔을 붙잡아 끌었다. 카시스는 몸에서 힘을 빼고 고개를 숙여 진짜 기절한 사람처럼 자신의 모습을 꾸며 냈다.

"이번 장난감은 도대체 정체가 뭐기에 주인님께서 직접 나서서 이렇게 피떡이 되게 패 놓은 거야?"

처음 있던 자리에서 얼마간 거리가 멀어졌을 때, 카시스의 왼쪽에 있던 남자가 궁금하다는 듯이 소리를 낮추어 입을 열었다.

그 말을 들어 보니 란트 아그리체가 지금처럼 직접 나서서 사냥해 온 사람을 건드리는 일은 드문 모양이었다.

오른쪽 남자가 혀를 차며 대답했다.

"관둬. 우리 같은 사람들은 깊게 관심 갖지 않는 게 좋아. 어차피 아그리체에 이 꼴로 들어온 이상 살아서 나가지 못하는 건 마찬가지인데."

그러자 앞서 말한 남자가 수긍하듯이 침묵했다. 카시스가 기절했다고 철석같이 믿고 있는 탓인지 두 사람은 그에게 별다른 주의를 기울이지 않았다.

카시스는 그대로 의식을 잃은 척하고 조금 전의 장소와 현재까지 이어지는 위치를 파악했다. 이제부터 그가 이동할 장소가 어디인지, 그리고 이 저택의 구조가 어떤지도 미리 알아 둘 필요가 있었다.

그러다 만약 지금 기회가 된다면 다소의 위험을 감내해서라도 도주를 시도해 볼 생각이었다.

하지만 카시스는 갈등할 수밖에 없었다.

부상을 입은 상태에서도 지금 옆에 있는 남자 둘 정도 처치하는 것은 어려운 일이 아니었다. 하지만 그 후 제대로 출입구를 찾아 빠져나갈 수 있을지 확신할 수가 없었다.

게다가 아직은 시력도 완전히 회복되지 않은 상태라 시야가 확실히 좁았다. 차라리 주술이 아니라 독이었다면 이보다는 회복이 빨랐을 터인데.

만약 지금 이 상태로 일을 감행한다면 저택을 벗어나기도 전에 백이면 백 다시 붙잡힐 것이 뻔했다.

카시스는 계획의 무모함을 깨달았지만 이런 기회나마 다시 있을지 단언할 수 없었기에 쉽게 체념할 결심이 서지 않았다.

"그러고 보니 록사나 아가씨께서 장난감을 소유한 건 이번이 처음이지?"

"아마 역대 장난감들 중에 제일 운 좋은 새끼일걸. 다른 도련님, 아가씨한테 소속되었으면 며칠 내로 장기까지 해부되어서 바로 들개 밥이 되었을 텐데."

그러다 문득 귓가에 흘러든 이름에 카시스는 방금 전 만났던 사람을 잠깐 떠올렸다.

록사나 아그리체.

지하 감옥에 오던 소녀의 정체가 란트 아그리체의 딸이라는 것을 처음 알았을 때에는 카시스도 조금 놀라지 않을 수 없었다.

하지만 곧 사실을 알고 나니 그때까지의 의문이 어느 정도 해소되었다. 배신감은 가당치도 않았다. 기만당했다는 생각도 들지 않았다.

그런 것은 서로를 신뢰하고 있던 사이에서나 가능한 일이었다. 오히려 안개가 낀 것처럼 흐릿하던 눈앞이 맑게 갠 느낌이었다.

그래, 자신에게 접근하는 이의 정체를 알 수 없어 끝없이 막연한 의심을 해야 했던 때보다 훨씬 나았다. 물론 그 후 또 다른 의문이 생겨나기는 했지만.

소녀는 온전한 호의라고 했지만 카시스는 그것을 곧이곧대로 믿을 만큼 순수하지도 어리숙하지도 않았다.

"실망하시지 않도록 제가 잘 교육시킬게요."
"당신이 이곳에서 무사히 벗어날 때까지, 내가 지켜 줄게."

둘 중 어느 쪽이 진실인지는 오직 록사나만이 알고 있을 것이었다.

그때, 앞에서 다른 사람의 인기척이 느껴졌다. 카시스는 다시 눈을 감고 조용히 의식을 집중시켰다.

"앗. 안녕하십니까, 마님."

카시스의 팔을 잡고 있던 사내들이 화들짝 몸을 긴장시키며 인사했다.

마님이라고?

예상치 못했던 인물의 등장에 카시스는 미미하게 미간을 찌푸렸다. 그러고 보니 아그리체는 상당한 대가족을 이루고 있다고 들었다.

페넬리안의 안주인이 한 명뿐인 것과는 달리 란트 아그리체가 부인으로 맞아들인 여인은 열 명이 넘는다고 언뜻 들었던 기억이 났다.

지금 카시스의 눈앞에 나타난 것은 그녀들 중 한 명인 모양이었다.

"그 아이는…… 설마 죽은 건가?"

잇따른 것은 아그리체의 일원이라고는 믿기지 않을 정도로 연약한 느낌을 풍기는 목소리였다. 카시스의 귀를 파고든 그 음성이 미묘하게 떨리고 있어 더욱 그런 느낌이 들었는지도 몰랐다.

그녀는 정신을 잃은 척하고 있는 카시스를 보고 시체로 오해한 것 같았다. 하기야 지금의 카시스는 시체로 보아도 무방할 만큼 피투성이가 되어 있긴 했다. 조금 전 란트 아그리체를 만났기 때문이기도 했지만 피에 절어 있던 것은 그 전부터도 마찬가지였다.

"아닙니다. 그저 기절했을 뿐입니다."

"그런데 동관에 계셔야 할 마님께서 여긴 어쩐 일이십니까? 록사나 아가씨를 찾아오셨는지요?"

사내들은 카시스의 상태를 자세히 설명하지 않고 말을 돌렸다. 눈앞에 있는 여인에게 카시스의 모습을 보이는 것을 꺼리는 것 같기도 했다.

방금 전 여인이 보인 반응이나 사내들의 태도로 미루어 짐작했을 때, 여인은 피를 보는 일에 익숙하지 않은 사람인 것 같았다.

그보다 지금 록사나라고 하지 않았던가?

카시스는 지금 막 사내의 입에서 내뱉어진 이름을 떠올렸다.

그럼 이 사람은 록사나의 어머니인 것일까?

"사나가 장난감을 들였다고 들었는데. 나도 볼 수 있을까?"

"이게 바로 록사나 아가씨의 장난감입니다."

"이 아이가?"

장난감이라니. 다시 들어도 기분이 불쾌해지는 명칭이었다.

여인은 조금 놀란 것처럼 목소리를 높였다. 설마 지금 눈앞에 있는 그가 록사나의 장난감이 된 소년이라고는 생각하지 못했던 것 같았다.

"그럼 설마 이 아이를 이렇게 만든 게 사나라고?"

그녀는 믿을 수 없다는 듯이 되물었다.

"아니요. 이건 록사나 아가씨가 아니라 주인님께서……."

뒤이은 대답에 여인이 야트막한 숨소리를 내뱉었다. 앞에서 느껴지던 묘한 긴장감이 서서히 자취를 감추었다. 잠시 후 가벼운 발걸음 소리가 카시스를 향해 다가왔다.

"마님!"

곧 카시스를 붙들고 있던 사내들이 깜짝 놀라 여인을 불렀다. 그녀가 돌연 카시스에게 손을 뻗었기 때문이었다. 카시스도 얼굴에 닿아 오는 부드러운 손길에 놀라 무의식중에 몸을 움찔 떨 뻔했다.

여인은 아래로 떨어뜨려져 있던 카시스의 고개를 붙잡아 조심스럽게 들어 올렸다. 그 직후 여인이 갑자기 움직임을 멈추었다.

"아실……."

혼잣말이나 마찬가지인 작은 중얼거림이 허공에 번졌다. 당연하게도 카시스는 그녀의 말이 의미하는 바가 무엇인지 알지 못했다. 지척에서 느껴지는 시선에 카시스는 지금까지와는 약간 다른 의미로 이 상황이 불편해졌다.

"마님, 손이 더러워지십니다."

옆에 있던 사내들이 카시스보다 몇 배는 더 불편한 기색으로 여인을 만류했다. 여인은 그제야 퍼뜩 정신을 차린 것 같았다.

"아……. 그래, 내가 잠시 이상한 소리를."

마침내 카시스의 얼굴을 받치고 있던 손길이 떼어졌다.

"치료는? 설마 그냥 이대로 두는 건 아니겠지?"

"록사나 아가씨께서 의원을 부르라고 따로 명하셨습니다."

"그럼 어서 안으로 데려가서 쉬게 해 주는 편이 좋겠구나."

그 후 여인은 다시 한번 카시스를 지그시 내려다본 뒤 자리를 떠났다. 록사나의 장난감이 된 그를 보러 왔다고 하더니, 잠깐 얼굴을 살핀 것으로 만족하는 모양이었다.

뒤이어 사내들이 카시스를 끌고 간 곳은 그들이 멈추어 서 있던 자리의 바로 옆에 있는 방이었다. 설마 목적지가 바로 옆일 줄은 몰랐기 때문에 카시스는 티 나지 않게 눈살을 찌푸릴 수밖에 없었다. 아무래도 여인은 카시스를 만나기 위해 록사나의 장난감을 데려다 놓을 예정인 방 근처에서 서성였던 것 같았다.

결국 카시스는 도주의 기회를 다음으로 미루기로 했다. 그 대신 그는 슬쩍 눈을 떠 주변을 면밀히 살폈다. 그래 봤자 그의 시야는 여전히 흐렸다. 하지만 방의 위치나 문의 잠금장치 등을 확인하기에는 충분했다.

"으, 어깨 빠지겠네."

사내들은 카시스를 바닥에 아무렇게나 버려두었다.

"아유, 이게 뭐야. 완전히 시체를 데려왔잖아?"

"숨은 붙어 있으니까 빨리 치료나 해 주십쇼."

그 후 정말 의원이 왔다. 의원이 카시스의 상태를 살피고 치료하는 동안 그를 데려온 사내들은 조금 전에 있었던 일에 대해 떠들어 댔다.

"넷째 마님 말이야. 아까 아실 도련님 이름을 꺼냈지?"

"그래, 나도 그렇게 들었어."

"이 녀석이 아실 도련님이랑 닮았나? 난 하나도 안 비슷한 것 같은데."

"그러게. 록사나 아가씨도 그렇고 마님도 어쩐 일로 이런 것에 관심을 두시나 했더니. 두 분 눈에는 닮아 보이나?"

그들의 대화를 듣고 카시스도 복도에서 있었던 일을 생각했다. 록사나의 어머니로 추정되는 여인은 그의 얼굴을 보고 일순간 누군가를 떠올린 눈치였다. 그 직후 혼잣말로 읊조린 '아실'이 바로 그 사람의 이름이었던가.

그런데 도련님이라니. 아실이라는 사람이 아까 만났던 여인의 아들이라도 된단 말인가.

"이렇게 보니까 희멀건 건 좀 닮은 것 같기도 하고. 그 밖에는 잘 모르겠지만."

"아실 도련님이 죽었을 때랑 나이가 좀 비슷하지 않아? 어쩌면 이 녀석이 이런 꼴을 하고 있으니 아실 도련님이 더 생각난 걸지도 모르지."

"하긴. 그럴 수도 있겠네."

뜻밖에도 그 아실이라는 사람은 이미 죽었다고 했다. 두 사내는 찝찝름한 여운을 남기며 말끝을 흐렸다.

치료를 얼추 끝마친 뒤 그들은 카시스의 구속구에 쇠사슬을 달았다. 그 후 발소리가 멀어졌다.

덜컹, 달그락.

"……."

완전히 혼자가 되었을 때, 카시스는 조용히 눈을 떴다. 문밖에서 들리는 발소리가 점차 멀어지다가 이윽고 완전히 사라졌다.

카시스는 여전히 바닥에 누운 상태로 주변을 살폈다. 이전까지 그가 머물던 지하 감옥과는 비교도 되지 않을 정도로 깨끗하고 넓은 공간이었다.

하지만 눈에 띄는 가구라고는 한쪽 벽면에 붙어 있는 침대뿐이었고, 방에는 창문조차 없었다. 그렇게 시야에 비치는 광경은 삭막했지만 그래도 그것을 제외하면 이곳은 평범한 방인 것 같았다.

잠시 후 카시스가 자리에서 살며시 몸을 일으켰다. 그러자 손목과 팔목에 연결된 사슬에서 잘그락거리는 소리가 났다.

쇠사슬은 방의 한구석에 있는 기둥에 연결되어 있었다. 그래도 사슬의 길이가 길어 지하 감옥에 있을 때보다 움직임에 제약이 덜할 것 같았다. 물론 그래 봤자 문에는 닿지 않을 정도였지만 말이다.

카시스는 일단 지금은 조용히 상황을 살피기로 했다. 지금 어설프게 탈출을 시도해 시선을 끌어 봤자 득 될 것이 없었다.

조금 전 밖에서 들었던 말처럼 아그리체에서는 지금 당장 그를 죽일 생각이 없는 것 같았다. 이렇게 의원을 불러 직접 치료까지 해 준 것을 보니 더 이상 지금까지와 같은 방법으로 그를 고문할 마음도 없는 듯했다.

그가 록사나 아그리체의 장난감이 되었기 때문인가. 카시스는 손목을 조이고 있는 구속구를 손으로 쓸며 문 쪽으로 시선을 움직였다.

아그리체에서는 아직 모르고 있는 것 같았지만 사실 지금 그를 옥죄고 있는 대마물용 구속구는 크게 쓸모가 없었다. 얼마 전 샬럿이라고 하는 소녀가 지하 감옥에 들이닥쳐 그를 공격했을 때 확인한 일이었다.

대마물용 구속구는 그것을 차고 있는 대상의 흥분 정도와 공격성에 따라 1단계부터 5단계까지 발동해 움직임을 제약했다.

그것은 반대로 말하면, 어떤 경우에라도 냉정함만 유지할 수 있다면 구속구의 발동을 최소화하는 것이 가능하다는 의미였다.

때마침 기회가 좋았다고도 할 수 있었다. 만약 그 일이 없었다면 구속구의 강도를 이처럼 자연스럽게 시험해 볼 수는 없었을 것이다.

샬럿이라는 소녀는 꽤 단순한 성격인지 카시스를 제압하지 못한 것이 자신의 미숙함 때문이라고만 생각하는 듯했다. 구속구를 부순 것도 카시스가 그렇게 유도했기 때문이 아니라, 분노로 이성을 잃은 그녀가 실수했기 때문이라고 한 치의 의심도 없이 믿는 눈치였다.

카시스의 눈동자가 얼핏 낮게 가라앉았다. 아그리체에서 탈출하는 날까지는 그의 무력이 봉쇄되지 않았다는 사실을 숨겨야 했다. 그래야만 모두 방심할 테니까.

그런 생각을 하고 있을 때, 문득 문밖에서 인기척이 느껴졌다.

카시스는 날카로운 시선으로 문을 한번 쳐다본 뒤 처음 이 방에 들어왔을 때처럼 다시 바닥에 몸을 눕혔다. 달그락, 문의 잠금장치를 푸는 소리가 들렸다. 그 후 누군가가 방 안으로 들어섰다.

가벼운 발소리와 후각을 자극하는 향기가 익숙했다. 그래서 지금 들어온 사람이 록사나라는 사실을 알았다. 그녀는 카시스에게 다가와 그의 모습을 말없이 내려다보았다.

이제 카시스의 처우를 결정하게 될 사람은 록사나였고, 지금 이곳에는 단둘뿐이었다. 게다가 카시스는 현재 정신을 잃은 척하고 있었다.

그러니 어쩌면 이번에야말로 본색을 드러낼지도 모른다. 카시스는 록사나가 그에게 좀 더 가까이 다가오는 것을 느끼며 온몸의 감각을 끌어 올렸다.

혹시 그녀가 허튼짓을 한다면 카시스 역시 가만히 있을 수만은 없었다. 좀 더 가까워졌을 때 팔을 뻗어 사슬로 목을 감으면 아마 단번에 기절시킬 수 있을 것이다.

물론 마음만 먹는다면 기절로 그치는 것이 아니라 즉사시킬 수도 있을 테지만 그렇게까지 하기에는 망설여졌다.

무엇보다도…….

지금 이 자리에서 그런 식으로 위협에 위협으로 대응하는 것이 과연 올바른 선택일까?

카시스는 눈을 감고 상대와의 거리를 가늠했다. 록사나는 그의 고뇌를 모르고 옆으로 더욱 바싹 몸을 붙였다. 이제 두 사람은 완벽하게 서로의 사정거리 안에 있었다.

"진짜 최소한의 치료만 했네."

하지만 이어서 카시스의 귀를 간질인 것은 낮은 숨결과 함께 새어 나온 자그마한 속삭임이었다. 그다음, 그의 손목에 보드라운 손길이 닿았다.

찰그락.

록사나가 그의 손을 들어 올리자 기둥과 이어진 사슬에서 여지없이 듣기 싫은 쇳소리가 났다. 상태를 살피는 것 같은 시선이 카시스의 몸을 한 차례 스쳐 지나갔다.

그 후 그의 입을 막고 있던 재갈이 풀어졌다. 옆에서 부스럭거리며 무엇을 하나 싶더니, 잠시 후 다시금 그의 손목에 온기가 스몄다.

카시스는 무어라 형용할 수 없는 기분이 되어 숨을 죽였다. 록사나는 의원이 대충 치료해 주고 간 그의 상처에 약을 바르고 붕대를 감았다. 구속구에 쓸려 살이 파인 손목과 발목에도 조심스러운 손길이 스쳐 지나갔다.

한술 더 떠서, 록사나는 이미 갈기갈기 찢겨 있던 그의 윗옷을 벗기고 그 속의 맨살에까지 손을 댔다. 피부 위로 곧장 번지는 온기에 카시스는 그만 참지 못해 자리에서 벌떡 일어날 뻔했다.

손길이 닿는 상처 자리마다 따끔거리는 느낌이 번져 나갔다. 하지만 살갗을 타고 스미는 것은 따가움뿐만이 아니었다.

카시스는 가까스로 간지러운 손길을 참아 내는 데 성공했다.

치료를 꼼꼼히 끝마친 뒤에도 록사나는 자리를 떠나지 않았다. 급기야 그녀는 카시스의 곁에 아예 자리까지 잡고 앉았다.

아무리 방이 깨끗하다 해도 설마 이렇게 그냥 맨바닥에 주저앉을 줄은 몰랐기 때문에 카시스는 조금 놀랐다. 성격이 꽤 활달한 편인 카시스의 여동생 실비아도 이런 식으로 서슴없이 행동하지는 않았다.

하지만 이어진 록사나의 행동은 더욱 놀라웠다. 카시스는 아까와 같은 부드러운 손길이 그의 머리를 들어 올려 어디에 내려놓았는지 깨닫고 소리 없이 경악했다.

설마, 지금 내가 베고 있는 것이 다리인가⋯⋯?

이제라도 정신을 차리고 깨어난 척을 할까 하고, 카시스는 짧은 시간 동안 수없이 갈등했다. 아마 록사나가 그의 머리를 살살 쓰다듬지 않았다면 정말 눈을 떴을지도 몰랐다.

하지만 이마를 간질이는 따스한 손길에 그만 조금 전보다 더욱 말문이 막혀 버렸다. 카시스는 어쩐지 지금의 자신이 파렴치한이 된 것 같은 느낌을 떨칠 수가 없었다. 물론 지금과 같은 상황은 결코 그가 바란 것도 종용한 것도 아니었다.

하지만 시치미를 뚝 떼고 여전히 잠든 척을 하고 있는 지금 이 순간, 어째서인지 카시스는 자신이 아주 비겁한 사람이 된 것 같은 느낌을 받고 말았다.

"난 죽기 싫은데⋯⋯."

그렇게 카시스가 남몰래 속앓이를 하고 있을 때, 문득 머리 위에서 혼잣말이 울렸다. 그의 머리를 쓰다듬으며 사색에 잠긴 것 같던 록사나가 불현듯 중얼거린 소리였다.

그 말이 무슨 의미인지 알 수 없어 카시스는 의아해졌다. 하지만 록사나는 그 이상 다른 말을 더 하지는 않았다. 카시스도 자신을 어루만지는 손길을 의식하며 표정 관리를 하는 데 총력을 기울여야 했다.

"그런데 이상하네."

그러던 어느 순간 그의 머리카락을 스치던 록사나의 손길이 멈칫했다.

"그 사이에 누가 씻겨 주기라도 했나. 머리카락이 왜 이렇게 부드럽지?"

아마 카시스의 눈이 떠져 있었다면 일순간 잘게 흔들리는 동공을 보이고 말았을 것이 분명했다.

"냄새도 안 나고."

이번에는 저도 모르게 작게 몸을 떨고 말았다. 록사나와 밀착한 몸을 떨어뜨리고 싶었지만 의식을 잃은 척하고 있는 지금은 움직일 수 없었다.

조금 전 그가 무심결에 미동한 것을 알았는지 한결 집요해진 시선이 얼굴 위로 떨어졌다. 록사나는 눈치채지 못했지만 카시스의 귀는 약간 발갛게 달아올라 있었다. 지금 그녀가 의아하게 생각한 부분은 페넬리안에서 물려받은 그의 특이 체질과도 관련이 있는 것이었다. 설마 그것을 록사나가 예리하게 간파해 의문을 품을 줄은 몰랐기 때문에 카시스는 당황하지 않을 수 없었다.

게다가 그것을 이렇게 직접적으로 지적한 상대가 또래의 소녀라는 사실이 카시스의 머릿속을 더 엉망으로 뒤엉키게 만들었다.

다행히 록사나는 이 이상 카시스의 냄새를 맡기 위해 얼굴을 가까이 댄다거나, 그의 머리카락을 아까보다 더 섬세하게 만지작거린다거나 하지 않았다.

당연한 말이었지만, 이쯤 되니 카시스는 이제 정말 눈을 뜰 수 없었다. 그는 어서 이 인고의 시간이 지나가기를 빌었다.

"……의식도 없는 사람한테 이런 말 하는 건 좀 웃기지만, 아까 막아 주지 못해서 미안해."

머리 위에서 다시금 조곤조곤한 목소리가 울렸다. 카시스는 록사나가 아까의 일을 사과하는 것을 조용히 들었다.

"그래도 이제부터는 그런 일 없을 거야. 이제 당신은 나한테 속하게 되었으니까 다른 사람은 함부로 건드리지 못해."

그의 머리를 매만지는 손길이 무척 상냥하고 다정했다. 그녀가 그의 적인 란트 아그리체의 딸이라는 사실조차 한순간 잊을 정도로.

"내가 꼭 여기에서 내보내 줄게."

이번에도 역시 그 목소리에서 거짓은 느껴지지 않았다.

그것은 역시 이상한 일이었지만…….

카시스는 록사나가 방 안에 들어왔을 때부터 언제든 손을 쓸 수 있게 준비하고 있던 몸에서 서서히 힘을 풀고 있었다. ……일단 지금 당장은 그녀를 공격해야 할 일이 없을 것 같으니.

주위에 감도는 공기가 왜인지 기묘하리만치 평온하다고 생각하며 카시스는 얕은 숨을 내쉬었다.

내가 다시 카시스를 찾아간 것은 늦은 저녁 무렵이었다. 결국 아까는 카시스가 깨어 있다는 다른 증거를 찾지 못한 채 방을 빠져나와야만 했다.

다행히도 이번에는 눈을 뜨고 있는 카시스를 만날 수 있었다. 문을 열자마자 어둠 속에서도 선명한 광채를 발하고 있는 금색 눈동자와 시선이 마주쳤다.

일순간 멈칫했지만 나는 내색하지 않고 몸을 틀어 문을 닫았다. 이후 벽에 걸린 촛대를 건드리자 시야가 한결 더 밝아졌다. 주술을 이용해 원하는 대로 불꽃의 크기를 유지하도록 만든 것이었는데, 카시스가 편히 쉴 수 있도록 아까 강도를 약하게 조절한 참이었다.

좀 더 환하게 불을 밝힐까 하다가 시야가 너무 탁 트인 곳에서 카시스와 얼굴을 마주하는 것도 조금 불편할 것 같아서 그냥 말았다. 그래서 방 안에는 서로의 얼굴을 구분할 수 있을 정도로만 촛불이 밝혀지게 되었다.

은은한 불빛 속에서 카시스가 조용히 나를 바라보았다. 그는 아까 누워 있던 자리와 얼마 떨어지지 않은 벽면에 기대앉아 있었다.

촛대와의 거리가 꽤 멀어서 그런지 그의 얼굴 일부는 짙은 음영에 물든 상태였다. 저렇게 어둠에 반쯤 몸을 숨긴 채 소리 없이 나를 주시하는 모습을 보니, 꼭 제 영역에 나타난 사람을 경계하며 살피는 야생 동물처럼 느껴지기도 했다.

"상처가 작지 않으니 좀 더 누워 있는 편이 좋을 텐데."

몸은 좀 괜찮냐고 물으려다가 그런 하나 마나인 말은 그냥 관두기로 했다. 내 손으로 직접 카시스의 상처를 돌봐 준 지 아직 한나절밖에 되지 않았다. 그러니 초인이라도 되지 않는 이상 몸 상태가 그새 좋아졌을 리는 없었다.

"치료는 아까 의원이 해 주고 갔어. 혹시 다른 아픈 곳이나 불편한 데는 없어?"

내 말에 카시스가 움찔 눈매를 찌푸렸다. 살짝 가늘게 떠진 눈동자가 나를 응시했다. 나한테 다른 사람의 속마음을 읽을 수 있는 능력이 있다면 좋을 텐데.

그럼 카시스가 지금 내 앞에서 무슨 생각을 하는지 알 수 있을 테니 말이다. 또 아까 만났을 때 그가 진짜로 기절했던 것이 맞는지 아닌지도 확인할 수 있을 테고.

하지만 지금 마주한 그의 얼굴에서는 여전히 속내가 드러나 보이지 않았다.

잠시 후 카시스가 입을 열어 짤막하게 대답했다.

"……딱히 없어."

그런데 기분 탓인가. 앞서 있는 공백이 조금 긴 것 같은 느낌이었다.

"진통제 가져왔는데 먹을래?"

나는 카시스를 향해 좀 더 가까이 다가갔다. 이번에는 굳이 대답을 기다리지 않았다.

"그 전에 간단히 요기할 만한 것 좀 가져왔어. 먼저 배부터 채워."

지금 내가 들고 있는 쟁반에는 약 말고도 간단한 요깃거리가 들어 있었다. 그래 봤자 부드러운 빵과 수프 정도가 고작이었지만 말이다. 한동안 공복이었던 카시스가 바로 기름진 음식을 먹을 수 있을 리는 없었기 때문이다. 물론 내가 끼니 대용으로 영양분을 응축한 환을 주기는 했지만 그걸 음식이라고 할 수는 없었다.

나는 카시스에게 다가가 그의 옆에 쟁반을 내려놓았다.

"식탁과 의자가 없어서 불편할 거야. 원래 이 방에 있던 위험한 물건들은 예전에 다 치워 놨었거든."

사실은 카시스가 나를 공격할지도 모른다는 생각에 아까부터 은근히 몸을 긴장시키고 있었다. 지하 감옥에서와 달리 그의 팔다리는 긴 사슬로 연결되어 일정 거리 안에서는 자유롭게 움직일 수 있었다.

하지만 카시스는 내 행동을 또 가만히 지켜보기만 할 뿐, 자리에서 움직이지 않았다.

"이런 건 하인을 시키면 될 텐데."

그는 다만 건조한 목소리로 그렇게 읊조렸다. 나는 그의 반응에 조금 마음을 놓았다.

혹시 카시스가 내게 적대적인 모습을 보이면 어떻게 해야 할지 이 방에 들어오기 전부터 고민이 되었기 때문이다.

"하인에게는 옷을 준비해 오라고 시켰어."

사실은 카시스가 이 방에 들어온 하인을 공격할까 봐 내가 직접 왔다는 말은 그냥 하지 않기로 했다. 혹시 그가 탈출할 작정으로 과격한 행동을 보일지 모른다는 생각을 했다는 것도.

어차피 지금 카시스의 상태로 아그리체 밖으로 도망치기란 무리였다. 하지만 그의 생각은 또 다를 수도 있는 노릇이었다. 그러니 만약 카시스가 소란을 일으킨다면 그 일이 란트 아그리체의 귀에 닿기 전에 내가 해결해야만 했다.

어쨌거나 이 집안의 하인들보다는 내 무력이 월등했으니 여차했을 때는 카시스를 다시 기절시킬 요량이었다.

게다가 이제부터 카시스와 나는 한배를 타게 되지 않았던가?

그러니 친분도 다질 겸, 겸사겸사 서로의 얼굴을 자주 보는 편이 좋을 것이었다.

"지금 그 옷은 너무 더러워졌잖아. 많이 찢어지기도 했고. 이따가 새 옷을 가져오면 그걸로 갈아입는 게 좋겠어."

그런 생각으로 나는 상냥하게 말했다. 바로 그 순간, 카시스의 표정이 변했다. 그런데 그 의미는 어쩐지 부정적인 쪽인 것 같았다.

도대체 무슨 생각을 했는지 나를 향하는 그의 시선이 약간 날 서 있었다. 그런데 이상하다. 내가 잘못 본 게 아니라면, 지금 카시스의 눈빛에 섞여 있는 것은 미약한 수치심이었다.

또 한 번 짙은 의구심이 내 안에 차올랐다.

뭐야. 역시 이 사람, 아까 깨어나 있었던 것 아니야?

하지만 카시스는 나를 오래 쳐다보지 않고 먼저 시선을 끊어 냈다. 그래서 나도 그의 눈빛을 충분히 살펴보지 못했다. 곧 카시스가 천천히 입을 열었다.

"그래서……."

이어서 흘러나온 그의 목소리는 그의 표정만큼이나 딱딱했다.

"이제 장난감이 되었으니 내가 해야 할 일은 뭐지?"

지금까지의 화제에서 명백히 말을 돌리는 느낌이었다. 나는 그것을 무시하고 옷 이야기를 계속할까 하다가 그냥 순순히 대답했다.

"잘 먹고, 잘 자고, 잘 쉬어서 얼른 낫는 거."

카시스는 설마 내게서 그런 대답이 나올 줄은 몰랐던 눈치였다. 예상치 못한 말을 들은 사람처럼 그가 나를 쳐다보았다.

"일단은 먹어. 독 같은 건 안 넣었어."

카시스의 눈길이 바닥에 놓인 쟁반 위로 내려앉았다.

"혹시 의심스러울 수도 있으니까."

나는 카시스가 무어라 말하기도 전에 쟁반 위에 있는 음식을 먼저 한 입씩 내 입에 넣었다. 내가 하는 행동을 본 카시스의 눈매가 움칫 미세하게 좁혀졌다.

나는 내가 먹은 음식에 독이 없다는 것을 그에게 알려줄 수 있도록 조금 기다렸다. 물론 여기에 어떤 독이 있어도 나한테는 통하지 않을 테지만 카시스는 그걸 모르니까. 말하자면 이건 그냥 보여주기 위한 쇼인 셈이었다.

"그래도 믿기 어려우면 한 번 더 먹어볼까?"

"필요 없어."

다소 쌀쌀맞게 말한 카시스가 바닥에 있는 쟁반을 내 앞에서 끌어
갔다. 그런 뒤 그가 팔짱을 끼고 나를 말없이 쳐다보았다.

아무래도 내가 있으면 먹기 불편할 것 같아서 나는 옷을 가지러 간
하인이 오는지 확인해 보겠다고 말하고 방을 빠져나왔다.

잠깐 앉아 있을 곳도 마땅치 않은 걸 보니 나중에 의자라도 하나 가
져다 놓는 게 좋을 것 같았다. 카시스가 나를 위협하지 않는다는 확신
이 생기면 그가 필요로 하는 다른 물건들을 가져다줄 생각도 있었다.

잠시 후 나는 카시스에게 입힐 새 옷을 가지고 다시 방으로 향했다.
물론 카시스에게 줄 옷을 내가 직접 들지는 않았고, 내 뒤를 따라온
에밀리에게 들게 했다. 조금 전에 음식과 약을 들고 올 때도 마찬가지
였다. 어찌 보면 성가신 일이었지만 내가 직접 카시스의 수발을 드는
느낌을 풍길 수는 없는 노릇이었다.

문 앞에 다다라 나는 에밀리를 돌려보냈다.

"이제 됐어. 그만 가 봐, 에밀리."

"네, 아가씨."

그 후 에밀리에게서 건네받은 옷가지를 들고 카시스가 있는 방 안
으로 들어섰다. 출입할 때마다 이렇게 잠금장치를 여닫아야 하다니,
역시 번거롭네. 저 안에 갇혀 있는 사람도 기분이 나쁠 것 같고.

지금으로서는 어쩔 수 없는 일이기는 한데.

나는 눈살을 찌푸리며 문고리를 밀었다.

달칵.

그리고 마침내 안으로 발을 들이자마자 나는 멈칫했다. 카시스는 아까와 달리 자리에서 일어나 있었다. 문을 등지고 서 있는 그의 뒷모습에 저절로 시선이 날아가 박혔다.

내가 걸음을 멈추고 만 이유는 그가 윗옷을 벗어 상체를 노출한 상태였기 때문이다. 멀리서 일렁이는 불빛이 그의 몸에 어스름한 윤곽을 덧그렸다.

카시스의 몸에는 군데군데 붕대가 감겨 있었고 그렇지 않은 곳에는 붉은 상처 자국이 수없이 새겨져 있었다. 그런데 그의 벗은 몸을 본 순간 가장 먼저 머릿속을 스쳐 지나간 것은 '아프겠다'는 생각이 아니었다.

문고리를 놓은 문이 등 뒤로 스르륵 미끄러지는 소리가 들렸다.

덜컹.

마침내 문이 완전히 닫혔다. 카시스가 비스듬히 고개를 틀어 나를 바라보았다. 음영 어린 고요한 금색 눈동자와 시선이 마주치는 순간 어째서인지 덜컥 말문이 막혔다.

당연한 말이지만 남자의 벗은 상체를 보는 것도, 또 그 대상이 카시스인 것도 지금이 처음은 아니었다. 아까 의원이 미진하게 처리하고 간 카시스의 상처를 마저 치료해 줄 때도 내 손으로 직접 그의 옷을 벗겼었다. 그때의 나는 분명 카시스의 벗은 몸에 별다른 감흥을 느끼지 않았다.

그런데…….

왜 지금은 이렇게 은근한 당혹감이 밀려드는 것일까? 아까보다 주위가 어둑하기 때문일까? 아니면 아까는 미동 없이 누워 있던 카시스가 지금은 이렇게 생동감 넘치게 움직이며 나를 응시하고 있기 때문일까?

마치 누군가의 비밀스러운 광경을 엿보기라도 한 것 같은 기분이 들었다. 촛대에서 번진 붉은 불빛이 어둠 속에 있는 카시스를 홀로 두드러져 보이게 만들었다.

그때, 카시스가 느리게 입술을 벌렸다.

"씻어야겠어."

속삭임에 가까운 나직한 음성이 귓가를 간질였다. 넝마가 된 천 조각이 그의 손에서 툭 떨어져 내렸다. 섬세하게 짜인 등 근육도 그 움직임을 따라 한결 뚜렷한 굴곡을 그리며 약동했다.

"어, 그래……."

나는 무의식중에 대답했다. 그런 직후 퍼뜩 정신을 차렸다.

아니, 고작 상반신 탈의한 걸 좀 본 것 가지고 내가 왜 이래야 하는 거지? 게다가 이 이상야릇한 분위기는 도대체 뭐야.

아무래도 아까 촛대의 불을 은은하게 밝힌 게 문제인 것 같았다.

하지만 이제 와서 다시 주변을 환하게 만들자니 카시스가 옷을 벗고 있는 것이 마음에 걸렸다. 지금까지 가만히 있다가 하필 그가 윗옷을 탈의했을 때 불을 밝히는 것도 좀 이상하잖아.

물론 이런 생각을 하는 것 자체도 지금 내가 괜히 카시스를 의식하고 있다는 증거였다. 나는 슬쩍 눈살을 찌푸린 뒤 태연한 목소리를 흘려보냈다.

"이쪽에 있는 문이 욕실이야. 항상 내가 신경 쓰는 건 피차 불편할 것 같아서 일부러 욕실이 딸린 방으로 골랐어."

이 방에는 작게나마 욕실도 딸려 있었다. 물론 그 안에 있는 위험한 물건들도 이미 다 치운 뒤였다.

방이 평면적인 구조가 아니라 카시스가 있는 곳에서는 벽에 있는 또 다른 문이 보이지 않았던 모양이다. 그는 내가 가리킨 방향으로 시선을 움직였다.

"이거."

그 직후 카시스가 슬쩍 팔을 들어 올려 내게 보였다.

"사슬 때문에 옷을 갈아입을 수가 없어."

아, 듣고 보니 그랬다.

구속구야 손목과 발목에 밀착되어 있어 크게 상관이 없다지만 사슬은 확실히 옷을 벗고 입는 데 방해가 될 터였다.

그런데 지금은 어떻게 윗옷을 벗은 거지?

그런 의문에 고개를 숙여 바닥을 살핀 나는 곧 그 해답을 찾았다. 조금 전 카시스가 벗은 옷이 완전히 걸레짝처럼 찢어져 있었던 것이다.

그의 셔츠는 원래도 지하 감옥에서 채찍질을 당한 일과 또 샬럿에게 공격당한 일로 넝마처럼 군데군데 찢겨 있었다. 그래서 그냥 지금도 옷을 잡아 뜯는 식으로 벗었던 것 같았다.

벗을 때는 그런 식으로 처리하면 된다고 해도…….

확실히 사슬을 달고 있는 상태에서는 팔다리에 옷을 꿰는 것이 불가능했다.

나는 잠깐 생각하다가 카시스에게 권유했다.

"손목과 발목에 있는 사슬을 풀어 줄 테니까 대신 목줄로 바꾸는 게 어때?"

"……."

카시스는 침묵했다. 당연히 내 말을 매우 탐탁지 않게 여기는 기색이었다. 나를 보는 눈초리가 조금 더 싸늘해진 것 같기도 했다.

"몸에 사슬을 네 개나 달고 있는 것보다는 나을 것 같은데."

물론 구속구는 그대로 둘 거지만. 구속구는 속박한 대상의 힘을 제

약하는 도구였다. 특히 공격성을 띤 행동을 할 때 움직임을 제한하는 기능이 있었다. 당연히 일반 마물용 구속구보다 대마물용 구속구가 그 강제력이 더 강했다.

하지만 지난 샬럿과의 일 때 구속구를 부순 일도 있고, 카시스에게도 그 효과가 온전히 통하는 게 맞는지 나는 의심이 들었다. 지금 카시스가 구속구를 차고 있는데도 혹시 나를 공격할까 봐 경계한 것도 그래서였다.

그러나 반대로 말해 구속구조차 카시스에게 완전한 효력을 발휘하고 있지 않다면 사슬은 애당초 있으나 마나 한 것이었다.

그러니 어차피 팔다리의 사슬을 풀고 목줄로 대신한다고 해도 구색 맞추기일 뿐이었다. 하지만 아무리 구색 맞추기라고 하나 내 입장에서 그마저도 하지 않을 수는 없었다.

카시스는 아무 대답도 하지 않았지만 내 말에 수긍한 눈빛이었다.

당연한 말이지만 그가 목줄을 좋아하는 것 같지는 않았다. 하지만 이렇게 필요할 때마다 구속구에 달린 사슬을 탈부착하기 번거롭다는 것에는 카시스도 동의하는 것 같았다. 곧 그가 마음대로 하라는 듯이 팔을 내리고 나를 쳐다보았다.

나는 바로 카시스를 향해 걸음을 옮겼다. 사실은 카시스의 옷을 준비시킬 때 목줄도 미리 지시해 놨다. 옷을 갈아입는 데 방해가 된다는 사실까지는 미처 생각하지 못했지만, 그가 조금만 움직여도 시끄러운 소리를 내는 사슬들이 그렇지 않아도 거슬리던 참이었다.

물론 내 명령으로 목줄을 준비한 하인이 나를 어떻게 쳐다보았는지는…… 굳이 말하지 않기로 하겠다.

역시 아직은 다른 사람을 이 방 안에 들일 생각이 없어서 내가 직접 카시스에게 목줄을 채워야 했다. 그러기 위해서는 필연적으로 그에게 가까이 다가가야만 했고 말이다.

카시스도 그 사실을 아는지 내 접근을 수용했다.

"불편해도 조금만 참아."

나는 카시스와 마주 보았다. 잠깐 내 얼굴 위로 그의 시선이 떨어졌다. 하지만 카시스는 잠시 후 시선을 비끼어 나를 외면했다.

좀 더 봐도 되는데 단호하네. 내 미모는 나름대로 내가 가진 강력한 무기가 아니던가. 그러니 이왕 이렇게 된 거, 그냥 카시스가 다른 남자들처럼 내 미모에 홀려 반하게 되면 일이 한결 쉬워질 텐데 말이다.

나는 조금 아쉬움을 느끼며 카시스를 향해 손을 뻗었다. 내 손이 목을 스치는 순간, 카시스의 고개가 작게 움찔했다. 하지만 그것 말고는 딱히 다른 움직임이 없어 나는 수월하게 그에게 목줄을 채울 수 있었다.

"……."

그리고 나서 검은 가죽을 목에 찬 카시스를 보는데…….

어쩐지 주변에 감도는 분위기가 아까보다 한결 더 이상해진 것 같았다. 가학적인 상처가 가득한 상반신을 드러낸 상태로 목줄을 매고 있는 미소년이라니.

왠지 내가 변태가 된 것 같은 생각이 들어서 나는 떨떠름하게 눈매를 찡그렸다. 그리고 카시스 역시 나와 비슷한 표정을 짓고 있는 것을 발견했다.

나는 카시스의 팔과 다리에 있는 사슬을 풀어 그중 하나를 목줄에 연결했다. 여전히 구속구를 차고 있었지만 그래도 사슬이 사라진 것만으로도 시원한지, 카시스는 운동하듯 손목과 발목을 움직였다.

"이 저택은 구조가 미로같이 되어 있어서 내 형제들 중에서도 가끔 길을 잃는 사람이 나와."

나는 혹시 카시스가 허튼 마음을 먹을까 봐 입을 열었다.

"아그리체에 처음 오는 사람은 당연히 출입구를 찾지 못해 저택 안을 헤매기 십상이지."

지나가듯 꺼낸 내 말에 카시스가 고개를 돌렸다.

"물론 나는 출입구까지의 지름길을 알고 있지만."

뒤이어 금색 눈동자와 지척에서 시선이 마주쳤다. 나는 지금 무슨 말을 했냐는 듯이 카시스를 향해 빙긋 웃어 보였다.

"들어가서 씻어."

카시스가 욕실에 들어간 뒤 나는 바닥에 있는 쟁반과 찢어진 옷을 수거했다. 쟁반 위의 그릇은 비어 있었다. 진통제도 잊지 않고 챙겨 먹은 것 같았다. 카시스가 전처럼 네가 준 것을 어떻게 믿고 먹느냐느니 하는 소리를 하지 않아 다행이었다.

카시스는 일단 지금은 이 방에 얌전히 있기로 한 것 같았다. 자신의 몸 상태를 스스로 돌아보고 그런 마음을 먹은 것일 수도 있었다. 어찌 되었건 현명한 선택이었다.

지금처럼 부상을 입은 상태라면 설령 저택에서 빠져나가는 데 어렵사리 성공한다 해도 경계를 넘기도 전에 마물에게 당해 죽을 것이 분명했다.

문득 욕실 쪽에서 들리는 물소리에 머릿속의 상념이 흩어졌다. 카시스의 목에 연결된 사슬 때문에 문은 완전히 닫히지 않고 조금 열린 상태였다. 그 사이로 들려오는 소리에 기분이 또 조금 이상해졌다.

하지만 나는 곧 신경 쓰지 않기로 하고 나비를 한 마리 불러들였다. 내 의지가 깃든 검붉은 나비가 팔랑팔랑 날아 그대로 벽에 스며들었다.

이제 이 방에서 카시스에게 무슨 일이 생기면 곧바로 내게 신호가 올 것이다. 사실은 카시스에게 직접 감시를 붙이고 싶었지만 혹시 그가 눈치챌지도 모른다는 생각이 들었다. 그래서 아쉬운 대로 방에 조치를 취하기로 했다.

그보다 서쪽 경계에 보낸 나비의 소식이 늦어 신경이 쓰였다. 분명 카시스를 찾는 페넬리안의 사람들이 경계 부근을 서성이고 있을 것이라 생각했는데 아직인 것일까. 나비를 한 마리 더 보내 봐야 하나, 하고 고민할 무렵 카시스가 욕실에서 나왔다.

씻은 뒤 옷을 갈아입은 카시스는 확실히 아까보다 정상적인 몰골을 하고 있었다. 그는 침대 위에 걸터앉아 있는 나를 보고 멈칫했다. 하지만 이 방에는 앉을 곳이 침대밖에 없어서 나도 어쩔 수 없었다.

"이리 와서 앉아."

카시스는 내 옆에 있는 붕대와 약을 보고 자신을 부른 이유를 유추한 것 같았다.

"내가 할 수 있어."

"정말? 등에 있는 상처는 어쩌려고?"

카시스의 얼굴이 설핏 찌푸려졌다. 나는 그를 보고 뭐가 문제냐는 듯이 비스듬히 고개를 기울였다.

"걱정 마. 어릴 때부터 많이 해 봐서 나 이런 거 잘해."

사실은 의원을 불러도 되었지만 카시스에게 친절을 베풀 수 있는 기회였다. 이런 식으로 사소하게나마 그에게 하나둘씩 부채감을 쌓아 가도 괜찮을 것 같았다. 물론 상당히 얄팍하고 약은 생각이었다.

"어릴 때부터 많이 해 봤다고?"

카시스가 잠깐의 침묵 뒤에 나를 향해 반문했다. 저러는 것을 보니 아그리체의 자녀 양육 방식에 대해서는 잘 모르는 모양이었다.

"응, 오빠가 다쳤을 때도 내가 매일 치료해 줬는걸."

이건 사실이긴 하지만 조금 과장된 진실이었다. 물론 아실은 어릴 때부터 칠칠맞지 못해서 교육을 받는 동안 매일 다치고는 했다. 그럴 때마다 의원을 부를 수는 없어서 어머니와 내가 그를 치료해 준 적도 있었다.

하지만 그 당시의 내 나이가 몇 살이었는데, 설마 내게 큰 부상의 치료를 맡겼겠는가? 고작해야 생채기가 난 곳에 반창고를 붙여 준 게 전부였다.

그래도 이렇게 말하면 카시스가 조금은 더 나를 믿고 치료를 맡길 수 있지 않을까? 게다가 어릴 때와 달리 지금은 내 치료 능력이 발전한 것도 사실이었다. 어릴 때부터 이리 굴려지고 저리 굴려지며 나도 내 상처를 스스로 돌봐야 할 때가 왕왕 있었으니까 말이다.

카시스는 여전히 자리에 우두커니 서서 나를 내려다보고 있었다. 촛대를 등지고 선 방향이었기 때문에 그의 얼굴은 어둠에 먹혀 잘 보이지 않았다. 그래서 지금 카시스가 어떤 표정을 짓고 있는지도 알 수가 없었다.

그가 꽤 오래 그 상태로 움직이지 않았기 때문에 나는 슬슬 답답해졌다. 그래도 다시 상냥하게 카시스를 재촉하려던 찰나, 마침내 그가 자리에 멈추었던 발길을 뗐다.

나를 한 번 쳐다본 카시스가 셔츠의 단추를 풀기 시작했다. 어깨를 타고 내려간 옷이 마침내 허리 아래로 완전히 떨어져 내렸다.

"다른 곳은 내가 할 수 있어."

그러니까 직접 손을 댈 수 없는 등 쪽만 치료하라는 의미인가 보다. 나는 내게 뒷모습을 보이고 앉은 카시스를 힐끔 쳐다보았다.

……기분 탓인가? 왜인지 지금 카시스의 경계심이 살짝 옅어진 것 같은데.

나는 두 눈을 가늘게 뜨며 다시 상처투성이의 등으로 시선을 내렸다. 조금 전 물에 닿아서 그런지 상처에서는 다시 피가 배어 나오고 있었다. 하지만 혹시 모를 감염을 피하기 위해서라도 다친 곳을 한 번 씻어 내는 일은 필요했다.

나는 깨끗한 수건으로 살갗에 배어난 피를 닦아 낸 뒤 본격적으로 그의 상처를 치료하기 시작했다. 내 손길이 맨 처음 닿는 순간, 카시스의 팔이 아주 살짝 꿈틀거렸다.

그나저나 근육이 여기저기 참 예쁘게 자리 잡았잖아?

군살이라고는 눈을 씻고 찾아봐도 없는 걸 보니 평소에 단련을 상당히 열심히 한 것이 분명했다. 역시 샬럿 손에 들어갔으면 엄청난 봉변을 당했을 거야. 일단 근육 결대로 피부를 벗겨 내는 것부터 시작하지 않았을까?

그뿐만이 아니라 이렇게 가까이에서 보니 뼈대도 반듯하게 곧고 예뻤다. 특히 일자로 쭉 그어진 척추뼈와 견갑골이 시선을 잡아끌었다.

형제들 중에는 뼈와 장기에 환장해 그것을 수집하는 취향 나쁜 놈들도 있었다. 아마 그들이 카시스를 보게 되면 군침을 흘리고도 남을 것이다.

왜 이 사람은 얼굴만이 아니라 이렇게 뼈까지 예쁜 거지?

나는 측은한 눈으로 카시스를 보았다.

참 별게 다 아그리체 사람들의 취향이지 않은가?

어쩌면 소설 속의 카시스는 처음 내 예상보다 훨씬 더 험한 꼴을 당했을지도 모른다는 생각이 들었다. 나는 고개를 절레절레 저으며 소설 속 카시스의 박복한 운명을 다시 한번 동정했다.

이제 다른 데 한눈 그만 팔고 본업에 충실하자.

나는 다시 부지런히 손을 움직였다. 그러고 보니 카시스가 아까부터 아무 말도 없었다. 한번 인식하고 나자 방 안이 너무 조용한 게 어딘가 부자연스럽게 느껴졌다. 힐끔 시선을 움직였지만 나를 등지고 있는 카시스의 얼굴을 볼 수는 없었다.

"지금 내가 만지는 데 아파?"

고요한 공기 속에 내 목소리가 자그마하게 울렸다.

"혹시 아프면 말해. 좀 더 조심할게."

카시스는 가타부타 말이 없었다. 나는 손에서 좀 더 힘을 빼고 그의 상처를 살살 매만졌다.

"지금은 어때?"

바로 그때 카시스가 홱 몸을 움직였다. 곧이어 단단한 손길이 내 손목을 움켜쥐었다.

"됐으니까 이제 그만해."

싸늘한 목소리가 귓전에 울렸다. 내가 무어라 반응하기도 전에 카시스는 내 손을 뿌리치듯이 놓고 아까 벗었던 셔츠를 들어 다시 몸에 걸쳤다.

그 반응이 무엇 때문인지 짐작 가는 바가 있었다.

흠. 그래도 내가 이성으로 의식이 되긴 하나 보군.

하지만 나는 아무것도 모르는 척, 그에게 나긋한 목소리로 말했다.

"다른 데도 내가 해 줄게."

"필요 없어."

여지없이 칼 같은 거부가 되돌아왔다. 카시스는 여전히 차가운 얼굴을 한 채로 나를 쳐다보지도 않았다.

그 후 나는 카시스의 냉대를 받으며 방을 나섰다. 그나저나 방금 전에 카시스가 나한테 경계를 조금이나마 허문 이유는 도대체 뭐였을까?

지금 막 빠져나온 문 앞에 서서 나는 고민했다. 분명 처음에 카시스는 내게 상처 치료를 맡길 마음이 조금도 없는 것처럼 보였다. 그런데 그로 하여금 충동적인 결심을 하게 만든 것이 도대체 무엇인지 알고 싶었다.

나는 그 이유를 혼자 추측해 보며 걸음을 옮겼다.

"록사나 아가씨. 지금 바로 장난감에게 가실 겁니까?"

"아니, 독나비 부화실에 먼저 들렀다 갈 거야."

그 후 사흘이 지났다. 카시스와의 일과는 매일이 비슷했다. 나는 하루에 세 번 그를 찾아가 직접 식사를 챙겨 주었다. 카시스도 그것으로 하루의 시간이 어떻게 흘러가는지를 가늠하는 모양이었다.

매번 내가 그의 상처를 돌봐 줄 수는 없었기 때문에 따로 의원을 부르는 것도 잊지 않았다. 사실 나는 카시스를 살피는 것 말고도 해야 할 일이 많았다. 독나비 부화실에 들르는 것도 그중 하나였다.

독나비 부화실은 오늘도 습하고 더운 기운으로 가득 차 있었다. 밀폐된 공간에 흐르는 공기는 아주 눅진하고 무거웠다. 이곳은 원래 독초를 키우는 아그리체의 온실 중 하나였는데, 독나비의 알을 구한 이후 부화실로 개조시켰다.

그래서 지금도 이곳은 독기를 뿜어내는 풀들로 온통 뒤덮여 있었다. 아마 일반인이 이 안에 들어온다면 10초도 버티지 못해 쓰러질 것이 분명했다.

하지만 다양한 독이 스민 이 텁텁한 공기는 내게 별다른 영향을 끼치지 못했다. 나는 무성히 자란 독초들 사이를 가로질러 조금 더 깊은 곳까지 걸어 들어갔다.

잠시 후 가시덩굴에 감싸인 검은 알이 시야에 비쳤다. 독나비의 알은 이제 거의 내 주먹을 두 개 합친 크기만큼 성장해 있었다.

나는 그 앞에 서서 미리 준비해 온 단도를 꺼내 들었다. 그리고 망설임 없이 소매를 걷어 팔을 그었다. 날카로운 칼날이 피부를 베고 지나갔다. 따끔한 느낌과 함께 그 위로 몽글거리며 피가 솟아올랐다.

뚝뚝.

곧 내 팔에서 흐른 붉은 피가 검은 알 위로 주르륵 떨어져 내렸다. 피에 뒤덮인 알이 서서히 검붉은 빛으로 물들기 시작했다.

"맛있게 먹어. 그리고 기왕이면 좀 더 빨리 자라 줘."

처음에 내가 가진 독나비의 알은 총 세 개였는데 지금 남은 것은 이것 하나뿐이었다. 원래 독나비의 부화를 성공시킬 확률은 3할 정도밖에 되지 않는다.

독나비는 마물의 일종으로 알이 있는 서식처를 찾는 것도 무척 어렵지만 그것을 종속시키는 것은 더욱 어려웠다. 독나비의 주인으로 각인되기 위해서는 알에서 깨어나기 전부터 이렇게 주기적으로 피를 흡수시켜야 했다.

그밖에 독나비의 부화에 도움이 되는 영양분은 그 이름에서도 알 수 있듯 바로 독이었다. 그러니 예전부터 독초를 기르던 이 온실은 독나비에게 매우 적격인 장소라 할 수 있었다. 어릴 때부터 독을 섭취해 온 내 피 역시 마찬가지였다. 그런 이유로 내 독 복용량은 전에 비해 월등하게 많았다.

원래대로라면 이 독나비의 알을 찾는 것은 소설 속 남주인공 중 하나인 '백의 마수사'여야 했다. 그는 마물을 다루는 능력이 있는 사람이었고, 작중에서 독나비의 서식지를 찾아 그 알을 부화시키는 데 성공한다.

나는 그 장면을 언뜻 기억하고 있었기 때문에 에밀리에게 독나비 서식지의 위치를 알려 주고 알을 가져오도록 시켰다. 마물을 사육하거나 길들이는 것은 매우 희귀한 능력이었다. 당연히 나는 그런 데 재주가 없었다.

하지만 아직 부화하지 않은 독나비라면 나를 주인으로 각인시키는 것이 가능할 것 같았다. 본래 나를 지킬 수 있는 수단은 많을수록 좋은 것이 아니겠는가.

만약 실패해도 내게는 손해 볼 것이 없는 일이었다. 그래서 밑져야 본전이라는 생각으로 독나비의 알을 채집해 와서 주기적으로 내 피를 먹이고 있었다. 지금 내 피를 모조리 흡수한 독나비의 알은 얇은 피막을 한 겹 두르고 있는 것처럼 보였다.

나는 대충 팔을 지혈시킨 뒤 알의 표면을 쓰다듬었다. 살아 있는 동물의 피부를 만지는 것처럼 따스한 온기가 곧 손끝으로 스며들었다. 어쩐지 이 알이 부화할 날이 그리 머지않은 것 같다는 예감이 들었다.

독나비 부화실에서 빠져나온 나는 카시스에게 향했다.

"점심 식사 시간이야."

오늘의 점심 메뉴는 닭고기 스튜와 곡물 빵, 그리고 과일이었다. 포크와 나이프를 사용해야 하는 음식은 피해야 했기 때문에 그에게 줄 수 있는 메뉴는 한정되어 있었다.

"번거로울 텐데 매번 직접 오는군."

카시스는 여전히 내게 서늘한 태도였지만 그래도 처음보다는 나를 덜 불편하게 여기는 것 같았다. 그는 내 생각보다 얌전하고 협조적이었다.

나는 침대에 앉아 있는 카시스에게 음식을 가져다주었다. 침대 위에 쟁반을 내려놓고 뒤로 물러나는데, 갑자기 속에서 무언가가 역류하는 느낌이 들었다. 우욱, 헛구역질 비슷한 소리가 내 입 밖으로 토해져 나왔다.

투둑.

이어서 입을 막은 내 손을 타고 흘러내린 것은 검붉은 피였다. 어제 에밀리가 가져다준 독을 먹은 후부터 속이 아리더니 결국 피를 봤구나. 나는 옷소매로 입가를 닦아 내며 태연하게 생각했다.

달그락.

그러다 문득 앞에서 들리는 소리에 고개를 들자 나를 올려다보고 있는 카시스가 시야에 들어왔다. 그의 얼굴은 지금의 일에 놀란 것처럼 딱딱하게 굳어 있었다.

조금 크게 떠진 동그란 눈동자가 어쩐지 낯설었다. 그는 침대에 있는 쟁반을 들어 올리려다 말고 다시 그것을 떨어뜨린 것 같았다.

"너……."

카시스는 내게 무어라 말하려는 듯이 입을 열었다. 하지만 그는 내게 무슨 말을 해야 할지 쉽게 가늠하지 못하는 기색이었다.

"지금 그거 피……."

"아, 미안해."

그 모습을 보고 나는 그에게 사과했다. 확실히 카시스에게는 당황스러운 일이었겠구나 싶었다.

"식사 시간인데 나 때문에 비위 상했겠네."

밥상을 앞에 두고 갑자기 피를 토했으니 저런 얼굴을 하고 있는 것도 이해가 되었다. 혹시 더럽다고 생각하는 건 아니겠지?

내 여상한 반응에 카시스의 표정이 변했다. 그는 헷갈리는 눈빛으로 나를 보며 다시 입을 열었다.

"그게 아니라…… 지금 피 토한 거 아니야?"

"그렇긴 한데……. 신경 쓰지 마. 별거 아니야."

나는 소매로 입가를 가리며 말했다. 이곳에는 거울도 없어서 입매와 턱에 묻었을 피를 말끔히 닦아 낼 수가 없었다. 하지만 내 소매도 이미 피로 물들어 있었다. 카시스의 눈길이 내 옷에 묻은 붉은 자국에 못 박혔다.

"피를 토한 일이 별게 아니라고?"

카시스의 얼굴이 방금 전보다 조금 더 굳은 것 같았다.

"응. 이런 건……."

나는 무어라 대답해야 할지 조금 고민하다가 말을 이었다.

"원래 예전부터 자주 있던 일이니까."

피를 토한 경위에 대해서 따로 설명해야 할 필요는 없지 않을까? 오히려 어릴 때부터 독을 먹어 내성을 기르는 게 아그리체의 가풍이라고 하면 역효과가 일어날 수도 있을 것 같았다.

어쩌면 매일 밥 먹듯이 독을 먹는 나를 다른 아그리체의 사람들과 다름없는 독종이라고 생각해 질려 할지도 모르는 노릇이었다.

아, 그럼 혹시 여기서는 이렇게 너무 아무렇지도 않은 모습을 보이면 안 되는 건가? 이렇게 피를 본 게 처음인 것처럼 깜짝 놀라는 반응을 보이는 게 더 나았을까?

물론 이제 와서 그러기에는 늦은 감이 있었다. 아그리체 사람들에게 있어서 이 정도쯤은 정말 아무 일이 아니라 이런 내 모습이 카시스에게 어떻게 보일지는 미처 생각하지 못했다.

"예전부터 자주?"

그때, 경직된 얼굴로 나를 보던 카시스가 갑자기 무슨 생각을 했는지 움찔 미간을 찌푸렸다.

"그러고 보니 지난번에도……."

응? 지난번이라고? 내가 언제 또 카시스의 앞에서 피를 토한 적이 있었던가?

하지만 그런 기억은 나한테 없었다. 카시스도 그 이상 말을 덧붙이지 않았다. 그래서 나는 그가 무슨 말을 하려고 했던 건지 궁금해졌다.

하지만 지금은 그것보다도…….

"혹시 지금 걱정해 주는 거야?"

나는 카시스의 얼굴을 보며 넌지시 물었다. 그러자 일순간 카시스가 움찔했다.

"걱정이라니, 내가 왜."

별안간 그의 얼굴에 한기가 입혀졌다.

"눈앞에서 사람이 피를 토하는 걸 보면 누구라도 놀라는 게 당연한 것 아닌가."

서늘한 목소리가 내 귀에 울렸다. 가당치도 않은 소리라는 듯이 방금 전보다 한결 더 냉랭해진 저 얼굴도 그렇고, 결과적으로 내 말을 정면에서 부정하는 답변이었다.

하지만 나는 본능적으로 지금 이것이 내가 파고들 수 있는 빈틈이라는 사실을 감지했다.

"아, 그렇구나……. 나한테는 이미 익숙해진 일이라 설마 다른 사람이 놀랄 거라고는 생각하지 못했어."

그러고 보면 지금까지 내가 파악한 카시스는 강자에게 강하고 약자에게 약한 타입이었다. 그렇다면 이참에 나도 그에게 좀 더 약한 모습을 보여도 괜찮을 것이다.

"하지만 당신은 나를 싫어하고 있을 거라고 생각했는데……. 그런 사람한테까지 이렇게 신경 써 주다니 친절하네, 당신."

나는 카시스를 향해 희미하게 웃어 보였다. 일부러 아릿하고 씁쓸한 분위기를 풍기면서.

"고마워."

그런 나를 본 카시스는 말문이 막힌 표정이었다.

아, 그런데 이제 와서 약한 척을 하기에는 이미 그의 명치를 때려서 기절시킨 전적도 있잖아?

끙. 하지만 지금은 카시스도 그 일을 잊고 있는 것 같으니 일단 나도 그냥 모르는 척하자. 게다가 그때는 카시스의 눈이 보이지도 않을 때였고.

"그럼 난 그만 나가 볼게."

여기서는 아련하게 퇴장하는 게 낫겠지. 카시스의 쾌적한 식사 시간을 위해서라도 어쨌건 그만 자리를 비켜 주는 것이 좋을 것이다.

"놀라게 해서 미안해."

나는 카시스에게 그렇게 말한 뒤 뒤돌아섰다. 마지막으로 얼굴을 보았을 때, 카시스는 경직된 모습으로 입을 굳게 다물고 있었다.

뒤돌아선 내 등 뒤로 카시스의 시선이 다른 때보다 오래 따라붙는 것 같았다.

"사나 누나!"

방에서 빠져나와 몇 발짝 걸음을 옮기기 무섭게 이번에는 제레미와 마주쳤다. 복도의 끝에서 걸어오던 제레미가 반갑게 나를 부르며 눈 만난 강아지처럼 달려왔다.

나는 설마 문 앞에서 바로 그와 만날 줄 몰라서 일순간 멈칫했다. 제레미도 나를 보자마자 어째서인지 주춤 걸음을 멈추었다.

물론 그것은 찰나의 순간이었고, 나도 제레미도 곧 아무렇지 않게 서로를 향해 다가갔다.

"뭐야, 누나 옷에 피가 묻었네?"

아, 나한테 묻은 피 때문에 그런 거였구나. 나는 아직까지 입가를 가리고 있던 소매를 슬쩍 움직여 일부러 피를 뺨에 번지게 했다.

"장난감이 말을 잘 안 들어서 벌을 좀 주고 나왔거든."

"아, 그 개새끼 피구나."

다행히 얼굴에 묻은 피가 꽤 자연스러워 보였는지 제레미의 낯이 폈다. 게다가 그는 내가 카시스에게 벌을 주고 나왔다는 소식에 더욱 반색했다.

아그리체의 아이들은 모두 어릴 때부터 독을 섭취하고 있었지만 각자 어떤 독을 먹고 있는지, 또 거기에 어느 정도의 부작용을 보이는지 타인에게 되도록 발설하지 않았다.

만약의 경우 자신의 약점이 될 수 있기 때문이었다. 실제로 월례 평가 때 높은 순위를 받기 위해 그 부분을 이용하려 하는 형제들도 있었다.

물론 제레미가 이런 것으로 나를 위협하리라고는 생각하지 않지만……. 어찌 보면 이런 방어 기제는 아그리체에서 사는 동안 습관처럼 형성된 것이었다. 게다가 제레미의 눈앞에서 피를 토했다면 또 몰라도, 그런 것이 아닌 이상 굳이 내 입으로 사실을 말할 이유는 없었다.

"누나, 그만 문지르는 게 좋을 것 같아. 계속 번지는데?"

"그래? 더러운 피가 묻었다고 생각하니까 불쾌해서."

제레미의 말을 듣고 나는 팔을 내렸다. 살짝 시선을 내려 보니 가슴팍에 군데군데 얼룩진 피도 모양이 꽤 자연스러웠다. 이 정도면 정말 다른 사람의 피가 튀었다고 생각할 수도 있을 것 같았다.

"방에 가서 씻어야겠네."

아니, 그런데 넌 뭘 그렇게 흡족해하는 거야?

제레미는 카시스의 피를 더럽다고 표현한 내 말이 어지간히 마음에 들었던 듯, 사탕을 입에 문 아이처럼 만족스러운 표정을 지었다.

"제레미, 넌 여기 어쩐 일이야? 나 보러 온 거야?"

"누나가 방에 없어서 혹시 장난감 보러 갔나 하고 와 봤어."

날 보러 온 게 맞구나. 오늘은 다른 때보다 좀 일찍 카시스가 있는 방에서 나오길 잘했다.

"그래, 그럼 내 방으로 가자."

나는 앞에 있는 제레미를 향해 한 발짝 더 가까이 다가갔다. 그때, 제레미가 잠깐 코를 킁킁거리다가 입을 열었다.

"그런데 사나 누나, 또 독나비 부화실에 갔었어?"

나는 흠칫했다.

이 자식, 개코인데? 설마 지금 냄새를 맡고 알아차린 건가?

"누나한테서 독초 냄새 나. 아주 조금이지만."

카시스를 개새끼라고 폄하하더니, 이 정도면 제레미도 남 말 할 처지가 아니었다.

어차피 내가 독나비 부화실에 들락거리는 것은 제레미도 전부터 알고 있었기 때문에 딱히 비밀로 할 일은 아니었다.

"응, 좀 전에 잠깐 들렀다 온 참이야."

그나저나 아무리 희미하다고 해도 제레미가 냄새로 알 정도면 내 몸에 아직 온실의 독기가 남아 있다는 의미인데. 그렇다면 혹시나 카시스에게도 나한테 밴 독의 영향이 미칠지 모르는 일이었다. 앞으로는 카시스에게 들르기 전에는 온실에 가지 않는 편이 좋겠구나.

"이번에는 부화할 것 같아?"

내 옆에서 나란히 걷던 제레미가 마뜩잖은 목소리로 물었다.

"역시 그 알, 그냥 버리면 안 돼? 아니면 그냥 다른 놈한테 줘 버리든가."

지난번에도 이와 비슷한 이야기를 나누었던 기억이 났다.

제레미는 처음부터 내가 독나비를 부화시키는 것을 탐탁지 않게 여기고 있었다. 오죽하면 에밀리가 내 지시로 독나비의 알을 구해 온 날,

실수인 척 그것을 떨어뜨려 깨트리려고 했을 정도였다.

"제레미."

설마 또 그러지는 않겠지만 그래도 나는 한 번쯤 다시 그에게 주의를 줄 필요성을 느끼고 말했다.

"혹시 또 지난번처럼 방해하려고 하면 진짜 화낼 거야."

"안 그래!"

내 말에 제레미가 화들짝 놀란 목소리로 급히 외쳤다.

예전에 제레미가 실수를 가장해 독나비의 알을 깨트리려 했을 때 내가 그에게 보냈던 한기 어린 시선이 어지간히 큰 충격으로 남았던 모양이다.

"난 그냥 그 기생충 같은 마물이 부화하면 누나 피를 먹어야 하니까 그러지."

곧 제레미가 어물어물 중얼거렸다.

나도 그가 이러는 이유를 모르지 않았다. 왜냐하면 독나비를 각인시킨 주인은 사실상 독나비의 숙주가 되는 것이나 마찬가지이기 때문이다. 그 밖에도 역시 마물은 마물인지라, 설령 길들이는 데 성공한다 해도 여전히 위험성이 남아 있었다.

대표적인 일례로, 각인에 성공한 후 더 이상 피를 공급할 수 없게 된 독나비의 주인이 기르던 독나비에게 온몸을 뜯어 먹혀 죽은 일도 있었다. 그러니 제레미는 정말 나를 걱정해서 이러는 것이 맞을 것이다.

나는 옆에 있는 제레미를 향해 손을 들어 올렸다가 이내 허공에서 움직임을 멈추었다.

"머리를 쓰다듬어 주고 싶은데 손에 피가 묻었네."

"괜찮아, 나도 씻으면 돼."

너무 기다렸다는 듯이 대답하는 거 아니야?

1초의 망설임도 없이 제레미가 말했다. 그 소리를 듣고 나도 모르게 작게 웃었다. 나는 제레미가 바라는 대로 그냥 피 묻은 손으로 그의 머리를 쓰다듬어 주었다. 제레미는 그래도 좋다고, 머리카락을 엉망으로 헝클어뜨린 상태로 나를 보며 웃었다.

"그래도 먼저 부화 직전까지 갔던 알 두 개는 결국 그냥 죽어서 다행…… 어, 아니! 물론 사나 누나가 원하는 대로 안 된 건 나도 아쉽지만……."

제레미가 생각 없이 말했다가 곧 제풀에 놀라 변명했다.

"어차피 하나 이상은 길들이기 어렵기도 하고, 이번에는 성공하면 되니까…… 내 말 무슨 의미인지 알지?"

"알아. 역시 나한테 이렇게까지 마음 써주는 건 너밖에 없네. 고마워."

끙끙거리며 용을 쓰는 게 안쓰러워서 나는 제레미를 고뇌로부터 해방시켜 주었다. 다정하게 웃으며 다시 한번 머리를 쓰다듬어 주자 제레미가 안심한 표정을 지었다. 그의 머리는 이제 거의 새 둥지 같았다.

나는 제레미를 데리고 내 방으로 향하는 계단을 올라갔다.

방금 전 제레미가 내게 한 말은 틀렸다. 나는 이미 독나비의 알을 하나 부화시키는 데 성공했으니 말이다.

닫힌 문을 바라보는 카시스의 얼굴이 다른 때보다 딱딱하게 굳어 있었다. 지금 막 저 문을 나선 록사나의 모습이 아직도 잔상처럼 시야에 남아 있었다. 밖에서 어렴풋이 들려오던 희미한 발걸음 소리가 금세 자취를 감추었다.

정적이 감도는 방에서 카시스는 마침내 고개를 떨어뜨렸다. 조금 전 록사나가 서 있던 자리에는 붉은 핏방울이 떨어져 있었다.

카시스의 미간이 설핏 찌푸려졌다. 아까부터 꽤 먹음직스러운 냄새를 풍기고 있는 음식이 바로 앞에 있었지만 거기에는 눈길조차 가지 않았다.

원래도 그리 강하지 않던 식욕이 뚝 떨어졌다. 물론 그 이유는 방금 전의 일 때문이었다.

"신경 쓰지 마. 별거 아니야."

"응. 이런 건 원래 예전부터 자주 있던 일이니까."

그렇게 태연히 반응할 정도로 피를 토하는 일이 잦단 말인가?

실제로도 록사나는 이미 자신에게 익숙해진 일이라, 설마 그녀가 피를 토한 것이 다른 사람을 놀라게 할 줄은 몰랐다고 말했다.

무덤덤한 얼굴로 입가를 훔치던 록사나의 모습이 뇌리를 스쳐 지나갔다. 흰 옷소매와 앞섶을 점점이 물들이던 붉은 얼룩도.

사실 카시스는 록사나를 볼 때마다 종종 의문을 느끼곤 했다. 록사나와의 거리가 아주 가까워질 때면 희미한 독 향이 언뜻 그를 스쳐 지나갔기 때문이다. 처음 한두 번은 착각인가 싶었으나 만남이 잦아지면서 그의 생각이 맞다는 것을 확신할 수 있었다.

물론 그녀에게서 느껴지는 독 향은 무척 은은한 것이라 원래부터 그런 데 예민한 체질이 아니었다면 카시스도 알아차리지 못했을 것이 분명했다.

어쨌거나 저런 경우 원인은 두 가지 중에 하나였다. 신체의 내부에서 자체적으로 독을 발산하고 있거나, 아니면 외부로부터 독을 섭취했거나.

전자라면 몸에 병이 든 경우를 의미하고, 후자라면 독에 중독된 것을 의미했다.

록사나가 둘 중 어떤 경우인지까지는 카시스도 알지 못했다. 하지만 만날 때마다 독 향을 흘리고 있는 것을 보면 아마도 꽤 오랫동안 지금 같은 상태를 지속해 온 것이 분명했다.

그런데 오늘 점심 식사 시간에 카시스를 찾아온 록사나에게서는 어째서인지 평소보다 조금 더 강한 독 기운이 느껴졌다. 게다가 그녀는 약하게나마 피 냄새도 풍기고 있었다.

그래서 카시스는 록사나가 처음 이 방에 들어왔을 때부터 은연중에 그녀를 살펴보고 있던 참이었다.

그런데 설마 눈앞에서 피를 토할 줄은…….

그러고 보니 지하 감옥에 있을 때도 록사나에게서 피 냄새를 맡은 적이 있었다. 앞으로는 며칠간 이곳에 오지 못할 것이라고 록사나가 카시스에게 미리 언질해 주고 갔던 날.

달리 그 이유를 설명하지도 않고 또 그날따라 선명한 피 냄새를 풍기며 지하 감옥에 찾아와 의혹을 느꼈던 기억이 났다. 그럼 설마 그때도 지금처럼 토혈했던 것일까?

카시스의 반듯한 이마에 깊은 굴곡이 그려졌다. 문득, 얼마 전 록사나가 그를 찾아와 중얼거렸던 혼잣말이 떠올랐다.

"난 죽기 싫은데……."

카시스는 그때 기절한 척하고 있던 것뿐이라 록사나의 그 혼잣말을 들을 수 있었다.

그때에는 그것이 무슨 의미인지 몰라 일단 기억의 저편으로 밀쳐 두었었지만……. 지금 바닥에 떨어져 있는 붉은 피를 보니 갑자기 그때 들었던 그 말이 수면 위로 부상해 머릿속에 맴돌기 시작했다.

게다가 처음에 카시스를 이 방에 끌고 온 사내들이 나누었던 대화도 갑자기 덩달아 떠올랐다.

"넷째 마님 말이야. 아까 아실 도련님 이름을 꺼냈지?"

"이 녀석이 아실 도련님이랑 닮았나? 난 하나도 안 비슷한 것 같은데."

"그러게. 록사나 아가씨도 그렇고 마님도 어쩐 일로 이런 것에 관심을 두시나 했더니. 두 분 눈에는 닮아 보이나?"

"아실 도련님이 죽었을 때랑 나이가 좀 비슷하지 않아? 어쩌면 이 녀석이 이런 꼴을 하고 있으니 아실 도련님이 더 생각난 걸지도 모르지."

어쩌면 이번 일과 상관없을지도 모르는 그날의 기억까지 카시스의 마음을 찜찜하게 만들었다. 어쩐지 가슴팍에 꺼끌거리는 모래알이 낀 것 같은 느낌이었다.

이런 기분은 일전에도 느꼈던 적이 있었다. 록사나가 카시스의 상처를 제 손으로 직접 치료해 주겠다고 했을 때. 오빠의 이야기를 꺼내는 록사나를 본 순간 찰나지만 그의 여동생인 실비아가 떠올랐다. 만약 그렇지 않았다면 카시스는 록사나에게 결코 등의 치료를 맡기지 않았을 것이다.

카시스는 인상을 찌푸리며 약간 거친 손길로 눈가를 덮고 있는 앞머리를 쓸어 올렸다. 문을 열고 밖으로 나가기 전, 마지막으로 록사나가 그에게 보였던 흐린 미소가 잠깐 눈앞에 어른거렸다.

"하지만 당신은 나를 싫어하고 있을 거라고 생각했는데……. 그런 사람한테까지 이렇게 신경 써 주다니 친절하네, 당신."
"고마워."

그리고 그녀가 자그마하게 속삭였던 말도.
가슴속의 버석거림이 조금 더 늘어났다. 카시스는 더 깊이 미간을 찌푸리며 쓸데없는 상념을 멀리 떨쳐 버렸다.
그러다 문득 그는 지금까지 잊고 있던 점심 식사를 깨닫고 침대 위로 시선을 옮겼다. 쟁반 위의 음식은 이미 차갑게 식어 있었다. 여전히 식욕은 없었지만 카시스는 그래도 묵묵히 그것을 전부 입안으로 밀어 넣었다.
그래, 일단은 몸을 회복시키는 일이 가장 중요했다. 지금 이 순간에도 그의 걱정으로 피를 말리고 있을 가족들을 위해서라도.

방으로 들어오자마자 나는 몸에 묻은 피를 씻어 냈다. 제레미도 일단 그의 방으로 돌려보냈다. 그의 머리에도 내 손에 있던 피가 옮겨 묻었기 때문이었다. 목욕 후 다시 나를 찾아온 제레미는 내 방에서 한참을 뒹굴다가 떠났다.

겨우 혼자가 된 나는 침대 위에 걸터앉았다.

소매를 걷자 팔을 감고 있는 붕대가 모습을 드러냈다. 씻은 뒤 대충 감아 둔 것이라 그런지 제대로 압박이 되지 않은 모양이었다. 상처에서는 아직도 피가 배어 나와 붕대를 붉게 물들이고 있었다. 아까 부화실에서 내 손으로 직접 단도로 그어 만들었던 바로 그 상처였다.

나는 손을 움직여 팔에 감은 붕대를 풀었다. 곧 긴 상흔이 남은 피부가 시야에 비쳤다.

"얘들아, 밥 먹을 시간이야."

피가 맺힌 상처를 확인한 후 나는 나비들을 불러들였다. 곧 검붉은 나비들이 하나둘씩 허공에 나타났다. 열댓 마리의 나비 피가 배어 나오는 상처 위에 팔랑이며 내려앉는 모습은 어찌 보면 다소 기괴하다고도 할 수 있었다. 하지만 독나비의 주식은 숙주의 피였기 때문에 어쩔 수 없었다.

내가 독나비의 알을 이미 한 개 부화시켰다는 사실은 아직 비밀이었다. 그래서 모두에게는 세 개의 독나비 알 중에 먼저 성장한 두 개의 알이 전부 부화에 실패해 죽었다고 거짓말을 했다. 하지만 실제로 죽은 것은 하나뿐이었다.

얼마 전 내가 서쪽 경계에 보낸 나비도, 그리고 카시스의 방에 붙여 둔 나비도 먼저 부화시킨 알에서 나온 바로 그 독나비였다.

아마도 나와 독나비는 생각보다 더 상성이 좋았던 듯하다. 물론 서식지에서 알을 구해 왔을 때부터 기대하던 바가 있긴 했지만 부화 확률이 3할밖에 되지 않는 독나비를 정말 내가 각인시켜 깨운 것은 놀라운 일이었다.

독나비는 반 영체에 가까운 마물이라 일반적인 생물과는 궤를 달리했다. 그들은 평소에는 모습을 감추고 있다가 내가 부르면 눈앞에 나타났다.

하나의 알에서 태어난 독나비는 스스로 증식해 무리를 이루는 습성이 있었다. 지금 내 소유의 독나비는 불과 열댓 마리에 불과했지만 시간이 좀 더 지나면 그들끼리 다시 증식을 거듭해 수십, 수백 마리에 이르게 될 것이었다.

게다가 어떤 종류의 독을 먹이느냐, 또 얼마나 강한 독을 먹이느냐에 따라 독나비의 특질도 변했다. 그러니 독나비의 숙주가 된 사람이 증식한 나비들의 먹이를 제때 조달하지 못해 잡아먹히게 되는 것도 이해할 수 있었다. 그런 의미로 나는 온갖 독을 보유한 아그리체에 속해 있어 독나비를 키우는 데에는 유리한 편이었다.

다행히 내가 부화시킨 독나비는 내 피를 굉장히 좋아했다. 그러니 숙주인 내가 죽기 전까지 독나비는 완전히 내게 종속되어 강력한 무기가 되어 줄 것이 분명했다. 앞으로의 계획에서도 독나비는 상당히 유용한 패가 되어 주리라.

그래서 나는 일전에 내가 독나비의 알을 하나 부화시킨 사실을 지금까지 누구에게도 밝히지 않았다. 이 사실은 제레미에게도, 그리고 어머니에게도, 또 내 권속인 에밀리에게도 비밀로 할 요량이었다.

최소한 카시스를 아그리체에서 탈출시키는 날까지는.

마침내 팔에 있는 상처가 완전히 지혈된 것을 보고 나는 한 마리를 제외한 독나비들을 전부 다시 돌려보냈다.

"서쪽 경계로."

따로 남겨 둔 나비에게는 서쪽 경계를 확인해 볼 것을 명했다. 이렇게 먼 거리까지 이동시킨 것은 이번이 처음이라 그런지 먼저 서쪽 경계에 보낸 나비와의 연결이 희미해져 다시 불러들일 수가 없었기 때문이다.

아직은 내가 미숙해서 한꺼번에 여러 나비를 다루는 것은 조금 어려웠다. 아무래도 독나비와의 유대를 좀 더 강화하기 위해 복용하는 독의 양을 늘려야 할 것 같았다. 잠시 후 나는 에밀리를 방으로 불러 앞으로 내가 먹는 독의 종류와 양을 늘릴 것을 지시했다.

현재 나는 미성년이었고, 성인이 될 때까지는 교육받아야 할 것들이 아직 남아 있었다.

"어머, 사나가 아니니."

그래서 오늘도 교육실에 다녀오는 길에 나는 반갑지 않은 사람과 마주쳤다. 싱그러운 초목이 우거진 길목에서 양산을 쓰고 서 있는 여인은 바로 데온의 어머니인 마리아였다. 갈색 머리카락과 보라색 눈동자를 가진 그녀는 나를 보자마자 무척 반가운 얼굴로 다가왔다.

"안녕하세요. 산책을 나오셨나 봐요."

마리아를 본 순간, 나도 모르게 얼굴을 구길 뻔했다. 하지만 나는 달갑지 않은 마음을 숨기고 그녀를 향해 온화한 목소리로 인사했다.

"사나, 넌 정말 볼 때마다 더 예뻐지는 것 같구나."

나를 볼 때면 늘 그래 왔듯, 내 앞에 선 마리아가 오늘도 내 미모에 감탄했다. 도무지 속을 알 수 없는 데온의 어머니라고는 믿기지 않을 정도로 감정을 고스란히 드러낸 모습이었다. 내 얼굴을 보며 감탄하는 얼굴이 순진해 보이기까지 했다.

마리아는 동그랗고 순해 보이는 얼굴과 아담한 체구를 가지고 있어서 이렇게 가까이에서 보면 꼭 귀여운 소동물처럼 느껴지기도 했다.

그녀는 하녀로 보이는 이들을 등 뒤에 줄줄이 달고 있었다. 무척 호의적이고 살가운 태도였지만 나는 그런 그녀가 거북했다.

데온의 어머니라는 이유만으로도 내가 마리아를 꺼릴 근거가 되었다. 하지만 그것을 제외하더라도 나는 그저 그녀란 사람 자체가 불편했다.

마리아는 란트 아그리체의 셋째 부인이었다. 그녀는 어머니들 중에서도 성격이 밝고 호방하기로 유명했는데, 제레미나 내 어머니와는 그야말로 천지 차이일 정도였다.

"시에라도 혼자만 세월이 비껴가는 것처럼 여전히 빛나는 미모인데, 어쩜 넌 그런 네 어머니보다도 더 예쁘니."

"과찬이세요."

"과찬이라니, 네 아름다움을 수식할 수 있는 단어가 과연 이 세상에 있을지 그것조차 의문인데."

마리아는 내 얼굴을 뜯어보며 시종일관 찬탄을 연발했다.

"아, 그래. 이렇게 마주친 것도 인연인데 같이 정원에서 차나 한잔 들지 않겠어?"

아무렇지 않게 권유하는 그녀의 모습을 보니, 지금 우리가 서 있는 이곳이 아그리체의 저택이 아니라 햇볕 따사로운 휴양지라도 되는 것처럼 느껴졌다.

"그러고 보니 데온을 본 지도 오래되었구나. 하여간 이 집 아이들은 너무 바쁘다니까. 모처럼이니 겸사겸사 데온을 부르는 것도 괜찮겠다."

데온은 현재 아그리체의 저택에 없었다. 그는 란트 아그리체가 내린 임무 때문에 자리를 비운 상태였다. 아마도 그 사실을 아직까지 모르고 있는 사람은 지금 내 눈앞에 있는 사람뿐일 것이다.

알고는 있었지만 마리아는 하나뿐인 자식에게 썩 관심이 있는 편은 아니었다. 이렇게 문득문득 드러나는 무심함과 거기에 서려 있는 서늘한 온도도 오히려 데온과 닮은 면이 있었다.

"자, 빨리 누가 가서 데온을 불러오도록 해."

게다가 설령 데온이 저택에 있다고 해도 그와 함께 차를 마시는 일은 있을 수 없었다. 그와 나는 한 테이블에 마주 앉아 담소를 나눌 정도로 친한 사이가 아니었다.

"마님, 데온 도련님께서는 현재 출타 중이십니다."

마리아의 뒤에 서 있던 하녀 중 한 명이 데온의 부재 사실을 고했다. 마리아는 이제야 데온이 저택에 없다는 사실을 안 것 같았다.

"그래? 이번에는 무슨 일로?"

"자세한 내용은 모르지만 주인님께서 임무를 내리신 것으로 알고 있습니다."

마리아가 그랬냐는 듯이 고개를 작게 주억거렸다. 그런 직후 그녀가 하녀를 향해 물었다.

"너 이름이 뭐였더라? 얼마 전에 르웰의 추천으로 내 밑에 들어온 아이 맞지?"

"예. 라나라고 합니다, 마님."

"예쁜 이름이네. 내가 모르고 있던 걸 알려 주다니 기특하기도 하고."

마리아의 칭찬에 하녀가 고개를 더욱 깊숙이 숙였다. 마리아가 그런 하녀를 부드러운 눈빛으로 내려다보며 빙긋 웃었다.

"그런데 누가 허락 없이 입을 열어도 된다고 했어?"

촤악!

바로 그 순간, 눈앞에 붉은 액체가 솟구쳤다. 그와 동시에 마리아의 맞은편에 있던 하녀의 몸이 망가진 인형처럼 느리게 허물어지기 시작했다.

털썩.

마침내 바닥에 쓰러진 육신에는 더 이상 숨이 붙어 있지 않았다.

"마물의 먹이로 던져 주도록 해."

마리아가 조금 전 하녀의 목을 베고 지나간 양산을 털며 여상히 말했다. 푸릇한 잔디 위에 또 한 차례 붉은 피가 흩뿌려졌다.

그녀의 명령을 받은 하녀들이 일사불란하게 움직였다. 그 속에서 고개를 돌린 마리아가 나를 보며 문득 생각났다는 듯이 두 눈을 동그랗게 떴다.

"이런, 미안하구나, 사나야. 혹시 더러운 피가 튀지는 않았니?"

마리아의 손이 움직이는 순간 내게도 피가 튈 것을 알고 이미 한 발짝 뒤로 물러난 뒤였다. 그래서 하녀의 피에 젖은 것은 바로 내 발 앞까지만이었다.

"저한테는 묻지 않았어요."

"다행이구나. 그럼 정원으로 갈까?"

나는 마리아의 피투성이 드레스를 힐끔 쳐다보았다. 바로 코앞에서 팔을 휘두른 마리아의 몸에는 정면으로 피가 튄 상태였다. 그런데도 저런 꼴로 함께 정원에 가자고 하다니. 이미 저런 여자인 것을 알고는 있었지만 절로 질린 기분이 들었다.

"아쉽지만 저는 다른 일정이 있어서요. 차는 다음에 함께 들도록 해요."

마리아는 상당히 단순한 성격인지라, 내 말에 아쉬운 기색을 보이면서도 더 이상 질척거리지 않았다.

"그래. 그럼 나중에 시간이 될 때 내 방에 한번 놀러 오렴. 얼마 전에 인형들에게 입힐 옷을 새로 샀거든. 네게 주고 싶은 예쁜 옷도 아주 많아."

나는 수긍하듯이 방긋 웃어 보였다. 하지만 지금까지 그래 왔던 것처럼 내 발로 직접 그녀의 방에 찾아가는 일은 앞으로도 절대 없을 것이었다.

그렇게 마리아와 나는 서로 다른 생각을 하며 웃었다. 물론 잠시 후 그녀와 헤어진 내 얼굴에는 조금 전까지 짓고 있던 미소가 씻은 듯이 지워져 있었다.

"아씨, 비린내."

제레미는 짜증스럽게 얼굴을 구겼다.

그의 몸은 온통 마물의 독액으로 범벅이었다. 그 탓에 시야가 온통 흐릿한 검은색으로 보였다.

"징글맞은 벌레 새끼들. 모조리 박멸시켜 버릴 수도 없고."

이번 단계의 교육 내용은 B구역 마물 사육장에서 마물의 독침을 채집하는 것이었다.

아그리체에서 하는 일에는 마약과 독의 암거래도 있었다. 그래서 예전부터 이런 식으로 훈련을 핑계 삼아 겸사겸사 거래에 쓸 물건을 채집해 오게 시키곤 했다.

하지만 말이 쉽지, 사육장에 있는 마물을 죽이지 않고 필요한 부위만 따로 적출해 와야 하는 것이었기 때문에 생각보다 더 까다로운 작업이었다.

훈련은 개뿔, 이거 완전히 공짜로 노동력 착취하는 거 아니야? 돈이나 주고 부려 먹든가.

제레미는 속으로 욕지거리를 하며 입안에 들어간 비릿한 점성질의 액체를 퉤 뱉어냈다.

바로 그때, 저 멀리서 한 무리의 사람들이 다가오는 모습이 보였다. 제레미는 짜증스러운 손길로 얼굴에 묻은 독액을 쓸어 대충 닦아 낸 뒤 바닥에 손을 털었다. 그제야 어두침침하던 시야가 조금 맑아졌다. 제레미의 눈길이 아까보다 가까워진 이들을 한 차례 훑었다.

"뭐야, 분리수거하러 왔어?"

그는 마물 사육장으로 다가온 사람들의 손에 들린 시체를 보고 물었다.

"예, 제레미 도련님."

"다른 사육장으로 가는 게 좋을 텐데. 지금 들어가면 너희 죽을걸."

지금 막 제레미가 빠져나온 사육장 안은 아수라장이 되어 있었다. 독침을 채집하다가 짜증이 난 그가 마물들을 잔뜩 약 올리고 나온 탓이었다.

그러니 지금 저 안으로 들어가면 머리끝까지 화가 난 마물들에게 닥치는 대로 공격당할 것이 분명했다.

"괜찮습니다. 저희도 잠깐이라면 마물들 사이에서 버틸 수 있으니까요."

하지만 그들은 담담하게 말했다.

"잠깐, 너희 누구 하녀야?"

그 말을 듣고 제레미는 문득 혹시나 하는 생각이 들어서 물었다.

"마리아 님의 소속입니다."

그 순간 제레미의 표정이 알 만하다는 듯이 변했다. 마리아의 하녀들이라면 그들의 말처럼 저 안에서 몇 분 정도는 버틸 수 있을 것이다. 마리아는 자신을 따르는 이들이 약해 빠진 것을 싫어해서 애초에 그런 사람은 하인으로 차출하지도 않았다.

물론 그래 봤자 제레미가 지금 이 자리에서 손 한 번 까딱하면 죽을 사람들이라는 사실은 변하지 않았지만 말이다.

하지만 시중을 드는 사람들 축에서는 그럭저럭 쓸 만한 무력을 가진 편이라는 의미였다.

사실 제레미는 마리아의 취향을 이해할 수가 없었다. 수족처럼 부리는 심복도 아니고, 어차피 그냥 허드렛일을 시키는 하인일 뿐인데 무력 따위야 있어도 그만 없어도 그만인 것을.

"그래, 그럼 들어갔다 와."

사실 제레미가 도와주면 간단한 일이었지만 그는 록사나와 관련된 일이 아니고서야 쓸데없는 데 기운을 낭비할 생각이 없었다. 그래서 제레미는 그냥 사육장의 문에서 비켜선 뒤 팔짱을 끼고 벽에 기댔다.

하녀들은 제레미를 지나쳐 사육장 안으로 들어섰다. 안쪽에서 마물들이 난동을 피우는 소리가 어렴풋이 들려왔다. 하지만 조금 더 시간이 지나도 그 속에 비명은 끼어들지 않았다.

잠시 후, 하녀들이 빈손으로 사육장 문을 닫고 나왔다. 실제로 그들이 안에 들어갔다 나온 시간은 2분도 채 되지 않았고, 그사이에 죽거나 다친 사람은 아무도 없어 보였다. 하지만 역시 쉬운 일은 아니었던지, 그들은 저마다 식은땀을 흘리고 있었다.

"그러게 그냥 다른 사육장 가라니까."

제레미가 벽에 기댔던 상체를 다시 바로 세우며 얄밉게 한쪽 입꼬리를 끌어 올렸다.

하지만 다른 사육장까지의 거리는 다소 멀어 그쪽으로 이동한다면 시간이 너무 많이 지체될 수 있었다. 자칫 잘못하다가는 또다시 주인의 심기를 거스를 수 있는 일이었다. 마리아는 기분이 쉽게 오락가락하는 여자였으니까.

"그럼 저희는 이만 가 보겠습니다, 제레미 도련님."

"그래."

하녀들의 인사에 제레미는 대강 고개를 끄덕였다. 그 후 하녀들이 먼저 자리에서 걸음을 뗐다. 그 뒤로 제레미의 발길이 뒤따랐다.

잠시 후, 하녀들이 이상함을 느끼고 뒤돌아보았다.

"뭐 해? 갈 길 가."

하지만 제레미는 천연덕스러운 얼굴로 그렇게 말할 뿐이었다.

제레미가 뒤따라오고 있다는 사실이 명백했으나 하녀들의 입장에서는 그를 막을 명분이 없었다. 그래서 결국 그녀들은 제레미를 뒤에 달고 잠깐 멈추었던 걸음을 다시 옮길 수밖에 없었다.

결국 제레미는 하녀들의 뒤를 따라 마리아가 있는 곳까지 이동했다.

마리아는 붉은 꽃이 흐드러지게 피어 있는 꽃밭 한가운데에 서 있었다. 낮은 바람에 흔들리는 붉은 꽃의 물결이 마치 피바다처럼 보였다.

"마리아 아줌마."

뒤쪽에서 들려오는 부름에 곧 그녀가 고개를 돌렸다. 제레미의 본데없는 호칭에 하녀 중 몇 명이 흠칫했다. 하지만 예전부터 마리아 밑에서 일했던 사람들은 익숙한 듯 아무런 반응도 내보이지 않았다.

"제레미."

정작 마리아부터 호칭 따위에 연연하는 기색이 아니었다. 그녀는 제레미를 보자마자 반갑게 미소 지었다.

마리아는 원래 미형의 사람이나 동물, 물건 따위를 유독 좋아했다. 그래서 아그리체 내에서는 록사나와 그녀의 어머니인 시에라를 특히 좋아했고, 지금처럼 제레미가 버릇없이 굴어도 언제나 너그러운 모습을 보였다.

"날 보러 온 거니? 기뻐라."

물론 그녀의 생각대로 제레미는 마리아를 보러 온 것이 맞았다. 그렇지 않았다면 하녀들의 뒤를 졸래졸래 따라왔을 리가 있나.

"아줌마, 또 안 좋은 버릇이 도졌더라?"

비록 그것이 좋은 의도는 아니었지만 말이다. 제레미는 마리아에게 대놓고 시비를 걸었다.

"한동안 조용하더니 멀쩡한 하녀는 또 왜 죽이고 지랄람. 이러다가 마물들이 아줌마를 사육사로 알겠어."

"제레미, 난 말을 잘 안 듣는 아이들만 벌준단다. 멀쩡한 하녀를 죽이다니, 어쩜 오해하는 것도 귀엽기도 하지."

우웩.

제레미는 토하는 시늉을 했다.

마리아는 제레미가 무슨 말을 하든, 어떤 태도를 취하든 그저 다

귀엽다는 듯이 다정히 웃기만 했다. 마치 어린아이의 재롱을 보기라도 하는 것 같은 얼굴이었다.

"그나저나 그 꼴로 잘도 돌아다니네. 아줌마한테 피비린내 쩌는 거 알아? 진짜 비위 상하게."

엄밀히 따지자면 굳이 찾아와서 이런 식으로 시비를 거는 제레미도 딱히 정상은 아니었다. 게다가 조금 전 하녀를 벤 일로 피투성이가 된 마리아와 마찬가지로 방금 전까지 마물 사육장에 있던 제레미의 몰골도 썩 보기 좋은 것은 아니었다.

"제레미, 너야말로 마물 사육장에 다녀오는 길이니? 그 새까만 것 때문에 네 예쁜 얼굴이 잘 안 보이는구나."

안타까움을 담은 마리아의 탄식에 제레미가 흥 콧방귀를 뀌었다. 마물의 독액을 뒤집어쓴 것이 처음으로 그리 나쁘지만은 않게 느껴졌다.

그런데 마리아의 말을 듣고 보니, 문득 아직까지도 독액의 비린 맛이 입안에 남아 있는 것 같은 느낌이 들었다. 제레미의 얼굴이 구겨졌다. 그는 옆에 있는 빨간 꽃잎을 한 움큼 뜯어서 입안에 넣고 우물우물 씹었다.

지금 그들이 서 있는 곳 지천에 깔린 붉은 꽃은 아그리체 내에서 자체적으로 품종을 개량한 마약 성분이 있는 꽃이었다. 하지만 환각 등의 작용을 가진 것은 줄기와 이파리 부분뿐이었다.

물론 꽃잎에도 두통 등을 야기하는 독성이 아예 없는 것은 아니었다. 그러나 독에 내성이 있는 제레미에게 있어서 이 정도는 그냥 아무런 효능도 없는 것이나 마찬가지였다.

"사나도 바빠 보이딘데 말이야. 공부도 쉬엄쉬엄 해야지, 너무 무리하면 몸에 좋지 않아."

"남이사 뭔 상관…… 잠깐, 사나 누나 만났어?"

제레미는 입가심으로 꽃잎을 씹다 말고 멈칫했다.

"조금 전에 우연히 만났어. 데온도 불러다 셋이서 같이 차를 마실까 했더니, 데온은 집에 없고 사나는 다른 일정이 있다지 뭐야."

이번에는 제레미의 얼굴이 종잇장처럼 왕창 구겨졌다.

"뭐라고? 할 짓이 없어서 재수 없는 데온 새끼를 그 자리에 부르려고 해?"

갑자기 입안에 감돌던 은은한 꽃 향이 역하게 느껴졌다. 제레미는 록사나가 데온과 마리아를 둘 다 싫어하고 있다는 사실을 알고 있었다. 그래서 제레미도 록사나를 따라 두 사람을 덩달아 싫어하고 있었다.

아니, 물론 '록사나를 따라서'라고 하기에는 어폐가 있긴 했다.

데온은 혼자 떼어 놓고 봐도 도무지 호감 가는 곳이 보이지 않는 재수 없는 놈이었고, 그의 어머니인 마리아도 사람을 질색하게 만드는 구석이 있는 건 아들과 똑같았다.

그런 이유로 제레미는 평소에도 굳이 이렇게 시간을 내 데온과 마리아에게 시비를 걸러 오곤 했다. 그러나 애석하게도 그들에게는 제레미의 시비가 조금도 통하지 않았다. 그래서 결국 오만상을 찌푸리며 자리를 떠나는 것은 항상 제레미 쪽이었다.

제레미는 그 점에 더 오기가 들어 그들에게 시비를 거는 일을 아직까지 포기하지 못하고 있었다.

"맞아, 내 아들이지만 데온이 별로 귀엽지 않은 성격이긴 하지."

마리아는 제레미가 데온의 욕을 하는데도 아무렇지 않은 듯이 선뜻 동의하며 고개를 끄덕였다.

"내가 전에도 사나 누나한테 데온 가져다 붙이지 말라고 했지?"

제레미는 짜증스럽게 이를 드러내며 으르렁거렸다. 하지만 마리아는 기억나지 않는다는 듯이 고개를 갸웃거릴 뿐이었다.

"그런 말을 한 적이 있었나? 왜, 남매끼리 사이좋게 지내면 좋잖아?"

"남매? 나아암매애?"

이 아줌마가 미쳤나? 남보다 못한 게 아그리체 인간들인데 남매는 무슨 얼어 죽을 남매야? 게다가 하필 그 데온 자식이랑?

"이봐, 마리아 아줌마. 귓구멍 열고 똑똑히 들어."

제레미는 입가에 비웃음을 걸며 말을 이었다.

"사나 누나한테 '남매'란 단어를 가져다 붙일 수 있는 건 이 세상에 오직 딱 한 사람, 나밖에 없어. 알았어?"

세상이 두 쪽 나도 결코 변하지 않을 만고강산의 진리를 읊는 듯이, 실로 위풍당당한 선언이었다. 그러자 마침내 마리아가 제레미의 말뜻을 알아들었다는 표정을 지었다.

"그래그래, 그럼 다음에는 사나랑 데온만 부르지 않고 제레미 너도 부를게. 너만 빠트려서 삐졌구나."

"아씨, 그런 얘기 아니거든?"

제레미는 아까보다 더 짜증이 났다. 마리아의 머리에는 도대체 뭐가 들었는지, 도무지 말이 통하지 않았다.

"그리고 사나 누나가 그렇게 한가한 줄 알아? 차는 무슨 놈의 얼어 죽을 차."

그는 마리아가 손수 가꾸는 이 꽃밭에 확 불을 질러 버리고 싶은 유혹을 느끼며 신경질적으로 뇌까렸다.

"가뜩이나 요즘은 그 빌어먹을 장난감 때문에 나랑 같이 있는 시간도 줄었는데."

"장난감?"

"그 청의 개새끼 있잖아. 얼마 전에 사나 누나가 데려간……."

그런데 마리아의 반응이 이상했다. 그녀는 이제까지 중에 가장 생생한 반응을 보이고 있었다. 깜짝 놀란 것처럼 동그랗게 떠진 눈을 보고 제레미는 의혹을 품었다.

"뭐야, 설마 몰랐어?"

록사나가 처음으로 제 소유의 장난감을 들인 것은 저택 내에서도 꽤 크게 소란이 된 일이었다. 그래서 제레미도 당연히 마리아가 그 사실을 알고 있을 줄 알고 이야기를 꺼낸 것이다.

하지만 다르게 생각해 보면 마리아는 자신의 아들이 이미 한참 전부터 집에 없었다는 사실도 여태 몰랐지 않은가? 그러니 록사나의 장난감 이야기에 금시초문이라는 반응을 보이는 것 정도야 그리 놀라운 일도 아니었다.

"귀 좀 열어 두고 살아. 같은 저택 내에 살면서 아는 게 없어. 보나 마나 또 인형 놀이인지 뭔지 하는 그 음습한 취미 생활이나 하고 있었겠지."

제레미는 있는 대로 빈정거리며 쯧쯧 혀를 찼다. 하지만 마리아의 귀에는 그의 말이 들리지 않는 듯했다.

"그래, 사나에게 장난감이 생겼다니……. 궁금해라. 어떤 아이일까?"

"그냥 데온만큼이나 존재 자체만으로도 재수 없어."

마리아의 혼잣말 같은 물음에 제레미가 가차 없이 평했다. 그러나 역시 마리아는 제레미의 말을 그냥 흘려듣는 것 같았다. 그녀의 두 눈에는 호기심이 가득했다.

"누가 가서 르웰을 불러와. 이런 재미있는 걸 아직까지도 나한테 말해 주지 않다니, 그 아이 영 쓸모가 없네."

하지만 곧 마리아는 하녀가 고개를 조아리며 자리를 떠나기 직전 자신의 말을 번복했다.

"아니, 그냥 내가 직접 가야겠다. 제레미, 내 방에 놀러 올래? 맛있는 거 줄게."

"집어치워. 난 아줌마 인형 아니거든?"

제레미는 마리아의 생각을 다 안다는 듯이 험악한 표정을 지었다. 그리고 곧장 진저리를 치며 자리를 떠났다. 마리아는 그런 제레미의 뒷모습을 보며 아쉬움을 감추지 못했다.

하지만 잠시 후 저택을 향해 걷기 시작한 그녀의 얼굴에는 아까와 같은 호기심과 기대감이 가득 떠올라 있었다.

"조만간 사나한테 초대장을 보내야겠네. 장난감까지 동반한 티 파티를 열면 얼마나 재미있을까."

들뜬 목소리로 혼잣말하는 마리아의 등 뒤로 피처럼 붉은 꽃이 살랑살랑 흔들렸다.

"록사나 아가씨!"

저택 안으로 들어서기 직전, 누군가 그녀를 부르는 소리가 들려왔다. 록사나의 시선이 목소리가 들려온 방향으로 미끄러졌다. 먼발치에서 급히 뛰어오고 있는 사람의 얼굴이 어딘가 낯이 익었다.

카시스가 지하 감옥에 있을 때 그 앞을 지키던 문지기였다. 아까부터 누군가 뒤쫓아 오는 느낌이 들더니, 뭔가 하고 싶은 말이라도 있는 걸까.

그보다 이 사람, 이름이 뭐였더라.

록사나는 잠깐 생각하다가 문지기가 바로 앞까지 다가왔을 때 입을 열었다.

"요안, 오랜만이네."

그래도 그가 달려오는 걸 보는 동안 기억이 났다. 뭐, 그대로 잊고 있었어도 딱히 상관은 없었겠지만 말이다.

"제, 제, 제 이름을 기억해 주시다니 영광입니다."

요안은 록사나의 입에서 자신의 이름이 나온 것에 무척 감동한 듯했다.

"저기, 록사나 아가씨. 갑자기 불러 세워서 정말 죄송합니다. 무례인 줄 알면서도 그만……."

록사나는 허둥지둥 말을 더듬는 남자 앞에서 고개를 갸웃 기울였다. 그 작은 행동만으로도 요안은 당장에라도 숨이 넘어갈 것처럼 얼굴을 새빨갛게 붉힌 채 어쩔 줄을 몰라 했다.

"저, 이제 다시 걸어 다닐 수 있을 정도로는 몸 상태가 좋아졌어요."

그러고 보니 지하 감옥을 급습한 샬럿 때문에 문지기였던 요안은 따로 치료받아야만 했다. 그래서 그 일 이후로 그를 만나는 것은 지금이 처음이었다.

하지만 록사나는 의문을 느끼지 않을 수 없었다.

왜 자신의 몸 상태를 이렇게 나를 불러 세워서까지 보고하는 거지? 쓸데없이.

"저, 아가씨께서 저를 걱정해 주셨다는 이야기를 들었습니다. 정말 감사합니다. 저 같은 것까지 신경 써 주시고……."

이어지는 말을 듣고 록사나는 요안의 행동을 이해했다. 딱 한 번,

새로 바뀐 문지기에게 이전 문지기의 안부를 지나가듯 물었을 뿐인데 그것이 조금 와전되었나 보다. 그래서 요안은 록사나에게 따뜻한 정을 느끼고 이렇게 고마움의 인사를 하러 온 모양이었다.

"그래, 샬럿 때문에 곤욕을 치렀다고 들었는데 이제 괜찮아져서 다행이네."

록사나는 별다른 감흥도 감정도 느끼지 않고 의례적으로 말했다.

하지만 본래도 록사나를 이루는 모든 요소가 지독히도 매혹적이라, 그녀는 딱히 의도하지 않고도 숨 쉬듯 쉽게 타인의 마음에 침투하곤 했다. 요안은 이 정도만으로도 몹시 감격해서 벅찬 표정을 지었다.

"별건 아니지만…… 이건 선물입니다, 아가씨."

곧 요안이 아까부터 손에 들고 있던 것을 록사나에게 내밀었다. 록사나는 그것을 보고 묘한 표정을 짓고 말았다.

"선물이라고? 나한테?"

"예! 물론 록사나 아가씨의 아름다움에 비하면 보잘것없지만…… 그래도 받아 주시면 기쁠……."

요안은 말을 제대로 끝맺지도 못하고 어물어물거리며 새빨개진 얼굴을 푹 수그렸다.

록사나의 눈길이 요안이 앞으로 내민 꽃다발로 향했다. 곧 그녀는 피식 웃고 말았다. 요안은 록사나가 왜 웃었는지도 모르고 이제는 목덜미까지 붉게 물들였다.

요안은 모르고 있는 것 같았지만 이 보라색의 꽃은 아그리체에서 개량한 독초의 일종이었다. 아직 완성형이 아닌 실험 단계라 이름은 따로 없었고, 지금까지 증명된 효능은 마비였다.

하지만 기껏해야 손발이 약간 저릿할 정도의 효과뿐이라 실험은 거의 실패한 것이나 마찬가지였다. 그래서 이번에 새로 품종 개량을 하기로 결정했다고 지나가듯이 들은 기억이 났다.

그래서 록사나는 요안이 이것을 들고 온 것을 보고도 설마 자신에게 선물하려는 목적일 것이라고는 미처 생각하지 못했다. 아마도 그는 이 꽃이 무엇인지 모르고 그저 예뻐서 꺾어 온 것 같았다.

하기야 모든 독이 있는 생물들은 유독 화려하고 또 아름답다고 하지 않던가.

"고마워."

록사나는 요안이 내민 꽃을 받아 들었다. 아무런 가치도 없는 꽃이었지만 그렇다고 해서 굳이 눈앞에서 내칠 이유도 없었다.

물론 이제 지하 감옥에 가게 될 일도 없어져서 요안과 만날 일은 사라졌지만……. 그래도 물건이든 사람이든, 언제 어느 시점에서 또 쓸모가 있을지는 아무도 모르는 것이 아닌가.

록사나는 기쁨을 감추지 못하며 활짝 웃는 요안을 향해 그린 듯이 예쁘게 미소 지었다.

"그리고 록사나 아가씨. 그게, 아가씨의 장난감 말인데……."

그런데 요안의 볼일은 그것만이 아니었는지, 그가 머뭇거리며 한마디를 덧붙였다.

"장난감의 부상에는 어느 정도 제 탓도 있어서…… 죄송합니다. 아가씨의 장난감이 될 줄 알았으면 건드리지 않았을 텐데……."

아하. 그러니까 이 옥지기는 지하 감옥에서 자신이 카시스에게 채찍질을 한 일로 록사나가 불쾌함을 느꼈을지도 모른다고 생각해 우려한 모양이다.

그는 록사나의 앞에서 몸 둘 바를 몰라 하며 재차 사죄했다. 하지만 록사나는 그 일로 요안을 탓할 생각이 없었다. 하물며 카시스가 채찍질을 당한 일로 마음이 상하지도 않았다.

"어차피 시키는 대로 할 일을 했을 뿐이니 거기에 내가 간섭할 건 아니지. 그러니 상관없어."

그녀는 그렇게 말한 뒤 이제 그만 자리를 떠나기로 하고 먼저 몸을 돌렸다.

"꽃은 고마워. 그럼 다음에 또 봐, 요안."

눈앞에 번지는 아름다운 미소에 그야말로 눈이 멀어 버릴 듯했다. 요안은 록사나가 완전히 시야에서 사라진 뒤에도 몽롱한 얼굴을 한 채 자리에서 움직이지 못했다.

"갑자기 웬 꽃이지?"

"오는 길에 선물받았어."

록사나는 꽃을 한 아름 품에 안고서 카시스가 있는 방으로 들어섰다. 카시스의 물음에 록사나는 그를 향해 다가오며 대답했다. 들고 있는 꽃 때문인지 록사나의 얼굴이 한결 화사해 보였다.

하얀 무늬가 있는 보라색의 꽃은 어디에선가 본 적이 있는 것처럼 흔하게 생긴 것 같기도 했고, 그런 한편으로는 생전 처음 보는 것처럼 생김새가 꽤 생소하게 느껴지기도 했다.

상당히 모순된 감상이었지만 어차피 카시스는 꽃에 대해 잘 몰랐다. 그래서 다만 이 꽃이 록사나에게 상당히 잘 어울린다는 사실만이 그가 유일하게 도출할 수 있는 객관적인 정보였다.

록사나는 원래도 카시스조차 한순간 놀라움을 감추지 못했을 정도로 아름다운 소녀였다. 그런 그녀가 이렇게 화려한 꽃까지 안고 있으니 어쩐지 그 아름다움이 한결 짙어진 느낌이었다.

만약 다른 사람이었다면 아예 넋을 빼놓고 탐미하는 듯한 맹렬한 눈빛으로 록사나를 바라보았을 것이 분명했다. 하지만 카시스는 오히려 그녀에게서 시선을 돌렸다. 그는 시력이 돌아오기 시작하면서부터 오히려 이전보다 더 록사나와 눈을 마주치지 않았다.

사실 카시스는 록사나를 볼 때마다 이유를 알 수 없는 희미한 거북함을 느끼고 있었다. 그것은 상대에 대한 불쾌감 때문이 아니라, 그의 본능이 은연중에 어떤 위험을 감지하고 그것을 무의식중에 회피하고 있는 듯한 느낌에 가까웠다.

"향은 거의 안 나네."

록사나가 살짝 고개를 숙여 꽃향기를 맡는 모습을 보았을 때도 그랬다.

금사를 엮어 만든 것 같은 매끄러운 머리카락이 보라색 꽃 위로 부드럽게 흘러내렸다. 그림자를 드리울 정도로 길고 풍성한 속눈썹도 머리카락과 같은 밝은 금색이었다.

하얀 얼굴에는 아무런 표정도 떠올라 있지 않았지만 그저 그 본연의 아름다움만으로도 사람의 시선을 너끈히 홀리고도 남았다. 아래로 슬쩍 내리깔려 있던 붉은 눈동자가 다시금 위로 들어 올려져 카시스를 응시했다.

그러나 카시스는 속내를 조금도 드러내지 않은 담담한 모습으로 곧 록사나를 향해 아무런 의미 없는 질문을 던졌다.

"다른 때보다 기분이 좋아 보이는데. 꽃을 좋아하나 보군."

"글쎄."

하지만 록사나는 애매하게 말하며 품 안의 꽃다발을 다시 한번 내려다보았다.

"예쁘긴 하지만……."

곧 그녀가 잠깐 다물었던 입술을 다시 벌려 말했다.

"너무 빨리 죽어서 별로야."

록사나는 이 꽃의 독성이 유지되는 시간에 대해 생각하고 있었다. 약초와 마찬가지로 독초도 아주 예민해서 식물의 신선도에 따라 효과가 달라졌다. 이 꽃은 갓 채취했을 때의 효능이 가장 뛰어났고, 시간이 지나 꽃이 시들 때쯤에는 독성이 변질되어 효과가 미미해졌다.

그런데 앞서 말했다시피 이 꽃은 원래도 품종 개량에 실패해 독성이 극히 적었다. 게다가 이 꽃은 식물 중에서도 유독 시드는 속도가 빠른 편이었다.

물론 모든 독초가 다 이런 것은 아니다. 개중에는 말려 놓고 사용했을 때 더 효과가 좋은 것도 있고, 일부러 썩혀서 사용하는 것도 있었으니까.

이 꽃도 그랬으면 좋았을걸. 관상용으로밖에 쓸모가 없다니, 과연 아그리체에서 몇 없을 실패작이었다.

고개를 들어 보니 카시스는 어째서인지 입을 꾹 다물고 록사나를 바라보고 있었다. 록사나는 그를 향해 물었다.

"이거 줄까?"

"네가 선물받은 걸 나한테 왜."

"방에만 있으니까 답답할 것 같아서. 그래도 제법 예쁘니까 기분 전환이 되지 않을까?"

어차피 내가 가져가 봤자 쓸모도 없고 그대로 쓰레기가 될 게 분명하니까. 록사나는 그렇게 생각하며 들고 있던 꽃을 카시스에게 떠넘길 생각으로 더 가까이 다가갔다.

"잠깐. 이거……."

그런데 두 사람의 거리가 좀 더 좁혀졌을 때, 문득 꽃으로 시선을 떨어뜨린 카시스가 일순간 멈칫했다.

"누가 준 거야?"

갑자기 그런 걸 왜 묻는 거지?

"아버지의 수하가."

록사나는 의아함을 느끼며 대답했다.

"원래도 이런 걸 자주 선물받나?"

"그런 편인데."

꼭 꽃이 아니더라도 이런저런 자잘한 선물은 평소에도 자주 받는 편이었다. 이래 봬도 아그리체의 저택 내에 록사나의 추종자는 상당히 많았다.

그런데 이유가 무엇일까?

록사나의 품에 안긴 꽃을 보는 카시스의 얼굴이 살짝 굳어 있었다. 록사나는 그런 그를 보고 의구심을 느꼈다.

이상하네. 이 꽃이 독초인 걸 알았을 리는 없는데.

외양상으로는 그냥 평범한 꽃인 데다 아그리체에서 새로 개량한 것이라 밖에서 이것과 같은 것을 봤을 리도 없었다. 또 요안이 줄기의 중간 부분을 꺾어 와서 독이 응집된 밑동 부분도 지금은 없는 상태였다.

"싫으면 그냥 내가 가져갈게."

"두고 가."

하지만 돌아오는 대답이 꽤 단호해서 록사나는 묘한 표정을 지으며 눈을 깜빡였다. 더 이상한 것은 카시스도 스스로가 한 말에 당황한 것처럼 한순간 흠칫했다는 사실이었다. 그 모습이 마치 충동적으로 말을 꺼낸 사람처럼 보였다.

"억지로 받을 필요는 없는데."

"아니……. 생각해 보니까 네 말대로 방에 아무것도 없는 것보다는 나을 것 같아."

그래도 그는 번복할 생각이 없는 것 같았다. 카시스는 그렇게 말하며 록사나에게서 직접 꽃다발을 빼내 갔다. 카시스의 얼굴은 여전히 조금 딱딱했다.

록사나는 도대체 카시스가 무슨 생각을 하고 이러는지 영문을 알 수가 없었다. 그래서 눈을 가늘게 뜨고 카시스를 보았지만 그에게서는 아무것도 알아낼 수가 없었다.

결국 록사나는 카시스의 속내를 읽어 내는 것을 포기하고 그가 앉아 있는 침대의 가장자리에 걸터앉았다.

"그보다 이것 좀 한번 봐 볼래?"

록사나의 말에 카시스는 미간을 찌푸린 채로 꽃에서 시선을 뗐다. 그 직후 카시스는 움찔하고 말았다.

"지금 뭐 하는……."

록사나가 그녀의 가슴께의 벌어진 옷자락 사이로 손을 슬쩍 집어넣는 광경이 시야에 비쳤기 때문이다. 그래서 뜻하지 않게 카시스의 시선도 록사나의 손이 머물고 있는 곳에 닿게 되었다.

카시스는 당황해서 입을 열었지만 곧 말을 멈출 수밖에 없었다. 뒤이어 록사나의 손에서 정체를 알 수 없는 접힌 종이가 딸려 나왔다.

그녀는 할 말을 잃은 카시스를 보고 고개를 비스듬히 기울이며 입술을 달싹였다.

"딱히 숨겨 올 데가 없어서."

카시스는 당황했던 스스로가 괜히 바보같이 느껴져서 잠깐 침묵하다가 이윽고 얼굴을 한 번 손으로 쓸어내리며 물었다.

"그게 뭔데?"

"아그리체 내부의 전체 도면도."

그 직후 조금 전과는 약간 다른 의미의 침묵이 주위에 깔렸다. 카시스의 눈동자가 눈앞에 있는 록사나의 얼굴에 날아가 박혔다.

"뭘 그렇게 봐? 여기서 나갈 수 있게 내가 도와준다고 했잖아."

카시스의 시선에도 록사나는 담담하게 말할 뿐이었다.

"지금 바로 보고 외워. 이따가 나갈 때 태우고 갈 거니까."

카시스는 록사나가 침대 위에 펼쳐 놓은 종이를 내려다보았다. 거기에 그려진 도면도는 상당히 자세했다. 종이에는 건물의 내부뿐만이 아니라 저택을 둘러싼 외부의 구조까지 전부 그려져 있었다.

"당신 입장에서는 그래도 의심이 들 테지? 지금 당장은 좀 곤란하지만 조만간 저택 주변을 한번 둘러보게 해 줄게. 내가 가짜 도면으로 당신을 속이려고 하는지 아닌지는 그때 직접 확인해 봐."

설마 그녀가 이런 것까지 준비해 와서 그에게 보여 줄 줄은 몰랐다. 심지어 록사나는 이 도면도가 속임수일지도 모른다는 의심을 품는 것이 카시스로서는 당연하다는 것처럼 나중에 그의 두 눈으로 직접 확인해 보라는 말을 덧붙이기까지 했다.

사실 카시스는 아그리체를 빠져나가는 데 누군가의 도움을 받으리라 따로 기대하지 않고 있었다. 지금껏 록사나에게 아무것도 먼저 요구하지 않고 혼자 몸을 회복시키는 데 집중했던 것도 그래서였다. 그는 부상을 얼추 치료하고 나면 상황을 봐서 혼자 사슬을 끊고 이곳을 탈출할 생각이었다.

카시스는 잠깐 말없이 록사나의 얼굴을 들여다보았다. 그러다가 이내 시선을 내려 아그리체의 도면을 살펴보았다.

"지금 이 방의 위치는?"

"여기."

전에 록사나가 했던 말대로였다. 이렇게 도면으로 보니 아그리체의 땅 전체가 마치 하나의 거대한 미로 같았다. 샅샅이 뒤진다면 빠져나갈 구멍이 전혀 없지는 않겠지만, 이렇게 도면으로 살폈을 때에는 밖으로 통하는 길을 찾기가 어려워 보였다.

물론 이 도면도가 그를 교란시키기 위한 가짜일 가능성도 있었다. 하지만 일단 지금으로서는 진위를 가려낼 방법이 없으니 의심해 따지는 것도 무의미했다.

"그리고 내가 아는 지름길은 이쪽. 아마 이 길을 아는 사람은 아그리체에서 나밖에 없을 거야. 나도 예전에 우연히 발견한 거거든."

록사나가 손가락으로 가리킨 곳은 저택의 외부가 아닌 내부였다.

"저택과 연결된 비밀 통로인가."

"맞아. 그 길을 이용하려면 사소한 문제점이 있긴 한데……. 그래도 가장 최선의 방법이라고 할 수 있지."

카시스는 도면을 한 번 훑어본 것만으로도 그것을 전부 외운 것 같았다. 이것을 만드는 데에는 며칠이나 걸렸는데 보는 건 고작해야 몇 분이라니. 록사나는 어쩐지 조금 허탈했지만 닳을 때까지 종이를 봐도 외우지 못하는 것보다는 당연히 더 나았다. 잠시 후 그녀는 촛대의 불을 옮겨 붙여 종이를 태워 버린 뒤 방을 나갔다.

록사나가 나간 뒤 카시스는 조금 전에 본 도면을 다시금 머리로 그려 보았다. 그러다가 문득 옆에 있는 꽃다발에 그의 시선이 닿았다.

카시스의 얼굴이 작게 찌푸려졌다. 록사나가 들고 온 것은 분명 독화였다. 물론 카시스는 이 꽃의 이름조차 알지 못했다. 그러나 꽃의 향기와 함께 은은하게 풍겨 나오는 것은 역시 희미한 독의 기운이 분명했다.

지극히 미미한 정도라 인체에 어떤 영향을 끼치는지까지는 알 수 없었지만 그래도 이것을 록사나에게 들려 보내기는 저어되었다.

그것보다도, 아까 분명 록사나는 이런 선물을 평소에도 자주 받는다고 했다.

'아버지의 수하가 준 선물이라고 했지.'

아까 보니 록사나는 이 꽃의 정체를 모르는 것 같았는데…….

혹시 그녀에게서 느껴지는 은은한 독 향도 이것과 연관이 있는 걸까?

아까는 공연히 쓸데없이 나서는 것 같아 이런 이야기를 입 밖으로 내지 않았지만 아무래도 신경이 쓰였다. 카시스는 찜찜한 기분을 느끼며 꽃을 내려다보다가, 이내 그것에 손을 뻗었다.

파삭.

조금 전까지만 해도 생생하던 꽃이 진물을 내며 시들기 시작했다. 그러다 이내 완전히 바싹 말라 죽었다. 능력의 반작용이었다. 카시스는 손끝에 잡히는 건조한 꽃잎을 보며 눈매를 구겼다.

극비인 사항이었지만 페델리안에는 정화와 치유의 능력이 유전되고 있었다. 그러나 사정이 있어 지금 그가 사용할 수 있는 힘은 미약한 정화뿐이었다. 꽃에서 흘러나오는 독향을 카시스가 민감하게 감지한 것도 그래서였다.

지금껏 록사나가 건네주는 음식과 정체 모를 약들을 먹을 수 있었던 이유도 설령 거기에 독이 들었다 한들 신체에 큰 영향을 미치지 않으리란 사실을 알았기 때문이다.

하지만 역시 지금은 구속구가 제한하고 있는 탓에 그 정화 능력마저 뜻대로 발동되지 않았다. 카시스는 마뜩잖은 눈으로 침대 위에 흩어진 꽃의 잔해를 내려다보다가 곧 그것을 치워 버렸다.

"록사나. 장난감은 전보다 많이 고분고분해졌나?"

오늘 하루는 참 재수 없기도 하지. 낮에 마리아를 만난 걸로도 모자라서 이번에는 란트라니. 록사나는 눈앞에 있는 란트 아그리체를 보며 짜증을 삼켰다.

그는 큰 의자에 다리를 꼬고 앉아 있었다. 한 손에는 술잔을 들고, 다른 한 손으로는 턱을 괴고 있는 모습이 지극히 나태해 보였다.

"처음보다는요."

일진이 좀 사납다는 생각이 들었지만 그래도 어쩌겠는가. 록사나는 입꼬리를 올려 란트 아그리체를 향해 미소를 그려 보였다.

"역시 천것이라 그런지 가르쳐야 할 게 많아요."

"그럴 만하지. 그 시궁쥐 같은 피가 어디 갈 리도 없고."

란트 아그리체가 알 만하다는 듯이 콧방귀를 뀌었다. 그는 비열하고 잔인한 남자였지만 단순한 구석도 있어서 이렇게 페델리안을 함께 욕하는 것만으로도 특유의 날카로운 분위기를 한풀 꺾곤 했다.

"하지만 그런 만큼 굴복시키는 재미도 있으니까요. 오히려 처음부터 너무 얌전했으면 실망했을 거예요.”

록사나의 탐스러운 붉은 입술에서 흘러나온 것은 옥구슬처럼 청아한 음성이었지만 그 내용은 그렇지 않았다.

“아버지께서 선물해 주신 장난감이라 그런지 더 마음에 들어요. 망가진 부분을 조금만 더 고치면 본격적으로 가지고 놀 수 있을 것 같아요.”

천사처럼 아름다운 소녀의 얼굴에 떠오른 것은 어딘가 잔혹한 느낌을 풍기는 미소였다. 란트 아그리체는 그런 딸을 가만히 쳐다보다가 별안간 한쪽 입꼬리를 끌어 올렸다.

“넌 참 볼수록 나를 많이 닮았단 말이야.”

이것 참, 나날이 헛소리가 느는 것 같은데.

록사나는 저도 모르게 실소할 뻔했다. 참으로 말 같지 않은 소리라고 생각했지만 란트는 진담인 것 같았다. 기분이 절로 불쾌해졌으나 다른 한편으로 생각해 보면, 란트가 그렇게 착각하고 있다는 것은 지금껏 그녀가 잘해 오고 있었다는 증거나 다름없었다.

“어릴 때에는 눈에 띄는 구석 하나 없이 유약하기만 하더니.”

란트는 그 시절의 록사나를 떠올린 듯이 쯧 혀를 찼다.

“그러고 보니 이름이 아를이었던가. 써먹을 구석이라고는 도무지 눈을 씻고 찾아봐도 없던 죽은 네 오빠.”

역시 시에라를 닮아 외모 하나만큼은 쓸 만한 아들이었지만 그 외에는 도저히 참아 줄 수가 없었다. ‘이것만큼은 도저히 못 하겠다’며 그의 바짓가랑이를 붙들고 울던 죽은 아들을 떠올리자 그때의 짜증이 다시금 샘솟는 것 같았다.

“유약하기로는 그놈을 따라올 사람이 없었지. 분명 아를이 너한테까지 안 좋은 영향을 끼치고 있었던 게 분명해.”

"폐기 처분 당해 죽은 제 오빠를 말씀하시는 거라면, 아들이 아니라 아실이에요."

그때, 잠자코 그의 말을 듣고만 있던 록사나가 입을 열었다. 란트는 술잔을 향하고 있던 시선을 들어 올렸다.

"물론 이미 불명예스럽게 죽은 사람이니 아버지께서 따로 기억하실 필요는 없는 이름이지요. 어머니와 저도 늘 수치스럽게 생각하고 있답니다."

록사나는 아까와 같은 얼굴로 얕게 미소 짓고 있었다.

"아버지의 말씀처럼 아실이 죽은 후에 제가 내놓을 만한 성과를 보이기 시작한 건 맞지만, 그저 시기가 공교롭게 맞아떨어졌을 뿐이라고 생각해요."

그래서 란트는 지금 그녀의 심장이 얼마나 차갑게 식어 있는지 알지 못했다.

"아실은 제게 아무런 의미도 없는 사람이니, 그가 살아 있든 죽었든 그것과 상관없이 현재의 제가 서 있는 곳은 어차피 이 자리였을 거예요."

그렇게 말하는 록사나의 목소리에는 한 치의 흔들림도 없었다. 그런 모습이 오만해 보이기도 했지만 그것은 아그리체의 사람이라면 응당 가져야 할 자세였다.

"전 자랑스러운 아그리체이자, 존경하는 아버지를 그 누구보다 많이 닮은 딸이니까요."

란트는 록사나의 말에 동의하며 만족스럽게 다시 술잔을 기울였다. 물론 록사나가 속으로 그런 그를 비웃고 있으리라는 사실은 추호도 상상하지 못했다.

"그만 나가 봐도 좋아, 에밀리."

"예, 아가씨."

방으로 돌아온 록사나는 여느 때처럼 에밀리가 들고 온 오늘 치의 독을 섭취한 뒤 그녀를 내보냈다. 어쩐지 오늘은 다른 때보다 더 피곤한 느낌이었다. 침대에 누워 곧바로 잠들고 싶었지만 아무래도 그녀의 하루는 이대로 끝나지 않을 모양이었다.

팔랑.

허공에 나타난 나비 두 마리가 소파에 앉아 있는 록사나에게 날아왔다. 전에 서쪽 경계에 보냈던 나비들이었다.

"왔구나."

앞으로 손을 내밀자 그들은 록사나의 손가락 위로 사뿐히 내려앉았다.

"그래, 뭘 발견했니?"

나비 한 마리가 자신이 서쪽 경계에서 보았던 광경을 록사나에게 공유해 주었다.

고요한 검은 숲.

붉은 삭월.

잠에서 깨어난 까마귀들의 울음소리.

풀잎을 흠뻑 적신 핏물.

도륙 난 시체.

그사이에 홀로 우뚝 선, 피보다 붉은 눈을 가진 남자.

"……!"

덜컹.

어느새 록사나는 자리에서 벌떡 일어나 있었다. 갑작스러운 움직임에 손가락 위에 앉아 있던 나비가 허공으로 날아올랐다. 그 때문에 나비와의 연결도 끊어졌다.

하지만 록사나의 머릿속에서는 조금 전 보았던 광경이 선명히 되풀이되고 있었다. 도륙 난 시체들 사이에 사신처럼 서 있던 남자는 분명 록사나가 잘 알고 있는 사람이었다.

아버지 란트 아그리체가 가장 아끼는 아들이자 월례 평가 때마다 부동의 1위로 대만찬에 빠짐없이 참석해 온 괴물 같은 남자.

데온 아그리체.

그가 돌아왔다.

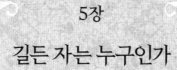

5장

길든 자는 누구인가

아침부터 신경이 예민하게 곤두섰다. 데온이 돌아왔다는 사실을 안 뒤부터 줄곧 그랬지만 오늘 아침은 특히 더했다.

나비가 서쪽 경계에서 그를 보았던 날과 내가 그 사실을 확인한 순간까지는 시간 차가 있었으니 아마도 오늘 중이나 내일쯤 아그리체에서 데온을 볼 수 있게 될 터였다.

나비가 공유해 주었던 장면을 다시금 떠올리자 절로 입안에 욕이 고였다. 데온 앞에 죽어 있던 이들은 카시스를 찾으러 온 페델리안의 사람들일 가능성이 컸다. 그러나 그들은 이미 싸늘한 시신이 되어 버렸다.

젠장. 이런 식으로 한발 늦고 말다니. 설마 란트가 데온에게 시켰다는 일이 경계의 청소였나?

하지만 그 면적 넓은 경계 중에 하필이면 서쪽에서 데온과 마주칠 줄이야. 재수가 없었다고밖에 표현할 수 없었다.

"뭐지? 할 말이 있으면 해."

내 심란한 마음이 겉으로도 드러나 보였는지, 카시스가 여느 때처럼 서늘한 듯 담담한 태도로 입을 열었다. 그는 오늘따라 목줄이 불편한 듯 목덜미 부분을 만지작거리고 있었다. 그 의연함에 이끌려 나도 모르게 입술을 벌렸다.

"카시스……."

하지만 첫마디를 내뱉자마자 그냥 다시 입을 다물고 말았다. 아직은 그에게 사실을 밝히지 않는 게 나을 것 같았다. 페델리안에서 카시스를 찾는 일을 이대로 포기할 리는 없었으니, 앞으로 경계 부근의 정찰을 강화하고 다음 기회를 기다리는 것이 최선의 방법일 듯했다.

"빨리 나아."

그래서 그저 그렇게 말하고 말자, 카시스는 언젠가 그랬던 것처럼 또다시 묘한 눈빛을 하고 나를 쳐다보았다.

투둑. 투두둑…….

부화실에 있는 독나비 알에게 피를 주고 나오는 길이었다. 아침 일찍부터 먹구름이 몰려오는 것 같더니 결국 비가 쏟아지기 시작했다.

나는 잠깐 어두운 하늘을 올려다보았다. 그래도 아직은 빗줄기가 가늘어 이대로 맞고 가도 될 것 같았다. 옆에 에밀리라도 있었다면 비를 막을 것을 가져오겠다고 앞장섰을 것이 분명했다. 하지만 지금 이곳에는 나 혼자뿐이었다.

아그리체의 사람들은 대부분 개인적인 성향이 강해서 혼자 행동하는 것을 좋아했다. 그러니 방문 밖으로 나설 때마다 하녀들을 줄줄이 달고 다니는 마리아 같은 경우가 오히려 특이한 것이었다.

비에 젖어 든 초목에서는 특유의 은은한 향기가 풍겼다. 나는 그 길을 지나 저택 안으로 들어섰다. 그러다 문득 지금 내가 어디로 향하고 있는지 깨닫고 걸음을 멈추었다.

아, 맞아. 지금은 카시스의 방으로 갈 시간이 아닌데.

지난번 제레미의 말을 들은 이후, 부화실에 다녀오는 시간을 바꾼 참이었다. 그런데 확실히 신경이 다른 곳에 쏠려 있었던 탓인지, 정신을 차려 보니 나도 모르게 카시스가 있는 곳으로 걸어가고 있었다. 게다가 지금은 비를 맞아서 머리와 옷도 젖어 있는 상태였다.

이런 꼴로 카시스를 찾아가려고 하다니. 그냥 다시 방으로 가야겠다.

내가 이렇게 정신을 다른 곳에 빼 두고 있었던 이유는 명백히 데온 때문이었다. 그리고 나는 그 사실을 인지하는 것만으로도 기분이 저조해졌다.

저벅.

그때, 불현듯 등 뒤에서 누군가의 인기척이 느껴졌다. 그 위치가 생각보다 가까워서 나는 반사적으로 몸을 움직였다. 하지만 눈치채고 몸을 돌렸을 때는 이미 상대방이 내 허용 범위 안에 들어온 뒤였다. 조금 전 밖에서 맡았던 것과 같은 흐린 풀 냄새가 일순간 코끝을 스쳤다.

다음 순간, 온통 흑백 일색인 남자가 물에 번진 듯이 내 앞에 서 있는 모습이 눈에 들어왔다.

뚝. 뚝.

그와 내 몸에서 떨어지는 투명한 물이 얼룩처럼 바닥에 점점이 고였다. 어느새 다가와 내 시야를 가리고 있는 남자는 얼어붙은 호수에 홀로 우뚝 솟은 고목 같았다. 주위의 온도가 순식간에 급감했다. 나를 둘러싼 배경이 어느덧 서리 낀 겨울이 된 것 같은 기분이 들었다.

이제는 소년에서 탈피해 완전한 청년이 된 남자가 여느 때와 같은 서늘한 눈빛으로 나를 내려다보았다. 얼음을 깎아 만든 것 같은 시린 얼굴이 새까만 머리카락과 대비되어 유독 희게 보였다.

나는 주변을 둘러싼 공기의 농도가 아까보다 확연히 짙어진 것을 느끼며 입술을 벌렸다.

"데온."

그 순간 유리알 같은 붉은 눈동자에 기묘한 광채가 스쳐 지나갔다. 그와의 거리를 벌리기 위해 나도 모르게 한 발짝 뒤로 물러날 뻔했다.

하지만 그러기 전에 앞으로 뻗어진 데온의 손이 내 손목을 붙들었다. 피부 위로 차가운 체온이 번지는 느낌이 선득해 나는 움찔 눈매를 떨었다. 꼭 뱀이 내 팔을 기어 올라와 똬리를 트는 것 같은 기분이었다. 그와 동시에 데온의 시선이 아래로 뚝 떨어져 내렸다.

"여기."

이어서 거의 속삭임에 가까운 낮은 음성이 지나가듯 귓가를 스쳤다.

"왜 다쳤어?"

피부 위로 느껴지는 그의 손길도, 또 팔에 감긴 붕대에 내려앉은 그의 눈빛도 한결같이 싸늘하고 집요했다. 데온은 흘러내린 소매 밖으로 드러난 내 팔을 내려다보다가 다시 시선을 들어 내 눈을 응시했다.

"독나비인가."

무언가를 확인하는 듯한 눈빛이었다. 나직한 음성이 고막을 파고드는 순간 심장이 작게 덜컹거렸다. 그럴 리 없다는 사실을 알면서도 혹시 내가 서쪽 경계에 보냈던 나비를 그에게 들킨 건 아닐까 싶어져서.

"아직 알 하나가 부화하지 않았다고 들은 것 같은데."

하지만 역시 그건 아닌 것 같았다. 잇따른 그의 말은 부화실에 있는 알을 가리키고 있었다. 대답하지 않자 붕대 위에 머물던 손의 악력이 강해졌다. 손가락이 천 밑의 살갗까지 파고들며 상처를 벌리는 느낌이 들었다.

이 변태 자식이.

하지만 여기서 아픈 티를 내서 데온을 만족스럽게 만들어 줄 생각은 없었다. 지금 마주하고 있는 반듯한 낯짝에 서리 같은 미소가 어리는 그 재수 없는 꼴만큼은 보고 싶지 않았다.

내가 얼굴에 감정을 잘 드러내는 편이 아니라는 사실이 오늘따라 다행으로 여겨졌다.

"놔."

나는 최대한 감정을 배제한 목소리로 읊조린 뒤 그에게 붙잡힌 팔을 뒤로 뺐다. 데온도 언제 집요한 손길로 내 상처를 헤집었냐는 듯이 생각보다 쉽게 내 팔에서 손을 뗐다. 마치 그쪽에서 나를 봐주고 있는 듯한 느낌이 들어서 기분이 나빠졌다.

"언제 왔어? 임무 때문에 한동안 안 보이더니."

그동안 네 얼굴을 안 봐도 되어서 좋았는데.

데온은 속마음을 감춘 내 물음에 짤막하게 대꾸했다.

"조금 전에."

"그럼 아버지께 인사드리러 가야지."

물론 내 속마음을 안다고 해도 데온은 낯빛 하나 변화시키지 않을 것이다. 그는 원래 그런 사람이니까.

"카시스 페넬리안이 네 장난감이 되었다면서."

의중을 알 수 없는 고요한 눈빛이 힐끗 내 등 뒤로 미끄러졌다. 두꺼운 암막을 드리운 것처럼 도무지 속내를 읽어 낼 수 없는 표정이었다. 지금 그가 한 말에 의미가 있는지 없는지조차 파악하기 어려웠다.

데온은 늘 그랬다. 그는 언제나 차가웠고, 그에게서 인간미라고는 눈곱만큼도 느껴지지 않았다. 그래서 어릴 때의 나는 과연 그에게서 감정을 끌어낼 수 있는 대상이 이 세상에 있기는 한 건지 궁금함을 느끼곤 했다.

"조금 전에 돌아온 사람치곤 소식이 빠르네."

이렇게 데온을 눈앞에 두니, 어찌할 수 없는 생리적인 거부감이 밀려들었다.

"확실히 내 장난감이 유명하긴 한가 봐."

"그저 네 일이라 관심을 가진 것뿐이야."

불시에 치고 들어온 말에 나는 입을 다물었다. 정적이 흐르는 복도에서 그와 나는 아무 말 없이 서로의 시선을 마주했다. 둘 다 천연한 낯을 하고 있었지만 지금의 대화는 명백히 기이했다.

하지만 기이한 말을 한 당사자도, 그런 말을 들은 나도 일말의 동요도 내비치지 않고 서로를 마주 보고 있었다. 여기서 한 가지 말해 두자면, 데온이 내게 관심을 가지고 있다는 사실은 결코 일반적으로 통용되는 의미가 아니다.

"그게 뭐야."

나는 시리게 비소하며 혼잣말처럼 중얼거렸다.

"시시해."

흥미가 식었다는 듯이 읊조린 뒤 몸을 돌리는 나를 데온은 붙잡지 않았다.

등 뒤로 진득한 시선이 따라붙었다. 나는 그것을 느끼면서도 단 한 번도 뒤돌아보지 않고 오로지 앞을 향해 걸었다.

카시스는 붕대를 풀고 상처를 살폈다. 아직 완전히 나은 것은 당연히 아니었지만, 그래도 이 정도면 나쁘지 않았다. 시간이 흐를수록 몸도 점점 가벼워지고 있었다. 상처가 다시 터지지 않게 조심하기만 하면 이대로 순조롭게 회복될 것 같았다.

그래도 역시 마냥 가만히 있을 수는 없었기 때문에 그는 방에서 할 수 있는 방법으로 혼자 틈틈이 몸을 단련하고 있었다.

그러다 간혹 카시스는 날카롭게 갈린 시선을 허공에 두었다. 얼핏 보았을 때는 벽면을 주시하는 것 같았지만 사실상 그가 좇고 있는 곳은 보다 먼 그 너머의 어딘가였다.

그의 머릿속에는 록사나가 주고 간 도면도가 낙인처럼 선명히 아로새겨져 있었다. 카시스는 지금 그가 갇힌 방의 위치와 그 바깥의 저택 구조를 가늠하며 여러 갈래의 길을 수없이 덧그렸다.

덜컹.

록사나가 방으로 들어선 것도 그런 때였다. 원래 그녀가 찾아오던 시간이 아니어서 카시스는 의문을 느꼈다.

그런데 문이 열리고 안으로 들어선 록사나는 어딘가 이상했다. 카시스는 문가에 선 사람을 부르려다가 다시 입을 다물었다.

그녀는 시선을 내리깐 채 문에 등을 대고 아무 말 없이 서 있었다. 어떤 이유에서인지 록사나의 몸은 젖어 있었다. 카시스는 록사나에게서 희미한 풀 향이 번지는 것을 느끼고 바깥에 비가 오는 모양이라고 생각했다.

그러다 록사나의 왼쪽 손을 타고 무색의 빗물 대신 다른 것이 흘러내리는 것이 카시스의 눈에 띄었다.

"록사나."

하지만 그녀는 그의 부름을 듣지 못한 것 같았다. 가만히 보니 문 밖에 신경을 집중하고 있는 것 같기도 했다. 카시스도 록사나를 따라 귀를 기울였지만 밖에서는 아무런 인기척도 느껴지지 않았다.

카시스의 눈매가 살짝 구겨졌다. 그러는 동안에도 바닥에 고인 핏방울은 점점 크기를 불려 가고 있었다. 결국 카시스는 직접 록사나를 향해 걸음을 옮겼다. 그러나 원하던 대로 그녀에게 닿을 수는 없었다.

철컹.

목에 연결되어 있던 줄이 팽팽히 당겨지며 거친 쇳소리가 울렸다. 문까지의 거리는 일곱 걸음 정도였다. 그것은 곧 지금 문 앞에 선 사람과의 거리이기도 했다.

조금 더 가까이에서 본 록사나의 얼굴은 한결 창백했다. 젖은 머리카락에서도 물이 떨어져 내리고 있었다. 하지만 그보다는 소매를 흠뻑 적신 붉은 핏자국이 신경 쓰였다.

"록사나."

이번에는 거리가 좀 더 가까웠기 때문일까, 아니면 카시스의 목소리에 한결 큰 힘이 실려 있었기 때문일까. 그가 다시 한번 이름을 부르자 그제야 록사나의 시선이 움직여졌다.

유리처럼 매끄러운 뺨을 타고 흘러내린 물방울이 붉은 입술 옆을 지나 갸름한 턱에 잠깐 고였다가 아래로 추락했다.

곧 두 사람의 시선이 허공에서 마주쳤다.

나도 모르게 문밖으로 귀를 기울이고 있었다. 데온이 아직도 복도에 서 있을지 궁금했지만 밖에서 들려오는 소리는 아무것도 없었다.

하기야 원래도 나와 데온이 대화를 나누었던 곳은 지금 이 방과 어느 정도 거리가 떨어져 있었다. 하지만 그 사실을 알면서도 문밖으로 집중된 감각이 쉽게 돌아오지 않았다.

"록사나."

아마 내 이름을 부르는 나직한 음성이 귓가에 울리지 않았다면 언제까지고 그 자리에 서 있었을지도 몰랐다. 물안개 속에 잠긴 것처럼 흐리던 시야가 서서히 맑아졌다. 그 직후 눈에 비친 것은 나를 올곧게 응시하고 있는 금색 눈동자였다.

"카시스."

언제부터 이렇게 가까이 다가와 있었지?

문밖에 정신이 팔려 카시스가 내게 접근하는 것도 미처 깨닫지 못했다. 그러고 보니 데온 때문에 나도 모르게 이 방에 들어와 버렸잖아. 원래는 그냥 내 방으로 돌아갈 생각이었는데.

그러다 문득 얼굴을 타고 빗물이 흐르는 것이 느껴져서 손을 들어 물기를 한 번 훔쳐 냈다. 눈에도 물이 들어간 건지 조금 뻑뻑했다. 그래서 몇 번인가 느리게 눈을 깜빡이며 손으로 눈가를 비볐다.

카시스가 잠깐 가만히 내 얼굴을 들여다보다가 말했다.

"우선 지혈부터 해."

그제야 나는 시선을 내려 내 팔을 확인했다.

아, 붕대로 대충 지혈해 두었던 상처가 터졌구나.

조금 전에 데온이 손으로 상처를 헤집었기 때문이 분명했다. 하지만 이렇게 피가 줄줄 흐를 정도라니. 데온, 이 망할 놈 같으니라고.

만약 조금 전에 오른손이 아니라 왼손을 들어 물기를 닦아 냈다면 얼굴까지 피범벅이 될 뻔했다. 게다가 데온을 만난 순간부터 알게 모르게 온몸에 힘이 들어가 있었던 모양이다. 지금 내가 서 있는 위치를 확인하자 그제야 어깨에서 힘이 빠졌다.

나는 카시스의 말을 따르기로 했다. 아직까지 데온의 잔상이 남은 탓인지 지금 바로 밖으로 나가기는 싫었다. 설마 그럴 리야 없겠지만 만약 지금 문을 열고 나갔는데 아까 그 자리에 그대로 데온이 서 있으면 소름이 돋을 것 같았다.

"닦을 걸 줄 테니까 기다려."

카시스는 내게 아무것도 묻지 않았다. 배려인 건지 무관심인 건지 알 수가 없었지만 사실은 어느 쪽이든 상관없었다.

"고마워."

나는 카시스가 주는 수건을 얌전히 건네받았다. 피가 흐르는 팔에 그것을 가져다 대자 하얀 천이 금세 붉은빛으로 물들었다.

"앉아서 하는 게 나을 텐데."

카시스의 권유에 나는 그를 물끄러미 쳐다보았다. 이제는 나와 함께 침대에 걸터앉는 일쯤은 아무렇지 않아진 모양이었다.

하지만 지금 내가 앉으면 침대까지 젖을 텐데. 내가 그런 고민을 하는 동안 카시스는 먼저 침대 위에 걸터앉아 옆에 붕대와 새 수건을 올려놓았다. 그런 뒤 그가 나를 다시 쳐다보았다.

아, 그런 의미인가.

나는 카시스에게 다가가 그가 올려 둔 수건 위에 앉았다. 그런데 그 순간 카시스가 움찔 미간을 좁혔다.

응? 이게 아닌가?

내가 왜 그러냐는 듯이 쳐다보자 카시스가 짙은 숨을 내쉬었다.

"몸도 젖었잖아. 이걸로라도 닦아."

아무래도 침대에 올려 둔 수건은 깔고 앉으라는 의미가 아니었던 모양이다. 하지만 다른 여분의 수건은 없는 듯, 카시스는 탐탁지 않아 하면서 침대 위에 있던 얇은 이불을 내게 건넸다.

"아니야. 그렇게까지 할 것 없어."

나는 거절했다. 어차피 이곳에 오래 있을 생각도 아니고, 이렇게 거창하게 판을 벌려 카시스를 귀찮게 할 마음은 없었다.

내가 거부하자 카시스는 입을 다물었다. 뜻밖에도 그의 얼굴에 떠오른 것은 미묘한 곤혹감이었다.

"그럼…… 그냥 걸치고라도 있어."

카시스는 내게서 시선을 비낀 채로 다시 손을 내밀었다. 그러고 보니 아까부터 그는 나를 제대로 쳐다보고 있지 않았다. 지금도 그의 눈길은 묘하게 나를 비켜 나가 있었다.

나는 슬쩍 시선을 밑으로 내렸다. 그러고 나서 카시스가 이런 태도를 보이는 이유를 깨달았다. 비를 맞은 탓에 홀딱 젖은 옷이 몸에 찰싹 달라붙어 있었다. 흰옷을 입고 있었기 때문에 속살이 살짝 비치는 것은 덤이었다.

카시스의 목소리나 표정이 평소와 다름없이 워낙 서늘해서 미처 몰랐는데, 그는 나름대로 난처해하고 있는 것 같았다. 그래서 제 딴에는 나를 배려하느라 아까부터 시선을 돌리고 있었던 모양이다.

이 정도는 딱히 노출이라 할 것도 없는데, 귀엽게 구네?

"그래, 고마워."

나는 카시스의 손에 있는 것을 건네받아 대충 어깨 위에 둘렀다. 그런 뒤에야 그의 시선도 다시 나를 향했다. 소매를 걷자 붕대에 감긴 팔이 시야에 드러났다. 붕대는 이미 빗물과 피로 흠뻑 젖어 있었다.

나는 피부 위에 달라붙은 붕대를 풀어냈다. 카시스는 그런 나를 조용히 지켜보고 있었다. 붕대를 완전히 풀자 아까 부화실에서 확인했을 때보다 크게 벌어진 상처가 눈에 들어왔다. 그 틈새에 맺혀 있던 피가 주르륵 흘러내렸다.

아, 아까워라.

가뜩이나 요즘 독나비들 때문에 피를 자주 뽑혀서 거의 일주일에 한 번은 헌혈을 하는 것 같은 기분인데. 이럴 줄 알았으면 아까 부화실에서 붕대를 좀 더 꼼꼼히 감아둘 걸 그랬다.

어차피 이미 부화시킨 독나비한테도 먹이를 줘야 해서 그냥 대충만 묶어 둔 참이었는데. 아마 중간에 데온을 만나지만 않았다면 진작 내 방에 가서 독나비들에게 먹이도 주고 지혈도 했을 것이다.

지금 카시스의 앞에서 독나비들을 불러내 먹이를 줄 수도 없고. 결국 아까운 피만 낭비하겠네.

"칼에 베인 상처 같은데."

그때, 말없이 내 팔을 내려다보던 카시스가 입을 열었다. 이 정도쯤은 그냥 척 보기만 해도 아는 모양이었다.

"그리고 너, 붕대 감는 법이 엉망이야. 지난번에는 잘한다고 하지 않았던가?"

앗, 무시당했다. 내가 지금 붕대를 엉성하게 감아 둔 건 다 이유가 있어서 그런 건데.

"음, 원래는 잘하는데 이건 그냥 어쩌다 풀린 거야."

물론 믿지 않는 눈치였다. 카시스는 마음에 들지 않는다는 듯이 내 팔에 난 상처를 응시했다. 그러다 무슨 생각을 하는지, 곧 그의 눈동자가 약간 무겁게 가라앉았다.

뒤이어 내가 막 들어 올린 새 붕대를 카시스의 손이 빼앗아 갔다. 그러고는 아무 말 없이 내 팔에 붕대를 감기 시작했다.

나를 그런 카시스를 물끄러미 바라보았다.

"당신은 동생한테 좋은 오빠일 것 같아."

그러다 던지듯 내뱉은 말에 그의 손이 일순간 멈칫했다.

"지난번에 당신에게 여동생이 있다는 소리를 들었어. 사실 우리 가문은 꽤 대가족이라 어머니들도 형제들도 여럿이거든."

카시스는 언제 내 말에 반응을 보였냐는 듯이 다시금 묵묵히 손을 움직이기 시작했다. 하지만 나는 여전히 그의 얼굴을 주의 깊게 살피고 있었다.

"하지만 서로 친하게 지내지는 않아. 웬만하면 저택 안에서 마주치는 일도 드물고."

지난번 카시스가 내 앞에서 한순간 경계심을 풀었던 이유가 무엇일지 나는 그 후로 계속 곰곰이 생각했다. 그리고 나름대로의 결론을 도출해 냈다.

"당신을 보면 죽은 우리 오빠가 생각나."

그 순간, 카시스의 눈이 나를 응시했다. 가까이에서 시선이 마주치는 순간, 나는 속으로 회심의 미소를 지었다.

그래, 이거구나. 앞으로 내가 파고들어야 할 그의 약점.

이미 알고 있었듯이, 카시스는 자신의 가족을 무척이나 아끼는 것이 분명했다. 특히 여동생 실비아와의 각별한 우애는 소설에서도 몇 번이나 언급된 바 있었다. 그런 이유로, 카시스의 마음을 약하게 만든 것은 아마도……

"당신 형제는 여동생 하나지? 내 동복형제도 오빠 한 명인데."

나 역시도 누군가의 여동생이라는 점. 그것이 그의 여동생인 실비 아를 떠올리게 했던 게 분명했다. 카시스는 줄곧 입을 다물고 있었지 만 그래도 그의 분위기가 아까와는 조금 달라진 것을 느꼈다.

나는 속으로 여러 가지를 재며 무언가를 생각했다. 그리고 지금이 라면 괜찮겠다는 결론을 내렸다.

"카시스."

치료를 마무리한 카시스가 막 손을 떼려는 찰나, 그의 이름을 불렀 다. 나는 카시스의 눈길을 붙들며 그에게 잡혀 있지 않은 반대쪽 손 을 들어 앞으로 뻗었다.

손끝에 단단한 가슴팍이 닿는 것이 느껴졌다. 그대로 손에 힘을 실 어 그의 몸을 뒤로 밀어냈다. 풀썩, 소리를 내며 카시스의 상체가 반 쯤 밀려났다. 하지만 그는 완전히 상체를 무너뜨리는 것이 아니라 팔 을 지지대 삼아 도중에 움직임을 멈추었다.

카시스가 이게 무슨 짓이냐는 듯이 내 팔을 붙잡으며 미간을 좁혔 다. 나는 그 위로 망설임 없이 몸을 겹쳤다. 그러자 카시스가 일순간 숨을 멈추었다.

불시의 기습에 놀란 것인지, 손끝에 닿은 근육이 바싹 굳어진 것이 느껴졌다.

"갑자기 무슨……."

"지금까지 너무 평화로웠다고 생각하지 않아?"

내 자그마한 속삭임에 카시스의 눈매가 잘게 미동했다. 그가 무어 라 말하려는 듯이 다시 입을 열었으나 내가 더 빨랐다.

"알다시피, 지금 당신과 내가 처한 상황은 그다지 안전하지 않은데 말이야."

내 젖은 옷에 스민 물기가 서서히 카시스의 셔츠로 번져 들었다. 어깨에 걸치고 있던 이불은 이미 등 뒤로 흘러내려 있었다. 바싹 밀착된 몸에서 누구의 것인지 모를 심장 고동이 느껴졌다.

"도와줘, 카시스."

나를 밀어내려던 카시스의 움직임이 불현듯 멈추어지는 것도 몸에서 몸으로 선명히 전해져 왔다.

"……도와 달라고?"

옅은 숨결과 뒤섞인 낮은 음성이 고막을 간질였다. 내 머리카락에서 굴러떨어진 물방울이 그의 뺨을 적시는 것이 보였다.

"당신과 나, 우리 둘에게는 안전장치가 필요해. 그러니까 지금 내가 당신에게 하려는 일 때문에……."

나는 최대한 말을 골랐다. 카시스의 거부감을 불러들이지 않으면서도 그의 약한 부분을 자극할 수 있게. 그리하여 그가 이제부터 내가 하려는 일에 순응할 수 있도록.

"화내지 않겠다고 약속해 줘."

카시스는 여전히 말없이 나를 바라보았다.

"때리지 않겠다고도 약속해 줘."

이번에는 그의 눈가가 움찔 떨렸다. 혹시 모르는 일이라 미리 방비하는 차원에서 말해 둔 것이었다. 물론 그가 내게 폭력을 쓰리라고는 생각하지 않지만, 그래도 놀라서 나를 뿌리칠지도 모르는 일이었으니까.

"그리고…… 날 싫어하지 마."

그렇게 말한 뒤 나는 천천히 고개를 숙였다. 내 머리카락이 카시스의 셔츠 위로 떨어져 내렸다. 그는 내가 무엇을 하려는 건지 아직 이해하지 못한 것 같았다. 내 얼굴로 의혹 섞인 카시스의 시선이 따라 붙었다.

나는 카시스의 셔츠를 손으로 좀 더 벌리고 드러난 하얀 목덜미에 얼굴을 묻었다. 그리고 은은하게 풍겨 나오는 청량한 향기를 좀 더 들이마시려는 것처럼 입술을 벌렸다.

맨피부 위로 살갗이 맞닿은 순간, 나와 밀착된 몸이 벼락을 맞은 것처럼 딱딱하게 경직되었다. 하지만 나는 아랑곳하지 않고 입술을 움직였다.

홱!

바로 뒤이어 카시스가 한 손으로는 내 어깨를, 다른 한 손으로는 내 팔을 붙잡아 나를 떼어 냈다.

"지금……."

잔뜩 억눌린 목소리가 귓전을 때렸다.

"이게 뭐 하는 짓이야?"

하지만 곧 카시스는 그가 붙잡은 것이 붕대를 감은 내 왼팔이라는 사실을 깨달은 모양이었다. 내 팔을 옥죄고 있던 손아귀에서 스륵 힘이 풀어졌다.

나는 이제 카시스 페넬리안이 어떤 사람인지 얼추 알 수 있을 것 같았다. 이런 상황, 이런 순간에서조차 이 남자는 이다지도 신사적으로 나를 배려하고 있었다.

다만 나는 그런 그를 어떻게든 이용할 수밖에 없는 입장이라는 것이 안타까울 뿐이었다.

"미안해."

조금 전 카시스가 쥐었던 왼팔을 들어 그의 얼굴을 부드럽게 어루만졌다. 아마도 지금 내 얼굴은 간이고 쓸개고 다 빼 줘야 할 것처럼 더없이 처연하고 안쓰러워 보일 것이 분명했다. 그 증거로 카시스는 여전히 눈매를 굳힌 채 차마 내 손을 뿌리치지도 못하고 있었다.

"기분이 나빠도 조금만 참아 줘."

미안하지만 여기서 어중간하게 그만둘 수는 없었다. 카시스의 목에 남은 흔적이 아직 너무 옅었다. 이 정도로는 부족해도 한참 부족했다.

"최대한 금방 끝낼 테니까……."

나는 최대한 애처로워 보이게 시선을 내리깔며 속삭였다. 마치 나도 어쩔 수 없는 일이라는 듯이. 당신에게 이런 일을 하는 것을 내가 아주 미안하게 생각하고 있다는 것처럼.

"당신은 그냥 가만히 있으면 돼."

하지만 역시 내 행동을 더 이상 묵인할 마음은 없는 듯, 카시스의 손이 그의 얼굴에 닿아 있던 내 손을 붙들었다. 그것과 동시에 다시 한번 내 고개가 그의 목덜미 위로 떨어져 내렸다.

"잠깐, 너……."

카시스가 나를 막으려 입을 열었으나 나는 멈추지 않았다. 내 손을 감싸고 있는 악력이 점차 강해지기 시작했다.

당장에라도 나를 밀쳐낼 줄 알았는데 카시스는 그러지 않았다.

어쩌면 내 행동이 워낙 뜻밖이라 어떻게 반응해야 할지 모르는 것일 수도 있었다. 맞닿은 몸은 아까보다 한결 더 딱딱하게 경직되어 있었다.

쿵쿵, 아까보다 한결 더 거세진 심장 박동이 몸을 울렸다. 이번에도 역시 누구의 심장 소리인지는 알 수 없었다.

나는 최대한 선명한 자국을 남기기 위해 과감하게 움직였다. 불현듯 내 뒷덜미에 카시스의 손길이 닿았다. 아까처럼 나를 떼어 내려는 것인가 싶어서 더 세게 그의 목을 깨물었다.

그러자 내 머리카락 사이를 파고든 손이 우뚝 멈추었다. 낮은 숨이 내 귓가에 흩뿌려지는 것이 느껴졌다. 뒷덜미가 약간 당기는 느낌이 드는 걸 보니, 카시스의 손가락이 내 머리카락을 휘감아 붙잡은 모양이었다. 그래도 아플 정도는 아니었고, 오히려 모순적이게도 그의 손을 지지대 삼아 더 편하게 자국을 남기는 데 집중할 수 있었다.

카시스가 방해가 될 정도로 몸을 움직이거나 나를 떠밀지 않아서 생각보다 일이 쉬웠다. 하나만으로는 부족한 것 같아 내친김에 두어 개 정도 흔적을 더 만들었다.

잠시 후, 나는 만족스러운 기분으로 카시스의 목에 또렷이 남은 자국을 느리게 쓸었다. 숨을 내쉬는 것 외에는 이렇다 할 움직임이 없는 얌전한 몸과 달리 그의 찬연한 금색 눈은 나를 집어삼킬 것처럼 빛나고 있었다.

손끝에 닿은 단단한 근육이 이완과 수축을 반복했다. 마치 무언가를 애써 참아 내고 있는 것처럼.

"도와줘서 고마워, 카시스."

나는 그를 향해 다정하게 속삭였다. 일단은 이것으로 한시름 놓을 수 있을 것 같았다.

끼리끼리 놀고들 있네.

나는 차갑게 식은 눈으로 저 멀리 보이는 두 사람을 응시했다. 란트 아그리체와 데온 아그리체였다. 두 사람은 정원에 서서 무어라 대화를 나누고 있었다.

나비를 심어 둔다면 그들의 대화를 나도 엿들을 수 있을 테지만 아직은 위험부담이 있어 그냥 포기했다. 괜히 어쭙잖게 나섰다가 얻은 것 하나 없이 숨겨 놓은 패만 들통날 수도 있었다.

그나저나 이렇게 보니까 닮긴 닮았구나.

란트와 데온은 머리카락과 눈동자 색이 동일한 부자였다. 하지만 가까이에서 보면 이목구비 자체는 전혀 달랐다. 또 워낙에 둘이 가지고 있는 분위기가 다르다 보니, 오히려 이렇게 멀리서 언뜻 보았을 때가 차라리 더 서로와 닮은 것처럼 느껴졌다.

그때, 란트가 손을 들어 데온의 어깨를 두드렸다. 일을 잘 끝마치고 돌아온 것을 칭찬해 주고 있는 모양이었다.

아그리체의 아이들은 성인이 될 때까지 저택 밖으로 나서는 것이 허용되지 않는다. 그래서 현재 이런 식으로 가문을 위한 임무를 맡은 형제는 극히 일부뿐이었다. 정확히 말하자면 현재로서는 단둘뿐이다.

지금 내 위로는 한 명의 언니와 두 명의 오빠가 있지만, 이복 언니 쪽은 아직 열일곱 살로 성인이 아니었다. 그런 이유로 현재 대외 활동을 하는 것은 두 명의 형제뿐이었고, 그들 중 월등한 성과를 보이는 것은 단연코 차남인 데온이었다.

한순간 착각처럼 저 멀리 있는 데온과 눈이 마주친 것 같았다. 나는 언제 그를 보았냐는 듯이 곧바로 싸늘하게 몸을 돌렸다.

5년 전, 아실이 죽은 이유는 목표 대상을 제거하는 일에 실패했기 때문이다. 그 후 결국 아실은 폐기 처분을 선고받았다.

그리하여 그런 그를 최종적으로 처형한 사람이 바로 데온 아그리체였다.

그것이 내가 그를 좋아할 수 없는 첫 번째 이유였다.

그리고 두 번째 이유는…….

바로 그가 이곳에서 내 약한 모습을 본 유일한 사람이기 때문이었다.

"못 하겠어?"

이제 막 미성숙한 소년을 넘어 어른이 되어 가던 남자가 입을 열었다. 만약 사람의 목소리를 형체화할 수 있다면, 그의 목소리는 손만 대도 부스러질 한겨울 밤의 모래알이 되었을 것이 분명했다.

머리 위에서 떨어져 내리는 그의 음성은 감정 한 톨 담기지 않은 것처럼 지독히도 차갑고 건조했다. 하지만 나는 그것이 날카로운 비수라도 되는 것처럼 불현듯 숨을 멈추었다. 그때의 나는 옆에 다른 사람이 있다는 사실조차 잊었을 정도로 아연실색해 있었다.

"그럼 하지 마."

한기 어린 목소리가 고막을 파고들었다. 그 후 그가 걸음을 옮겨 내게 다가오기 시작했다. 내가 미처 하지 못한 일을 대신 마무리 지으려는 것이었다.

만약 내 머리가 조금 더 나빴다면, 이대로 내 손을 더럽히지 않아도 된다는 사실에 안심했을지도 몰랐다. 또는, 이 끔찍한 상황에서 벗어날 수 있다는 사실에 마냥 기뻐했을지도 모르는 일이었다.

하지만 나는 알고 있었다. 이것은 자비도 수용도 아니다. 지금 내가 이 일을 하지 못하면, 돌아오는 것은 죽음뿐일 것이다. 그러니 무슨 일이 있어도 이 일을 처리하는 것은 나여야만 했다.

게다가 꼭 그것뿐만이 아니더라도 나는…….

"……저."

마침내 이를 악물고 내뱉은 내 말에 다가오던 사람이 발길을 멈추었다. 목이 잠겨 들릴 듯 말 듯 아주 자그마한 음성이었는데도 그것이 그의 귀에 닿은 게 신기할 지경이었다.

나는 후들거리는 손을 뻗어 벽을 짚었다. 그리고 주저앉아 있던 몸을 억지로 일으켜 세웠다.

"꺼져, 데온."

그런 뒤 어느덧 내 지척까지 다가와 서 있는 남자에게 다시 한번 씹어뱉듯이 읊조렸다.

"여기에 네가 나설 자리는 없으니까."

열다섯 살의 최종 월례 평가 날이었다. 이미 몇 년 전에 죽은 아실이 내 눈앞에서 울고 있었다. 그래, 이것은 환영이다. 그렇지 않고서야 죽은 사람이 산 사람처럼 버젓이 내 눈앞에 서 있을 수는 없었다.

아까부터 머리가 어지럽던 것도 나도 모르는 새 환각제를 다량 투여받은 탓인 것 같았다. 아니, 하지만 어쩌면 지금 내가 어지러운 것은 꼭 환각제 때문만이 아닐 수도 있었다.

나는 피눈물을 흘리고 있는 내 죽은 오빠를 향해 걸어갔다. 그를 애도할 꽃이 아닌, 그의 숨을 단번에 끊어 버릴 날카로운 칼을 손에 들고서.

"너 따위의 손에 아실을 두 번 죽게 하지는 않을 거야."

그 순간, 얼어붙은 바다처럼 한없이 고요하고 또 차갑기만 하던 남자의 눈동자에 선득한 광채가 떠올랐다. 나는 그 시선이 의미하는 바가 무엇인지 알지 못했다. 아니, 그 당시의 나에게 그런 것은 단지 하잘것없기만 할 뿐, 조금도 중요하지 않았다.

그래서 내 뒷모습에 따라붙는 집요한 시선을 뒤로한 채 그저 눈앞에 있는 이를 향해 걸었다. 열다섯 살, 오늘의 나와 동갑이던 아실은 이 방에서 무엇을 보았을까? 아실의 환각 속에는 도대체 누가 나왔기에, 목표물을 처리하지 못한 대가로 그가 대신 죽어야만 했을까.

나는 그날 이후로 늘 그것이 궁금했지만 내 물음에 대답해 줄 사람은 이미 세상 어디에도 없었다.

"록사나 아가씨, 마리아 님의 초대장입니다."

에밀리가 건네준 초대장을 받고 나는 슬쩍 눈살을 찌푸렸다. 드디어 올 것이 왔구나 하는 생각이 들었지만 그렇다고 해서 달가운 기분이 드는 것은 아니었다.

얼마 전, 제레미가 나를 찾아와 조심스럽게 고백했다. 우연히 마리아를 만나서 잠깐 대화를 나누다가 실수로 카시스 페델리안에 대한 이야기를 꺼냈다는 것이다. 그는 당연히 마리아에게도 이미 소식이 갔을 줄 알았다고 했다. 그러나 그녀는 내게 장난감이 생긴 사실을 아직 모르고 있었는지 깜짝 놀랐다고 한다.

보나마나 제레미가 또 마리아에게 먼저 시비를 걸다가 엉겁결에 카시스의 이야기를 꺼낸 것이 분명했다. 제레미는 대체적으로 약삭빠르고 교활했지만 가끔 이렇게 멍청하게 굴 때가 있었다.

하기야, 그러니까 소설 속에서도 여주인공인 실비아에게 죽은 카시스에 대해서 술술 다 불어 버렸겠지. 그래도 나한테 와서 이렇게 이실직고하는 것을 보니, 샬럿 때와는 달리 이번에는 정말 다른 의도가 있어 일부러 마리아에게 말을 흘린 것은 아닌 것 같았다.

제레미는 마리아가 내 장난감 소식을 듣고 흥미를 보였었다며 찝찝해했다. 비록 그가 카시스 페델리안을 싫어하는 것은 맞지만, 거기에 마리아가 엮이니 혹시 나에게도 피해가 갈까 봐 나름대로 우려하는 것 같기도 했다.

나는 곧바로 나한테 와서 사실을 고백한 제레미를 칭찬해 주었다. 그는 혹시 내 반응이 싸늘할까 봐 걱정하는 기색이다가 금세 화색이 도는 얼굴로 꼬리를 흔들었다. 제레미가 이렇게 멍청한 짓을 하는 게 처음도 아니고, 그래도 제 잘못을 알고 이렇게 바로 찾아온 건 칭찬해 줄 만했다.

만약 아무것도 모르는 채로 마리아의 초대장을 받았으면 몹시 의아했을 게 분명했다. 보통 때의 마리아는 이렇게 끈덕지게 굴지 않으니까.

나는 잠시 몇 가지 생각을 해 보다가 마리아의 초대에 수락하는 답신을 보냈다. 마리아는 티 파티에 카시스와 동행할 것을 권유했지만 그를 데려가지 않기로 결정했다. 지난 사건 이후로 그와 나 사이에는 전과 다른 공기가 흘렀다. 당연하다면 당연한 일이었다. 그런 일이 있었는데 내 얼굴을 보기 껄끄럽지 않을 리가 없었다.

애초에 카시스가 그때의 내 행동을 묵인한 것도 표면적으로 자신이 어떤 역할을 맡아 내게 속하게 된 것인지 이미 알고 있었기 때문일 것이다. 그 후로 가끔 그는 아무 말도 하지 않고 나를 가만히 주시할 때가 있었는데, 역시 그 시선이 썩 온유하지는 않았다.

나는 독나비에게 먹이를 주고도 완전히 지혈되지 않은 팔에 붕대를 감았다. 부화실에 있는 알에 피를 주는 횟수도 이전보다 확연히 늘어났다. 데온이 돌아온 이후의 변화였다.

나는 뉘엿뉘엿 해가 저물어 가는 창밖을 바라보았다.

마리아의 티 파티가 열리는 날은 내일.

내가 그 자리에 참석하는 것은 이번이 두 번째였다.

마리아의 티 파티는 저택의 중앙에 위치한 유리온실에서 개최되었다. 독초를 기르는 온실과 달리 이곳은 온전히 휴식을 위해서만 만들어진 곳이었다. 그래서 이따금 이곳에서는 친목을 위한 다과회 같은 것이 열리곤 했다.

물론 앞서 말했듯이 아그리체의 사람들은 지극히 개인주의적이었다. 오죽하면 아침, 점심, 저녁으로 식사까지 다 따로 하겠는가.

아그리체 사람들이 공식적으로 함께 밥을 먹는 것은 한 달에 딱 한 번, 대만찬 시간뿐이었다. 그마저도 그 자리에 참석하는 게 허락된 건 란트 아그리체를 제외하고 단 세 명의 아이뿐이었고 말이다.

그런 이유로, 이런 식으로 따로 모두를 불러 모아 친목의 장을 여는 사람은 이 집에서 마리아가 유일했다. 물론 초대받은 사람들이 모두 참석을 수락하는 것은 아니고, 그들도 내킬 때만 시간을 내는 형식이었다.

"어서 오렴, 사나야."

아치형으로 둥글게 솟은 유리 천장에서 밝은 햇빛이 떨어져 내렸다. 내가 온실 안으로 들어서자마자 마리아가 자리에서 일어나 나를 맞아 주었다. 저렇게까지 반가워하는 얼굴을 보면, 가끔 그녀의 친자식이 데온이 아니라 나인 것처럼 느껴질 때도 있었다.

"제가 마지막인가 보네요. 초대해 주셔서 감사합니다."

나는 담담한 태도로 그녀에게 인사했다. 오늘은 열 명 정도 되는 사람들이 마리아의 티 파티에 참석한 것 같았다. 빈 의자가 하나뿐이었기 때문에 그곳이 나를 위해 마련된 자리임을 알 수 있었다.

참으로 짜증스럽게도 내 자리는 바로 마리아의 옆이었다. 조금 전 마리아가 일어난 자리의 오른쪽이 비어 있었고, 그 왼쪽에는 내 어머니인 시에라가 앉아 있었다.

"사나……."

그녀는 내가 오늘 이곳에 참석한다는 사실을 몰랐던 듯, 나를 보고 놀란 얼굴을 했다. 다른 사람들도 흥미로운 눈으로 나를 보거나 저들끼리 머리를 맞대고 소리를 죽여 무어라 수군거렸다. 보아하니 마리아가 다른 참석자들에게 나에 대해 미리 언질을 주지 않은 모양이었다.

"어머니도 계셨군요."

나는 마리아의 안내를 받아 빈자리로 걸어갔다. 그 후 근처에 앉아 있던 어머니에게 알은척하자 무릎 위에 얹혀 있던 그녀의 손이 움찔 흔들렸다.

내 등장에 당황한 어머니와 달리 나는 이 자리에 있는 그녀를 보고 놀라지 않았다. 사실 어머니가 마리아의 티 파티에 참석한 것은 뜻밖의 일이 아니었다. 그녀는 마리아의 초대를 거절하지 못해 예전부터 가끔 이런 자리에 불려 나오곤 했으니 말이다.

알고는 있었지만 참으로 마음이 약한 사람이었다. 마리아의 얼굴을 볼 때마다 위축감을 느끼는 것이 뻔히 보이는데 싫다는 말 한마디 하지 못하다니.

내가 봤을 때, 마리아와 내 어머니의 관계는 뱀과 쥐였다. 마리아가 포식자라면 내 어머니는 피식자, 더군다나 먹이 사슬의 최하위에 존재하는 먹잇감이나 마찬가지였다.

게다가 앞서 말했듯, 아실을 직접적으로 죽인 사람은 바로 마리아의 아들인 데온이다. 집행관의 참관하에 아직 어린 나이임에도 불구하고 월례 평가 때마다 두각을 드러내던 데온이 아실을 사형시켰다고 들었다.

어린 아들에게 형제를 죽이라고 시키는 란트 아그리체나, 그 명령에 따라 정말 제 이복형을 죽인 데온 아그리체나 똑같이 정상이 아니었다.

물론 데온도 아버지의 명령을 거부하지 못해 어쩔 수 없이 따랐을 뿐일지도 모르지만, 어쨌든 설령 그렇다 한들 서로 마음 편히 얼굴을 맞댈 관계는 결코 아니었다. 물론 마리아는 그 일을 조금도 신경 쓰지 않는 눈치였지만……. 아니, 어쩌면 마리아의 성격상 이미 오래전에 그 일을 잊었을지도 몰랐다.

어쨌든, 마리아라면 또 몰라도 내 어머니는 결코 그날의 일에서 헤어 나올 수 없는 유형의 사람이었다. 지금도 다과상 앞에 자리한 내 어머니의 낯빛은 별로 좋지 못했다.

"사나, 네가 올 줄은 몰랐는데……. 미리 언질이라도 해 주지 그랬니."

그녀의 얼굴은 나를 보자마자 한결 더 어두워졌다. 아무리 봐도 내 방문을 반기는 눈치가 아니었다. 그럴 만했다. 이 티타임은 보통의 평범한 티타임이 아니었으니 말이다.

그래서 나도 몇 년 전에 딱 한 번 마리아의 티 파티에 참석한 뒤, 그 후로 두 번 다시는 이 근처에 얼씬도 하지 않은 것이었다. 하지만 내 입장에서는 도대체 누가 누굴 걱정하는 것인지 알 수가 없었다.

"내가 일부러 비밀로 했어, 시에라. 그래야 깜짝 선물이 되지."

마리아는 내 어머니와 나를 양손의 꽃이라도 되는 것처럼 흐뭇하게 번갈아 쳐다보았다. 그와 상반되게도 어설픈 미소를 띤 내 어머니의 얼굴은 점점 하얗게 질려가고 있었다. 아직 티 파티가 본격적으로 시작되기도 전인데 벌써부터 이러다니. 한창 분위기가 무르익을 때가 되면 내 어머니가 기절이라도 하는 것이 아닐까 싶어졌다.

그간 풍문으로 들어 보니, 오래전 내가 이곳에 참석했을 때와 분위기가 별반 달라지지도 않은 모양이던데 말이다.

"오랜만에 사나를 티 파티에서 보니 기분이 좋아. 앞으로는 더 자주 오렴. 시에라도 이렇게 좋아하잖니."

글쎄, 전혀 좋아하는 것 같지 않은데.

"시간이 되면요."

나는 짧게 대답한 뒤 앞에 있는 찻잔을 들어 올렸다. 맛이 깔끔하고 풍미가 깊은 것을 보니 최고급 차인 게 분명했다. 하지만 내 입맛에는 맞지 않았다.

지금 이 자리에 모인 것은 대부분 란트 아그리체의 여자들이었고, 그녀들의 자녀도 몇 명 와 있었다.

"사나의 장난감도 이 자리에 같이 있으면 더 재미있었을 텐데. 다들 그렇게 생각하지 않아?"

마리아의 말에 다른 이들도 동조했다.

"맞아. 사나가 처음으로 장난감을 들였다는 소식을 들었을 때 정말 놀랐는데."

"지난번에 언뜻 봤는데, 지금까지 본 장난감 중에 제일 예쁘게 생긴 것 같아요."

"하긴, 그러니까 사나도 관심을 가졌겠지."

"난 한 번도 본 적이 없어서 오늘 구경할 수 있을 줄 알고 기대했는데. 왜 안 데려온 거야?"

아쉬움과 호기심을 담은 눈길이 내게 쏟아져 들어왔다. 마리아도 나를 보며 웃는 낯으로 덧붙였다.

"그러게. 사나의 장난감을 위해서 오늘 특별히 전용 새장도 준비했는데."

그녀의 말처럼 유리온실의 한가운데에는 커다란 새장 모양의 우리가 몇 개 놓여 있었다. 그 안에는 오늘의 티 파티에 참석한 사람들의 장난감이 진열되어 구경거리가 되고 있는 중이었다.

가운데에 있는 가장 화려한 새장은 비어 있었는데, 아마 그곳이 카시스를 위해 마련된 자리인 것 같았다. 카시스를 이곳에 데려왔으면 그 역시 저런 꼴이 되었을 것이 분명했다. 만약 그렇게 되었다면 카시스가 순순히 있었을까?

이왕 보여주기용으로 자국을 새긴 겸 지금 이 자리에서 과시하듯 카시스를 내보이는 것도 나쁘지 않았겠지만……. 다른 방법이 없는 것도 아니고, 내가 직접 자의로 카시스를 이곳에 데려와서 그의 반감을 살 필요는 없었다.

"제 장난감은 낯가림이 심해서요. 제가 아닌 사람은 물지도 몰라요."

그러자 사람들의 얼굴에 담긴 호기심이 더욱 짙어졌다.

"아직 약물을 사용하진 않은 모양이지?"

철창 안에 있는 장난감들은 지금 이 자리에 있는 사람들의 취향만큼이나 가지각색인 모습이었다. 개중에는 약에 절어 보이는 것들도 있었다. 교육시키는 과정에서 약을 다소 과하게 사용했거나, 아니면 그저 취향상의 이유로 장난감을 약물에 중독시킨 것이었다.

"슬슬 약물 교육을 하는 것도 괜찮겠지만 조금 고민이에요. 너무 온순해지면……."

나는 시선을 내리깔며 나직이 읊조렸다.

"금방 싫증이 나서 죽이고 싶어질 것 같아서요."

달그락. 그 순간 테이블 위에 찻잔을 내려놓는 소리가 유독 크게 울렸다. 소음의 근원지는 내 어머니의 자리였다. 나는 그녀의 동요를 무시하고 싱긋 웃었다.

"처음으로 생긴 흥미로운 장난감인데, 좀 더 오래 가지고 노는 게 좋잖아요?"

몇몇 사람이 내 의견에 동조했다.

"하긴 약물을 사용하면 너무 멍청해지긴 해."

"그게 좋은 건데. 내가 시키는 대로 다 하잖아."

"너무 시키는 대로만 해도 재미없지 않나?"

"난 말 안 듣는 애들은 성가셔서 싫더라."

지금 이 자리에 모인 사람들은 어쨌거나 마리아의 초대에 응한 만큼 대부분 그녀와 비슷한 성격이나 취미를 가지고 있었다.

"하긴, 사나가 데리고 있는 장난감의 용도를 생각하면 약에 절어 있는 것도 별로긴 하지."

그때, 한 어머니가 은근한 어투로 말을 흘렸다. 무엇을 생각하고 저러는 것인지 금방 감이 왔다.

"지난번에 보니 샬럿이 처벌의 방에 갇힌 이유를 알겠더라고요. 청의 귀공자라고 하더니, 정말 특상품이던데. 애들이 갖고 싶어서 소란을 떤 이유를 알겠어요."

지금 이 자리에는 내 유일한 이복 언니도 참석해 있었다. 갈색 머리에 붉은 눈을 가진 그리젤다는 카시스와 동갑인 열일곱 살이었고, 나와의 사이는 그럭저럭 나쁘지 않은 편이었다. 그녀가 오묘하게 웃으며 힐끔 옆을 보았다. 그곳에는 샬럿의 어머니가 있었다. 하지만 그녀는 샬럿의 추태가 수치스럽다는 듯이 그저 한 번 눈살을 찌푸리고 말 뿐이었다.

"그래, 사나의 장난감을 보지 못해 아쉽긴 하지만 오늘만 날인 것도 아니고."

마리아는 오늘따라 확실히 기분이 좋은 것 같았다.

"자, 이렇게 다들 모였으니 대신 내 새 인형을 보여 줄게. 사라, 데려와."

초대장에 적힌 대로 카시스를 데려오지 않아 좀 더 아쉬운 기색을 보일 줄 알았는데 의외였다. 마리아의 밝은 낮을 보니, 어머니와 나를 양옆에 끼고 있는 것만으로도 만족하는 것 같기도 했다. 그녀는 시종일관 생글생글 웃으면서 온실의 한구석에 대기 중이던 하녀에게 명령했다.

나는 슬쩍 눈을 가늘게 뜨고 그런 마리아를 주시하다가 잠시 후 하녀들이 사라진 방향으로 시선을 돌렸다.

이제 본격적으로 시작인가. 마리아의 왼쪽에 앉아 있던 내 어머니의 안색이 한층 더 어두워진 것이 보였다.

찰그랑.

잠시 후 손과 발에 족쇄를 차고 있는 여자가 하녀들의 손에 이끌려 비틀거리며 걸어왔다. 한껏 아름답게 치장한 모습이 정말 공들여 꾸며 놓은 인형 같았다. 물론 그것은 멀리서 볼 때만 그런 것이었고, 가까워진 여인의 모습은 처참했다.

"이쪽은 내 새 인형인 르웰이야. 다들 얼굴은 익숙하지?"

르웰이라면 원래 마리아의 직속 하녀로, 다른 하녀들을 통솔하던 여자였다. 하지만 마리아의 말과 달리 지금 눈앞에 있는 그녀의 얼굴을 알아보기란 어려웠다. 그도 그럴 것이, 거의 난도질당하다시피 한 상처 자국이 수십 개나 새겨져 있는 사람의 얼굴을 어떻게 확인할 수 있겠는가?

"자, 르웰. 티 파티의 손님들에게 인사해야지?"

"으, 으어…… 아."

게다가 어떤 이유로 벌을 받는지는 모르겠지만 그녀는 혀까지 잘려 있었다. 그런 꼴을 한 채 레이스가 흘러넘치는 화려한 드레스를 입고 아름답게 치장한 모습은 오히려 기괴하게 느껴질 뿐이었다.

내 어머니의 얼굴은 이제 파랗게 보일 정도로 질려 있었다. 그럴 만도 했다. 내가 생각해도 이 티 파티는 참으로 역겨웠으니까.

"시에라, 내 새 인형 어때? 지난번 것보다 귀엽지 않아?"

마리아는 콕 집어 내 어머니에게 물었다. 우스운 것은, 지금 마리아가 내 어머니를 괴롭히려는 목적으로 이러는 것이 아니라는 점이었다.

그녀는 나나 내 어머니에게 악감정이 조금도 없었다. 지금의 마리아는 꼭 좋아하는 친구에게 호응을 얻어 내고 싶어 하는 천진한 소녀 같았다.

"그렇, 그렇네요……."

어머니는 목이 막힌 듯이 더듬거리며 자그마하게 대답했다. 그러자 마리아의 얼굴에 흡족한 미소가 떠올랐다.

"르웰, 들었어? 시에라는 네가 마음에 들었나 봐. 자, 가서 시에라에게 차를 한 잔 따라 주도록 해."

명령을 받은 마리아의 인형이 비척거리며 내 어머니를 향해 걸어갔다. 그녀가 한 발짝씩 걸음을 옮길 때마다 족쇄와 연결된 쇠사슬에서 잘그락거리는 소리가 났다.

예전에 내가 이 티 파티에 참석했을 때에는 단순히 인형을 구경하는 것으로 끝이었는데, 이제는 이런 식으로 시중까지 들게 시키는 모양이었다.

쪼르륵.

마리아의 인형이 끈 떨어진 마리오네트처럼 경기하듯 팔을 떨며 어머니의 찻잔에 차를 따랐다.

그것이 전염된 것일까? 잠시 후 찻잔을 들어 올린 어머니의 손도 한눈에 알 수 있을 정도로 덜덜 떨리고 있었다. 결국 찻잔 속에서 크게 출렁이던 액체가 밖으로 쏟아져 그녀의 손과 옷을 적셨다.

"어머, 시에라!"

마리아가 그것을 보고 소란을 피웠다.

"시에라, 괜찮아? 찻물이 뜨거울 텐데 혹시 데지는 않았겠지?"

"아니…… 괜찮아요."

하지만 마리아는 곧 옆에 있던 여인에게 냉랭한 시선을 보냈다.

"르웰, 도대체 시중을 어떻게 들었기에 시에라가 찻물을 쏟니? 게 다가 그 모습을 그냥 멀뚱히 쳐다보기만 하다니, 아무래도 네 벌이 모 자랐나 보구나."

그 말에 어머니의 얼굴은 완전히 사색이 되었다. 자신의 실수로 마 리아의 인형이 또다시 벌을 받아야 할지도 모르게 되었으니 그럴 만 도 했다.

"르웰은 잘못한 게 없어요. 지금 일은 제 실수예요. 그러니 벌을 받 을 이유는……."

"시에라는 정말 착하다니까."

마리아는 어쩜 이렇게 마음씨까지 곱고 예쁘냐며 작게 감탄했다. 그러나 뒤이어 그녀는 단호하게 고개를 저었다.

"하지만 안 돼. 그 고운 손에 화상 자국이 남을 수도 있었던 상황 이잖아. 그걸 미연에 방지하지 못한 것도 옆에서 시중을 들던 르웰의 잘못이야."

"그런."

"사라, 지금 당장 르웰을 데려가서……."

챙그랑!

그때, 무언가가 깨지는 날카로운 소리가 온실 안에 울려 퍼졌다. 실 랑이라고도 할 수 없는 대화를 나누던 두 사람도 말을 멈추었다.

나는 온실에 있는 사람들의 시선이 나한테 집중된 것을 느끼며 작게 웃었다.

"어머, 죄송해요. 실수로 그만."

조금 전 내가 일부러 떨어뜨린 찻잔이 바닥에 산산조각이 나 있었다.

"어머니."

그런 직후 어머니를 부르자, 그녀의 눈가가 일순간 잘게 떨렸다. 나는 입술을 벌려 다정한 목소리를 흘려보냈다.

"손이 점점 빨갛게 붓는 것 같아요. 더 늦기 전에 찬물로 열을 식히는 편이 낫지 않을까요?"

다행히 그녀는 내 권유가 무슨 의미인지 곧바로 깨달은 듯했다. 나는 거기에서 말을 멈추지 않고 나직이 덧붙였다.

"혹시 화상을 입으셨을지도 모르니 밖으로 나가면 의원을 부르는 것도 괜찮을 것 같고요."

"어머, 내 정신 좀 봐. 그래, 시에라. 이러다 정말 고운 피부가 상하겠어. 그러면 안 되지."

어머니의 아름다움을 거의 숭배하는 마리아가 내 말에 맞장구를 쳤다. 나는 혹시 그녀가 또 자신의 인형을 시켜 내 어머니를 배웅하게 하는 일이 생기기 전에 선수를 쳤다.

"저도 마리아 님의 인형을 가까이에서 보고 싶네요. 때마침 새 찻잔이 필요하기도 하고."

마리아는 내가 자신의 인형에게 관심을 보이자 기뻐했다. 그녀는 내게 르웰을 보낸 뒤 하녀를 시켜 내 어머니를 온실 밖으로 데려가게 했다. 당장 의원을 부르라고 하는 것도 잊지 않았다.

어머니의 눈길이 내 옆얼굴에 닿는 것이 느껴졌다. 하지만 나는 그녀를 다시 쳐다보지 않았다. 이윽고 그녀가 이 온실을 떠날 때까지.

어머니에게 눈치가 있다면 다시 온실로 돌아오는 일은 없을 것이다. 나는 그제야 한결 가벼워진 마음으로 마리아의 티 파티 시간을 보낼 수 있었다.

정말이지, 다들 악취미라니까.

나는 눈앞에서 오가는 공방을 따분하게 지켜보았다.

"네 장난감 꽤 구미가 당기는데, 내 장난감이랑 하루만 바꿔 보지 않을래?"

"글쎄, 난 별로인데."

"그럼 내기하자. 장난감끼리 붙여서 이기는 쪽 마음대로 하는 걸로."

"좋아, 그건 좀 재미있겠다."

내 이복형제 둘은 새장 속에 있는 각자의 장난감을 두고 대화를 나누다가 기막힌 내기를 시작했다. 그들이 손짓하자 새장 옆에서 대기하고 있던 남자가 움직였다.

그가 어떤 장치에 손을 댄 직후, 새장 모양의 우리 사이를 연결하고 있던 철문이 열렸다. 먼저 움직인 것은 오른쪽 새장에 있던 남자였다. 그는 손과 발이 구속된 상태로 비척거리며 걸어 문을 넘었다.

남자는 각성제를 맞은 것처럼 거친 숨을 내몰아 쉬고 있었다. 동공이 풀린 데다 안광이 파란 것을 보니 아무래도 말이 통할 상태가 아닌 것 같았다.

다른 철창 속에 있는 사람들도 이 남자처럼 모두 어디 한 군데 이상은 상태가 이상했다. 아그리체의 사람들은 이들 모두를 장난감이라고 불렀다. 그리고 정말 그들을 사람이 아닌 물건처럼 대했다.

우리 안에 진열된 사람들도 그렇고, 저 밖에 있는 난도질당한 얼굴의 여자도 마찬가지였다. 심지어 지금 그들은 새장 속의 사람들을 투견장의 개들처럼 내기판 위에 올려 싸움 붙이려 하고 있었다.

"누가 이길 것 같아?"

"음, 난 갈색 머리."

"아니야, 그쪽은 지금 약을 너무 많이 해서 제정신이 아닌 것 같아. 저것 봐, 비틀거리는 거."

"저 정도면 통각도 거의 느끼지 못할 것 같은데, 그럼 더 유리하지 않을까요?"

테이블 앞에 둘러앉은 사람들은 둘 중 누가 이길지 저들끼리 내기하기 시작했다. 머리 위에서는 유리를 투과한 햇빛이 눈부시게 반짝이며 떨어지고, 사방에는 그윽한 향기를 내뿜는 아름다운 꽃들이 피어 눈을 즐겁게 했다.

그 사이에 있는 사람들도 딱 그만큼 무구하고 순수해 보였다. 이 온실에서 벌어지는 이 모든 이상한 일들을 조금도 의아하게 여기지 않는 것처럼.

새장 속에서의 전투는 이제 거의 난투전이 되어 있었다. 안에서 피가 튀고 고통 어린 신음이 울릴수록 관람객들은 즐거워했다.

역시 어머니를 온실에서 내보내길 잘했다는 생각이 들었다. 심약한 그녀가 이 광경을 보았다면 십중팔구 쓰러져 버렸을 것이다.

하지만 그들은 승부의 결과를 확인할 수 없었다.

"큰일 났습니다!"

온실 안으로 헐레벌떡 뛰어 들어온 두 명의 남자 때문이었다. 그들의 행색은 단정하지 못했다. 얼굴은 얻어맞은 것처럼 부어 있었고 옷에도 발로 차인 것 같은 자국이 남아 있었다. 그중 한 명은 오른손을, 다른 한 명은 갈비뼈를 다친 것 같았다.

티 파티의 주최자인 마리아가 흥겨운 시간을 방해한 소란의 주범에게 날카로운 시선을 보냈다.

"뭐야, 시끄럽게. 무슨 일인데 그래?"

"록사나 아가씨의 장난감이 도주했습니다!"

웅성.

온실에 있던 사람들의 시선이 나한테 날아와 꽂혔다.

"내 장난감이 혼자 잠금장치를 풀고 방에서 탈출했다고?"

나를 주시하는 사람들 틈에서 나는 차분하게 되물었다.

"아니요. 놈을 티 파티에 데려오기 위해 방으로 들어갔는데, 그놈이 그사이에 저희를 따돌리고 도망갔습니다."

"내 장난감을 티 파티에 데려오기 위해서?"

그 순간 온실 안으로 뛰어 들어온 남자가 자신의 말실수를 깨달은 듯이 입을 다물었다.

"누구 마음대로?"

나는 손에 들고 있던 찻잔을 테이블 위에 내려놓은 뒤 그 둥그스름한 테두리를 손으로 훑었다.

"난 허락한 기억이 없어. 그런데 지금 너희들 멋대로 내 장난감을 이곳에 데려오려 했다는 소리를 하는 건가?"

내 손에 닿아 있던 찻잔에 균열이 그려졌다. 조금씩 영역을 넓혀 가던 가느다란 틈 사이로 말간 액체가 흘러내렸다.

파삭!

그러다 곧이어 완전히 깨진 찻잔 조각이 받침 위로 꽃잎처럼 펼쳐졌다. 내 시선을 마주한 남자들의 얼굴이 사색이 되었다. 어느덧 온실 안은 바늘 굴러가는 소리도 들릴 것처럼 조용해져 있었다.

"그게, 그게……."

"저희는 데온 도련님이 그렇게 명하셨다고 해서……. 그래서 록사나 아가씨께서도 허락하신 줄 알고……."

하지만 변명이랍시고 내뱉은 그 말이 오히려 결정적이었다. 지금 이 자리에서 화두에 오른 데온의 이름은 뜬금없는 구석이 없잖아 있었다. 하지만 그들의 얼굴에는 거짓이 섞여 있지 않았다.

마리아가 무어라 말할 듯이 입술을 벌렸다. 하지만 내가 조금 더 빨랐다.

"너희가 나를 우습게 봤구나."

온실 안에 고요히 울려 퍼지는 내 목소리를 듣고 남자들이 헙 숨을 들이켰다. 그들은 내게서 흘러나오는 싸늘한 기운에 몸을 달달 떨고 있었다.

고래 싸움에 새우 등 터진다고, 사실 어디에서나 중간에 낀 사람들은 애꿎은 곤욕을 치르게 마련이었다. 만약 그들이 이상함을 느끼고 카시스를 데려오라는 명령에 불복했다면 애초에 지금 이렇게 내 앞에서 멀쩡히 서 있지도 못했을 것이다.

"그렇지 않고서야 감히 내 앞에서 이렇게 겁 없이 입을 놀릴 리가."

하지만 그들을 이해하는 것과 용서하는 것은 별개의 문제다. 게다가 지금 그들이 한 말은 나보다 데온의 이름을 더 두려워하고 있다는 사실을 은연중에 암시하는 것처럼 들리기도 했다.

만약 그렇다면, 아마도 그 이유는 내가 다른 형제들처럼 아그리체에 있는 다른 사용인들을 벌레 대하듯 하며 죽이거나 다치게 한 적이 없기 때문일 것이다.

혹시 정말 중간에 혼선이 있어 단순한 착오를 일으킨 것뿐이라 해도, 제대로 확인하지 않고 이런 실책을 저지른 것은 그들의 잘못이었다.

"그, 그런 게 아닙니다! 다만 중간에서 오해가……. 잘못했습니다, 아가씨! 용서해 주십시오!"

그러니 내 허락도 없이 장난감을 밖으로 **빼낸** 데다 그를 놓치기까지 한 것은 작지 않은 죄라 할 수 있었다. 자신의 잘못을 알긴 아는지, 그들은 사색이 되어 용서를 빌었다. 그 모습이 퍽 안되어 보였지만 이쯤 하고 그냥 넘어갈 생각은 없었다.

"그런데 왜 아직도 내 앞에서 그렇게 똑바로 서 있는 거지?"

다음 순간, 단말마의 비명과 함께 남자의 다리가 꺾였다. 그의 무릎 위쪽에 날아가 박힌 날붙이는 조금 전까지 테이블 위에 얌전히 놓여 있던 나이프였다.

"으, 악……."

그래도 눈치는 있는지 그는 신음을 삼켜 냈다. 나는 조금 전 남자에게 나이프를 던졌던 손을 내리며 싸늘히 읊조렸다.

"정말 죄송하다면 당장 무릎을 꿇고 사죄해야지, 둘 다 입만 살았구나."

만약 내가 록사나 아그리체가 아니었다면 그들을 너그러이 용서해 주었을지도 몰랐다. 하지만 나는 성결한 마음씨를 가진 성녀가 아니었고, 오히려 이 세계에서의 내 역할은 악독한 마녀에 가까웠다.

"숙여. 그 주제 파악 못 하는 머리를 잘라 버리기 전에."

두 사람은 덜덜 떨며 바닥에 납작 엎드렸다. 다과회를 위해 준비되었던 반짝이는 은제 식기는 이제 무기로 둔갑되어 빵이 아닌 사람의 살을 갈랐다. 맑은 햇살이 내리비치는 온실의 바닥에 붉은 피가 점점이 떨어져 내렸다.

타인에게 두려움의 대상으로 각인되는 것은 달갑지 않았다. 이런 것에 희열을 느끼는 사람들의 성격이 참으로 나쁘다는 생각밖에 들지 않았다. 하지만 이런 일이 필요하다면 몇 번이고 보여 주는 수밖에.

"마지막으로 확인된 장난감의 위치는?"

한 번 공포를 겪은 탓인지 대답은 흡족할 정도로 신속하게 흘러나왔다.

"남서쪽으로 향하는 복도입니다. 제레미 도련님이 그 뒤를 쫓아가셨습니다."

이 이상 시간을 지체하지 않는 게 좋을 것 같아 나는 그만 자리에서 몸을 일으켰다.

"에밀리."

"예, 처리하겠습니다."

내 부름을 들은 에밀리가 걸음을 뗐다. 심복인 에밀리를 움직이게 하는 것이 무슨 의미인지 아는지, 남자들은 아까보다 더욱 절절하게 내게 용서를 빌며 살려 달라고 외쳤다. 에밀리는 오른손에 끼고 있던 장갑을 벗으며 그들을 향해 다가갔다.

나는 그들을 뒤로한 채로 마리아에게 시선을 돌렸다.

"티 파티는 여기까지인 것 같네요."

지금까지의 대화를 들은 다른 사람들도 그렇게 생각하는 것 같았다.

"장난감 회수를 도와줄까?"

"호의는 감사하지만 그러실 필요 없어요."

내 거절에도 마리아는 어울리지 않게 미적거리며 재차 권유했다.

"중간에 다른 오해가 있었는지는 모르지만 그래도 어쨌거나 데온의 이름이 나왔으니 내가 손 놓고 있기는 좀 그런데……."

콰아앙!

그 순간, 바깥에서 뜻 모를 굉음이 울렸다. 따사로운 햇볕이 가득 번져 있던 온실 안이 갑자기 어둑해졌다. 뒤이어 유리 벽 건너편에서 웬 새까만 덩어리가 날아와 부딪혔다.

쿠웅! 키에엑!

"꺄악!"

테이블에 둘러앉아 있던 사람들이 소스라치게 놀라 자리에서 벌떡 일어났다.

"갑자기 뭐야?"

"저건 마물이잖아!"

온실 유리에 부딪힌 것은 집채만 한 크기의 마물이었다. 다리가 네 개이고 독침 달린 꼬리가 있는 것 말고는 거미와 비슷한 생김새였다. 이 마물의 이름은 '카란튤'로, 아그리체의 사육장에서 기르는 마물 중에 하나였다.

"마님!"

때맞춰 독액에 젖은 여자가 온실 안으로 들어섰다. 행색을 보아 하니 온실 앞을 지키고 있던 마리아의 하녀 중 하나인 것 같았다.

"이게 무슨 일이야?"

지금의 일에 놀란 탓인지 하녀에게 묻는 마리아의 음성은 아까보다 높았다.

"5번 사육장의 문이 열렸습니다! 어서 피하십시오!"

5번 사육장이라면 지금 내가 있는 온실과 거리가 꽤 가까운 마물 사육장이었다. 아무래도 지금 벌어진 일이 카시스와 무관하다는 생각이 들지 않았다.

나는 만류하는 사람들을 무시하며 온실의 문으로 향했다. 바깥에서 도대체 무슨 일이 벌어지고 있는 건지 내 눈으로 직접 확인할 필요가 있었다.

와장창!

키엑!

바로 그때, 날카로운 굉음이 울리며 온실 안으로 깨진 유리 조각과 마물이 쏟아져 들어왔다.

카시스가 방을 나서게 된 것은 약 30분 전쯤이었다. 문의 잠금장치를 열고 안으로 들어선 장정 두 명이 카시스에게 다가와 구속구에 사슬을 채웠다.

"어차피 구속구도 채우고 있는데 이렇게 사슬까지 주렁주렁 달아야 되나? 귀찮게."

"그냥 빨리해. 늦으면 불호령이 떨어질지도 몰라."

손에 구속구를 차고 아무 말 없이 얌전히 있기 때문인지 그들은 카시스를 그다지 경계하지 않았다.

"날 어디로 데려갈 셈이지?"

카시스는 그들을 보며 싸늘히 입을 열었다.

"이 새끼가, 건방지게."

"어이, 손대지 마. 이건 록사나 아가씨의 장난감이야."

카시스의 말투에 발끈했던 남자가 옆에 있던 다른 남자의 말에 조용해졌다. 하지만 그는 여전히 카시스에게 눈을 부라리고 있었다.

"마리아 님의 티 파티에 널 데려오라는 명령이 있었다. 쓸데없이 날뛰다가 험한 꼴 당하지 말고 얌전히 있어."

설명은 거기에서 끝이었다.

카시스는 나름대로 추론했다. 대략 마리아라고 하는 사람의 티 파티에 록사나가 참석했고, 거기로 그를 데려오라 했다는 말인가.

문득 그의 목에 아직까지도 남아 있는 붉은 자국이 머릿속에 떠올랐다. 마치 보란 듯이 눈에 띄는 곳에 새긴 흔적이었으니 어쩌면 정말 다른 사람에게 보여 줄 생각인지도 몰랐다.

그런 생각을 하자 배 속이 꿈틀거리며 부글거리는 열이 작게 끓어올랐다. 한기 어린 눈빛도 좀 더 날카로워졌다. 카시스는 그에게 재갈을 물리기 위해 뻗어지는 손을 피해서 슬쩍 고개를 비틀었다.

"뭐야? 가만히 못 있어?"

눈앞에 있는 사내들을 응시하던 카시스의 눈길이 문을 향해 미끄러졌다. 문은 잠금장치가 모두 풀린 상태로 조금 열려 있었다. 일순간 카시스의 팔 근육이 수축되었다.

"와, 웬일로 문이 열려 있네?"

만약 그때, 열린 문밖에서 누군가의 인기척이 느껴지지만 않았다면 카시스는 지금 그의 머릿속에 있는 생각을 곧장 행동으로 옮겼을 것이 분명했다.

안으로 들어선 사람은 검은 머리카락과 푸른 눈동자를 가진 소년이었다. 집에서 곱게 길러진 집짐승처럼 예쁘장하게 생긴 외모와 달리, 그의 눈빛은 길들지 않은 야생 동물을 닮아 있었다.

"안녕하십니까, 제레미 도련님!"

검은 머리카락을 봤을 때부터 예상했지만 그는 란트 아그리체의 아들이었다. 록사나보다 조금 어려 보이는 소년은 남자들의 인사를 무시하고 곧장 카시스에게 시선을 고정했다.

"네가 청의 개새끼냐?"

거침없는 말본새에 카시스의 눈매가 일순간 가늘어졌다. 그의 정체를 이미 알고 있으면서 조롱하기 위해 일부러 꺼낸 말이 분명했다.

"귓구멍이 처막혔나, 왜 대답이 없어?"

카시스는 말없이 눈앞에 있는 사람을 응시했다. 제레미라고 하는 소년은 그에게 적의를 폴폴 풍기고 있었다. 이렇게 일부러 찾아와 시비를 거는 것부터 속내를 가감 없이 드러내고 있었다.

카시스의 침묵은 차라리 무시에 가까웠다. 그것을 깨달은 제레미의 얼굴도 점점 흉악해졌다.

"저, 도련님, 여긴 어쩐 일로 오셨습니까?"

그런 두 사람 사이에서 남자들은 식은땀을 흘렸다.

"너희야말로 왜 여기 있어? 애 데리고 나가려고? 누나가 개새끼 산책시켜 주래?"

"아니요. 마리아 님의 티 파티에 데려가려던 참입니다."

그 말을 듣고 제레미가 알겠다는 듯이 고개를 끄덕였다.

"아, 그 망할 티 파티? 그게 오늘이었던가?"

이어지는 말에 수하들의 표정이 어색하게 굳었다.

"장난감들 진열해 놓고 인형 놀이인가 뭔갈 하는 그 역겨운 다과 모임이라면 나도 알지. 하여간에 마리아 아줌마, 그 여자는 누나를 귀찮게 하지 못해서 안달이라니까. 사나 누나는 그딴 지랄맞은 티 파티에 관심도 없는데 허구한 날 징그럽게 초대장을 날려 대고 말이야."

아그리체의 마님들 중 하나인 마리아를 향한 노골적인 비난의 말에 수하들은 할 말을 잃었다. 여기에서 제레미에게 동조해 함께 마리아를 욕되게 할 수도 없었고, 그렇다고 지금 제레미의 앞에서 그의 말에 반박할 수도 없었다.

다행히 제레미는 그들의 반응에 딱히 관심이 없는 듯, 이어서 지나가듯 말했다.

"그런데 누나는 그 티 파티에 장난감 데려간다고 한 적 없는데?"

"중간에 마음이 바뀌신 게 아닐까요? 저희도 중간에 전해 들은 내용이긴 하지만 데온 도련님이 지금 바로 록사나 아가씨의 장난감을 온실로 데려오라 하셨다고……."

불행하게도 그는 말을 끝맺지 못했다. 바로 그 순간, 가차 없는 발길질이 그의 복부로 날아와 꽂혔기 때문이었다.

퍼억!

"크억……!"

제레미에게 과격하게 걷어차인 남자가 뒤로 날아가 바닥을 나뒹굴었다.

"제, 제레미 도련님!"

조금 전 남자의 복부에 틀어박힌 힘의 강도나 속도를 생각해 보았을 때, 갈비뼈가 손상되었을 가능성이 상당히 커 보였다.

"이 새끼들이 단체로 쥐약을 처먹었나."

쓰러진 남자의 머리 위로 흉흉한 목소리가 떨어져 내렸다.

"지금 이 상황에서 감히 데온 새끼 이름을 운운해?"

살기 어린 시선을 정면에서 받은 남자들의 얼굴이 핼쑥해졌다. 아그리체의 누가 안 그렇겠냐마는, 제레미도 과연 그 피가 어디 가지 않는구나 싶을 정도로 거칠고 잔인한 구석이 있었다.

그러면서도 록사나의 앞에서만 가시 빠진 고슴도치처럼 굴어, 록사나를 흠모하는 수하들 사이에는 그를 가증스러워하는 사람도 많았다.

제레미는 특히 록사나와 관련된 일에 쉽게 눈이 돌아갔다. 지금도 그들의 말이 제레미의 심기를 제대로 건드린 것이 분명했다. 이럴 때는 그의 비위를 더 거스르지 않게 납작 엎드리는 수밖에 없었다.

"너 말해 봐. 이게 누구 소유 물건이야?"

"로, 록사나 아가씨이십니다."

퍽!

"커억!"

"그걸 아는 새끼가."

퍽!

"으윽……!"

"아가리를 이딴 식으로 놀려?"

가뜩이나 록사나의 일이면 자다가도 벌떡 일어나는 제레미인데, 평소 사이가 좋지 않은 데온의 이름을 꺼내기까지 했으니 그의 심사가 뒤틀릴 만도 했다.

"상황 파악 못 하는 입을 왜 달고 다녀? 응? 그 머리는 장식이야? 쓸모없어 보이는데 내가 분리시켜 줘?"

그는 짜증스레 남자를 패다가 그때까지도 옆에 있던 카시스를 떠올린 듯이 문득 고개를 돌렸다.

"넌 또 왜 순순히 기어 나와서 사람을 이렇게 빡치게 해? 이게 데 온 새끼 수작질이면 너도 완전히 좆 되는 거 몰라? 이 멍청한 새끼."

화풀이에 가까운 억지였다. 엄밀히 따지자면 카시스는 아직 방 밖으로 한 발자국도 나가지 않은 상태였다. 카시스의 차가운 금색 눈동자는 조금의 미동도 없이 눈앞의 광경을 조용히 담아내고 있었다.

"야, 넌 지금 당장 튀어 나가서 이 새끼 진짜 온실에 데리고 가냐고 사나 누나한테 제대로 물어보고 오……."

그러던 중, 제레미는 카시스에게서 아주 불쾌한 것을 발견하고야 말았다. 벌어진 옷깃 사이로 드러난 목에 새겨진 붉은 자국. 그것이 제레미의 눈에 콱 박혀 들어왔다.

얼핏 가학적으로 느껴질 정도로 아주 노골적이고 짙은 흔적이었다. 잇자국까지 남아 있어 흔적이 한결 더 두드러져 보였다. 흰 피부와 대비된 선명한 붉은 자국이 한편으로는 아파 보일 지경이었다. 그것을 누가 만들었는지는 따로 물어보지 않아도 뻔했다.

순간 제레미의 두 눈에 불똥이 튀었다. 그는 아득 이를 악물었다.

"하, 가뜩이나 기분 지랄 같은데 별 버러지 같은 게……."

주위에 감도는 공기가 지금까지와는 비교조차 할 수 없을 정도로 난폭해졌다. 제레미는 몇 번이나 속으로 욕지거리를 하며 주먹을 쥐었다 폈다 했다. 들끓는 속을 그렇게 어떻게든 가라앉히려 했지만 무리였다.

"야, 너 지금 당장 나한테 등 돌리고 딱 한 발짝만 저쪽으로 걸어가."

카시스를 향한 그의 눈빛은 여전히 철천지원수를 마주하듯이 사나웠다. 제레미가 고갯짓한 방향은 지금도 조금 열려 있는 문 쪽이었다.

카시스는 조금 전까지 그들 사이에 오가던 대화와 지금 소년이 한 말을 듣고, 눈앞에 있는 사람이 그를 직접적으로 건드릴 수 없는 상황이라는 것을 확신했다.

일자로 곧게 다물려 있던 카시스의 입술 끝이 한쪽으로 비스듬히 기울어졌다.

"내가 네놈의 말을 따라야 할 이유가 있나?"

일부러 도발하듯이 꺼낸 카시스의 말에 마주한 얼굴이 일그러졌다. 그 순간 카시스에게 매서운 주먹이 날아들었다. 다른 사람이라면 절로 몸을 움츠리고 말았을 정도로 강렬한 기세였다. 하지만 카시스는 눈 하나 꿈쩍하지 않았다.

퍼억!

주먹은 카시스의 얼굴에 꽂히는 대신 그의 뺨을 스쳐 벽에 박혔다. 부서진 벽의 표면에서 파스슥 가루가 흩어져 내렸다. 제레미는 카시스가 자신의 주먹을 피하지 않은 것에 더욱 배알이 뒤틀린 것 같은 표정을 지었다.

"이 새끼 봐라, 쓸데없이 눈치가 빠르네."

역시 그는 카시스를 직접적으로 건드릴 수 없는 모양이었다. 그를 공격하는 척해 원하는 대로 행동을 유도할 작정이었던 것 같지만 카시스가 뜻대로 움직이지 않아 성이 난 기색이었다.

"아, 됐어."

제레미는 김이 샜다는 듯 주먹을 뒤로 물렸다. 하지만 이어진 그의 행동은 옆에 서 있던 남자를 공격하는 일이었다.

"제, 제레미 도련님 왜 저를…… 으윽!"

제레미는 기어이 쓰러진 남자의 손을 짓밟아 아작 냈다. 그러는 바람에 그는 손에 쥐고 있던 사슬을 놓치고 말았다.

"야, 이 개새끼가 방금 애 손 뿌리치고 토끼려고 한 거 봤냐?"

제레미가 먼저 쓰러져 있던 다른 남자를 향해 말했다. 조금 전 자신이 한 일을 카시스의 탓으로 돌리는 뻔뻔한 작태였다.

"얼마나 반항이 심한지 우리 수하 2호가 줄을 다 놓쳤네."

제레미의 입가에 비열한 웃음이 떠올랐다.

"내가 이렇게 두 눈을 버젓이 뜨고 있는데 도망가려고 하다니 간이 크기도 하지."

그는 어떻게든 카시스에게 도망자의 이름을 붙이려 하고 있었다. 하지만 카시스가 자신의 뜻대로 움직이지 않으니 방향을 바꾸어 이런 식으로 눈 가리고 아웅 할 생각인 것 같았다. 아마도 그만큼 그에게는 이런 허울뿐인 명분이라도 필요하다는 의미일 것이다.

카시스는 그를 반응하게 하는 게 무엇인지 이제 확실히 알 수 있을 것 같았다. 눈앞에 있는 이 소년이 카시스에게 적대감을 표하는 것도, 그럼에도 카시스에게 손대지 못하는 것도 모두 카시스가 록사나의 장난감이기 때문이었다. 조금 전 그가 눈에 띄는 분노를 드러내기 시작한 것 역시 카시스의 목덜미를 확인한 직후였다.

카시스는 쓰러진 두 남자와 비틀린 미소를 짓고 있는 제레미를 차례로 보다가 이내 나직이 읊조렸다.

"아그리체에는 제정신인 인간이 없는 것 같군."

카시스는 눈에 뻔히 보이는 이런 수작질이 다소 같잖게 느껴졌다.

하지만 나쁘지 않은 상황이었다. 눈앞에 있는 소년은 카시스가 정말 자신의 손을 피해 이 방에서 도망칠 수 있으리라 여기지 않는 것 같았다. 지금 이런 일을 저지른 것도 단순히 정당하게 카시스를 공격할 이유를 만들기 위해서였다.

카시스는 그 되지도 않는 자신감이 우스웠다.

두 사람의 시선이 허공에서 맞부딪쳤다.

제레미는 다시 카시스를 보고 빈정거렸다.

"말을 안 듣고 달아나려 한 개새끼는 자근자근 패서 교육시켜야지."

하지만 글쎄.

과연 그 사냥꾼이 개를 잡을 수 있을지, 아니면 개에게 물릴지는 두고 봐야 아는 것이었다.

밖으로 나서자마자 강렬한 햇볕이 시야를 하얗게 물들였다. 머리 위로 곧바로 내리쬐는 직사광선은 유독 그 존재감이 뚜렷했다. 어쩌면 이런 식으로 햇볕 아래에 서는 것이 오랜만이기 때문일 수도 있었다.

카시스는 온통 새하얀 빛 일색인 복도를 지나 파릇한 잔디를 밟았다. 귓가에 온갖 시끄러운 소음들이 밀려들었다.

홰액!

별안간 그 소음의 주역 중 한 명이 그에게 빠르게 접근했다. 다음 순간 날카롭게 공기를 가르는 소리가 들렸다.

카시스는 그것을 피해 우측으로 고개를 비틀었다. 그러자마자 길게 뻗은 다리가 허공에 흩날리는 그의 머리카락을 스쳐 지나갔다.

"이 쥐새끼 같은 게!"

아까의 여유로운 모습을 잃은 제레미가 악에 받친 음성으로 외쳤다. 그는 곧바로 지면을 박찬 뒤 다시금 카시스에게 달려들었다.

카시스의 손목에 연결된 긴 사슬이 채찍처럼 휘둘러져 제레미를 후려갈겼다. 아까 복도에서도 저 사슬 때문에 한바탕 곤욕을 치렀던 터라 제레미는 곧바로 허리를 낮추었다.

하지만 그것을 예상했던 듯, 이번에는 아래에서 발차기가 날아들었다. 제레미는 욕을 삼키며 팔을 들어 그것을 막아 냈다.

찰그락!

카시스는 재차 제레미를 공격하지 않고 그의 팔을 디딤대로 삼아 훌쩍 뒤로 물러났다. 그에 더욱 약이 오른 것은 제레미였다. 아까 방 안에서 가격당한 일로 입안이 찢어졌는지 혀끝에 비릿한 맛이 감돌았다.

그는 여전히 카시스를 노려보며 잔디 위에 피 섞인 침을 뱉어 냈다.

"꼬리 만 개처럼 도망만 치지 말고 제대로 덤벼 보시지?"

눈앞에 있는 사람을 도발하듯 말했지만 사실 지금의 상황은 제레미가 미처 예측하지 못했던 것이었다. 그는 단지 이 건방진 개자식을 조금만 손봐 주고 싶었을 뿐이었다.

그런데 카시스는 제레미를 비웃기라도 하듯 그에게 공격을 퍼부어 정신을 쏙 빼놓은 뒤 방을 빠져나갔다.

저 새끼를 당장 죽여 버려야 되는데.

제레미는 바드득 이를 갈았다. 사실 지금까지는 다소 만만하게 생각했는데, 카시스 페넬리안은 생각보다 민첩하게 움직였다.

게다가 카시스는 제레미를 약 올리기라도 하는 것처럼 허점만 쏙쏙 찾아내 그 부분만 파고들었다. 그러면서 틈만 나면 그를 따돌리고 저만치 앞서 움직였다.

목적이 제레미를 공격하는 것이 아니라 이 저택에서 빠져나가는 것임을 명확히 드러내는 행동이었다. 그래서인지 카시스의 구속구는 아직 발동되지 않고 있었다.

어쩌면 저 쥐새끼 같은 놈이 그것을 노리고 일부러 이런 약은 방법을 사용하는 것인지도 몰랐다. 비단 제레미뿐만이 아니라, 그는 여기까지 오는 동안 만난 사람들을 거의 상대하지 않고 최대한 신속하게 기절시킨 뒤 움직였다.

지금도 카시스는 제레미의 말을 무시하며 잠깐 무언가를 확인하듯 힐끔 곁눈질하다가 곧장 왼쪽으로 몸을 틀었다.

"어딜 가려고!"

하지만 여지없이 카시스의 뒤로 제레미가 따라붙었다. 카시스는 성가심을 느끼며 무릎으로 제레미의 옆구리를 가격했다. 제레미는 그것을 가뿐히 피한 뒤 손으로 낚아챈 사슬을 잡아 뜯듯이 세게 잡아당겼다.

퍼억!

그러나 카시스가 오히려 더욱 가까이 몸을 밀착하며 가슴팍을 치고 들어오는 바람에 결국 틈을 내어 줄 수밖에 없었다. 그럼에도 손아귀에 쥔 것을 놓치지 않았으나 결국은 관성을 이기지 못한 줄이 끊어져 버렸다.

"꺼져. 너 같은 걸 상대해 줄 시간 없으니까."

날렵하게 몸을 뒤로 물린 카시스가 마침내 입을 열었다.

"이 개새끼가……."

"귀찮다고 해도 아등바등 뒤꽁무니를 쫓아오며 시끄럽게 짖어 대는 꼴을 보니 진짜 개새끼가 누구인지 모르겠는데."

카시스의 목소리는 담담했지만 제레미는 오히려 그의 그런 태도에 눈이 시뻘게지는 느낌이었다.

"던져 줄 먹이 따위 없으니까 성가시게 굴지 말고 꺼져."

"이 새끼가 뒈지려고……."

너 따위는 적수가 아니라는 듯이 그를 귀찮은 날벌레 취급하는 카시스의 태도에 확 눈이 뒤집혔다. 어째서인지 재수 없는 데온 새끼가 생각나서 살기가 들끓기 시작했다.

지금까지는 록사나의 장난감인 카시스를 죽일 생각까지는 없었다. 하지만 지금 이 순간 바싹 약이 오른 제레미의 머릿속을 가득 채운 것은 선명한 살의뿐이었다.

"그래, 네놈이 언제까지 계속 그렇게 잘난 척할 수 있나 보자!"

간만에 제대로 열을 받은 탓인지 눈앞이 벌겋게 달아올랐다. 카시스를 노려보는 제레미의 눈동자에 독기가 어렸다. 소란을 듣고 온 수하들이 어느덧 주변에 모여 카시스를 에워싸고 있었다.

촤라락!

이성을 잃은 제레미는 손을 뻗어 조금 전 카시스가 끊어 낸 사슬을 옆으로 날려 보냈다. 그것은 카시스를 공격하는 대신 무성한 초록의 덤불 속에 숨겨진 철문을 향해 날아갔다.

끼이익! 철컹!

쇠끼리 부딪치며 긁히는 소리가 고막을 따갑게 파고들었다. 철문의 손잡이에 뱀처럼 얽힌 잠금장치에 사슬이 휘감겼다. 제레미는 이를 사리물며 그것을 강한 힘으로 잡아당겼다.

"제레미 도련님, 지금 뭐 하시는 겁니까!"

카시스를 경계하며 주위를 둘러싸고 있던 수하들이 경악해 소리쳤다. 그들은 어떻게든 제레미를 말리려 했으나 무식한 힘이 가해진 녹슨 잠금장치가 부서지는 것이 더 빨랐다.

끼이이이!

마침내 소름 끼치는 소리를 내며 철문이 열렸다.

콰앙……!

키에에에!

그리고 바로 다음 순간, 검은 덩어리들이 철문 밖으로 쏟아지듯이 밀려 나왔다.

"으, 으아악!"

카시스는 두 눈을 부릅떴다. 비명을 지르며 도망치는 사람들 사이에서 카시스도 급히 몸을 움직였다.

휘이익! 푹!

그가 자리를 피하자마자 날카로운 검은 물체가 날아와 꽂혔다. 철문 안에 있던 것은 거미를 닮은 마물 카란튤이었다.

카시스를 공격한 마물은 무기나 마찬가지인 날카로운 다리를 땅에서 뽑아 다시 한번 아래로 찔렀다. 도망치던 사람 중 한 명이 거기에 몸을 꿰뚫렸다.

키엑!

카시스는 서둘러 이런 극악무도한 일을 벌인 범인을 찾았다. 조금 전 철문을 열 때 그랬던 것처럼 어느새 사슬을 이용해 나무에 매달려 올라가고 있는 제레미의 모습이 눈에 띄었다.

"너······!"

"버러지는 버러지답게 마물 밥이나 되라고."

그는 비열하게 웃는 얼굴로 카시스를 내려다보다가 가지를 밟고 더 높은 곳으로 올라갔다. 카시스는 혼자만 유유자적하게 자리를 피한 제레미를 보고 격분해 사나운 눈빛을 쏘아 보냈다.

하지만 그것도 잠시뿐, 그는 곧바로 날아드는 독침을 피해 황급히 옆으로 몸을 굴려야만 했다. 기분 탓인지 머리 위에서 얄미운 비웃음 소리가 들리는 것 같았다.

철컥, 하는 소리와 함께 팔다리의 움직임이 둔해졌다. 따끔거리는 통증이 그 주변으로 퍼져 나가기 시작했다. 지금껏 유지하고 있던 냉정이 흔들리자마자 구속구가 1단계로 발동된 것이었다.

제기랄. 저택 내에 이런 마물을 사육하고 있었단 말인가? 더군다나 그 숫자가 한둘도 아니었다. 주위는 금세 마물이 뿜어내는 독기로 자욱해졌다.

"꺄악!"

문득 저 멀리서 가늘고 높은 비명 소리가 울렸다. 카시스는 반사적으로 고개를 돌렸다. 저택에서 일하는 사용인으로 보이는 여자가 마물에게서 도망가던 중 독침에 맞아 쓰러지는 모습이 보였다.

"사, 살려 주……!"

카시스는 도움을 요청하는 소리를 듣고 무심코 그곳으로 달려가려 했다. 하지만 여인의 모습은 순식간에 거대한 마물에 가려 사라졌다.

왜액!

게다가 어느새 카시스에게 다가온 다른 마물 역시 틈을 놓치지 않고 그에게 다리를 휘둘렀다.

"윽……!"

카시스는 급히 팔을 들어 손목에 연결된 사슬로 그것을 막아 냈다. 하지만 아무런 무기도 없이 마물과 맞서는 것에는 한계가 있었다. 강한 힘에 압박된 몸이 등 뒤에 닿은 나무 둥치를 파고들 것 같았다.

그때, 저 옆에서 햇빛에 반사된 무언가가 눈이 아리도록 반짝였다. 카시스는 이를 악물어 마물을 떨쳐 낸 뒤 근처에 쓰러져 있던 사람에게 급히 손을 뻗었다.

손끝에 딱딱한 감촉이 닿는 순간, 이번에는 마물의 독침이 그를 꿰뚫었다.

→✦ 🦋 ✦←

"록사나 아가씨, 옷이 더러워지십니다."

키아악!

에밀리의 손이 검은 몸체에 닿자마자 록사나에게 다가오던 마물이 끔찍한 비명을 내지르며 몸부림쳤다.

"아가씨께서 굳이 앞으로 나서실 필요 없는 일이니 물러나 계십시오."

록사나의 시선이 앞으로 뻗어진 에밀리의 손을 스쳤다. 에밀리는 오른손만 장갑을 벗고 있었다. 그녀의 손등에 새겨진 문장이 아까보다 한결 또렷해진 것이 눈에 띄었다.

"에밀리. 지금부터 힘의 사용을 금하도록 해."

심복인 에밀리의 힘은 생명력을 대가로 하는 것이어서 오래 사용하면 좋지 않았다. 록사나의 명령에 에밀리는 군말 없이 따랐다. 아까 벗어 둔 장갑은 난리 통에 사라진 지 오래였기 때문에 그녀는 머리끈 중 하나를 풀어 오른손을 감쌌다.

"에밀리, 너도 이거 하나 줄까?"

그리젤다는 어느새 새장에 있던 철창을 뽑아 무기로 사용하고 있었다. 에밀리는 대답 없이 바닥을 엉망으로 더럽히고 있는 식기들을 밟고 가서 뒤집힌 티 테이블을 발로 고정시켰다.

콰직!

그런 후 그녀는 우아한 굴곡을 그리고 있는 테이블의 다리를 부러뜨렸다. 그것 역시 철제였기 때문에 그럭저럭 쓸 만한 도구가 되었다.

키에엑!

마물을 상대할 무력이 되는 사람은 온실에 남았고, 그렇지 않은 사람은 뒷문으로 빠져나갔다.

"그리젤다."

록사나는 치맛자락을 잡아 올린 뒤 바닥에 넘어진 의자를 사뿐히 걷어찼다. 그것은 그녀에게 달려들던 마물의 눈에 정확히 날아가 박혔다.

키에에!

고막을 찢는 높은 울음이 뒤따랐다.

"난 밖으로 나가 봐야겠어. 이곳은 이제 내가 없어도 괜찮겠지?"

또각.

포말처럼 흘러내리는 하얀 옷자락 밑으로 우아한 선을 그리는 구둣발이 내려앉았다.

"그래, 가 봐. 내 생각에는 이게 다 제레미의 고약한 장난질인 것 같은데 말이야. 잘못하다가는 네 장난감이 못 쓸 정도로 망가질 수도 있겠어."

그리젤다는 정황상 마물 사육장의 문이 열린 일이 제레미의 짓이라고 반쯤 확신하고 있는 것 같았다. 록사나는 재미있다는 듯이 웃는 그리젤다에게서 시선을 떼고 걸음을 옮겼다. 그녀의 뒤를 에밀리가 그림자처럼 따랐다.

키에엑!

한번 피를 본 마물들은 더욱 흥분해 날뛰기 시작했다.

"으아악!"

가까스로 카란튤을 막고 있던 남자들 중 한 명이 다리에 독침을 맞아 쓰러졌다. 사육장의 문이 열리자마자 흩어진 마물이 아직도 주위에 우글우글했다.

"사, 살려 줘!"

혼자 마물을 상대하게 된 남자가 외쳤으나 그를 도와줄 사람은 아무도 없었다.

휙!

날붙이처럼 번뜩이는 단단한 마물의 다리가 전광석화처럼 날아왔다.

타앗!

바로 그때, 누군가 마물의 머리 위로 뛰어올랐다. 그는 날렵하게 움직여 손에 들고 있던 무기를 카란튤의 이마에 깊이 박아 넣었다.

캬아악!

마물은 끔찍한 울음소리를 내며 쓰러졌다. 쿵, 하는 소리와 함께 잠시 주변에 얇은 흙먼지가 일어났다. 그 사이에서 모습을 드러낸 사람은 마물 사육장의 문이 열리기 전까지만 해도 그들이 쫓고 있던 록사나의 장난감이었다.

카시스는 팔과 얼굴의 긁힌 자국을 제외하고는 다른 곳은 다치지 않은 것 같았다. 옆구리 부분의 옷이 찢어져 있기는 했지만 그 안에 상처는 없었다.

본래대로라면 카시스를 공격해 사로잡아야 했으나 급박한 상황이니만큼 지금은 그런 것에 신경 쓸 여력이 없었다. 카시스는 경련하고 있는 마물의 머리에서 무기를 뽑아냈다. 그리고 마물의 비린 체액에 젖은 손을 털었다.

카시스가 들고 있는 것은 아그리체의 수하들이 가지고 있는 것과 같은 창이었다. 마물에 당한 사람의 손에 쥐여 있던 것을 아까 빼내 온 것이었다.

"고, 고마……."

카시스는 엉겁결에 인사하는 남자를 보며 얼굴을 굳혔다. 사실 그가 아그리체에 있는 사람들을 도와줘야 할 이유는 없었다. 하지만 눈앞에서 마물에 무력하게 당하며 살려 달라고 소리치는 사람을 보니 저절로 몸이 움직였다.

카시스는 쓸데없이 시간 낭비한 것을 조금 후회했다. 그는 이 자리에서 벗어나기 위해 곧바로 다시 뒤돌아섰다.

"와, 이 바퀴벌레 같은 놈. 아직도 사지 멀쩡히 살아 있네."

바로 그때, 불현듯 머리 위에서 낯설지 않은 목소리가 들려왔다.

"네 구속구 불량 아냐? 이 많은 마물을 상대하고도 왜 그렇게 멀쩡해?"

카시스의 눈에서 불똥이 튀었다.

"제레미 아그리체……!"

아까 전 모습을 감추었던 제레미가 나무 위에 나타나 다시 카시스를 내려다보고 있었다. 자신의 얼굴에 박히는 선득하리만치 매서운 시선에도 제레미는 아무렇지 않은 모습이었다.

"아, 어쨌든 잘됐다. 내가 아까는 좀 이성을 잃었는데 말이야. 네가 나 때문에 죽으면 내가 좀 많이 곤란해지거든."

제 손으로 마물 사육장의 문을 열어 놓고 이제 와서 카시스가 죽으면 곤란하다고 말해 봤자 기가 찰 뿐이었다.

카시스의 이가 아득 짓이겨졌다.

"지금도 비열하게 혼자 나무 위에 올라 상황을 관망하고 있는 주제에, 웃기는 소리를……!"

쒜액!

카시스의 손에 들려 있던 창이 순식간에 제레미에게 날아갔다. 깜짝 놀란 제레미가 나무에서 떨어질 것처럼 휘청거렸다.

"으악!"

하지만 잇따라 고막을 찢은 비명은 다른 쪽에서 터져 나왔다.

어느새 근처까지 다가온 카란튤이 바닥에 쓰러진 사람을 향해 다리를 내리찍는 모습이 보였다. 하지만 그 직후 죽은 것은 마물 밑에 깔린 사람이 아니었다.

크에엑!

다음 순간, 한바탕 괴음을 낸 카란튤의 육중한 몸이 바닥에 무너져 내렸다.

"이게 무슨 소란이지?"

맹수가 기지개를 켜는 것처럼 나른한 목소리가 발목을 잡아챘다. 서서히 가라앉는 흙먼지 사이에서 시야에 들어온 것은 장신의 청년이었다.

카시스와 마찬가지로 바닥에 떨어진 것을 주웠는지, 그의 손에 들린 창도 상태가 성하지 않았다. 아래로 늘어뜨린 날붙이를 따라 독액과 체액이 뒤섞인 점성질의 액체가 뚝뚝 떨어져 내렸다.

검은 머리카락과 붉은 눈동자. 나이는 이제 스물 정도 되었을까.

남자의 모습은 언뜻 란트 아그리체를 닮아 있었다. 하지만 이쪽이 훨씬 더 젊었고, 풍기는 분위기도 란트 아그리체와는 확연히 달랐다. 기분 탓인지, 그가 등장하는 순간 공기의 흐름이 변한 것 같았다.

카시스는 본능적으로 눈앞에 있는 남자를 경계해야 한다는 사실을 깨달았다. 등을 곧추세운 카시스가 바닥에 박혀 있는 다른 창을 뽑아 들었다. 하나 구속구가 발동된 뒤라 그런지 팔다리가 무거워 움직임이 자유롭지 않았다.

"개 산책을 시키던 중이었나. 그런 것치고는 꽤 거창한데."

고아한 얼굴로 개 산책을 운운하는 것을 보니 이 사달을 일으킨 제레미 아그리체와 형제는 형제인 모양이었다.

"못 본 새 내 동생들에게 새로운 취미가 생긴 모양이지."

나무 위에서 어렵사리 다시 균형을 잡은 제레미가 '아, 난 진짜 데온 저 새끼 얼굴만 봐도 짜증 나.'라고 중얼거렸다. 그 소리를 듣고 카시스는 지금 나타난 남자가 아까 그를 데리러 온 수하들에게 들었던 '데온 아그리체'라는 사실을 깨달았다.

"제레미. 네가 사육장의 문을 열었나?"

데온의 물음에 제레미가 찔끔했다. 그가 입을 열어 무어라 변명하기도 전에 데온이 먼저 말을 이었다.

"생각 없이 일을 저지르는 건 여전하군. 머리도 적당히 비어야 귀여울 텐데 하는 짓마다 한심하기 짝이 없어."

마치 대답을 안 들어도 다 안다는 듯이 한 치의 주저함도 없는 비난이 그에게서 흘러나왔다.

아그리체의 사람들이 가족에게 별다른 애정을 가지고 있지 않다는 록사나의 말은 사실인 것 같았다. 지금도 이복동생을 향한 데온의 눈에는 온기 한 점 없었다.

발끈해 소리치는 제레미 역시 마찬가지였다.

"이 자식이 뭐라는 거야? 애초에 이런 일이 왜 생겼는데? 사나 누나 장난감을 멋대로 꺼내 오라고 명령한 게 네놈이면서!"

데온의 눈매가 미미하게 찌푸려졌다. 그는 잠시 무언가를 생각하는 듯한 얼굴을 하더니 제레미에게 서늘한 시선을 보냈다.

그러다 이내 혼잣말처럼 작게 읊조렸다.

"어머니가 재미있는 짓을 하셨군."

하지만 그는 다른 설명을 더 할 생각은 없는 듯, 곧바로 시선을 움직였다.

그의 눈길이 다시금 카시스에게 못 박혔다. 힐끗 움직인 눈동자가 그의 목덜미에 잠깐 고정되었다.

"록사나의 개라고 하더니."

곧 데온의 입가에 확연한 비웃음이 걸렸다.

"여자에 홀려서 발정 난 개처럼 구는 청의 귀공자라니 확실히 진귀한 구경이겠는데."

그 말을 듣고 제레미가 또 바드득 이를 갈았다. 아무래도 잠시 잊고 있던 것을 다시 떠올린 눈치였다.

카시스는 조금 전부터 날카롭게 오감을 끌어올려 자리를 빠져나갈 기회를 살피고 있었다. 하지만 구속구가 걸린 손과 발은 그의 움직임을 제어하고 있었고, 마주한 남자에게서는 빈틈을 전혀 찾아볼 수 없었다.

"그러고 보니 얼마 전에 경계에서 처리한 수색견들이 있었지."

그러다 문득 기억났다는 듯이 이어지는 말에 카시스의 얼굴이 얼어붙었다.

"잃어버린 주인을 찾으러 온 페넬리안의 충성스러운 심복들인 것 같았는데. 생각보다 끈질겨서 처리하는 게 제법 귀찮았어."

카시스를 둘러싼 공기의 온도가 순식간에 바닥으로 곤두박질쳤다. 창을 들고 있던 그의 손등에 서서히 파르스름한 힘줄이 돋았다.

"지금……."

카시스는 눈앞에 있는 사람에게서 시선을 떼지 않으며 입을 열었다.

"내 가문의 사람들을 그 손으로 죽였노라고 내 앞에서 말한 거냐."

농도 짙은 냉기가 주변을 감돌기 시작했다. 마치 한 발자국이라도 잘못 움직이면 날카로운 기운에 그대로 베일 것 같았다. 오죽하면 제레미조차 일순간 움직임을 멈추었을 정도였다.

철컹거리는 작은 소리와 구속구가 3단계로 작동했다. 추를 매단 것처럼 팔다리가 무거워졌다. 바늘로 살갗을 깊숙이 찌르는 듯한 통증이 혈관을 타고 흘렀다.

하지만 카시스는 고통을 느끼지 못했다. 데온은 그런 카시스를 응시하며 고개를 비스듬히 기울였다. 곧 그의 얼굴에 상황에 어울리지 않는 미소가 피어올랐다.

"조만간 주인이 갈 곳으로 먼저 보내 준 것뿐인데 그게 왜?"

카시스의 얼굴에서 완전히 표정이 사라졌다. 창대를 부러뜨릴 듯이 움켜쥐고 있던 손에서 서서히 힘이 풀렸다. 하지만 앞에 있는 사람을 응시하는 금색 눈동자는 오히려 더 날카롭게 갈려 있었다.

당연한 수순처럼, 다음 순간 카시스의 몸이 튕기듯이 데온에게 쏘아져 나갔다.

챙강!

데온은 팔을 들어 정면에서 찔러 들어오는 날카로운 창끝을 쳐 냈다. 몇 번의 공방이 오가는 동안 서로의 실력을 어느 정도 가늠할 수 있게 되었다. 카시스는 순식간에 팔을 틀어 다시 우측을 파고들었다.

키에엑!

때맞춰 마물이 달려들지만 않았다면 마주한 사람의 옆구리 정도는 베어낼 수 있었을지도 몰랐다. 하지만 운이 나쁘게도 마물의 독침이 향한 곳은 카시스 쪽이었고, 그는 마물의 공격을 피해 몸을 비틀 수밖에 없었다. 그 틈을 놓치지 않고 눈앞에서 매서운 공격이 날아들었다.

카시스는 날아든 마물의 꼬리를 딛고 그 반동을 이용해 뒤로 물러났다. 맞은편에 있던 데온의 팔이 휘둘러지는 것과 동시에 마물의 체액이 바닥에 흩뿌려졌다.

카시스는 힐끔 시선을 내렸다. 마물을 죽이기 전 데온이 날린 일격으로 상처를 입은 어깻죽지에서 피가 흐르고 있었다. 데온은 여유롭게 서서 마물의 체액에 젖은 창을 털어 내는 중이었다. 카시스의 시선이 그런 그에게 향했다.

"좋은 눈빛이군."

짧은 시간이었지만 그럼에도 알 수 있었다. 지금 데온은 명백히 카시스를 봐주며 상대하고 있었다. 애초에 사지에 차고 있는 구속구 때문에 힘의 제약을 받아 두 사람이 대등하게 겨루는 것은 불가능했다.

"물러날 때를 알다니, 록사나가 데리고 있는 다른 개와 달리 제법 똑똑한 구석도 있고."

데온이 말한 '록사나의 다른 개'는 제레미를 지칭하는 것이었다. 데온의 말에 카시스의 눈에 어린 불길이 한결 거세졌다.

"날 죽일 생각이 없는 모양이군. 왜지?"

지금 당장 눈앞에 있는 사람에게 달려들 것만 같은 기세였으나 뜻밖에도 카시스는 움직이지 않았다.

"네 처분은 내 몫이 아니다."

거칠게 들끓는 열기로 속이 아릴 지경이었다. 지금 당장 시야에 비친 남자를 그의 손으로 죽이고 싶었다.

"그래서 나를 이쪽으로 유인했나?"

"아주 얼간이는 아니군. 저 앞에서 열심히 덫을 준비 중인 수하들이 아쉬워하겠어."

하지만 카시스는 지금 여기에서 멈추어야 한다는 사실을 알았다. 이대로 뒤돌아 이 자리를 벗어나는 것이 가장 현명한 방법이었다. 아무리 속이 쓰리고 분해도 그렇게 해야 했다.

"사나야⋯⋯!"

그 순간, 그리 멀지 않은 곳에서 흘러든 가느다란 목소리만 없었다면 더 이상 지체하지 않고 돌아섰을 것이 분명했다. 카시스와 데온의 시선이 목소리가 들린 방향으로 동시에 움직여졌다.

주변의 광경이 뒤늦게 눈에 들어왔다. 깨진 유리 파편과 죽은 마물의 시체, 그리고 쓰러진 사람들과 핏자국이 바닥에 어지럽게 널려 있었다. 아직 살아 있는 마물을 처리 중인 사람들도 눈에 띄었다.

그들의 뒤쪽으로 보이는 것은 동그란 아치형의 유리온실이었다. 하지만 그 한쪽 벽면은 깨져 있었고, 거기에는 카란튤의 죽은 몸체가 반쯤 걸쳐진 상태로 축 늘어져 있었다. 깨진 유리 안쪽에도 마물의 사체가 있는 것이 보였다. 그 옆에는 용도를 알 수 없는 커다란 새장이 몇 개 놓여 있었다.

어째서인지 그 안에는 사람들이 갇혀 있는 상태였다. 그들은 패닉 상태에 빠진 것처럼 비명을 지르거나 이상 행동을 보이는 중이었다.

마침내 카시스의 눈에 한 여인이 모습이 비쳐 들었다.

"사나야!"

그녀는 아수라장 속에서 누군가를 찾아 헤매고 있었다. 그 여인의 얼굴이 척 봐도 록사나와 몹시 닮아 있어서 두 사람이 모녀임을 알았다.

"그 아이는…… 설마 죽은 건가?"

"사나가 장난감을 들었다고 들었는데. 나도 볼 수 있을까?"

"아실…….."

게다가 저 목소리는 지난번 지하 감옥에서 나오던 날 들은 적이 있는 것이었다. 그녀 역시 카시스와 데온을 발견한 듯 걸음을 멈추었다.

그러고 보니 록사나가 참석한 티 파티는 온실에서 열렸다고 했다. 그래서 딸을 찾고 있는 것일까?

키에에!

그때, 아직 남아 있던 마물 한 마리가 데온의 뒤에서 접근했다. 카시스는 데온이 마물을 상대하는 동안 자리를 떠날 생각으로 몸을 틀었다.

하지만 이어지는 데온의 행동에 카시스는 발목을 붙잡히고 말았다. 데온은 마물을 공격해 죽이는 대신 그것을 다른 곳으로 유인했다. 놀랍게도 그 방향은 조금 전까지 록사나를 찾던 여인이 홀로 서 있는 곳이었다.

"무슨……!"

카시스는 경악할 수밖에 없었다. 무미건조한 붉은 눈동자가 그런 카시스를 말없이 응시했다. 방 안에서의 제레미가 그랬듯 그에게 어떤 행동을 요구하는 눈빛이었다. 하지만 이쪽이 훨씬 더 질이 나빴다.

록사나의 어머니를 발견한 마물이 그쪽으로 돌진하기 시작했다. 주변에는 그녀를 도와줄 다른 사람이 아무도 없었다.

키엑!

데온은 그녀가 죽어도 상관없는 것처럼 자리에 꼼짝 않고 서 있었다. 그 짧은 시간 동안 카시스의 안에서 수십, 수백 번의 갈등이 발발했다.

이건 눈에 뻔히 보이는 함정이다. 그러니 거기에 걸려드는 게 멍청한 짓이었다. 이대로라면 저 여자는 불가피하게 마물에 변을 당할 테지만, 그렇다 한들 그게 카시스와 무슨 상관이란 말인가.

하지만…….

"당신을 보면 죽은 우리 오빠가 생각나."

왜 하필이면 그 순간 눈앞에 있는 여인과 닮은 소녀의 모습이 떠올라서.

"오빠가 다쳤을 때도 내가 매일 치료해 줬는걸."

그녀가 매일 그를 찾아와 속삭였던 말들이 하필 그때 귓가에 어른거려서.

"내가 꼭 여기에서 내보내 줄게."
"고마워."
"카시스. 빨리 나아."

결국 카시스는 이를 악물고 마물이 향하는 곳으로 달려갈 수밖에 없었다.

"야! 너 지금 뭐 한 거야?"

도대체 언제 왔는지, 제레미가 데온의 등 뒤에 서 있었다. 그 역시도 조금 전의 일을 목격한 모양이었다. 다행히 카시스가 늦지 않았는지, 마물의 움직임이 늦추어졌다.

"미쳤다 미쳤다 하니까 이게 진짜 돌았나! 사나 누나 어머니를 죽일 생각이야?"

제레미는 황당하다 못해 기가 막힌다는 듯이 데온에게 소리 질렀다. 하지만 데온은 그런 그를 무시하고 카시스와 마물이 있는 곳으로 움직였다.

"진짜 미친놈……."

제레미는 그 모습을 질린 눈으로 쳐다보았다.

캬아악!

마물을 막 죽이고 빠져나온 카시스에게 데온이 접근했다. 록사나의 어머니를 구하기 위해 급히 이동했던 탓에 카시스는 마물의 독침을 미처 피하지 못한 상태였다.

그래서 그의 움직임은 아까보다 확연히 둔해져 있었다. 마물의 사체 앞에는 아연실색한 얼굴을 한 록사나의 어머니가 있었다. 다리가 풀렸는지, 그녀는 바닥에 맥없이 주저앉았다.

하지만 데온은 그쪽으로 시선 한 번 주지 않고 곧바로 카시스를 공격했다.

퍽!

"크윽!"

카시스는 옆머리를 강타하는 강력한 충격에 휘청거릴 수밖에 없었다. 그 와중에도 손에 들고 있던 무기를 지지대 삼아 몸을 일으키려 했으나 다음 순간 턱을 걷어차여 쓰러지고 말았다.

"데온, 아그리체⋯⋯."

가열된 음성이 악문 잇새로 짓씹듯이 내뱉어졌다. 투두둑. 이마를 타고 흐른 피가 파릇한 잔디 위로 떨어져 내렸다. 데온은 카시스의 머리를 후려친 창대를 돌려 이번에는 깨진 창살로 구속구의 어느 한 부분을 찔렀다.

그 순간 끔찍한 고통이 카시스의 전신을 파고들었다. 대마물용 구속구가 순식간에 최고치인 5단계로 발동했다. 카시스는 뼛속까지 파고드는 강렬한 통증에 몸부림쳤다. 데온의 발이 그런 그를 무자비하게 짓눌렀다.

록사나의 어머니인 시에라의 초점 없는 눈이 그런 두 사람을 응시했다. 그녀는 조금 전의 일로 크게 놀란 것처럼 멍하게 그들을 바라보고 있었다.

그러다 마침내 눈앞에서 벌어지는 상황을 인식한 듯, 그녀의 눈이 크게 떠졌다. 한순간 훅 숨을 들이켠 시에라가 떨리는 입술을 달싹였다. 그 밖으로 토해지는 호흡도 점차 가빠지기 시작했다.

"시에라 아줌마, 혹시 다친 곳 없⋯⋯."

"아아, 아⋯⋯ 안 돼⋯⋯."

록사나의 어머니의 상태를 확인하기 위해 다가온 제레미의 얼굴에 당혹감이 떠올랐다.

"그만, 그만해⋯⋯. 죽이지 마."

"아, 잠깐만. 나 이런 상황 별로인데."

"아실을 죽이지 마⋯⋯."

제기랄, 텄네.

눈빛을 보니 이미 록사나의 어머니는 정상적인 사고를 할 수 있는 상태가 아닌 것 같았다. 얼굴을 감싸 쥔 그녀의 손뿐만 아니라 몸 전체가 덜덜 떨리고 있었다. 그럼에도 그녀의 시선은 데온의 발에 깔린 카시스에게 못 박혀 있었다.

그 모습을 보고 제레미는 욕설을 읊조릴 수밖에 없었다. 데온은 얼음장 같은 눈으로 그런 록사나의 어머니를 내려다보았다.

"지금 거기서 뭐 하는 거야?"

바로 그때, 지금의 상황을 정리할 수 있는 유일한 사람이 나타났다.

"사나 누나!"

제레미는 반갑게 그녀의 이름을 불렀다. 무표정한 얼굴을 한 록사나가 에밀리를 뒤에 대동하고 서 있었다.

그녀의 시선이 바닥에 주저앉은 어머니와 제레미, 그리고 그 앞에 죽어 있는 마물과 데온에 이어 그의 발에 깔린 카시스를 차례로 훑고 지나갔다.

"에밀리. 주변에 남은 마물을 마저 처리해."

그녀는 에밀리에게 명령한 뒤 멈추었던 걸음을 다시 옮겼다. 이제 주위에는 두어 마리의 마물만이 남아 있을 뿐이었다. 록사나에게도 마물의 독액과 체액이 묻어 있었다.

"어머니가 왜 이곳에 계신 거지?"

록사나의 시선이 바닥에 주저앉아 떨고 있는 시에라에게 고정되었다. 제레미가 조심스럽게 대답했다.

"그게, 누나를 걱정해서 나오신 것 같던데."

그 순간 록사나의 눈매가 움찔 떨렸다.

"다치신 곳은?"

"없는 것 같아."

"어머니가 계시기에 아직 위험한 곳이야. 제레미, 네가 모시고 들어가."

록사나의 말에 제레미는 무어라 말하기 위해 입을 열었다. 하지만 곧 자신의 처지를 자각했는지, 그는 록사나의 눈치를 보며 고개를 끄덕였다.

"알았어."

그때, 록사나의 뒤에서 새된 목소리가 울려 퍼졌다.

"시에라!"

마치 비명처럼 내질러진 그 음성의 주인은 마리아였다. 록사나의 뒤를 따라 온실에서 빠져나온 마리아가 마물의 사체 앞에 주저앉아 있는 시에라를 발견하고 헐레벌떡 뛰어왔다.

"세상에, 괜찮아, 시에라? 방에 있을 줄 알았는데, 이게 무슨 일이야! 설마 저 마물에게 당한 건 아니겠지?"

마리아는 호들갑을 떨며 시에라의 몸을 확인했다. 그러다 마침내 시에라에게 상처가 없다는 사실을 깨닫고 한시름 던 듯이 휴우 한숨을 내쉬었다. 그녀의 얼굴에 어려 있던 걱정도 엷어졌다.

"데온, 네가 마물을 죽였니? 잘했다, 잘했어! 네가 태어난 이후로 지금처럼 기특했던 적이 없는 것 같구나!"

마리아는 마물의 사체 옆에 있는 데온을 보고 오해한 듯, 그를 칭찬했다. 그 말을 들은 제레미의 표정이 변하고 만 것은 당연한 일이었다.

"뭐라는 거야? 사나 누나 어머니한테 저 마물을 들이민 게 데온인데!"

"뭐라고?"

믿을 수 없다는 듯, 마리아의 두 눈이 크게 떠졌다.

"아, 안 돼……."

흐느끼는 듯한 가냘픈 목소리가 모두의 귀에 흘러든 것은 그때였다.

"그러지 마, 제발……."

손으로 얼굴을 감싼 시에라가 숨을 헐떡이며 두서없는 말을 중얼거렸다. 손가락 사이로 드러난 그녀의 눈은 무언가에 큰 충격을 받은 것처럼 동공이 확장되어 있었다. 크게 뜨인 푸른 눈동자에 고인 눈물이 뺨을 타고 흘러내렸다. 절망 어린 눈이 카시스를 짓밟고 있는 데온에게 고정되어 있었다.

"아실을, 아실을 죽이지 마……."

마리아는 당황했다. 그녀는 울고 있는 시에라를 달래려 노력하다가 데온을 향해 사나운 눈빛을 쏘아 보냈다.

"데온, 그러게 넌 그때 왜 아실을 죽여서는!"

하지만 그녀의 말에 옆에서 들리는 울음이 더욱 커지자 마리아는 다시 안절부절못하며 시에라의 등을 다독였다.

"시에라, 진정해. 저건 아실이 아니야. 자, 잘 봐 봐. 하나도 안 닮았잖아."

그 모습을 지켜보던 록사나가 움직였다. 데온은 자신을 향해 다가오는 록사나를 주시했다. 곧 그의 앞에 선 록사나가 팔을 들어 올렸다.

짜악!

찢어질 듯한 날카로운 마찰음이 울려 퍼졌다. 옆으로 슬쩍 돌아간 고개를 따라 검은 머리카락이 허공에 흐트러졌다. 시린 빛을 띤 두 쌍의 붉은 눈동자가 허공에서 부딪쳤다.

꿰뚫을 듯 자신을 내려다보는 시선에 위축될 만도 하건만, 록사나는 조금도 주춤하는 기색 없이 그에 못지않은 한기를 두른 얼굴로 데온을 똑바로 직시했다.

"멋대로 내 것을 빼돌리려 한 것으로도 모자라 어머니를 위험에 빠트리기까지 하다니."

데온은 록사나를 잠깐 가만히 응시하다가 느리게 손을 올려 뺨을 어루만졌다. 조금 전 록사나의 손이 치고 지나간 그의 왼쪽 뺨은 약간 발갛게 물들어 있었다. 굳게 다물려 있던 그의 입술이 느리게 벌어졌다.

"주인에게서 도망친 개새끼를 잡아 준 답례치고는 과하군."

"그런 부탁 한 적 없어."

마리아와 제레미는 저도 모르게 숨을 죽인 채로 두 사람을 지켜보고 있었다.

"게다가 지금 이 행동, 역시 주제넘어."

록사나의 싸늘한 시선이 카시스에게 미끄러졌다. 의식을 잃은 상태는 아니었으나, 구속구의 작동으로 큰 타격을 입은 그는 데온을 뿌리치지 못했다. 가까스로 뜨고 있는 눈의 초점이 흐렸다. 카시스의 머리에서 흐른 피가 초록의 잔디를 붉게 물들이고 있었다.

"이건 내 거야. 벌을 줘야 한다면 내가 직접 줘."

록사나는 다시 시선을 들어 데온을 정면에서 바라보았다.

"당장 뒤로 물러나."

데온은 심연 같은 고요한 눈으로 록사나를 응시했다. 얼마나 그렇게 시선을 마주하고 있었을까. 마침내 데온이 비틀린 미소를 지으며 카시스를 짓밟고 있던 발을 내렸다.

"그럭저럭 재미있었으니 오늘은 이 정도만 하는 걸로 하지."

그 직후 그의 손이 록사나를 향해 뻗어졌다. 그것을 본 제레미가 당장에라도 벌떡 일어날 것처럼 몸을 들썩였다. 하지만 그는 다른 사람이 우려하는 것처럼 록사나에게 맞은 것을 되갚아 주지는 않았다.

"이렇게 네가 화내는 모습을 보는 건 간만이네. 그래서 기분이 나쁘지 않아."

언뜻 다정한 손길이 록사나의 얼굴을 훑었다. 차가운 손끝이 피부 위를 기어 다니는 느낌이 선득했다.

"하지만 역시……."

그러나 록사나는 마주한 이에게 다만 서늘한 시선을 보낼 뿐, 자리에서 미동조차 하지 않았다. 그런 그녀를 응시하는 데온의 얼굴에 한결 짙은 미소가 떠올랐다.

"그때처럼 울면 더 좋을 텐데."

그렇게 읊조리는 목소리는 속삭이듯이 작아서, 제레미와 마리아가 있는 곳까지는 닿지 않았다. 다만 그들과 가까운 거리에 있던 카시스에게만 데온의 목소리가 흘러들었을 뿐이었다.

데온의 손가락이 스쳐 지나간 눈가에 따끔한 감각이 번졌다. 곧 얇게 베인 록사나의 흰 피부에서 붉은 핏방울이 흘러내리기 시작했다. 그것이 마치 피눈물처럼 보였다. 데온은 그 모습을 싸늘히 웃는 얼굴로 내려다보다가 손을 거두어들였다.

어느새 자리에서 일어난 제레미가 욕지거리를 하며 당장에라도 그에게 달려들 것처럼 굴었다. 하지만 데온은 여느 때처럼 제레미를 무시한 뒤 자리에서 걸음을 뗐다.

록사나의 차디찬 눈빛이 데온의 빈자리에 잠깐 머물다 거두어졌다.

"아가씨, 명령하신 대로 처리했습니다."

"잘했어, 에밀리."

방으로 들어온 에밀리가 하는 말에 나는 작게 고개를 끄덕였다. 아까 온실에 왔던 남자들을 처벌한 뒤 감옥에 가두라고 지시했던 것을 잠깐 잊고 있었다. 낮에 벌어진 일 때문에 내내 정신이 없었던 탓이었다.

"중간에서 말을 전한 자들도 찾았으나 이미 죽어 있었습니다. 사육 장을 빠져나온 마물에게 당한 것 같았습니다."

"그래?"

"네, 그래서 데온 도련님의 월권 행사에 대한 여부는 물론 다른 정황도 증언하긴 어려울 것 같습니다."

온실에 왔던 남자들이 주장한 대로, 그들에게 데온의 이름을 대며 말을 전한 다른 자들이 있었던 건 사실이었다. 그러나 미처 진실을 캐 묻기도 전에 그들은 영원히 입을 열 수 없는 망자가 되어 버렸다.

"그렇겠지. 죽은 자는 말이 없으니."

그렇다 한들 하필이면 사육장에서 탈출한 마물 때문에 죽었다니, 지나치게 타이밍이 좋았다.

"일각에서는 아가씨의 장난감을 밖으로 빼내 오려 한 것이 마리아 님이 아니냐는 의혹도 있는 모양입니다만."

"재미있는 소리네."

"그래서 아들인 데온 도련님의 이름을 사칭했다가 일이 커지자 관 련된 자들을 처리해 유야무야 넘기려 한 것 같다는 소리도 나오는 것 같습니다."

에밀리가 전해 준 말은 꽤 그럴듯하게 느껴졌다. 그런 식으로 생각하면 그토록 기대했던 카시스가 티 파티에 불참했는데도 별로 아쉬워하지 않았던 마리아의 모습 역시 수상해 보일 만했다.

그래서 중간에 말을 전한 수하들을 죽여 입막음을 하고 마물에게 당한 것처럼 꾸민 것이라면 상당히 자연스러운 그림이 완성되었다.

물론 나는 그게 진실이 아니라는 것을 알고 있었다.

"소문의 당사자는 반응이 어때?"

"그런 소문이 돈다는 것조차 모르는 것 같았습니다. 지금도 시에라 님을 보살피느라 여념이 없다더군요."

마리아는 생각보다 더 내 어머니를 좋아하는 모양이었다. 지금 티 파티에 참석했던 사람들 사이에서 자신을 둘러싸고 어떤 이야기가 돌고 있는지도 모르고 내 어머니에게만 정신이 팔려 있다니.

마리아 같은 여자까지 포로로 만든 어머니의 수완은 정말 백번 찬탄해도 모자랐다.

"밖이 조용하네."

"네. 예기치 못한 상황이라 처음에는 다들 우왕좌왕했지만, 그래도 뒷수습은 빨리 마무리되었습니다."

낮에 사육장의 문이 열린 일로 저택은 아수라장이 되었다. 애초에 아그리체에서 사육하는 마물들은 독 채취가 목적인 경우가 많았고, 그중에서도 카란튤은 공격성이 강한 대형 마물이었기 때문에 피해가 작지 않았다.

지금은 일이 얼추 마무리된 상태였지만 아까까지만 해도 머리가 지끈거릴 정도였다. 오늘 일의 주범인 제레미는 문책을 피할 수 없는 운명이었다.

제레미가 사육장의 문을 여는 것을 본 사람이 한둘이 아니었던 터라 발뺌해도 소용없었다. 쏟아져 나오는 증언들 속에서 온실에 왔던 두 남자도 애초에 카시스를 풀어 준 것이 제레미였다고 주장했다. 그들은 자신들이 다친 것도 카시스가 아닌 제레미 때문이라고 말했다.

중간에 제대로 확인하지 않고 카시스를 꺼내 오려 한 잘못은 인정하지만 카시스의 탈출을 방조한 죄까지 받는 것은 억울하다고 호소하는 목소리가 어찌나 절절했는지 모른다.

그래서인지 아까 마지막으로 본 제레미는 내 눈치를 심하게 보고 있었다. 평소에도 카시스가 있는 곳 주위를 얼쩡거리더니 결국은 일을 크게 쳤구나 싶었다. 설마하니 마물 사육장 문까지 열 줄이야.

나는 제레미가 버려진 강아지처럼 애처롭게 나를 보는 걸 알면서도 그에게 한마디도 하지 않고 그냥 뒤돌아섰다.

"카시스 페델리안의 처우는 어떻게 하실 겁니까?"

하지만 사실 나는 그의 생각처럼 화가 난 상태는 아니었다.

"환각의 방에 집어넣어."

"알겠습니다."

탈출을 시도한 카시스에게도 표면적으로 벌을 주지 않을 수 없었기 때문에 나는 그를 환각의 방에 가두기로 했다.

똑똑.

그때, 문밖에서 노크 소리가 들려왔다.

"록사나 아가씨, 시에라 님의 명으로 왔습니다."

"들어와."

내가 눈짓하자 에밀리가 뒤로 물러났다. 허락을 받고 방으로 들어온 하녀가 내 앞에서 머리를 조아렸다.

"어머니가 깨어나셨구나."

"예. 마님께서 록사나 아가씨를 찾으십니다. 아가씨를 보러 직접 오시겠다고 고집을 피우셨는데 아직 자리에서 일어나실 정도로 기력이 회복되지 않아서 제가 대신 말씀을 전하러 왔습니다."

낮에 있던 일로 심신에 무리가 갔는지 어머니는 지금까지 내내 의식을 잃고 있었다. 그래서 나도 아까 어머니의 방에 잠시 들렀다 나왔던 참이었다.

나는 하녀의 말을 듣고 자리에서 일어났다.

"그래. 어머니가 부르신다는데 가 보지 않을 수 없지."

"사나야, 괜찮니?"

어머니의 방으로 들어가자마자 급박한 물음이 고막을 파고들었다. 그녀는 나를 보자마자 당장에라도 이불을 걷고 침대에서 벌떡 일어날 것처럼 상체를 세웠다. 옆에서 그녀를 간병하던 하녀들이 말리지 않았다면 정말 자리를 박차고 나왔을지도 몰랐다.

"괜찮아요, 어머니."

나는 그런 어머니를 잠깐 바라보다가 대답했다. 그녀는 침대맡으로 가까이 다가간 나를 붙잡고 내 몸을 살펴보았다.

"다친 곳은? 온실 안에도 마물이 침입했다고 들었는데 괜찮은 거야?"

"어머니, 진정하세요."

조금 전까지만 해도 의식을 잃고 있던 사람이 이렇게 흥분하는 건 좋지 않을 것 같았다. 그래서 나는 어머니의 손을 붙잡고 시선을 마주하며 단호히 말했다.

"전 다치지 않았어요. 보세요. 이렇게 멀쩡하잖아요."

시선을 마주하는 동안 손끝에서 느껴지던 떨림이 서서히 잦아들기 시작했다. 어머니는 무서운 악몽을 꾼 사람처럼 애처로운 모습을 하고 있었다. 누구나 이런 그녀를 본다면 달래 주지 않을 수 없을 것이다.

"그래…… 다행이구나."

잠시 후 속삭이는 듯한 음성이 귓가에 내려앉았다. 그래도 시야에 비친 얼굴이 아까보다 한결 편안해 보여 마음이 놓였다.

"어머니야말로 몸은 좀 어떠세요?"

"많이 괜찮아졌어."

마리아는 어머니가 깨어난 걸 확인하고 돌아간 것 같았다. 마리아의 성격상 쉽게 어머니의 곁을 떠나려 하지 않았을 텐데 지금 이 자리에 그녀가 없는 것이 조금 의외였다. 하지만 낮의 일도 있고, 늦게라도 티 파티의 뒷정리를 해야 하니 어쩔 수 없기는 했을 것이다.

나는 어머니의 손을 잡고 침대맡에 놓인 의자에 걸터앉았다. 내가 눈짓하자 방 안에 있던 하녀들이 자리를 비켰다. 어머니의 얼굴을 물끄러미 보다가 물었다.

"어머니, 아까 왜 밖으로 나오셨어요?"

어머니가 마물이 돌아다니는 온실 밖에서 나를 찾아 헤맸다는 사실은 상당히 의외였다. 마리아의 티 파티 도중 손에 차를 쏟아 일찌감치 자리를 떠났던 그녀이기에 더욱 그랬다.

"전 어머니가 방에 계실 거라고 생각했는데요. 마물이 사육장에서 탈출했다는 이야기를 듣지 못하셨나요?"

내 물음에 어머니가 대답했다.

"들었지만…… 마물이 탈출한 사육장은 온실 부근이잖니."

이어지는 목소리에 나는 입을 다물었다.

"네 생각이 나서 가만히 있을 수가 없었어."

나를 향한 푸른 눈동자는 여전히 흐렸다. 그녀는 혹시나 그 마물들에게 당해 내가 다쳤을지도 모른다는 생각을 하는 것만으로도 아찔한 모양이었다.

당연히 어머니가 나를 걱정하는 것은 진짜였다. 그 사실을 새삼스럽게 인식하고 나자 고요하던 가슴에 파문이 일기 시작했다.

"뭐라는 거야? 사나 누나 어머니한테 저 마물을 들이민 게 데온인데!"

낮에 들었던 제레미의 말이 문득 떠올랐다. 나는 어머니를 보며 살며시 입가에 미소를 그렸다.

"걱정해 주셔서 감사해요."

하지만 그 직후 이어진 내 말은 결코 다정하지도 따뜻하지도 않았다.

"하지만 솔직히 방해예요."

냉랭한 내 음성에 마주한 얼굴이 굳어졌다. 아마 어머니를 똑바로 직시하고 있는 내 눈빛도 목소리만큼이나 차갑고 무정할 것이 분명했다. 그렇지 않고서야 그녀의 얼굴이 이렇게 희게 질렸을 리가 없었다.

"어머니. 어머니가 그 자리에서 뭘 하실 수 있으세요?"

나는 손을 들어 헝클어진 어머니의 머리칼을 정리하듯이 부드럽게 어루만졌다.

"아까도 마물에게 속수무책으로 공격당해 다칠 뻔하셨잖아요. 지금 어머니의 몸에 상처 하나 없는 게 오히려 신기한 일이에요."

상냥한 손길과 달리 그녀를 향해 쏟아지는 말들은 가시처럼 날카로웠다.

"어머니는 저를 걱정해서 밖으로 나오셨다고 했지만……. 글쎄요."

그것이 내 소중한 어머니를 상처 입힐 것을 알면서도 나는 멈추지 않았다.

"지금도 보세요. 고작 마물과 마주친 것만으로도 이렇게 기력이 쇠해 누워 있는 건 제가 아니라 어머니잖아요. 말씀드렸다시피 저는 낮의 소동에서도 다친 곳 하나 없이 이렇게 멀쩡한데요."

"사나야……."

"이래서야 누가 누구를 걱정해야 할지 모르겠네요."

다시금 어머니의 눈을 마주하며 빙긋이 웃자 그녀는 무슨 말을 하면 좋을지 모르겠다는 듯이 떨리는 입술을 달싹였다.

"설령 어머니가 낮에 마물들 틈에서 저를 찾아내셨다고 한들, 이 연약한 몸으로 제게 다가올 수나 있었을까요? 만약 제가 위험에 처해 있었다면, 어머니가 그런 저를 구해 주실 수나 있었을까요?"

어머니의 눈은 범람하는 강물 같았다. 정처 없이 흔들리는 눈동자가 내게 말하고 있었다.

너는 어째서 이렇게 잔인한 말만 하느냐고.

"그뿐만이 아니에요. 만약 누군가가 마물들 틈에서 혼자 도망치려고 대신 어머니를 미끼 삼았으면 어쩌실 뻔했어요? 게다가 오늘은 마물 사육장의 문이 열린 사건만 있던 게 아니었죠. 만약 제 장난감이 저택에서 탈출하기 위해 어머니를 인질로 삼거나 해를 끼치려고 했으면요? 어머니는 그런 경우를 생각하고 움직이신 건가요?"

지금 이 순간, 나는 그녀에게 착하고 사랑스러운 딸이기를 영영 포기했다.

"어머니."

나직한 음성이 무거운 침묵이 감도는 방 안에 메아리처럼 울렸다. 나는 어머니를 향해 곱게 미소 지으며 마지막으로 그녀를 상처 입힐 말을 다정하게 속삭였다.

"정말 저를 위하신다면, 저를 도와주시기는커녕 짐만 될 상황을 만들지 마세요. 제가 어머니를 거추장스럽다고 생각하지 않게요."

"록사나 아가씨."

어머니의 방 문을 열고 밖으로 나오자마자 그 앞에 서 있는 에밀리가 시야에 들어왔다. 그녀는 막 문을 두드리려 했던 듯이 손을 들고 있었다. 에밀리가 찾아온 이유로 짐작 가는 것이 있었다. 어머니의 방에 오기 전에 미리 지시해 놓은 부분이 있었기 때문이다.

"위치는?"

"막 정문을 넘으셨다고 합니다."

란트 아그리체가 저택으로 돌아왔다는 소식에 나는 곧장 발길을 돌렸다. 그가 다른 사람을 통해 낮의 일을 듣기 전에 내가 먼저 그를 만나는 것이 좋았다.

처음 계획보다 일이 커진 감이 있었지만, 상황은 생각보다 괜찮은 편이었다. 사실 데온의 이름을 대고 카시스를 꺼내 오도록 시킨 것은 바로 나였다.

그래서 온실에서도 일부러 요란하게 반응한 것이었다. 그래야 누구도 나를 의심하지 않을 테니까. 그것도 모르고 내 앞에서 달달 떨던 남자들을 생각하면 역시 조금은 미안한 일이었다. 만약 그들이 알게 된다면 당장 억울함에 몸서리치고도 남으리라.

이번 일은 내 예상대로 흘러간 부분도 있고 아닌 부분도 있었다. 어머니가 나를 찾아 밖으로 나온 것은 그중 후자였다. 혹시 모를 일을 대비해 일부러 그녀를 안전한 방으로 돌려보냈던 내 입장에서는 참으로 허탈한 일이었다.

설마 제레미가 카시스를 쫓다가 마물 사육장의 문까지 열 줄은 몰랐기 때문이다. 운이 나빴다면 정말 어머니가 죽었을지도 몰랐다.

나는 방을 나서기 전 마지막으로 보았던 어머니의 얼굴을 잠깐 떠올렸다. 그러다 곧 지우개로 지우듯 기억의 잔상을 머릿속에서 몰아내 버렸다.

나로서는 카시스가 순순히 마리아의 티 파티에 참석하든, 아니면 기회를 놓치지 않고 탈출을 시도하든, 어느 쪽이어도 나쁠 것이 없었다. 물론 전자보다는 후자 쪽이 훨씬 가능성이 높다고 판단했고, 카시스는 나를 실망시키지 않았다. 전부터 카시스의 주위를 얼쩡거리던 제레미 역시 마찬가지였다.

그를 방에서 꺼낼 때 이용한 것은 어디까지나 데온의 이름이었으니 설령 문제가 생긴다 하더라도 내 책임은 무게가 가벼워졌다. 데온이 그런 적이 없다고 부정한다 해도, 진실을 입증할 이들만 사라지면 되었다.

마침 중간에서 데온의 이름을 사칭해 말을 전하도록 한 자들은 내가 처리하기 전에 이미 죽어 버렸다. 에밀리가 전하기로 마물에게 당해 죽은 것 같다고 하니, 어찌 보면 손대지 않고 코를 푼 셈이었다.

게다가 일전에 내가 카시스에게 보여 주었던 도면은 사실 절반만 진짜였다. 그러니 제레미가 마물을 풀지 않았다고 해도 카시스는 저택 주변의 미로를 빠져나가지 못했을 것이다.

카시스를 속인 것에 딱히 죄책감이 들지는 않았다. 애초에 그가 아그리체를 혼자 힘으로 빠져나가는 것은 불가능했다. 만약 그것이 가능했다면 소설 속에서 카시스가 그렇게 처참하게 죽었을 리 없었다.

그래서 나는 카시스에게 탈출에 실패한 경험을 줄 생각이었다. 그래서 내 도움 없이는 혼자 이곳에서 탈출할 수 없다는 사실을 이참에 똑똑히 각인시켜 주고 싶었다.

그런데…… 뜻밖에도 카시스는 내 어머니를 구하려다가 붙잡혔다. 그것은 지금까지 내가 단 한 번도 상상해 본 적이 없는 결말이었다.

그래서인지 아까부터 나는 미처 형언하지 못할 기이하고도 무거운 기분을 느끼고 있었다.

"어서 오십시오, 주인님."

하지만 지금은 그런 것을 생각할 때가 아니다. 나는 마지막으로 남은 일을 해결하기 위해 무대에 설 준비를 했다.

"아버지, 다녀오셨어요?"

걸음을 서둘렀던 탓에 가장 먼저 란트 아그리체에게 인사할 기회를 얻을 수 있었다.

그의 시선이 내 웃는 얼굴로 날아들었다. 지금 내 미소는 살면서 수도 없이 연습한 것처럼 흠결 하나 없이 아름다울 것이 분명했다.

란트 아그리체의 귀가 소식을 들은 다른 가족들도 속속들이 모여들기 시작했다. 아그리체의 가풍상 원래는 이렇게 단체로 움직이는 일이 드물었지만 아무래도 오늘은 낮의 일도 있었기 때문에 상황을 살피러 온 듯했다.

때마침 데온도 계단을 내려오고 있었다. 그의 시선은 한 치의 오차도 없이 곧바로 나를 직시했다. 팔에 힘을 실어 꽤 세게 때렸는데도 그의 얼굴에는 벌써 붓기조차 남아 있지 않았다. 애초에 아까 내 손을 충분히 피하거나 막을 수 있었을 텐데도 그는 그러지 않았다. 그것이 못내 불쾌했다.

"그래, 내가 없는 동안 별다른 일은 없었겠지?"

얼굴을 보니 그는 기분이 꽤 괜찮은 상태인 것 같았다. 낮에 있던 사건에 대해 아직 모르는 것이 분명했다.

"아버지, 반기실 만한 소식이 있어요."

내가 입을 열자 주위에 있던 사람들이 의아한 눈빛을 보냈다. 하기야, 낮에 있던 일은 결코 반길 만한 것이 아니었으니 저런 얼굴을 하고 있는 것도 이해가 되었다.

란트 아그리체도 그게 뭐냐는 듯이 나를 쳐다보고 있었다. 나는 옆에서 기다리고 있는 관중들을 향해 한결 짙게 미소 지으며 준비된 대사를 읊었다.

"저, 지금 막 독나비를 부화시키는 데 성공했답니다."

말을 마치기 무섭게 웅성거리는 소음이 순식간에 주변을 휩쓸었다. 란트 아그리체도 근래 들어서 가장 흥분한 어투로 급히 되물었다.

"그게 정말이냐?"

나는 대답하는 대신 독나비를 직접 옆으로 불러들였다. 샹들리에의 불빛을 흡수해 신비로운 빛 무리를 그리는 반투명한 검붉은 나비가 한 마리씩 허공에 떠오를 때마다 사람들은 감탄을 금하지 못했다.

앞서 말했다시피 독나비를 각인시켜 부화하게 하는 것은 굉장히 까다로운 일이었다. 그래서 뛰어난 마수사 중에서도 독나비를 부리는 자들은 손에 꼽을 정도였다.

그런 대단한 일을 내가 해냈으니 놀라는 것도 무리는 아니다. 아마 내가 독나비를 부화시킬 수 있을 것이라 진지하게 생각하는 이들은 이 중에 몇 명 없었을 것이다.

"그래, 어떤 나비로 키울 생각이냐?"

주입하는 독의 종류와 기르는 방식에 따라 독나비의 성향이 크게 변하게 된다는 것을 란트 아그리체도 아는 모양이었다. 그는 열망과 탐욕이 뒤섞인 눈으로 내 주위를 날아다니는 독나비들을 맹렬히 바라보고 있었다.

애초에 란트 아그리체라면 내게서 능히 독나비의 알을 빼앗고도 남았을 텐데 그는 그러지 않았다. 그 이유는 뻔했다. 숙주가 될 용기도 없으면서 욕심만 많은 추악한 인간 같으니라고.

"당연히 살육 나비로 키워야지요."

나는 눈꼬리를 접어 달콤하게 미소 지었다. 그런 다음 한 손은 가슴에 대고 한 손으로는 치맛자락을 살포시 들어 올리며 순종적으로 고개를 숙였다.

"아그리체의 강력한 무기 중 하나를 제 손으로 길러낼 수 있게 되다니, 이보다 큰 영광은 없을 것 같네요."

원하는 대답을 들은 란트 아그리체의 얼굴에 얼마나 큰 흡족함과 희열이 떠오르는지, 지금 내가 달라고 하면 간이고 쓸개고 당장 다 빼줄 것처럼 보였다.

물론 말이 그렇다는 것이고, 자기밖에 모르는 이 인간이 실제로 그럴 리는 없었다.

"록사나, 네게는 항상 기대가 크다."

"감사합니다, 아버지."

이제는 정말 카시스를 아그리체에서 내보내기 위한 준비가 막바지에 접어들고 있었다.

마지막 계단을 밟았을 때, 나를 기다리듯이 서 있는 데온이 시야에 들어왔다.

"아까 그 낯짝을 한 대만 때린 게 아쉬워."

다시금 얼굴을 마주한 그를 보며 나는 말했다.

"만약 카시스가 어머니를 구하지 않았으면 어쩔 셈이었어?"

데온은 언제나처럼 고요하기 짝이 없는 눈으로 나를 내려다보며 뻔뻔히 대꾸했다.

"아무것도."

망할 자식.

나는 냉랭한 눈으로 눈앞의 얼굴을 올려다보며 치밀어 오르는 불쾌감을 삼켰다. 데온에게만큼은 절대 감정적인 모습을 보이고 싶지 않았다.

"말했잖아."

그런 나를 향해 데온이 웃었다. 눈에 담는 것만으로도 모골이 송연해질 만큼 섬뜩한 미소였다.

"난 네가 우는 걸 보는 게 좋다고."

역시 아그리체의 사람들은 모두 제정신이 아니었다. 그중에서도 데온은 가장 위험한 축에 속하는 인간이었다.

"유감이네."

나는 속에서 꿈틀거리는 뜨거운 불길을 내 안에 가둔 채 싸늘히 그를 스쳐 지나갔다.

"그거야말로 앞으로 당신이 죽는 순간까지 영원히 보지 못할 모습일 테니까."

등 뒤로 집요한 시선이 따라붙는 것이 느껴졌지만 나는 그것을 익숙하게 무시했다. 어쩐지 지금 이 상황이 조금 구역질난다는 생각이 들었다.

나는 조용한 복도를 걷다가 옆으로 고개를 돌렸다. 밤하늘을 품은 유리창에 조금 전 보았던 데온 못지않게 섬뜩하리만치 냉정한 표정을 짓고 있는 내 얼굴이 비쳤다.

그래…… 이 경멸과 혐오가 향하는 곳은 비단 타인만이 아니었다.

"네, 어머니가 바라셨던 대로 저도 이제는 훌륭한 아그리체가 되었어요."

"전 자랑스러운 아그리체이자, 존경하는 아버지를 그 누구보다 많이 닮은 딸이니까요."

정말 살면서 몇 번이나 되뇌었던 그 말처럼 된 모양이었다. 유리창에 비친 나는 어느새 그 누구보다도 아그리체다운 인간이 되어 있었다.

"역겨워라."

나는 나밖에 듣는 이가 없는 말을 작게 읊조리며 유리창 속의 얼굴을 외면했다.

그 시각, 카시스는 환각의 방에 갇혀 있었다.

[안 돼……. 죽으면 안 돼, 눈을 떠, 제발…….]

낮에 들었던 것과 비슷한 간헐적인 울음소리가 고막을 파고들었다. 눈을 감고 있는 동안 꿈인지 환상인지 모를 광경이 어둑한 시야에 떠올랐다. 누군가를 끌어안고 울고 있던 여인이 마침내 그를 돌아보았다.

그녀는 카시스의 어머니였다. 눈물 어린 얼굴에 떠오른 선명한 원망과 질책의 감정에 덜컥 숨이 막혔다. 그녀의 품에 안긴 것이 누구인지 확인한 뒤에는 더욱.

바닥에 낭자한 피가 그의 두 눈을 아프게 찔렀다.

하나뿐인 그의 여동생.

피투성이의 작은 몸이 붉게 고인 웅덩이 속에 미동 없이 늘어져 있었다.

[네가 무슨 짓을 저질렀는지 알고 있느냐.]

장면이 바뀌어 이번에는 그 어느 때보다 시린 눈빛으로 그를 내려다보고 있는 남자가 나타났다.

[스스로 제어하지 못하는 네 힘은 재앙과도 같다.]

그래……. 이것은 수면 아래에 깊숙이 묻어 두고 있던 과거의 기억이었다.

[앞으로는 두 번 다시 지금 같은 일에 네 힘을 사용해서는 안 된다.]

처음으로 후회를 배웠던 그날. 어리석었던 그는 제 손으로 절망의 독배를 삼켜야만 했다.

[우리는 고결한 심판자 페델리안. 그 이름의 의미가 무엇인지 잊지 마라.]

단단한 바위 같은 목소리가 머리 위에서부터 그를 짓눌렀다.

[금지를 잃은 자에게는 오직 파멸만이 있을 뿐이니.]

그러던 어느 순간, 귓전에 울리던 목소리가 서서히 흐려지기 시작했다.

[지금부터 네게 금제(禁制)를 걸겠다.]

카시스는 모래성처럼 부스러지는 꿈에서 벗어나 눈을 떴다.

"좀 더 자는 게 좋을 텐데."
실바람처럼 가늘고 청아한 목소리가 잔상처럼 남은 꿈속의 목소리 위로 덧씌워졌다. 언뜻 이마에 따스한 온기가 느껴졌다. 아마도 옆에 있는 사람의 손길인 것 같았다.

가물가물한 시야에 낯익은 얼굴이 비쳤다. 카시스는 의식이 흐린 상태에서도 고개를 틀어 안온한 온기에서 벗어나려 했다.

"그러지 마."

하지만 부드러운 손길이 단호하게 그의 움직임을 막아 냈다.

"어차피 이건 환상이니까."

자그마한 속삭임에 카시스가 멈칫했다.

"여긴 환각의 방이야. 그러니까 지금 내가 여기에 있는 것도 모두 현실에서의 일이 아니라는 거지."

다시금 다정한 손길이 그에게 닿았다. 록사나는 카시스의 어깨를 당겨 좀 더 편안히 눕혔다. 그녀의 말을 듣자 어쩐지 정말 이것이 현실이 아닌 꿈의 연장선인 것 같은 기분이 들었다.

"난 지금 당신한테 조금 미안한 것 같아. 이런 감정은 잊은 지 오래라고 생각했는데."

그렇게 말한 뒤 잠깐 정적이 내려앉았다. 록사나의 말은 어딘가 이상했다. 그녀가 그에게 미안할 만한 일이 무엇일까.

오히려 오늘의 일은, 그가 벌인 짓 때문에 록사나가 곤란해졌을지도 모르는 것이었다. 물론 카시스는 그 일을 그녀에게 사과하지는 않을 것이다.

하지만 록사나는 그 후로 한동안 말이 없었고, 카시스는 지금의 적막감이 어쩐지 그리 나쁘지만은 않다고 생각했다. 이상하게도 이 침묵이 그다지 불편하지 않았다. 어딘지 온화하게 느껴지는 공기가 방 안에 물결처럼 흐르고 있었다.

"어머니를 구해 줘서 고마워."

그러다 멈추었던 그녀의 목소리가 다시 이어졌다.

"그냥 모른 척할 수도 있었을 텐데 그러지 않아서."

그 후 이마에 얕게 스치는 것은 부스러지는 듯한 숨결이었다.

"당신이 지금보다 조금만 덜 좋은 사람이었다면 내 마음도 이보다는 한결 편했을 텐데."

카시스의 머리를 어루만지던 손이 이윽고 그의 눈을 덮었다.

"쉬도록 해."

이상한 밤이었다.

낮의 일에 대해 서로에게 마땅히 해야 할 말이 있었는데도 그들은 그런 것이 조금도 중요하지 않은 것처럼 굴고 있었다.

"다시 눈을 떴을 때는 현실로 돌아가 있을 테니까."

그 순간만큼은 각자가 처한 상황마저 잊은 것 같았다. 결코 그럴 수 있을 리가 없었는데도.

카시스의 입술이 작게 벌어졌으나 결국 그는 아무 말도 하지 않고 침묵에 동참했다.

그날 밤은 어쩐지 무척 길어서 이대로 영원히 끝나지 않을 것만 같았다.

6장

탈출,
그리고 또 다른 속박

이번 사건의 책임은 대부분 제레미가 지게 되었다. 마물 사육장의 문을 연 것은 카시스를 잡기 위해서였다고 하지만 애초에 그를 방에서 빠져나갈 수 있게 만든 것도 그였으니 변명의 여지가 없었다.

그렇지 않아도 카시스의 방에 몰래 심어 두었던 나비를 통해 나는 그날 일의 전말을 자세히 알게 된 참이었다. 카시스가 방에서 탈출한 것도 제레미의 공격을 피하기 위한 어쩔 수 없는 선택이었던 것으로 정리되었다.

물론 거기에는 내 입김이 크게 작용했다. 독나비를 부화시킨 일로 내게 유독 너그러웠던 란트 아그리체였기에 가능한 일이었다.

그렇다 해서 카시스에게 아무런 벌도 내리지 않을 수는 없어서, 나는 그를 환각의 방에 가두었다. 환각의 방은 고문용으로 개조된 곳으로, 그 안에 들어간 사람은 하루가 지나기도 전에 미치기 십상이었다. 그래서 아무도 카시스에게 내린 처벌을 가벼이 여기지 않았다.

나는 환각 효과를 억제하는 주술석을 몸에 가지고 방에 들어가 처벌의 시간 동안 카시스와 접촉해 있었다. 다른 사람들은 내가 환각의 방에 들어간 이유를 카시스의 고통스러워하는 모습을 즐기기 위해서, 혹은 환각에 시달리는 카시스에게 또 다른 굴욕적인 벌을 주기 위해서라고 생각하는 것 같았다. 아그리체의 상식으로는 그게 보편적인 일이었기 때문이다.

당연히 나는 굳이 그 오해를 풀지 않았다.

그 후 제레미는 샬럿이 먼저 감금되어 있던 처벌의 방에 갇히게 되었다. 제레미에 비하면 샬럿은 죄질이 훨씬 가벼웠기 때문에 원래 예정보다 조금 일찍 밖으로 나오게 되었다.

사실 제레미를 처벌의 방에 가두는 것까지는 계획에 없었지만 마물 사육장의 문을 연 것은 확실히 과했다. 자칫 잘못했다가는 내 계획이 모조리 어그러질 수도 있었던 상황이었다.

그래서 나도 이번만큼은 제레미를 돕지 않았다. 나를 화나게 했다는 생각 때문인지 그는 잔뜩 풀이 죽은 얼굴로 처벌의 방에 들어갔다.

데온은 란트의 명으로 오늘 새벽 카란튤 서식지로 향했다. 나는 란트 아그리체의 앞에서 내 소유물에게 월권을 행사하려 한 데온을 처벌해 달라 요구하며 할 수 있는 최대한으로 물고 늘어졌다. 그의 무고함을 밝힐 수 있는 유일한 증인들도 이미 죽은 뒤였으니 더 거리낄 게 없었다.

하지만 사실 데온이 사육장의 마물을 충당하러 떠난 것은 벌이라고 할 수 없었다. 때마침 임무를 끝내고 돌아와 한가하기도 하고, 또 마물을 포획하는 무리를 이끌기에 데온만큼 믿음직한 인사가 없는지라 겸사겸사 자숙하라는 명목을 붙여 그를 보내기로 한 것이었다.

란트 아그리체의 얄팍한 수였지만 그래도 독나비를 부화시킨 것 때문인지 내 마음을 달래려는 나름의 시도는 한 셈이었다.

나도 데온을 눈앞에서 치워 버리는 것만으로 충분했기 때문에 이 정도로 만족했다. 하지만 마물 서식지로 떠나기 직전 마주친 데온은 마치 모든 것을 다 알면서도 모르는 척해 주는 듯한 오연한 눈빛을 하고 있어 나는 또 기분이 더러워지고 말았다.

어쨌거나 그래서 저택에는 간만에 고요한 공기가 감돌게 되었다.

"마리아 님께서 지금 바로 록사나 아가씨께 전하라 하셨습니다."

카시스의 방 문 앞에서 나를 기다리고 있던 것은 마리아의 하녀였다. 그녀는 붉은 꽃을 한 아름 담은 꽃바구니를 내게 건네주었다. 나는 거기에 장식된 요란한 리본을 보고 눈살을 찌푸릴 수밖에 없었다.

그것을 들고 방으로 들어가자 카시스도 그게 뭐냐는 듯이 나를 쳐다보았다.

"이 앞에서 받았어."

나는 간단히 설명하고 바구니 안에 들어 있는 쪽지를 펼쳐 보았다. 그 후 나는 헛웃음을 흘리고 말았다. 마리아는 다음 티 파티 때는 꼭 카시스와 함께 참석하라는 말과 함께 자신이 보낸 선물들이 내 마음에 들었으면 좋겠다고 했다.

바로 사흘 전에 그런 일이 있었는데 이렇게 태연히 또 티 파티에 초대하다니. 알고는 있었지만 참 대단한 여자였다.

선물은 꽃밖에 없는데 왜 쪽지에 지칭된 것은 복수형인가 했더니 꽃들 사이에 파묻힌 작은 약병 하나가 뒤늦게 눈에 들어왔다.

이건 또 뭐지?

유리병에 든 것은 무색이라 보기만 해서는 뭔지 정확히 알 수가 없었다. 나는 거침없이 마개를 열어 냄새를 맡았다. 그런 뒤 병을 다시 꽃들 사이에 처박았다.

마리아가 내게 보낸 것은 다름 아닌 미약이었다. 어쩐지 마리아의 하녀가 왜 하필 카시스의 방 앞에서 날 기다리고 있는지 수상했는데. 그래도 이번 일로 카시스의 목에 남긴 흔적을 본 사람들의 수가 꽤 되는 것 같아 그건 만족스러웠다.

"그것도 네 아버지의 수하가 선물한 건가?"

"아니, 어머니 중에 한 분이."

바구니 안에 든 꽃은 유용하게 쓸 수 있는 독화라 마음에 들었다. 그래도 이런 선물을 따로 보낸 걸 보니, 데온과 나 사이에 있던 마찰을 바로 눈앞에서 목격한 건 처음이라 나름대로 신경이 쓰이긴 했었나 보다.

"네 어머니는 상태가 어떻지?"

그때, 바구니 속의 붉은 꽃을 물끄러미 바라보던 카시스가 지나가듯이 내게 어머니의 안부를 물었다.

"많이 좋아지셨어. 애초에 그저 놀라서 심력을 소모하셨던 것뿐이니까."

여전히 우리 사이에 살가운 대화는 오가지 않았지만 나를 대하는 그의 태도는 약간 달라졌다. 날 서 있던 부분이 어느 정도 깎여 나갔다고 해야 할까. 아무래도 내가 그에게 한 거짓말의 영향도 있는 것 같았다.

나는 일부러 몸에 상처 자국을 몇 개 내고서, 그의 탈출 사건으로 나 역시 란트에게 처벌받은 것처럼 가장했다. 물론 내 입으로 직접 그런 얘기를 한 것은 아니고, 우연히 카시스의 눈에 상처가 띄게 한 다음 그걸 숨기는 척 적당히 배후를 암시하는 말을 흘렸다. 이 방에 올 때마다 고의로 얼굴을 더 창백해 보이게끔 꾸미기도 했으니, 내 연기는 꽤나 그럴듯해 보였을 것이다.

내 거짓말에 처음 속은 날, 카시스는 빙결된 굳은 눈으로 나를 한참이나 말없이 쳐다보았다. 달리 내게 무슨 말을 한 건 아니었지만, 이후 나를 향한 그의 눈빛으로 알 수 있었다.

카시스는 내게 죄책감을 느끼고 있었다. 사실 그로서는 기회를 엿봐 이곳에서의 탈출을 꾀하는 것이 더없이 합당한 일이었는데도.

그걸 깨닫고 나서 나도 그에게 좀 미안해졌다. 나를 대하는 카시스의 태도가 전보다 묘하게 온유해져서 더욱.

탈출을 시도했다가 붙잡힌 카시스에게 실질적으로 아무런 처벌도 가하지 않은 것이나, 그를 최대한으로 보호하려 노력하는 내 모습을 보았기 때문일 수도 있었다.

게다가 카시스는 내가 준 도면을 진짜라 여기고 있으니, 그를 도우려 하는 내 마음이 진심이란 것을 확인한 셈이기도 할 테고.

그 밖에도 어머니와 데온의 일이라든가, 기타 등등이 있었으니까.

"그날 내 구속구를 작동시켰던 남자, 이름이 데온 아그리체였지."

역시 내 생각이 맞았던 모양이다. 뒤이어 카시스의 입에서 흘러나오는 데온의 이름이 조금 낯설게 느껴졌다. 그날의 일을 상기하는지, 그의 눈빛은 아까보다 차갑게 가라앉아 있었다.

카시스가 나를 가만히 쳐다보며 잠깐 침묵하다가 마침내 다시 입을 열었다.

"그 사람이 네 어머니의 앞에 일부러 마물을 밀어 넣었던 걸 알고 있어?"

나는 잠깐 카시스를 말없이 바라보다가 대답했다.

"알고 있어."

그러자 카시스의 금색 눈동자가 그 안에 띤 감정을 변화시켰다. 나를 향한 눈빛이 말하고 있었다. 어떻게 그런 일이 일어날 수 있느냐고.

그런 카시스를 보며 나도 모르게 설핏 실소하고 말았다.

"그야 아그리체니까."

게다가 그는 다른 누구도 아닌 데온 아그리체였다. 이미 아실도 죽인 인간인데 내 어머니를 죽이지 못할 이유도 없었다.

문득 카시스의 시선이 내 뺨 언저리에 닿는 것 같았다. 그 자리에는 데온이 만든 상흔이 희미하게 남아 있었다.

"그러고 보니 당신에게 알려 줄 좋은 소식이 두 가지 있어."

나는 일부러 밝은 목소리를 내며 말을 돌렸다. 어쩐지 그날의 일을 카시스와 이야기하는 것은 껄끄러웠다.

"하나는 내가 전에 말했던 비밀 통로의 문이 곧 열린다는 거야."

내가 카시스를 탈출시키는 데 이용하려고 하는 비밀 통로에는 문제가 있었다. 그것은 바로 월례 평가 전날에만 개방된다는 것이었다.

"전에 네가 말했던 그 비밀 통로를 말하는 건가."

"맞아. 내가 전에 사소한 문제가 있다고 했던 거 기억나? 그 문은 늘 열려 있는 게 아니라 개방되는 시기가 따로 있거든."

월례 평가 때마다 입구가 개방되는 미로들과 비밀 통로들이 있었다. 개중에는 지금은 사용되지 않는 사장된 문들도 있었다. 예전에는 갖가지 용도로 사용되었지만 시간이 흐르면서 무용지물이 되어 잊힌 문이었다.

내가 눈여겨본 것은 그중에서도 통로를 이용하는 것 자체가 너무 위험해져서 폐쇄된 문이다.

카시스는 어쩐지 묘한 얼굴로 나를 보고 있었다. 나와 탈출에 관한 이야기를 하는 것이 몹시 이상하다는 듯한 얼굴이었다. 바로 며칠 전

에만 해도 혼자 탈출 시도를 했던 카시스였으니 이해가 되지 않는 것
도 아니었다.

"그리고 다른 하나는……."

나는 그런 카시스에게, 어쩌면 그에게는 좀 더 반가운 소식일 수도
있는 두 번째 이야기를 전해 주었다.

"어제 경계 부근을 서성이는 사람들을 찾았는데 아무래도 페델리
안에서 보낸 자들인 것 같아."

그 순간 카시스를 둘러싼 공기의 흐름이 멈춘 것 같았다. 나는 독
나비를 통해 본 영상을 생각하며 말을 이었다.

"나이는 서른 중반 정도 되었고 머리는 갈색에 눈은 녹색. 한쪽 눈
에 안대를 끼고 있었는데 아는 사람이야? 그 사람이 무리를 이끄는
것 같았어."

카시스의 얼굴을 보니 내가 발견한 무리는 페델리안에서 보낸 게 맞
는 것 같았다.

"그들을 어디에서 발견했지?"

"남동쪽 경계에서."

데온이 떠난 카란튤 서식지는 동쪽에 있어서 솔직히 조금 아슬아
슬했다.

"당신의 존재를 확인할 수 있는 무언가를 주면 도움이 될 것 같은데."

카시스가 좀 더 이것저것을 물어볼 줄 알았는데, 그는 그러지 않고
곧바로 행동을 취했다. 하기야, 물어본다고 해도 내가 대답해 줄 수
있는 건 거의 없었지만 말이다.

"그 꽃, 한 송이만 줘."

나는 그의 요구대로 바구니에 있는 꽃을 한 송이 그에게 꺼내 주었

탈출, 그리고 또 다른 속박 | 287

다. 그러자 카시스가 꽃의 줄기에 달린 잎새를 하나 떼어 냈다.

그런 뒤 그는 손가락에 피를 내 거기에 무언가를 적었다. 페델리안에서 사용하는 암호 문자인가. 글자 같기도 하고 문양 같기도 한 생김새였다.

카시스가 건네준 잎새를 잠깐 살피는 동안 그는 내가 준 꽃을 의미 모를 눈으로 내려다보았다. 그러다 곧 카시스의 눈길이 나를 향해 조용히 움직여졌다.

"내가 지금 너를 온전히 신뢰한다고 말한다면 아마 그건 거짓말이겠지."

나는 올곧게 응시해 오는 그의 시선을 마주했다. 잔잔한 금색 눈동자는 어떤 불순물도 섞이지 않은 성지의 샘물처럼 맑고 깊었다.

"그런 게 가능한 상황도 관계도 아니란 걸 이미 우리 둘 다 알고 있으니, 설령 내가 그렇게 말한다 해도 믿을 수 없는 건 너 역시 마찬가지일 테고."

그는 여전히 내 눈을 똑바로 직시한 채로 눈빛만큼이나 곧은 음성을 흘려보냈다.

"하지만 설령 내게 보이고 있는 네 말과 행동이 진심 어린 호의에서 비롯된 것이 아니라 해도, 너에게 도움을 받고 있는 부분에 대해서는……."

나는 뜻밖의 말을 들은 기분이 되어 카시스를 바라보았다.

"고마움을 표해야 마땅하겠지."

카시스가 내게 이런 식으로 먼저 진지하게 대화를 청한 것은 처음이었다. 지난 사건 이후로 무언가를 깊이 생각하는 눈치더니, 이런 말을 할 줄이야.

흔들림 없이 단단한 눈빛을 마주하는 동안 어쩐지 말문이 막히는 느낌이었다. 이런 기분을 뭐라고 표현해야 할지 나는 알지 못했다.

지금 카시스가 아주 솔직하게 나를 대하고 있다는 사실을 알 수 있었다. 만약 나라면 좀 더 친근한 태도를 보이고 입에 발린 말을 해서 최대한 상대방의 마음을 약하게 만든 뒤 이용했을 것이다. 내게 유리한 방향으로 타인을 움직이기 위해서는 밥 먹듯이 거짓말을 할 수도 있었다.

하지만 카시스는 그런 것과는 동떨어진 사람이었다. 이미 알고는 있었지만 그것을 새삼스럽게 다시 한번 깨닫고 나니 기분이 묘해졌다.

남을 속이는 데 능숙한 아그리체의 사람들에게 익숙해진 탓일까?

이상했다. 카시스의 올곧은 눈빛을 마주하는 동안 어째서인지 가슴이 약간 답답해졌다. 이 기분은 사흘 전 그가 어머니를 구해 줬다는 이야기를 들었을 때 느꼈던 것과 비슷했다.

"고맙다는 인사는 아직 일러. 당신은 지금 아그리체에 있잖아."

처음부터 카시스가 내게 빚진 마음을 갖기를 원했던 주제에 막상 그에게 이런 말을 듣자 마음이 이상하게 편치 않았다.

"그래, 아직 내가 있는 곳은 아그리체지."

그래도 이대로라면 내가 원하던 대로 소설과 동일한 사망 플래그는 확실히 피할 수 있을 것 같아서 그건 다행이었다.

내가 묘하게 어색해하고 불편해하는 것을 어떻게 받아들였는지, 카시스의 눈빛이 미세하게 조금 더 온화해졌다.

"록사나."

"왜?"

잠시 후, 카시스가 내가 준 붉은 꽃을 손으로 만지작거리다 말고 나를 불렀다.

"지난번부터 묻고 싶었던 게 있는데."

"뭔데?"

"이 꽃, 뭔지 알고 받은 건가?"

그 순간 나는 멈칫했다. 카시스는 조용히 나를 주시하고 있었다. 그의 얼굴을 보고 나는 깨달음을 얻었다.

이게 독초란 걸 아나 보다. 하지만 어떻게 알았지?

나는 빠르게 머리를 굴리다가 일단 그의 반응을 떠볼 겸 모르는 척 반문했다.

"아니, 무슨 꽃인지는 모르는데. 왜?"

카시스는 차분한 음성으로 고요하던 수면에 돌을 던졌다.

"이건 독화야. 종류는 알 수 없지만 꽤 강력한 독성분을 가진."

"그걸 어떻게 알아……?"

깜짝 놀라서 나도 모르게 눈이 흔들렸다. 카시스는 내 물음에 잠깐 곤혹스러운 얼굴로 입을 다물었다. 그러다가 이내 아까보다 단호한 어조로 대답했다.

"전에 이 꽃을 본 적이 있어. 독화가 확실해."

"그럴 리가 없어."

앗, 나도 모르게 그의 말을 부정했다. 하지만 정말 그럴 리가 없었다. 이 꽃은 아그리체에서 자체 생산한 독화로, 바깥에는 아직 유통되지 않은 것이었으니까 말이다.

다음 순간 시야에 비친 카시스는 약간 답답한 표정을 짓고 있었다.

"믿고 싶지 않다면 믿지 않아도 상관없어. 하지만 이제부터는 최소한 의심이라도 해 보도록 해."

왜 저런 얼굴이야. 내가 안 믿는 것 같아서 그러나? 난 그런 의미로 한 말이 아니었는데.

"그 꽃은 버리는 게 가장 좋겠지만 그럴 생각이 없다면 최소한 가까이 두지는 않는 게 좋아."

그러고 나서 카시스는 잠깐 망설이다가 덧붙였다.

"이 말도 믿지 않을지 모르지만……. 일단은 널 위해서 하는 소리니까."

물론 나는 이 꽃을 버릴 생각이 없었다.

당연하지. 독화라서 쓸모가 있는 건데.

게다가 이 꽃은 지난번에 요안이 준 것보다 훨씬 유용한 것이었다.

"아니야, 믿어."

물론 그런 생각을 솔직히 말할 필요는 없었다.

"당신이 나한테 이런 거짓말을 할 이유는 없지."

그 후 시야에 닿은 카시스의 얼굴이 어쩐지 미묘하게 안심하는 것처럼 보여서 괜히 또 기분이 이상해졌다. 나는 착잡함과 의문이 뒤섞인 눈으로 바구니 안의 꽃을 내려다보았다.

카시스가 이 꽃의 정체를 어떻게 알고 있는 것인지 몹시 궁금해졌다.

이틀 뒤, 나는 처벌의 방에서 나온 샬럿과 마주쳤다.

요즘 들어 카란튤 서식지로 간 데온을 감시하랴, 저택 내부의 분위기를 살피랴, 경계에 있는 페델리안의 사람들을 신경 쓰랴, 그리고 또 독나비를 빨리 성장시키기 위해 애쓰랴 나는 정신없이 바빴다.

신경 쓸 일이 많아 심신을 혹사한 탓인지 어젯밤부터 몸 상태가 썩 좋지 않았다. 그래도 독나비가 시기 적절히 부화해서 다행이었다. 생각보다 내 운이 완전히 나쁜 건 아니었던 모양이다.

데온이 돌아온 이후로 어쩔 수 없이 마음이 조금 급해졌다. 그의 존재를 크게 인식하지 않으려 노력했는데도 무리였다.

그래도 카시스가 요즘 얌전해서 안심이 되었다. 이번 탈출 사건은 내가 주도한 것이 맞지만 사실상 카시스가 두 번째 시도를 하면 가장 곤란해지는 것은 나였다.

그래서 페넬리안의 사람들을 찾은 것도 알려 주고, 또 비밀 통로에 관해 설명도 해 주며 내 계획의 일부를 그에게 공유한 것이기도 했다.

물론 어쩌면 카시스의 입장에서는 그 모든 게 다 미덥지 못하긴 하나, 이렇게 금방 또 탈출 시도를 하는 것은 무리라고 생각해서 조용히 기회를 엿보고 있는 것일 수도 있었다.

아마 페넬리안의 사람들과 좀 더 원활한 의사소통이 된다면 카시스의 신뢰를 얻어 내는 데 도움이 될 것 같았다.

어쨌거나 때마침 카시스의 탈출을 위해 필요한 그림이 얼추 짜인 참이어서 머지않아 움직일 계획을 세우고 있었다.

"언니 장난감이 도망치려고 했다면서?"

그래서 나는 복도에서 마주친 샬럿이 별로 반갑지 않았다.

"오랜만이네, 샬럿."

오랜만에 보는 샬럿은 전보다 말라 있었다. 안색도 어딘가 창백했다. 처벌의 방에 꽤 오래 갇혀 있었으니 당연하다면 당연했다. 며칠 전에 밖으로 나왔다고 들었는데 이렇게 금방 날 찾아오다니.

"전보다 얼굴이 좋아졌구나. 처벌의 방이 생각보다 편안했던 모양이지?"

짐짓 다정하게 속삭인 내 음성에 샬럿의 눈초리가 매서워졌다.

"이왕이면 좀 더 오래 푹 쉬다 나오는 게 좋았을 텐데."

지금 우리가 서 있는 복도는 카시스가 있는 곳과 가까웠다. 처벌의 방에서 나오자마자 또다시 이렇게 카시스에게 관심을 드러내다니, 참으로 한결같기도 했다.

"얼마 전에 언니 장난감 때문에 저택이 시끄러웠다고 들었어. 이 정도면 완전히 관리인 자격 미달 아냐? 나였으면 애초에 그런 짓을 못 하게 다리를 잘라 버렸을 거야."

그래, 너라면 그러고도 남지. 샬럿은 아직도 내게 앙금이 남은 듯, 며칠 전의 사건을 운운하며 나를 도발했다.

그 일은 제레미 때문인 것으로 마무리되었는데도 나한테 찾아와 이런 말을 하는 것을 보니, 그저 어떻게든 내 속을 긁고 싶은 것 같았다.

"그리고 아버지가 언니에게 장난감 소유를 허락한 건 내가 처벌의 방에 갇히고 난 뒤라고 하던데. 일부러 내가 지하 감옥에 침입해서 벌을 받게 뒤에서 수작질한 거지? 이 더러운 거짓말쟁이!"

나는 씨근덕거리는 샬럿에게 다정하게 웃어 주었다.

"글쎄, 그런 뻔한 수작질에 걸려든 네가 멍청한 거라고 생각하는데?"

그러자 샬럿의 귀여운 얼굴이 한결 더 사나워졌다.

"며칠 전 일도 언니가 장난감 관리를 못 해서 벌어진 일인데 치사한 수를 써서 책임을 회피한 게 분명해. 언니야말로 이번에 처벌의 방에 갇혔어야 했어! 독나비를 부화시켰다는 것도 거짓말이지? 아버지에게 잘 보이려고 무슨 속임수를 쓴 걸 거야. 다들 언니의 본색을 몰라서 속았나 본데 난 아니야. 언니한테 빼앗긴 장난감도 무슨 수를 써서든 되찾을 거야. 두고 봐!"

독기 어린 샬럿의 눈을 보니 아무래도 나를 귀찮게 하는 게 이번

한 번으로 그치지 않을 것 같았다.

"머리가 나쁜 건 어쩔 수 없나 보구나. 처벌의 방에 갇히고도 여전히 이렇게 멍청한 소리를 지껄이는 걸 보니."

나는 유감스러운 기분으로 고개를 비스듬히 기울였다. 그러고 나서 샬럿을 가만히 주시하며 잠깐 고민했다.

"그래, 샬럿. 직접 확인시켜 줄게. 이게 진짜인지 가짜인지 어디 한 번 알아맞혀 봐."

마침내 결정한 뒤, 나는 독나비를 불러들였다. 내 주위에 전보다 한결 더 짙은 붉은빛을 띤 나비가 한 마리씩 나타났다. 독을 가지고 있는 생물은 대개 아름답게 마련이다. 하지만 그만큼 불길한 기운을 품고 있기도 했다.

하나씩 늘어난 나비의 수가 순식간에 백 마리 정도로 불어났다. 그 와중에도 차근히 몸집을 불려 가는 나비들이 허공에서 날갯짓했다.

그 모습을 본 샬럿의 얼굴이 점차적으로 희게 질렸다.

"뭐······."

퍼드득!

그 순간 나비들이 샬럿에게 일제히 달려들었다. 높은 비명이 고막을 찔러 들었다. 샬럿은 내가 부화시킨 독나비를 살육 나비로 키우겠다고 선언했다는 소식을 들은 것이 분명했다. 그렇지 않고서야 이렇게 큰 공포를 드러낼 리가 없었다.

"꺄아악!"

붉은 나비들이 샬럿을 순식간에 집어삼켰다. 우득우득, 하는 소리가 귓전에 울렸다. 마치 무언가를 뜯어 먹는 소리처럼 들렸다.

기분 탓인지 역한 피비린내가 공기 중에 스미는 것 같았다. 아니,

그것은 단순한 기분 탓이 아니었다. 곧 샬럿의 주위로 진득한 피 웅덩이가 고이기 시작했다.

"으, 아……! 아악!"

끔찍한 광경이었다. 겉보기에는 나비들이 샬럿을 가차 없이 공격하는 것처럼 보였다. 하지만 잠시 후 내 명령을 받은 나비들이 다시 허공에 날아올랐을 때, 털끝 하나 다치지 않은 샬럿의 모습이 시야에 드러났다.

"말했잖니, 샬럿. 나는 멍청한 아이는 싫어한다고."

그러나 충분한 공포였는지, 샬럿은 단단히 얼이 빠져 있었다. 두려움에 질려 떨고 있는 모습을 보니 한동안은 얌전할 것 같았다.

"다음에는 네가 나를 실망시키지 않기를 바랄게."

나는 바닥에 주저앉은 샬럿을 무표정하게 내려다보다가 그녀를 스쳐 지나갔다.

멀지 않은 곳에 카시스의 방이 있었다.

덜컹.

나는 문을 열고 안으로 들어가자마자 피를 토하며 쓰러졌다.

"우읍…… 으, 허억……."

배 속을 뜨겁게 달구던 것이 왈칵 밖으로 쏟아져 나왔다. 비릿한 피 냄새가 삽시간에 방 안에 가득 찼다. 철컹거리는 사슬 소리와 함께 무어라 외치는 목소리가 저 앞에서 어지럽게 뒤섞여 울렸다. 하지만 그 무엇 하나 내 귀에 선명히 와 닿지 않았다.

독나비를 이렇게 부리는 건 처음이었다. 그래서 신체에 이 정도로 무리가 갈 줄은 미처 몰랐다. 그래도 한 번쯤은 이렇게 확인하는 과정이 필요했으니 어쩔 수 없는 일이었다.

바닥을 짚고 있는 팔에서도 힘이 빠졌다. 온몸에 열이 오른 탓인지 두 눈에 생리적인 눈물이 고였다. 그렇지 않아도 나쁘던 몸 상태가 급격히 악화되었다. 결국 나는 한 번 더 울컥 피를 토하며 바닥에 머리를 대고 쓰러져 버렸다.

그때, 앞에서 무언가를 부수는 소리가 들렸다. 가물거리는 시야에 내게로 다가오는 카시스의 모습이 비쳤다.

대단하네, 맨손으로 사슬을 부수다니.

그 와중에도 나는 작게 감탄했다.

혹시 또 도망가려는 걸까? 안 되는데. 이번에 또 그런 일을 벌이다가 붙잡히면 정말 위험할지도 모르는데.

하지만 카시스는 나를 지나쳐 문으로 가는 것이 아니라, 처음부터 내가 목적이었던 것처럼 내 앞에서 몸을 숙였다. 급히 뻗은 그의 손이 내게 닿았다. 맞닿은 곳에서 따스한 온기가 번지는 것을 느끼며 나는 눈을 감았다.

"록사나……!"

내 이름을 부르는 목소리가 아득하게 멀어졌다.

여느 때처럼 방 안은 적막했다. 카시스는 그 안에서 얼마 전의 일을 몇 번이나 곱씹어 생각했다.

이 방에서 탈출했을 때의 기억이었다.

알고는 있었지만 역시 아그리체의 사람들은 정상이 아니었다. 가문의 사람들이 입을 피해는 알 바 아니라는 듯이 생각 없이 움직인 제레미 아그리체도 그렇고, 가문 내에 마물 사육장을 만든 아그리체 가문 자체도 타의 추종을 불허했다.

게다가 그날 본 온실 속의 기이한 풍경은 또 어떻던가. 새장 속에 노예처럼 갇혀 있던 사람들을 생각하니 속이 역해졌다.

그리고 그날 만난 또 한 사람은⋯⋯.

"그러고 보니 얼마 전에 경계에서 처리한 수색견들이 있었지."

"잃어버린 주인을 찾으러 온 페델리안의 충성스러운 심복들인 것 같았는데. 생각보다 끈질겨서 처리하는 게 제법 귀찮았어."

"조만간 주인이 갈 곳으로 먼저 보내 준 것뿐인데 그게 왜?"

아직까지도 또렷이 생각나는 목소리를 되새기는 동안 카시스의 손 아귀에 지그시 힘이 들어갔다. 허공을 응시하는 금색 눈동자에 북풍 같은 한기가 어렸다. 마치 하잘것없는 벌레를 밟아 죽이는 것이 뭐가 문제냐고 되묻는 듯한 얼굴이었다.

그날 보았던 제레미 아그리체를 생각해도 분노가 일기는 마찬가지였지만 카시스의 뇌리에는 그보다 데온 아그리체에 대한 기억이 더욱 또렷이 각인되어 있었다. 어쩌면 그 후 있었던 일이 생각보다 충격적이었기 때문일 수도 있었다.

록사나의 어머니는 공포에 질린 눈으로 데온 아그리체를 보며 '제발 아실을 죽이지 말라'고 몇 번이나 애원했다. 카시스는 아실이 록사나의 친오빠라는 사실을 기억하고 있었다. 그가 죽었다는 사실도 언뜻 들어 알고 있던 참이었다.

그런데 데온 아그리체가 카시스의 구속구를 강제로 작동시켰을 때,

뒤늦게 나타난 여자의 입에서 나온 말은 굉장히 놀라웠다.

분명 그녀는 데온이 아실을 죽였노라고 말했다. 하지만 카시스로서는 감히 상상할 수 없는 일이었다. 당연했다. 그들은 형제가 아닌가. 아무리 어머니가 다르다 해도, 그 안에 흐르고 있는 피의 절반은 동일할 텐데.

그러나 데온 아그리체는 제 몸을 지킬 수단 하나 없이 홀로 서 있던 록사나의 어머니에게 주저 없이 마물을 밀어 넣었던 남자였다.

만약 카시스가 막지 않았다면, 마물은 그대로 그녀를 공격했을 것이 분명했다. 그런 것을 생각하면 데온 아그리체가 제 이복형제를 죽인 것도 그리 놀랍지만은 않았다.

"그때처럼 울면 더 좋을 텐데."

그러다 문득 카시스는 눈매를 찡그렸다. 록사나의 얼굴에 희미하게 남은 상흔이 덩달아 생각났다. 팔에 선명히 아로새겨져 있던 붉은 상처와, 꼭 채찍질이라도 당한 것처럼 옷 위로 배어 나오던 핏자국들도.

말로는 정확히 설명할 수 없는 술렁이는 감정이 등줄기를 타고 목덜미까지 기어 올라왔다.

역시 이 집안은 이상했다.

대부분의 시간을 갇혀 있어 외부와는 짧게 접촉했던 카시스조차 조금씩 머리가 이상해지는 것 같은 느낌이었다. 아그리체에서는 온갖 비상식적인 일들이 너무도 아무렇지 않게 자행되고 있었다.

세계의 규범도, 법칙도, 윤리도, 이곳에서만큼은 무용지물이 되었다. 옳고 그름을 판단하는 기준조차 바깥과 궤를 달리했다. 이런 곳에 오래 있으면 그 누구라 해도 제정신을 유지하기 어려울 것이다.

카시스는 가라앉은 눈으로 시선을 내렸다. 여전히 그의 사지를 결박하고 있는 구속구가 시야에 들어왔다.

[지금부터 네게 금제를 걸겠다.]

얼마 전 갇혔던 환각의 방에서 카시스는 지금껏 잊고 있던 과거의 기억을 떠올렸다. 그와 동시에 지금 그에게 걸려 있는 금제를 푸는 방법도 덩달아 기억났다.

그것은 즉, 이제부터 그가 봉인되어 있던 능력을 사용할 수 있다는 의미였다. 그 힘의 근원이 치유 쪽으로만 국한된 건 아니었으니, 어쩌면 이 구속구를 부수는 것도 가능할지 몰랐다.

"……."

카시스의 머릿속에 여러 가지 생각이 부상했다.

……그러고 보니, 자신이 이곳에서 탈출하게 되면 표면상으로 그의 주인인 록사나는 어떻게 되는지 생각해 본 적이 없었다.

지금까지는 그녀 역시 똑같은 아그리체의 일원이라고만 여겼다. 하지만 시간이 지날수록 무언가 다르다는 생각이 들었다.

친오빠를 이복 오빠의 손에 잃은 소녀.

게다가 그 이복 오빠는 이번에 그녀의 어머니까지 죽이려 했다. 그 사실을 알아도 록사나가 할 수 있는 일은 없는 것 같았다.

예전에 그녀가 그의 앞에서 피를 토했던 모습도 생각났다. 거기에 더해 록사나가 독화를 선물받고 있는 것도 마음에 걸렸다.

이번 일도 만약 카시스를 밖으로 나오게 한 책임이 다른 사람에게 있지만 않았다면, 관리 소홀의 죄를 물어 록사나가 더 심하게 처벌받을 수도 있었다고 들었다. 그렇기 때문에 카시스의 마음은 편치 않았다. 하지만 그렇다 해서 카시스가 망설이는 것도 말이 안 되는 일이었다. 그는 기필코 아그리체에서 탈출해야만 했다.

그러나 또 얼마 전 환각의 방에서 있었던 일을 상기하면……. 별수 없이 마음 한구석이 답답해지고 마는 것이다. 어머니를 구해 줘서 고맙다고 자그마하게 속삭이던 목소리와 그의 얼굴을 스치던 부드러운 손길을 떠올릴 때마다 알 수 없는 기분이 들었다.

아그리체에 들어온 이후 조금의 위협도 긴장감도 느끼지 않고 주위를 경계하는 것마저 잠시나마 잊은 채 낯선 편안함에 취해 있던 것은 그때가 처음이었다. 그래서인지 그 이후로 록사나에 관해 생각하면 어쩐지 조금 마음이 무거워졌다.

게다가 페넬리안의 사람들과 연락이 닿은 것도 록사나의 도움 덕분이었다.

"……!"

그러던 어느 순간, 카시스의 귀에 작은 비명 소리가 울렸다. 날카로운 소음에 뒷덜미가 쭈뼛 곤두섰다. 비명이 들려온 위치는 상당히 가까웠다.

덜컹.

잠시 후, 문 앞에서 잠금장치를 여는 소리가 들렸다. 카시스는 혹시 모를 상황에 대비해 몸을 긴장시켰다. 하지만 열린 문 사이로 모습을 드러낸 것은 그가 잘 알고 있는 사람이었다.

그런데 방으로 들어온 록사나는 그녀의 등 뒤로 문이 닫히기 무섭게 피를 토하며 쓰러졌다. 힘없이 허물어지는 몸을 보고 카시스는 저도 모르게 자리에서 벌떡 일어났다.

"록사나!"

검은 피가 바닥으로 울컥 쏟아져 내렸다. 록사나의 주위로 한 마리 씩 떠오른 정체 모를 붉은 나비들이 바닥에 고인 피와 붉게 물든 그 녀의 손 위로 내려앉았다.

어딘가 섬뜩한 느낌이 드는 기괴한 장면이었다. 어느덧 주위에 독기가 자욱해졌다.

"우욱……."

한 번 더 왈칵 피를 쏟아 낸 록사나가 마침내 완전히 무너져 내렸다. 카시스는 목에 연결된 사슬을 끊고 록사나가 쓰러진 곳으로 달려갔다.

"록사나, 정신 차려!"

손끝에 닿은 몸이 얼음장처럼 차가워서 흠칫 놀랄 수밖에 없었다. 얼굴도 몹시 창백해서 눈을 감고 있는 모습이 마치 시체 같았다. 그 녀를 물들인 붉은빛만이 눈이 아리도록 선명했다.

마구잡이로 사슬을 잡아 끊고 급히 움직인 탓에 얼마 전 데온 아그리체에게 입은 어깨의 상처가 터졌다. 하얀 셔츠 위로 피가 배어 나왔다. 그 위에도 나비가 두어 마리 내려앉았다.

"록사나!"

다행히 완전히 의식을 잃은 것은 아니었는지, 재차 부르는 목소리에 아래로 내려깔려 있던 눈꺼풀이 천천히 들어 올려졌다.

하지만 그를 올려다보는 붉은 눈동자는 초점이 흐렸다. 그 안에 고여 있던 눈물이 눈꼬리를 따라 흘러내렸다.

"나가면, 안 돼……."

그 와중에도 록사나는 입술을 달싹여 가냘픈 목소리를 흘려보냈다.

"밖에…… 위험해……. 내가, 지켜 주……."

하지만 그녀는 말을 채 끝맺지도 못하고 다시 피를 내뱉었다.

"당장 의원에게 가야겠어."

이러다가는 정말 큰일이 날 것 같았다. 카시스는 록사나를 데리고 밖으로 나갈 생각으로 급히 몸을 움직였다.

하지만 카시스는 곧 자리에 멈출 수밖에 없었다.

"그러지…… 마."

뿌리친다면 단숨에 떼어 낼 수 있을 힘없는 손길이 그의 옷자락을 붙잡았다. 그러나 그 순간 마주친 눈동자에는 카시스가 차마 떨쳐 낼 수 없는 어떤 절박함이 어려 있었다.

"아무한테도 알리지 마. 내가, 지금 이러는 거……."

호소하듯이 올려다보는 눈빛에 발이 묶이고 말았다. 지금 이 상황에서 그게 무슨 말이냐고 반박해야 하는데 어째서인지 아무 말도 입밖으로 나오지를 않았다.

"아무한테도……."

록사나는 마지막 숨을 흩뿌리듯이 떨리는 입술을 벌려 그렇게 속삭였다. 그러던 다음 순간, 힘없이 뜨고 있던 그녀의 눈이 감겼다. 스륵, 그의 옷자락을 붙들고 있던 손이 아래로 떨어져 내렸다.

카시스는 그의 팔 안에서 축 늘어진 록사나를 보며 저도 모르게 숨을 멈추었다. 아까보다 확연히 수가 늘어난 나비들이 느리게 날갯짓하며 주위를 맴돌고 있었다. 어째서인지 그 모습이 꼭 먹잇감을 앞에 두고 기회를 엿보는 굶주린 짐승 같았다.

[스스로 제어하지 못하는 네 힘은 재앙과도 같다.]

그 순간, 머릿속에서 또다시 바위처럼 묵직한 음성이 울려 퍼졌다.

[앞으로는 두 번 다시 지금 같은 일에 네 힘을 사용해서는 안 된다.]

마치 각인된 것처럼 그의 뇌리에 깊이 새겨진 명령이었다. 카시스는 무거운 족쇄가 되어 그를 속박하는 목소리를 들으며 이를 악물었다.

[우리는 고결한 심판자 페델리안. 그 이름의 의미가 무엇인지 잊지 마라.]

하지만…….

[금지를 잃은 자에게는 오직 파멸만이 있을 뿐이니.]

하지만…….

과연 그는 지금 눈앞에 있는 이 사람을 이대로 죽게 내버려 두고도 정말 후회하지 않을 수 있을까?

태양을 품은 것 같은 선명한 금색 눈동자에 불티가 날아들었다. 대답은 이미 정해져 있었다.

[지금부터 네게 금제를 걸겠다.]

카시스는 그의 안에서 한동안 깊이 잠들어 있던 힘을 깨웠다.

콰직! 챙강!

일순간 한계까지 끌어 올린 힘에 그것을 견디지 못한 구속구가 깨져 나갔다. 그 순간 그의 몸에 붙어 있던 나비들이 먼지가 되어 사라졌다.

구속구를 부수자 주위에 진득하게 고여 있는 죽음의 기운이 더욱 또렷이 느껴졌다. 검은 피를 토했을 때부터 예상하고 있었지만 록사나는 심각한 내상을 입은 상태였다. 그녀에게서 흘러나오는 독 향이 너무 강해서 숨이 막힐 지경이었다.

카시스는 고개를 숙여 눈앞에 있는 사람에게 입술을 겹쳤다.

화악!

밀접히 맞닿은 곳을 통해 생명력이 전달되었다. 맑고 정순한 기운이 체내를 유영하며 구석구석까지 번져 나갔다. 백지장처럼 창백하던 록사나의 얼굴에 서서히 혈색이 돌아왔다. 차갑던 몸에도 온기가 돌기 시작했다.

카시스가 록사나에게 바싹 몸을 붙인 이후로 차마 그들에게 내려앉지 못하고 주위를 맴돌던 나비들이 하나씩 사라져 갔다.

잠시 후, 그의 품에 안겨 있던 몸이 살짝 움직였다. 카시스는 그제야 맞닿은 입술을 뗐다.

지척에서 마주한 눈동자는 여전히 초점이 흐렸다. 지금 막 의식을 되찾은 탓인지 물끄러미 그를 올려다보는 붉은 눈은 아직 꿈결 속을 헤매는 것처럼 몽롱해 보였다.

록사나는 아직 상황을 인식하지 못한 것 같았다. 다만 의아함을 느끼기는 하는 듯 뒤이어 그녀의 입술이 작게 벌어졌다. 그 위에 다시금 카시스의 입술이 내려앉았다.

록사나가 다친 곳은 신체의 외부가 아니었기 때문에 이 방법이 가장 회복에 효과적이었다. 곧이어 록사나의 숨이 흐트러졌다. 아무래도 지금 자신이 처한 상황을 이제야 깨달은 모양이었다.

그녀는 손을 들어 아까처럼 그의 옷자락을 붙들었다. 하지만 서서히 내상이 치료되고 있다는 사실을 알게 되었는지, 곧 미약한 움직임이 잦아들었다.

조금 더 시간이 흘러 록사나의 체내에 흘러 들어간 힘은 이제 독의 정화를 시도하기 시작했다. 맞닿은 몸에서 극렬한 거부감이 전해져 온 것도 그때였다. 카시스는 그를 밀어내는 손길에 순순히 물러났다.

"하지 마."

아직 완전히 힘을 되찾지 못한 가느다란 음성이 고막을 파고들었다. 하지만 카시스를 똑바로 직시해 오는 굳은 눈동자에는 단호함이 어려 있었다.

그녀의 거부는, 단순히 입술을 겹치는 행위를 뜻하는 것이 아니었다.

"지금 네가 어떤 상태인지 알고나 하는 말이야?"

록사나의 몸은 거의 독에 잠식당하다시피 한 상태였다. 그녀의 안에 고인 독은 이 순간에도 서서히 그녀를 좀먹어 가고 있었다. 이렇게 직접적으로 몸을 맞대고 있으니 확실히 알 수 있었다.

하지만 록사나는 한 치의 주저함도 없는 목소리로 말했다.

"그러니까 하는 말이야. 하지 마."

카시스는 그런 그녀에게 어째서냐고 묻지 않았다. 허공에서 두 사람의 시선이 마주쳤다.

그는 이 눈빛을 알고 있었다. 이것은 매분 매초 죽음을 각오하고 사는 이의 눈빛이었다.

카시스는 지금 눈앞에 있는 사람에게 그동안 알게 모르게 신경이 쓰였던 이유도, 또 이렇게 그녀를 그냥 내버려 둘 수 없는 기분이 드는 이유도 바로 이것 때문임을 깨달았다.

그 순간, 그의 안에 스스로조차 깨닫지 못한 바람이 불어 들었다. 그것은 분명 희미했으나 그리 머지않은 훗날에는 상상도 하지 못할 정도로 거대해져 그를 온통 뒤흔들게 될 변화였다.

나는 카시스의 능력에 감탄했다. 내장을 쥐어뜯는 듯하던 고통이 어느새 말끔히 가라앉은 것이 느껴졌다. 호흡도 아까보다 확연히 편해져 있었다.

피를 많이 토하기는 했는지 옷도 머리카락도 온통 축축했다. 그래도 저절로 환기가 되도록 방이 설비되어 있어서 그나마 역한 피비린내는 가셔 다행이었다.

방 안에는 색색거리는 내 숨소리만이 들리고 있었다. 황송하게도 나는 카시스에게 거의 안기다시피 한 채 그의 침대를 차지하고 있었다. 그냥 이렇게만 있는데도 약해진 몸이 서서히 회복되는 게 느껴졌다.

도대체 이게 무슨 능력이지?

뭔지는 모르겠지만 아까 내 안으로 들어온 카시스의 힘이 독까지 정화하려고 해서 얼마나 놀랐는지 모른다. 하마터면 지금까지 열심히 독을 먹어 왔던 일이 전부 허사가 될 뻔했다.

그러다 퍼뜩 카시스의 여동생인 실비아도 신기한 능력을 가지고 있었던 것이 생각났다.

와, 어떻게 지금까지 이걸 잊고 있었을까?

하지만 그럴 만도 했다. 왜냐하면 실비아의 능력은 19금 소설의 여주인공에 걸맞은 19금스러운 것이었기 때문이다. 대충 그녀와 키스를 하면 체력이 회복되고, 검열 삭제가 될 만한 짓을 하면 상처가 낫거나 하는 형식이었던 것 같은데.

맞아. 실비아가 다른 가문의 남주인공들의 장난감이 되어 감금 루트를 타게 되는 데에는 그런 이유도 있었다.

하지만 그게 페델리안 가문의 유전적인 능력이라고는 본 기억이 없었다. 더군다나 카시스의 능력은 지금 가물가물하게 떠오른 실비아의 능력과 조금 다른 것 같았다.

왜냐하면 실비아의 능력은…… 그러니까 체액 전달을 통해서만 효과가 있는 것 같았단 말이지. 이것 참 다시 생각해도 정말 19금 역하렘 소설 속 여주인공에게 어울리는 능력이기도 하다.

그러나 카시스는 지금 그저 나를 안고 있는 것만으로도 내 몸의 회복을 돕고 있었다. 그런 걸 보면 카시스 쪽이 여동생보다 좀 더 뛰어난 능력을 가진 것 같기도 했다.

혹시 독초를 구분할 수 있었던 것도 그래서인가?

그런 고민을 하다가 나는 슬쩍 시선을 들어 올렸다. 내 시선을 느낀 카시스도 눈길을 움직여 나를 내려다보았다.

어느새 내게 묻어 있던 피가 카시스에게도 번져 있었다. 하지만 그는 그것을 별로 신경 쓰지 않는 눈치였다. 마주한 얼굴이 여전히 조금 굳어 있어서 나는 입을 열지 않을 수 없었다.

"괜찮아. 이 정도로는 안 죽어."

물론 피를 한 바가지 쏟아 낸 사람이 이런 말을 해 봤자 믿기지 않겠지만 말이다.

"말했잖아. 당신이 무사히 밖으로 나갈 수 있을 때까지 지켜 주겠다고."

내가 그렇게 말하자 카시스는 한동안 아무 말 없이 나를 내려다보았다. 그러다 마침내 굳게 다물려 있던 입술을 뗐다.

"어째서 나한테 그런 말을 하는 거지?"

그런데 그에게서 흘러나온 말이 상당히 뜻밖이었다.

"난 네 오빠가 아니야."

얘는 뭐 이런 당연한 소리를 하고 있어?

나는 이게 무슨 의미인지 알 수가 없어서 잠깐 고민했다. 그러다 곧 카시스가 터무니없는 오해를 하고 있다는 사실을 깨달았다.

아니, 물론 내가 카시스와 공감대 형성을 하면서 친해지려고 '널 보면 오빠 생각이 난다'느니 하며 약을 팔기는 했지만……. 그래도 내가 아실 때문에 자기를 도우려 한다고 생각하다니?

애초에 둘은 닮지도 않았다. 그런데 이게 무슨 근거 없는 자신감일까. 난 그저 단순히 카시스 페델리안의 죽음을 방조한 죄로 나중에 몰살 엔딩을 맞고 싶지 않아서 이러는 것뿐이었다.

"알아."

그런데 이상한 일이었다. 갑자기 목에 돌멩이가 굴러와 박힌 것처럼 말이 턱 막혔다. 그런 생각은 조금도 하지 않았다고 대답하려 했는데, 어째서인지 그 말이 입 밖으로 나오지 않았다.

나는 그게 조금은 짜증이 났다.

"당신, 죽은 우리 오빠랑 조금도 안 닮았어."

지금까지 그의 앞에서 취했던 태도도 잊고 그렇게 말하고 만 것은 스스로도 이해할 수 없는 일이었다. 더군다나 마치 정곡을 찔린 사람이 아니라고 우기는 것처럼 어째서인지 약간 날 선 말투가 흘러나왔다.

"그러니까 착각하지 마."

그냥 여태껏 했던 것처럼 차라리 카시스의 약한 부분을 자극해 나를 연민하게 놔두는 것이 이보다는 좋은 방법이었을 것이다.

그런데 이상하게도 그의 말에 부정하고 싶어졌다. 데온도 그렇고 카시스도 그렇고, 아실이 마치 내게 큰 약점이라도 되는 것처럼 구는 게 싫었다.

그러고 보니 내가 카시스에게 했던 '지켜 준다'는 말은, 어릴 때 아실이 내게 입버릇처럼 말했던 것과 동일했다. 그 사실을 떠올리고 만 것도 기분이 나빴다.

아실은 내 앞에서 한껏 오빠인 척했지만 사실 나는 그를 딱히 오빠라 여기지 않았다. 당연했다. 전생까지의 기억을 합치면 내가 그보다 훨씬 나이가 많은데. 차라리 아실이 내 동생이면 또 몰라.

"웃겨……. 누가 누굴 지켜 준다고."

불현듯 떠오른 옛 기억에 나도 모르게 작게 중얼거리고 말았다. 죽은 아실에게 하는 말인지, 아니면 지금의 나에게 하는 말인지 스스로도 알 수가 없었다.

카시스는 그저 그런 나를 조용히 내려다볼 뿐, 아무런 말도 하지 않았다. 어쩌면 지금 이 순간 나는 그에게 가장 솔직한 모습을 내보이고 있었다.

한바탕 몸이 아팠던 탓인지 나도 모르게 경계가 느슨해진 모양이다. 그러다 문득 나는 이제껏 이 집에서 단 한 번도 지금처럼 마음 편히 아파 본 적이 없다는 사실을 깨달았다.

이 집에서는 그 누구에게도 내 약한 모습을 보여 줄 수 없었으니까. 그래서 지금처럼 다른 사람 앞에서 볼썽사나운 모습을 보이는 것도 처음이었다.

어쩌면 카시스 페델리안이 외부인이기 때문에 이런 게 가능한 것일 수도 있었다. 그는 내가 살고 있는 아그리체의 세계와 동떨어진 사람이었으니까. 그런 이유로 그에게는 이렇게 지친 모습을 보여도 괜찮다는 생각이 드는 것일지도 몰랐다.

이렇게 카시스에게 안겨 있으니 마치 보호받는 것 같은 기분이 들어 이상했다. 온몸에 스미는 타인의 체온이 낯설었다. 하지만 어째서인지 거기에서 벗어나고 싶다는 생각은 들지 않았다.

"따뜻해……."

나는 야트막한 숨을 내쉬며 작게 중얼거렸다. 얼마 전 환각의 방에서 그랬던 것처럼 카시스의 손이 잠시 후 내 눈가를 덮었다.

"몸이 완전히 회복될 때까지 자는 게 나아."

나지막하게 흘러드는 목소리에 믿을 수 없게도 정말 의식이 낮게 가라앉았다. 옆에 다른 사람이 있는데도 이렇게 잠이 오는 것은 아주 어릴 때 이후로 처음이었다.

언젠가부터 줄곧 그래 왔듯, 꿈에는 아실이 나왔다. 오늘은 어쩐 일로 비통하게 피눈물을 흘리는 대신, 마치 우리가 어릴 때 그랬던 것처럼 내게 꽃 화관을 내밀고 있는 아실이었다.

사실 나는 아실이 내 꿈에 찾아올 때마다 조금 무서웠다. 혹시 아실의 환각 속에 등장해 그를 죽게 만든 사람이 나일지도 모른다는 생각이 들어서. 그래서 아실이 나를 원망하고 있을까 봐.

하지만 오늘은 아실이 나를 보며 웃어 주어서 조금 마음을 놓을 수 있었다. 열다섯 살의 아실이 이제는 그와 키가 엇비슷하게 자란 내 머리에 화관을 씌워 주었다. 그런 뒤 그는 나를 향해 다시금 활짝 웃었다.

나도 그를 따라 웃어 주려고 했는데 이상하게도 미소가 지어지지 않았다. 한심하게도 나는 아실을 보며 울음을 터트려 버렸다. 그러자 아실이 '정말이지 어쩔 수 없네.'라고 말하듯이 어렴풋이 미소 지으며 내 눈물을 닦아 주었다.

짧은 꿈에서 깨어났을 때에도 나는 여전히 울고 있었다. 누군가의 단단한 손끝이 눈물에 젖은 내 뺨과 눈가를 스쳤다. 잠깐 머뭇거리다가 이내 조금 더 힘을 실어 내 눈물을 닦아 주는 그 손길이 무척 부드럽고 따스했다.

나는 지금 이 순간도 모조리 꿈인 것처럼 다시 눈을 감았다. 하지만 그 후로 또 잠이 오지는 않아서, 나는 한동안 내 눈물을 닦아주는 손길을 느끼며 그저 조용히 눈을 감고 있었다.

그 후 나는 카시스와 얼굴을 마주하는 게 불편해졌다.

당연하지. 그런 꼴을 보였는데.

그나마 다행인 것은 그와 나 사이에 그날 일이 화두로 오르는 일은 없었다는 것이다.

카시스는 그날 보인 자신의 능력에 대해 말하고 싶어 하지 않는 것 같았고, 나는 지난번에 그의 앞에서 보였던 추태에 대해 말하고 싶지 않았다.

그래서 우리는 암묵적인 약속이라도 한 것처럼 동시에 침묵했다.

"좋은 저녁이네."

지금도 카시스의 방에 들어오자마자 마주친 시선에 어색함이 폭발

할 것 같았다.

오죽하면 이렇게 얼간이 같은 인사를 하고 있을까?

엉겁결에 입에서 튀어나온 말을 다시 주워 삼키고 싶었다. 지금이 아침도 아니고 해가 저물어 가는 저녁인데 굳이 이런 인사는 왜 한 거지? 게다가 오늘 처음 만난 것도 아니잖아.

"그래. 벌써 저녁인가 보군."

하지만 카시스는 그저 담담한 눈으로 나를 보며 대답했다. 그 말투도 담담하기는 마찬가지라 그나마 민망함이 조금 가라앉았다.

지금 카시스는 에밀리를 통해 몰래 공수해 온 새 구속구를 차고 있었다. 물론 이전의 구속구도 부숴 버린 카시스에게 새 구속구라고 한들 효과가 있을 리 없었다.

그러나 그는 기회를 엿봐 다시 탈출 시도를 하지도 않고 묵묵히 내가 원하는 대로 구속구를 찼다.

"이걸 전해 주려고 왔어."

나는 카시스에게 암호가 적힌 작은 천 조각을 건네주었다. 어제 접촉한 페델리안의 사람들에게서 받은 것이었다. 역시 거기에 적힌 것이 무슨 의미인지는 알 수 없었다.

하지만 그것을 본 카시스의 눈동자에 미미한 안도감이 떠오른 것을 보고 어쨌거나 좋은 의미인 것 같다고 생각했다.

"그거, 역시 독나비인가?"

그러다 문득 카시스가 나를 보며 지나가듯 물었다. 그제야 두어 마리의 독나비가 어느새 튀어나와 내 옆에서 팔랑거리는 것을 깨달았다.

나는 내심 당황했다.

부르지도 않았는데 어째서 나온 거지?

게다가 나비들은 내가 그들을 미처 거두어들이기도 전에 카시스에게 날아가 그의 어깨 위에 내려앉았다. 얼마 전 탈출 사건 때 입은 상처가 있는 바로 그 위치였다.

어쩐지 나비들이 카시스의 피를 엄청나게 먹고 싶어 하는 것 같은 느낌이 들었다. 지난번에 내가 피를 토하며 기절했을 때에도 제멋대로 튀어나와서 카시스에게 붙어 있던 기억이 가물가물하게 떠올랐다.

한번 피 맛을 봐서 저러나.

그래도 다행인 것은 내가 살상용으로 키우기로 한 나비가 아니라 먼저 부화시킨 다른 용도의 나비라는 점이었다. 카시스의 시선이 자신의 어깨에 내려앉은 나비들을 힐끔 스쳐 지나갔다.

"왠지 내 피를 탐내는 것 같은데."

쓸데없이 예리하긴.

"아마 아닐 거야. 그건 내 피만 먹거든."

이게 독나비가 아니라는 변명은 이미 해 봤자 소용없을 것 같아서 그냥 하지 않았다. 이미 지난번에 내 체내에 독이 잔뜩 축적되어 있다는 것도 들키고, 또 본의 아니게 나비들까지 보인 뒤였기 때문이다. 지금도 카시스는 완전히 확신하는 눈빛으로 내 나비를 보고 있었다.

마수사가 아닌 사람들은 보통 독나비에 대해 잘 모르던데, 이 사람은 어떻게 한눈에 알았지? 하기야, 페넬리안 쪽의 경계 부근을 직접 정찰하러 다니는 듯했으니 마수에 대해 나름의 조예가 깊다 해도 이상할 건 없었다.

그러다 문득 카시스의 시선이 느껴져서 나는 나비를 향해 있던 눈길을 돌렸다. 그 후 마주친 것은 지난번에도 보았던 눈빛이었다. 그래서 나는 그가 무슨 생각을 하고 있는지 알 것 같았다.

"······넌 불안정해."

잠시 후 카시스가 굳게 다물려 있던 입술을 열어 침묵을 깨트렸다. 그건 거의 혼잣말 같았다. 그게 무슨 의미냐고 물어보려고 했는데 이어진 그의 물음이 더 빨랐다.

"내가 이곳에서 나가면 넌 어떻게 되는 거지?"

설마 지금 이런 상황에서도 날 걱정하는 건가?

내가 바보도 아니고, 애초에 카시스를 탈출시키는 준비를 하는 데 시간을 들인 이유도 다 내 살길을 모색하느라 그런 건데.

설마하니 내가 자기를 위해서 희생이라도 할까 봐?

그는 나 때문에 자신이 어떤 곤욕을 치렀는지도 모르고 있었다. 그런 생각을 하는데 갑자기 속이 더부룩해졌다.

"당신이야말로 날 당신 여동생이라고 착각하는 건 아니겠지?"

불편한 마음 때문인지 말이 다소 삐뚤게 나왔다. 언젠가부터 카시스가 저런 눈으로 나를 볼 때면 그의 눈을 똑바로 마주하기가 거북했다.

자기 여동생이나 걱정할 것이지. 당신이 죽으면 실비아는 소설처럼 흑화하는 걸로도 모자라서 이 세계의 또라이들과 집착 감금물을 찍게 될지도 모른다고.

"내가 널 걱정하면 안 되는 건가?"

하지만 잇따른 카시스의 말에 그만 말문이 막히고 말았다. 달싹이는 입술 밖으로 아무런 소리도 새어 나오지 않았다. 실수다. 시선만 피하면 되는 게 아니라 귀도 막았어야 하는데.

결국 나는 입술을 꾹 다물고 카시스의 눈을 마주 보았다. 그의 금색 눈동자는 여전히 나를 올곧게 응시하고 있었다. 나는 그 시선을 오래 마주하지 못하고 슬쩍 옆으로 눈길을 비꼈다.

그 후 내 입에서 흘러나온 목소리는 아까보다 확연히 날카로움이 깎인 것이었다.

"나도 나름대로 생각해 둔 방법이 있어."

하지만 사실 지금에 와서는 카시스가 자력으로 이곳을 빠져나갈 수도 있는 게 아닌가 싶었다. 대마물용 구속구도 부순 데다 이상한 능력도 가지고 있으니까.

설마 지금까지 저런 생각 때문에 탈출하지 않고 있었던 건 아니겠지?

본인이 위험한 상황에서도 내 어머니를 구해 줄 정도이니 아예 가능성이 없는 일은 아닌 것 같았다.

어쩐지 지금까지 내가 우위에 있는 줄 알았던 관계가 나도 모르는 새 뒤집힌 것 같은 불쾌감이 꿈틀꿈틀 등줄기를 타고 기어 올라오려 했다.

실은 어제 슬쩍 그의 능력에 대해 물어봤지만 카시스는 당연히 말해 주지 않았다. 구속구를 부술 수 있으면서 지난번에는 왜 그러지 않았느냐고 물으니 그때는 그럴 수 없는 상황이었다고 대답한 뒤 다시 입을 다물었다.

"그러고 보니 계획을 자세히 설명해 준 적은 없는 것 같네. 이참에 말해 줄게."

나는 의미를 알 수 없게도 약간 기분이 상한 상태로 그에게 앞으로의 계획에 대해 설명해 주었다.

그러자 카시스의 얼굴이 굳었다. 그는 할 말이 많은 표정이었지만 그게 가장 합리적인 방법이라는 사실은 인정하는 것 같았다.

"페델리안의 사람들은 안전한 곳으로 안내했어. 그러니까 그때 합류하면 될 거야."

잠시 후 카시스의 방에서 빠져나오는 내 얼굴은 차갑게 굳어 있었다. 처음에는 느리던 걸음이 점차 빨라졌다. 마치 지금 내가 빠져나온 곳에서 도망이라도 치듯이.

카시스를 안심시키기 위해 페넬리안의 사람들을 안전한 곳으로 안내했다고 말했지만 그건 거짓말이었다. 나는 그들을 북쪽 경계로 안내할 것이다. 가장 위험한 대마물 서식지인 검은 숲의 늪지대로. 그곳의 침입자는 육체와 영혼이 분리되기 전까지 결코 다시 밖으로 빠져나올 수 없기로 유명했다.

나는 쓰게 비소했다. 소설 속에서 아그리체의 사람들이 카시스를 잔인하게 가지고 놀다가 죽인 이유를 알 것 같았다. 그는 아그리체의 사람들에게 있어 너무도 이질적인 존재였다. 세모와 네모만 존재하는 곳에 어느 날 갑자기 동그라미 하나가 껴 들어온 것이나 마찬가지였다.

언젠가부터 나는 카시스가 불편했다. 정확히 말하자면 이 정도로 강렬한 거부감이 들기 시작한 것은 얼마 전 그의 앞에서 꿈을 꾸다가 우는 모습을 보였던 날부터였다.

내가 다시금 예전의 연약한 나로 돌아갈지도 모른다는 두려움이 가슴속에 번져 들었다. 내 눈물을 닦아 주던 손길을 그때 뿌리쳤어야 했다는 후회가 뒤늦게 밀려들었다.

이대로는 안 되었다.

카시스를 한시라도 빨리 내 눈앞에서 치워 버려야만 했다.

요즘 아그리체의 저택에는 이전과 다른 눅진한 공기가 감돌았다.

바로 록사나 때문이었다.

아니, 엄밀히 따지자면 록사나 때문이 아니라 록사나의 독나비 때문이라 해야 맞았다.

우득우득.

마물을 운반하던 사용인들이 옆에서 들려오는 소리에 목을 움츠렸다. 먼저 운반했던 거대한 마물의 사체에는 백 마리도 넘어 보이는 나비가 달라붙어 있었다. 며칠 전에만 해도 숫자가 수십에 그쳤던 것을 생각하면 실로 엄청난 증식량이 아닐 수 없었다.

겉모양만큼은 화려하고 아름다운 나비였지만 지금 그들은 굶주린 짐승처럼 게걸스럽게 마물의 사체를 뜯어 먹고 있었다. 사용인들은 수레 속에 운반해 온 것을 얼른 그 옆에 버려두고 자리를 떠났다.

록사나가 독나비를 살육 나비로 키우겠노라고 선언한 이후로 저택 안에서 매일같이 벌어지고 있는 일이었다. 독나비들이 마물의 사체를 먹는 동안 록사나는 어느 정도 떨어진 곳에 앉아 그 모습을 바라보았다.

"오늘은 날이 따뜻하니 시원한 음료를 가져오렴."

티 파티라고 할 수 있는 수준은 아니었지만 작은 테이블과 의자를 준비해 유유히 차를 마시는 록사나의 모습은 주위의 풍경과 굉장히 동떨어져 있었다.

평화로워 보이기까지 하는 록사나의 모습은 그녀에게 차를 가져다주러 온 하녀의 창백한 얼굴과 대조되었다. 독나비들에게 줄 먹이를 운반하던 이들도 안색이 좋지 않았다. 호기심에 독나비를 구경하러 왔던 아그리체의 사람들도 금방 기가 질린 얼굴로 돌아섰다. 확실히 보기에 좋지 않은 광경이었으니 당연하다면 당연했다.

"운반 속도가 왜 이렇게 느리지? 나비들의 허기를 충분히 달래 주지 않으면 다른 걸 먹으려 들지도 모르니 좀 더 서두르는 게 좋지 않을까?"

록사나에게서 흘러나온 나긋한 음성에 독나비의 먹이를 나르던 사람들이 펄쩍 뛰었다. 그들은 겁에 질린 얼굴로 독나비를 곁눈질한 뒤 아까보다 날쌔게 몸을 움직였다. 록사나는 주위에 있던 사람들이 충분한 공포심을 느끼고 있다는 사실을 확인하고 그들을 더 겁주는 것을 그만두었다.

사실 그녀는 일부러 독나비의 요란한 시식 광경을 사람들에게 보여 주고 있었다. 하지만 그런 것을 모르는 사람들은 독나비를 부리는 록사나에게도 두려움 섞인 눈빛을 보내는 중이었다.

원래도 무섭도록 아름답던 록사나였지만 요즘에는 어쩐지 이전과는 또 다른 의미로 쉽게 범접하지 못할 분위기를 풍기고 있었다. 비현실적인 아름다움 속에 섬뜩한 살기를 품고 있는 저 독나비와 마찬가지였다.

록사나의 고요한 붉은 눈과 시선이 마주친 사용인이 훅 숨을 들이켜며 헐레벌떡 그녀에게서 멀어졌다. 록사나는 그 모습을 조용히 주시하다가 다시금 독나비에게 시선을 돌렸다.

록사나는 종종 섬뜩하리만치 시린 눈으로 카시스를 쳐다보았다. 물론 그와 시선이 마주칠 때에는 그런 기색을 금방 지워 버렸지만 그러지 않을 때에는 다시 원래의 싸늘한 눈빛으로 돌아갔다.

그녀는 모든 톱니바퀴가 일제히 맞물리는 날을 손꼽아 기다리고 있었다. 단순히 그녀 혼자만의 착각일지도 모르지만, 어쩐지 카시스가 지금 당장에라도 혼자의 힘으로 아그리체에서 벗어날 수 있으면서 그러지 않고 있는 것 같다는 생각이 들었다.

만약 그렇다면 아마도 그 이유는 록사나의 상황을 배려해서일 것이다. 그런 생각을 할 때마다 록사나의 속에서 무언가가 꿈틀거렸다.

"독나비는 잘 키우고 있는 거겠지?"

저녁 때 록사나를 방으로 따로 부른 란트 아그리체가 독나비에 대해 물었다.

"네, 나날이 아버지의 기대에 부응할 정도로 잘 자라고 있어요."

록사나는 입꼬리를 끌어 올려 가늘게 미소 지었다. 벽에 걸린 촛대에서 번지는 불빛이 그녀의 얼굴에 짙은 음영을 만들었다.

"하지만 조만간 이것만으로는 부족해질 것 같아요."

"필요한 게 있으면 말해 보거라. 구해 주마."

요즘 들어 독나비에 지대한 관심을 표하고 있는 란트가 주저 없이 말했다.

"더 강한 것의 살과 피를 먹으면 제 독나비들도 더 강해지지 않을까요?"

록사나는 기꺼이 그에게 요구했고, 란트는 군말 없이 고개를 끄덕였다.

월례 평가가 사흘 앞으로 다가왔다.

카란튤 서식지로 떠났던 데온도 돌아올 시기가 되었다.

그날 밤, 록사나는 밖으로 날려 보냈던 나비들에게 상황을 보고받았다.

"그래, 그렇구나."

페넬리안의 사람들이 드디어 북쪽 경계의 숲에 도착했다는 소식을 들고 그녀는 어렴풋이 미소 지었다. 록사나는 그들을 환영하는 선물로 요즘 싱싱한 피와 살에 맛이 들린 살육 나비들을 보냈다.

열어 둔 창문 밖에서 얕은 파도처럼 밀려 들어온 바람에 커튼이 팔락였다. 계절이 막 바뀌어 갈 무렵의 싱그러운 풀 냄새가 어렴풋이 코끝을 스쳤다.

어느덧 카시스가 아그리체에 온 지도 거의 한 달이 되어 가고 있었다.

"이제 곧 작별이네."

창밖을 바라보던 록사나의 입술에서 자그마한 혼잣말이 읊조려졌다. 이제 곧 그녀의 일상도 카시스가 없었을 때로 돌아갈 것이다.

록사나는 수고한 나비들에게 피를 먹인 뒤 카시스가 있는 곳으로 향했다.

"안색이 나빠 보이는군."

록사나의 얼굴을 본 카시스가 말했다. 독나비들의 성장을 위해 한동안 또 아낌없이 피를 퍼부은 데다 독을 다량 섭취하기까지 했으니 당연했다.

"페넬리안 사람들의 소식을 전해 주러 왔는데. 그들이 걱정되진 않아?"

"이시도르라면 알아서 잘할 테니까."

카시스의 담담한 말에 록사나의 눈매가 작게 움찔거렸다.

"난 알아서 잘하지 않을 거라는 소리야?"

그녀의 얼굴은 여전히 옅게 미소 지은 상태였지만 입에서 흘러나온 말은 약간 삐뚜름했다. 아무래도 지난번에 보였던 약한 모습 때문에 그녀를 이렇게 미덥지 않게 여기는 것 같다는 생각이 들었다.

카시스는 묘한 눈으로 록사나를 보다가 몸을 움직였다.

철컹.

그의 손목을 감싸고 있던 구속구가 해제되었다.

록사나는 기가 찼다.

이제는 대마물용 구속구를 이렇게 마음대로 해제시키다니?

뒤이어 그녀를 향해 뻗어진 손이 살갗에 닿는 순간 기막힘은 배가 되었다. 록사나는 엉겁결에 카시스가 있는 침대 위에 걸터앉았다. 곧 맑은 기운과 함께 여전히 낯설게 느껴지는 온기가 몸으로 스며들었다.

록사나는 카시스에게 붙잡힌 손을 빼내려고 했다. 하지만 카시스는 꿈쩍도 하지 않았다.

"무슨 짓이야? 누가 내 손을 마음대로 잡아도 된다고 했어?"

"내 허락 없이 이보다 더한 짓도 했던 사람이 할 말은 아닌 것 같은데."

록사나는 말문이 막히는 것을 느꼈다. 일전에 그의 목에 마음대로 자국을 만든 일을 말하는 것이 분명했다.

"역시 이쪽이 원래 모습인가."

가만히 얼굴을 들여다보는 시선에 록사나는 싸늘히 대꾸했다.

"그냥 당신이 사람을 짜증 나게 만드는 거야."

다음 순간 카시스가 여트막하게 웃는 것을 보고 어쩐지 록사나는 스스로가 바보 같아졌다.

록사나는 합리화를 시작했다. 카시스는 다시 지난번 같은 일이 벌어져 앞으로의 계획에 방해가 되기 전에 그녀를 회복시키려는 것이 분명했다.

그리고 그녀 역시 카시스의 능력이 도움이 되기 때문에 이렇게 가만히 손을 붙잡히고 있는 것뿐이었다. 그러다 알 수 없는 충동에 이

끌려 록사나는 입을 열었다.

"잊고 있는 것 같은데 나도 아그리체야."

카시스는 한동안 아무 말 없이 록사나를 응시했다. 잠시 후, 나직한 음성이 침묵을 갈랐다.

"알고 있어."

그 후 다른 대화는 더 오가지 않았다.

시간이 조금 더 흘러 드디어 월례 평가가 하루 앞으로 다가왔다.

쿠르릉.

아그리체 전체에 지진 같은 작은 진동이 퍼져 나갔다. 한동안 폐쇄되어 있던 미로가 개방되었다. 북쪽 경계의 검은 숲과 연결된 통로의 문도 열렸다.

드디어 모든 톱니바퀴들이 한데 맞물렸다.

이제는 움직일 때였다.

우우우웅!

늦은 밤, 조용하던 아그리체의 저택에 요란한 소리가 울렸다.

침입자를 알리는 경보였다. 아그리체에 허락받지 않은 손님이 침입한 것은 오랫동안 없던 일이기 때문에 이런 경고음이 울린 것도 근 10여 년 만이었다.

당연히 아그리체에는 큰 소란이 일어났다.

"다들 일어나서 밖으로 집합해! 침입자다!"

"한 군데도 빠짐없이 수색해라!"

잠에서 깬 밖으로 나온 수하들이 일사불란하게 움직였다. 개중에는 때마침 심심했는데 잘되었다는 듯이 침입자를 찾겠다고 덩달아 나선 록사나의 이복형제들도 있었다.

"페델리안의 사냥개들인가."

란트 아그리체도 방에서 나와 시끄러운 경보음이 울려 퍼지고 있는 복도를 걸었다. 사실 저택에 침입자가 들어온 것은 얼마 전부터 란트가 염두에 두던 일이었다. 후계자를 잃은 리셸 페델리안이 가만히 있을 리 없었기 때문이다.

지난번에 보았을 때도 그는 카시스의 실종에 란트 아그리체가 연관되었다고 거의 확신하는 것 같았다. 아그리체의 땅을 둘러싼 경계에도 지겹도록 수색대를 파견해 보내는 바람에, 그들을 잡아 죽이는 데에도 꽤 애를 먹었다.

그러니 이 일도 페델리안이 원인일 가능성이 컸다.

쥐새끼 같은 놈들. 잘도 안으로 기어 들어왔군.

"아버지, 무슨 소란인가요?"

그때, 시끄러운 소리에 잠에서 깼는지 방에서 나온 록사나가 그의 눈에 띄었다.

"록사나, 혹시 모르니 지금 가서 네가 데리고 있는 개새끼가 제자리에 잘 있는지 한번 확인해 보도록 해라."

록사나는 그 말만으로도 지금의 상황을 눈치 빠르게 파악한 듯했다.

"페델리안의 침입자인가요?"

"그럴 확률이 크다."

록사나는 알겠다고 대답한 뒤 곧장 몸을 돌렸다. 역시 그를 닮아서 눈치 있고 행동이 빠른 면이 마음에 들었다.

란트는 멈추었던 걸음을 다시 옮겼다. 겁 없이 그의 영역에 침투한 쥐새끼를 잡아 죽일 차례였다.

록사나는 곧장 카시스의 방으로 향했다.

"가자."

카시스는 말없이 자리에서 일어났다. 두 사람은 함께 방을 나섰다. 복도에는 요란한 경보음이 파도처럼 넘실거리고 있었다.

"앗, 록사나 아가씨!"

그렇게 조금 더 걷자 무장한 상태로 뛰어가고 있는 수하들의 모습이 시야에 들어왔다. 그들도 록사나를 발견하고 멈칫했다. 더군다나 그녀는 혼자가 아니라 옆에 카시스도 데리고 있었다.

그래도 지난번 환각의 방에 갇힌 이후로 얌전해졌다는 소문이 정말인지, 록사나의 장난감은 구속구와 목줄을 찬 채로 조용히 그녀의 뒤에 서 있었다.

하지만 그들은 란트 아그리체에게 이번 침입자는 페델리안에서 보낸 것일지도 모르니 방심하지 말라고 당부를 들었던 참이었다.

"아가씨, 왜 밖으로 나오셨습니까? 혹시 모르니 장난감을 데리고 다시 방으로 가시는 게 어떠실지요?"

"맞습니다. 아직 말씀을 전해 듣지 못하셨습니까? 지금 침입자는……."

그러나 그들은 거기에서 말을 더 잇지 못했다.

"알고 있어."

다음 순간 록사나가 손가락을 들어 입술에 가져다 대며 침묵을 요구했기 때문이다.

"그래서 재미있는 걸 생각 중이거든. 아직 다른 사람에게는 비밀이니까 지금은 조용히 해 줄래?"

그러면서 슬쩍 곁눈질하는 것으로 보았을 때, 록사나가 말하는 다른 사람이란 옆에 있는 장난감을 의미하는 것 같았다. 아무래도 그녀는 지금 저택에 침입한 사람이 페델리안 소속일지도 모른다는 사실을 장난감에게 알리고 싶어 하지 않는 듯했다.

"그럼 내가 고마울 텐데."

한순간 눈앞이 아찔해질 정도로 아름다운 미소가 시야에 번져 들었다. 달짝지근한 목소리가 고막을 휘감는 순간 머리가 띵해졌다. 그들은 얼이 빠진 얼굴로 멍하니 고개를 끄덕였다.

"고마워. 혹시 아버지께서 침입자를 잡으면 어디로 데려오라고 하셨어?"

"조각상이 있는 1층 로비입니다."

"그래, 그럼 다들 수고해."

록사나는 산책이라도 가듯이 한가롭게 장난감의 목줄을 끌고 수하들을 스쳐 지나갔다. 잠깐 넋을 놓고 있던 수하들도 귓가에 울리는 경보음에 곧 정신을 차리고 부리나케 뛰어갔다.

"다들 네 앞에서 정신을 못 차리는군."

"당신이 이상한 거지 원래 저게 정상이야."

카시스는 말 몇 마디만으로 사람들을 좌지우지하던 록사나를 오묘한 눈으로 쳐다보았다. 하지만 그는 곧 아무 말 없이 다시 시선을 돌렸다. 카시스도 그들의 그런 반응이 아예 이해가 되지 않는 건 아니었다.

부산스럽게 복도를 뛰어다니던 사람들의 발소리가 서서히 잦아들었다. 그들이 걷고 있는 방향은 오히려 저택의 깊숙한 곳이었다. 마침내 록사나가 발길을 멈추었다.

"여기야."

그녀가 멈추어 선 곳은 꽤 오래 사용되지 않은 것처럼 을씨년스러운 기운이 감도는 구석진 복도였다. 벽에 군데군데 박힌 촛대의 불빛이 선명한 빛과 어둠의 경계를 만들고 있었다. 자세히 보니 그중에서 가장 가까이에 있는 촛대의 불은 미약한 바람에 흔들리듯이 작게 일렁이고 있었다.

록사나는 눈앞에 있는 금 촛대에 손을 뻗었다.

"잠깐……."

카시스가 퍼뜩 입을 열었지만 록사나의 손은 멈추어지지 않았다. 불빛이 일렁이는 촛대의 윗부분을 누르고 그것을 돌리자 철컥, 하는 소리와 함께 벽이 갈라졌다.

휘이이.

작게 벌어진 틈에서 차가운 바람이 새어 들어왔다.

"주술이 걸려 있어서 불을 끄고 움직이면 작동하지 않거든."

록사나는 태연히 촛대를 잡아 뽑으며 말했다. 카시스를 돌아보는 얼굴이 지극히 차분하고 태연했다.

"어차피 문을 닫을 때도 같은 방법을 사용해야 하니까 지금 치료해 줘 봤자 소용없어. 그러니까 그냥 놔둬."

그런 얼굴만 보자면 맨손으로 불길이 일렁이는 촛대를 잡아 화상을 입은 사람으로는 결코 생각할 수 없을 정도였다.

카시스의 눈매가 일그러졌다.

"너는 정말……."

하지만 그는 말을 더 잇지 않고 입을 굳게 다물었다. 카시스는 무언가를 억누르는 듯한 눈으로 록사나를 보다가 이윽고 눈을 길게 감았다.

우우웅.

마치 그를 재촉하는 것처럼 벽 너머에서 웅성거리는 바람 소리가 들렸다. 시간이 많지 않았다. 다시금 모습을 드러낸 카시스의 눈에는 한결 견고해진 빛이 어려 있었다.

카시스는 어둑한 공간 속으로 몸을 들였다. 철컹. 그의 사지를 결박하고 있던 구속구가 해체되어 바닥에 떨어졌다.

"길은 하나니까 곧장 걸어가기만 하면 돼."

다른 것은 미리 일러두었으니 지금 굳이 설명하지 않아도 될 것이다. 그럴 여유도 없었다. 록사나는 잠깐 얕은 숨을 내뱉은 뒤 덧붙였다.

"조심해."

두 사람의 시선이 허공에서 마주쳤다. 록사나가 다시 문을 닫기 전, 카시스의 손이 앞으로 뻗어졌다.

"록사나."

맞닿은 손에서 어느새 조금은 익숙해진 온기가 번져 나갔다.

"이게 마지막일 거라고 생각하지 않아. 그러니 인사는 다음에 하겠어."

여느 때처럼 올곧은 눈빛이 마주한 이를 응시했다. 어둠에 잠긴 상태에서도 카시스에게서는 빛이 느껴졌다. 록사나는 그 눈동자 안에 비친 자신의 모습을 조금은 낯선 듯이 바라보았다.

"그때까지 무사하길."

마침내 카시스가 마지막 인사를 속삭였다. 록사나는 그런 그를 향해 설핏 웃어 보였다. 먼저 겹쳐졌던 손이 떨어지고, 그 후 지척에서 마주하고 있던 시선이 벽에 가로막혀 끊어졌다.

"안녕, 카시스. 그동안 즐거웠어."

그렇게 두 사람은 지금껏 함께 보냈던 길고도 짧은 시간에 작별을 고했다.

이제는 한동안 안녕이었다.

바스락!

"찾았다! 침입자다!"

란트 아그리체는 소리가 들려온 방향으로 발길을 돌렸다.

"찾았느냐?"

이제 곧 페델리안의 쥐새끼를 잡아 죽일 수 있다는 생각에 기대했으나 그의 앞에 모습을 드러낸 것은 침입자가 아니었다.

"저, 그게……."

키약!

덫에 걸린 것은 카란튤의 새끼였다. 지난번 소동 때 사육장에서 빠져나와 지금까지 저택 내에 숨어 있었던 모양이다. 작아도 마물은 마물이라고, 카란튤의 새끼는 덫에 걸려서도 거칠게 버둥거리며 독액을 뿜어 댔다.

란트 아그리체의 얼굴이 와락 구겨졌다.

"아무래도 침입자가 아니라 마물이 결계를 건드렸던 것 같습니다."

그렇지 않아도 아무리 저택을 이 잡듯이 뒤져도 침입자의 머리카락 한 올 눈에 띄지 않아 이상하던 참이었다. 그런데 늦은 밤중에 저택을 이렇게 시끄럽게 만든 것이 고작 이따위 마물이라니.

"일단 산 채로 가져와."

란트는 짜증스럽게 명령했다. 그의 심기가 사납다는 것을 눈치챈 수하들이 얼른 카란튤의 새끼를 자루에 넣었다. 저택의 경보를 발동시킨 게 이것이 맞는지 확인하려면 숨이 붙은 채로 주술진을 그린 곳으로 데려가야 했다.

그들은 1층 로비의 조각상 앞에 카란튤의 새끼가 든 자루를 던져 넣었다. 그러자 지금까지 귀가 따갑도록 울려 대던 시끄러운 소리가 사라졌다.

란트 아그리체는 잇새로 욕설을 내뱉었다.

"그 안에 든 게 침입자인가요?"

그때, 록사나가 계단에서 모습을 드러냈다. 위층으로 이어진 계단에는 불을 밝히지 않아서 그녀가 서 있는 곳은 어둑했다.

록사나의 등 뒤에 있는 창문에서 하얀 달빛이 스몄다. 층계참에 멈춰 선 록사나의 뒤에는 카시스 페넬리안이 목줄을 단 채로 비스듬히 비켜서 있었다.

"그래. 별 같잖은 게……."

바스락!

란트 아그리체가 막 입을 열었을 때, 바닥에 있던 자루가 요동쳤다. 그 안에 들어 있는 것이 밖으로 빠져나오려는 듯이 발버둥 치다가 마침내 입구를 여는 데 성공했다.

"그래요, 그럼 환영 선물을 줘야겠네요."

자루 안에 든 것이 마침내 밖으로 뛰쳐나오는 순간, 록사나가 웃으며 손에 들고 있던 목줄을 잡아당겼다.

파아앗!

목줄을 차고 있던 사람에게 붉은 나비들이 달려든 것은 바로 그 순간이었다. 허공에서 모습을 드러낸 수백 마리의 독나비가 카시스 페델리안을 집어삼켰다.

우걱우걱!

아드득!

소름 끼치는 소리가 저택 안에 울려 퍼졌다.

"으…… 아악……!"

나비들은 비명을 내지르며 추하게 몸부림치는 먹잇감을 야금야금 먹어 치웠다. 머리끝부터 발끝까지 나비로 뒤덮여 있던 카시스 페델리안의 육체가 휘청이다가 바닥에 쓰러졌다. 모두가 눈앞의 광경을 넋을 놓은 채 바라보았다.

우드득, 우득…….

한참 동안 간헐적인 신음이 흐르던 자리에 더 이상 시체라 할 수도 없는 분해된 육신의 흔적만이 남았다. 살점이 뜯겨나간 몸은 곧 원래의 형체를 잃고 핏물에 젖은 뼛조각으로 분했다.

한번 보면 뇌리에 새겨져 결코 잊을 수 없을 듯한, 몹시도 잔인하고 또 충격적인 광경이었다.

뚝, 뚜욱.

1층에 있던 사람들은 질척한 붉은 액체가 계단을 타고 느리게 흘러내리는 모습을 멍하니 바라보았다. 하지만 곧 먹잇감을 금세 해치운 나비들이 하나둘씩 자리를 옮겨 계단 위에 흘러내린 피까지 한 방울도 남기지 않고 모조리 먹어 치웠다. 그래서 나비들이 포식한 현장에는 놀랍도록 깨끗하게 아무런 흔적도 남지 않았다.

"아, 이런. 페델리안에서 온 사람이 아니었네요?"

불현듯 숨 막히는 정적을 깬 것은 어딘가 불만스러운 느낌을 풍기는 미려한 음성이었다. 그제야 사람들은 후욱 크게 숨을 들이마셨다.

란트 아그리체도 얼이 빠져 있기는 마찬가지였다. 그는 록사나의 시선을 따라 고개를 밑으로 내렸다. 그러자 자루 입구에 몸통이 걸려 버둥거리고 있는 마물이 눈에 들어왔다.

록사나는 그것을 보고 눈매를 찌푸리며 안타깝다는 듯이 말했다.

"아쉬워라. 침입자들에게 그들이 그토록 찾아 헤매던 주인이 바로 눈앞에서 죽는 광경을 선물로 보여 주려고 했는데."

바닥에 있던 나비들이 다시금 허공으로 날아올랐다. 그것은 달빛 아래에서 신비롭게 반짝이다가 록사나의 명령을 받고 하나둘씩 사라지기 시작했다.

조금 전까지만 해도 숨을 쉬며 살아 있던 사람의 육체는 이제 흔적조차 남아 있지 않았다. 하지만 그 빈자리를 내리깐 눈으로 힐끔 쳐다보는 록사나의 얼굴에는 아무 죄의식도 담겨 있지 않았다.

"하지만 얼마 전부터 독나비가 제 장난감을 먹고 싶다고 조르던 참이었으니 상관없겠죠."

붉은 나비를 손가락 위에 올린 채 싸늘히 미소 짓는 록사나는 소름이 끼치도록 아름다웠다.

"마침 귀여운 새 애완동물이 생겨 저급한 장난감은 더 가지고 놀기 질리던 참이기도 했고."

그녀의 등 뒤로 비치는 달빛이 가녀린 몸에 하얀 윤곽을 덧그렸다.

"하……."

드물게도 할 말을 잃고 있던 란트 아그리체의 입에서 잠시 후 낮은 웃음소리가 흘러나왔다.

"하…… 하하……!"

그것은 점차 크기를 키워 이내 주체하지 못할 광소로 변해갔다.

"그래, 버러지 같은 페델리안의 쥐새끼에게 제법 잘 어울리는 결말이로구나……!"

그의 붉은 눈은 무언가에 도취된 듯이 번들거리고 있었다. 망막에 아로새겨지기라도 한 듯, 조금 전에 보았던 광경이 그의 뇌리에 낙인처럼 선명한 잔상으로 박혀 있었다. 그것은 란트의 머릿속에 몇 번이나 반복해 되풀이되었다.

"이런 생각을 하다니 역시 록사나 넌 내 기대를 저버리지 않아!"

리셸 페델리안의 아들이 뼛조각 하나 남기지 않고 제 눈앞에서 뜯어 먹혀 이렇게 비참한 최후를 맞이했다는 사실이 그에게 굉장한 희열감을 느끼게 하는 것 같았다.

"오늘의 침입자가 페델리안의 개가 아니었던 게 정말 아쉽구나! 그래, 차라리 리셸 페델리안이 두 눈을 부릅뜨고 있는 앞에서 아들이 죽는 모습을 보여 줄 것을 그랬군. 왜 지금까지 그 생각을 못 했지?"

"그래도 그는 제법 강한 인간이었으니 제 독나비에게도 좋은 성장 재료가 되었을 거예요. 버러지 같은 페델리안의 후예에게는 분에 넘치는 영광이 아니겠어요?"

"그래, 네 말이 맞다. 그놈에게는 과분한 최후지."

란트 아그리체는 아까까지만 해도 심기가 불편했던 것도 잊고 록사나의 말에 비릿게 웃으며 고개를 끄덕였다. 록사나도 그와 함께 웃다가 곧 나긋한 어조로 속삭였다.

"그러고 보니 시간이 많이 늦었어요. 이만 들어가서 쉬세요, 아버지. 저도 도중에 잠에서 깼더니 피곤하네요."

"그래야지. 너도 그만 쉬거라."

록사나는 여전히 아름답게 미소 지은 얼굴로 뒤돌아 계단을 올라갔다.

"아가씨."

록사나가 시키는 대로 임무를 완수한 에밀리가 방에 도착해 있었다. 지금의 소란은 모두 그녀가 만들어 낸 것이었다.

"잘했어, 에밀리."

에밀리는 록사나의 말에 고개를 작게 숙여 보였다.

"명하신 대로 이제부터 아무도 방으로 들어오지 못하게 하겠습니다."

그 후 에밀리는 조용히 물러났다. 문이 닫히고 몇 발짝 옮기기도 전에 록사나는 소파를 붙잡고 바닥에 주저앉았다.

"으, 으욱…… 커헉."

어김없이 입에서 검붉은 피가 토해져 나왔다. 그래도 카시스의 능력으로 몸을 회복했던 덕분인지 이번에는 의식을 잃을 조짐까지는 보이지 않았다. 소파의 손잡이를 움켜쥐고 있던 하얀 손이 잘게 떨렸다.

록사나는 피를 흘리며 숨을 몰아쉬었다. 조금 전 그녀가 사용한 것은 살육 나비가 아닌, 먼저 부화시켰던 환상 나비였다. 지난번에 샬럿을 이용해 시험해 보긴 했지만 이번에는 그때보다 더 정교한 환상을 만들어야 했기 때문에 록사나는 긴장하지 않을 수 없었다.

오늘을 위해 그녀는 모두의 앞에서 살육 나비의 존재를 공공연히 드러내고 뒤에서 남몰래 환각의 능력을 가진 독나비를 키웠다.

카시스는 반드시 모두가 보는 앞에서 죽어야만 했기 때문이다.

추적하는 이 없이 카시스가 무사히 아그리체의 땅에서 벗어나려면, 또 록사나가 카시스의 탈출을 막지 못한 죄로 처벌받지 않으려면, 그가 저택에서 사라졌다는 소식은 누구에게도 알려져서는 안 되었다.

그래도 그녀의 바람대로 나비들이 잘 성장해 주어서 다행이었다.

지금쯤 카시스는 무사히 검은 숲에서 빠져나가는 중일까?

록사나는 뾰족한 갈퀴가 배 속을 헤집는 듯한 통증을 느끼며 한 차례 더 피를 토해 냈다.

미리 대기시켜 두었던 페델리안의 사람들에게는 살육 나비를 붙여 두었다. 검은 숲과 이어진 비밀 통로의 입구에도 나비들을 배치시켜 두었으니 카시스를 도울 수 있을 것이다. 한동안 열심히 마물을 먹여 맛을 들려 두었으니 충분히 제 역할을 할 것이 분명했다.

그러다 문득 록사나의 입술에서 부스러지는 웃음소리가 흘러나왔다. 카시스는 마지막까지 참 한결같았다. 어차피 작은 화상 자국일 뿐인데 그것을 굳이 치료해 준 것만 보아도 말이다.

마지막으로 마주쳤던 그의 눈을 떠올리니 마음이 조금 편안해졌다. 단순히 그렇게 믿고 싶은 것뿐인지도 모르겠지만…….

어쩐지 카시스가 그 숲에서 죽을 것이라는 생각이 들지 않았다.

"하…… 하하……."

마침내 피에 젖은 록사나의 입술에서 간헐적인 웃음소리가 새어 나왔다. 할 수만 있다면 지금 당장 밖으로 뛰쳐나가 아그리체의 사람들에게 알려 주고 싶었다.

이것 좀 보라고 큰 소리로 외치고 싶었다.

내가 기어이 너희를 기만하는 데 성공했노라고.

달칵.

굳게 닫혀 있던 방문이 열린 것은 바로 그 순간이었다. 어둠에 먹힌 방 안에 가느다란 빛줄기가 스며들었다. 밖에서 다른 인기척도 느껴지지 않았는데 어떤 징조도 없이 누군가가 문틈으로 발을 들였다.

에밀리의 것으로 보이는 팔이 바닥에 늘어져 있는 것이 열린 문 사이로 언뜻 보인 것 같았다. 하지만 록사나가 제대로 확인하기도 전에 다시 문이 닫혔다.

아, 지겨워라.

록사나는 그녀의 눈앞에 우뚝 선 남자를 보고 천천히 눈을 감았다 떴다.

"네가 카시스 페델리안을 독나비에게 먹이로 줬다고 밖이 시끄럽더군."

지금 막 저택으로 돌아온 것인지 방 안에 들어온 남자에게서는 우거진 숲의 냄새가 희미하게 풍겼다. 카란튤의 서식지로 떠났던 일행이 그새 돌아온 모양이었다.

"그래서?"

록사나는 소맷자락으로 천천히 입가를 훔치며 무덤덤한 음성을 흘려보냈다.

"그게 당신하고 무슨 상관이라고 이렇게 날 찾아와 그 이야기를 하는 거야?"

하지만 잇따른 나직한 음성에 록사나의 움직임이 멈추어졌다.

"카시스 페델리안, 죽은 게 아니지?"

그것은 이미 록사나에게 답을 구하는 것이 아니었다.

"어디로 빼돌렸어?"

저벅거리는 소리와 함께 뿌리 내린 나무처럼 우두커니 서 있던 데온의 발길이 자리에서 떨어졌다. 그의 걸음은 록사나와 한 발짝 떨어진 곳에서 멈췄다.

찰박, 검은 구둣발이 바닥에 고인 작은 피 웅덩이에 닿았다. 데온의 시선이 붉게 물든 록사나의 모습을 느리게 훑고 지나갔다. 방 안이 어두워 무엇이든 제대로 보일 리 없었는데도, 그의 시선은 마치 그녀의 속까지 꿰뚫는 듯했다.

"내가 맞혀 볼까?"

곧 데온이 작게 속삭이며 몸을 숙였다. 달빛에 첨예한 광채를 발하는 붉은 눈동자가 가까이에서 시선을 맞춰 왔다.

"지금까지 내 눈이 닿지 않은 곳은 딱 하나지."

뒤이어 데온의 입가에 차가운 미소가 떠올랐다.

"북쪽 경계의 검은 숲."

그 순간 바깥에서 들려오던 희미한 바람 소리가 잦아들었다. 진득한 공기가 어린 방 안에 얼음송곳 같은 침묵이 떨어져 내렸다.

록사나의 얼굴에서는 아무런 변화도 일지 않았다. 데온을 응시하는 그녀의 눈은 그가 이 방에 처음 들어왔을 때 그랬던 것처럼 여전히 냉막하게 시렸다. 그 안에서는 어떤 감정적 동요도 느껴지지 않았다.

하지만 데온은 흔들리지 않았다.

"무슨 방법으로 빼돌린 건지는 모르겠지만 아주 그럴듯한 방법이었어. 그래……. 그럼 이건 혹시 환영을 보여 주는 독나비인가?"

록사나가 약해진 틈을 놓치지 않고 허공에 나타난 독나비들이 그녀의 주위를 떠돌고 있었다. 데온의 눈길이 나비들을 스쳤다.

"네가 가진 게 살육 나비가 아니었다니. 그게 아니면 혹시 부화시킨 독나비가 하나가 아니든지."

데온의 말은 놀랍도록 사실에 근접했다. 마주한 얼굴을 조용히 주시하던 록사나가 마침내 입을 열었다.

"망상이 지나치네."

"망상이 아니란 걸 네가 제일 잘 알 텐데."

록사나의 시선이 다시금 말없이 데온의 얼굴에 머물렀다. 잠시 후, 그녀가 나지막하게 물었다.

"그래서, 지금 밖으로 나가서 그런 이야기를 하겠다고?"

"어떻게 할까."

데온의 입술 끝이 느른히 호선을 그렸다. 그 후 그는 잔인하게 속삭였다.

"일단 북쪽 경계로 수색대를 보낼까? 네 앞에 갈가리 찢긴 카시스 페넬리안의 시체를 가져다 놓는 것도 괜찮을 것 같은데."

그 모습이 마치 먹잇감을 덫에 몰아넣는 데 성공한 사냥꾼 같았다. 데온은 손을 들어 록사나의 주위를 떠돌고 있는 나비를 그 안에 움켜쥐었다. 마치 그것이 눈앞에 있는 사람이라도 되는 것처럼.

"네가 왜 이렇게 하면서까지 그놈을 살리려고 하는지는 모르겠지만 말이야."

그는 손안의 나비를 으스러뜨릴 듯이 손아귀에 힘을 주었다. 그러면서 한동안 록사나를 가만히 응시하다가 곧 다시금 손에서 느슨히 힘을 풀었다. 벌어진 틈으로 나비가 빠져나와 팔랑거리며 허공을 유영했다.

그 직후 데온이 자리에서 몸을 일으켰다.

"가지 마."

아니, 일으키려고 했다. 다음 순간 그의 귀를 파고든 목소리만 아니었다면.

"가지 마, 데온."

움직임을 멈춘 데온의 귀에 다시금 자그마한 속삭임이 새어 들었다. 그에게 향한 것이라고는 믿을 수 없을 정도로 부드럽고 달콤한 목소리였다. 만약 이것이 록사나의 나비가 들려 주는 환청이라고 해도 그는 믿을 수 있었을 것이다. 하지만 뒤이어 데온의 뺨에 닿은 손은 실체를 가지고 있었다.

겨울의 태를 빌려 태어난 것처럼 뼛속까지 시린 분위기를 풍기던 남자가 마치 시간이 멈춘 것 같은 모습으로 눈앞에 있는 사람을 응시했다.

록사나는 그런 데온을 향해 손을 움직였다. 그렇게 그의 얼굴을 다정하게 어루만지다가, 그녀는 이내 천천히 입꼬리를 끌어 올렸다.

"시시해라."

조금 전의 그 달콤함이 모조리 거짓이라는 것처럼 시야를 찌르는 미소는 싸늘하기 그지없었다.

"당신, 정말로 시시한 사람이구나."

정말이지 애처롭고 안쓰러워서 어쩔 수 없다는 듯이, 록사나는 그녀의 손안에서 숨을 죽이고 있는 남자를 동정과 비웃음이 뒤섞인 눈으로 바라보았다.

"데온. 당신이 정말 원하는 게 뭔지 내가 모를 거라고 생각했어?"

그 순간 록사나의 시야에 비친 붉은 눈동자에 실낱같은 파문이 떠올랐다. 그것은 아주 작디작은 동요였지만 그 대상이 다른 누구도 아닌 데온이었기 때문에 몹시도 극렬한 변화인 것처럼 느껴졌다.

"지난 마리아 님의 티 파티 때…… 데온 아그리체의 이름을 사칭했던 수하들."

뒤이어 느릿하게 달싹여진 붉은 입술에서 숨결 같은 작은 속삭임이 흘러나왔다. 적막한 어둠이 바닥에 겹쳐진 두 사람의 그림자를 뒤덮었다.

"당신의 이름을 대고 카시스를 밖으로 꺼내 오도록 내게 명령받았던 그 사람들 말이야. 당신이 죽였지?"

지금 록사나의 입에 오른 자들은 그날 사육장 밖으로 풀려난 마물에 의해 불운하게 죽은 것으로 알려져 있었다.

하지만 그것이 진짜 진실인 것은 아니었다. 방 안에 고인 것은 서늘한 침묵뿐이었지만 록사나는 마주하고 있던 데온의 눈에서 정답을 읽어냈다.

"그래⋯⋯. 그 사람들을 죽이기 전에 아버지 앞으로 끌고 가 누명을 벗을 수도 있었을 텐데 그러지 않았구나."

"⋯⋯."

"그리고 내가 바라는 대로 순순히 저택을 떠나 마물 서식지로 갔어."

데온에게 왜 그랬냐고 이유를 묻는 것조차 무의미했다. 지금 이 순간 마주하고 있는 눈을 통해 그 속에 깊게 숨겨져 있는 것들이 낱낱이 들여다보였으니까.

만약 지금 앞에 있는 사람이 제레미였다면 아낌없이 칭찬해 주었을 것이 분명했다. 그녀를 위해 스스로를 희생하면서까지 뒤에서 청소를 해놓다니 이 얼마나 갸륵하단 말인가.

하지만 록사나는 권태와 조소를 담은 야트막한 숨결을 앞에 있는 사람에게 흘려보낼 뿐이었다.

"주제넘다고 말했는데도."

손끝만 대도 벨 듯한 유리 조각 같은 눈빛이 달그림자에 스몄다.

"난 정말 당신이 주는 건 그게 뭐라고 해도 필요 없었는데."

지금 눈앞에 있는 남자가 진저리 날 정도로 싫고 또 역겨워서, 록사나는 그의 시선이 그녀에게 닿는 것조차 용인하고 싶지 않았다. 하지만 이 가엾고도 끔찍한 남자는 아무리 거부하고 밀쳐내도 끈질기게 그녀의 그림자를 쫓았다.

"데온. 난 말이야. 당신이 정말 구역질 나도록 싫어."

록사나의 말에 데온은 미동조차 하지 않았다. 이미 알고 있다는 듯이 그저 조용히 그녀를 응시해 오는 눈동자는 심해처럼 깊고 어두웠다. 하지만 그 안에는 분명 작은 불씨 같은 낯선 열망이 소리 없이 도사리고 있었다.

"하지만…… 그래……."

록사나는 그 눈을 가만히 직시하며 차갑게 웃었다.

"당신이 그렇게까지 내게 목줄을 쥐여 주고 싶다면야."

창밖에서 시린 달빛이 스며들었다. 맞닿은 몸에서 전해지는 온기가 따뜻했다. 그러나 기이하게도 살이 에이는 듯이 추웠다.

"당신도 나도, 어차피 갈 곳은 지옥밖에 없을 테니까."

그날, 록사나는 그녀의 발밑에 스스로 복종하고 들어온 검은 개와 새로운 속박의 맹약을 맺었다. 그 끝에서 그들을 기다리고 있는 것은 분명 나락일 것이었다.

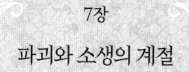

7장

파괴와 소생의 계절

"……뭐라고?"

실비아는 지금 그녀가 들은 말을 믿을 수 없어 멍청히 반문했다.

"너 지금 뭐라고 했어? 우리 오빠가…… 여기에서 어떻게 됐다고?"

그녀의 안색은 더없이 창백했다. 하지만 제레미는 실비아의 얼굴이 희게 질린 것을 미처 눈치채지 못한 듯, 여상히 대답했다.

"그러니까 말했잖아. 이미 죽었어, 네 오빠는. 우리 아버지가 데려온 게 벌써 몇 년 전 일인데. 여기 온 지 반년도 안 되어서 뼛가루도 안 남고 죽었다고. 그러니까 너도 이제 네 오빠 그만 찾아."

"우리 오빠가…… 여기에서 어떻게 죽었는데?"

제레미 아그리체의 입에서 나온 진실은 실로 끔찍했다. 그의 말을 듣는 동안 눈앞이 어지럽고 속이 메스꺼워 견딜 수가 없었다. 아그리체의 사람들이 그녀의 오빠에게 저지른 일은 인간의 탈을 쓰고 할 수 있는 짓이 아니었다.

사라진 오빠를 직접 찾기로 결정했을 때부터 어쩌면 이 길의 끝에 그녀가 결코 인정하고 싶지 않은 진실이 기다리고 있을지도 모른다는 생각을 했다. 그래서 마음 한편으로는 오빠의 죽음을 마주할 각오도 하고 있었다.

하지만 이런 것은 아니었다. 그녀의 상상 어디에도 이런 것은 존재하지 않았다. 적어도 오빠의 마지막이 이런 것이었을 거라고는······.

"내가 말해 줬으니까 이제 약속대로 다른 새끼들하고 만나면 안 돼! 특히 그 빨강이 새끼 존나 거슬려. 어차피 네 오빠 일이 아니면 그놈들하고 만날 이유도 없잖아."

제레미가 떼를 쓰듯이 실비아의 손을 잡고 칭얼거렸다. 그 얼굴이 때 묻지 않은 순진무구한 어린아이처럼 맑고 해사했다.

그 순간, 실비아의 안에 이제껏 그녀에게 존재하는지조차 몰랐던 새까만 감정이 싹을 틔웠다. 그것은 순식간에 뿌리를 내리고 자라 독기를 머금은 꽃을 피워 냈다.

"······쳐."

"뭐?"

철썩!

실비아는 맞닿은 제레미의 손을 매몰차게 뿌리쳤다. 제레미는 생전 처음 보는 실비아의 독기 어린 매서운 눈을 보고 그대로 얼어붙었다.

"닥쳐. 닥쳐······! 당장 그 입 닥치라고······!"

실비아는 그에게 무서운 분노를 드러내고 있었다. 제레미는 당황해서 안절부절못하다가 곧 그녀가 이렇게 화를 내는 이유를 퍼뜩 깨달은 듯이 급히 사과했다.

"미, 미안해, 실비아. 네 오빠인 줄 알았으면 그때 나도 안 그랬을 거야. 진짜야! 하지만 난 그때 몰랐잖아. 그러니까 화내지 마. 응?"

하지만 사실 제레미는 실비아의 분노를 진심으로 이해하지는 못하고 있었다. 그에게 형제란 꺾어 눌러야 할 경쟁자일 뿐, 죽어서 슬픔을 느낄 만한 대상이 아니었기 때문이다. 그래서 제레미는 실비아가 몇 년간이나 실종된 오빠를 찾아 헤매는 것을 단 한 순간도 이해한 적이 없었다.

그러니 지금 실비아에게 사과하는 것도 진심이 아니라 그저 그녀의 심기를 거스르지 않기 위해 약삭빠르게 구는 것에 불과했다. 그러다 그는 무언가를 생각해 낸 듯이 반색하며 실비아를 쳐다보았다.

"아, 그래! 록사나라고, 안구 수집이 취미인 형제가 있는데 네 오빠 눈을 가지고 있을지도 몰라. 그때 꽤 마음에 들어 했거든. 지난번에 걔 수집품 방에서 너랑 비슷한 금색 눈을 봤던 것 같아. 분명 그거일 거야. 네가 원하면 그거라도 가져다줄까?"

"하하……."

실비아는 이제 이 모든 것이 우스꽝스럽게 느껴져서 메마르게 비소했다. 제레미는 실비아가 웃자 안심한 듯이 그녀를 따라 입꼬리를 끌어 올려 미소 지었다.

그 얼굴이 신물이 나도록 역겨워 참을 수가 없었다. 실비아는 다시금 자신을 향해 손을 뻗는 제레미를 보며 싸늘하게 읊조렸다.

"죽여 버릴 거야, 제레미 아그리체."

그 순간 제레미의 손이 허공에서 우뚝 멈추어졌다. 실비아는 서서히 표정을 변화시키기 시작한 제레미를 향해 말을 이었다.

"너도, 네 형제들도……."

사정없이 짓밟혀 새까맣게 타들어 간 가슴에서 진물이 흐르는 것 같았다. 사색이 된 제레미의 얼굴이 구역질이 날 정도로 무구하고 애처로워 보였다. 실비아는 그 얼굴에 침을 뱉고 싶었다.

이 죄인들은 그녀의 소중한 사람을 그토록 잔인하게 난도질해 죽여 놓고 참회조차 하지 않았다.

"우리 오빠를 죽인 이 아그리체의 모든 인간을."

그러니 실비아도 용서 따위는 생각하지 않았다. 눈에는 눈, 이에는 이, 그리고 피에는 피, 죽음에는 죽음을. 그리하여 이 금수만도 못한 자들에게 그에 걸맞은 최후를 주리라.

"기필코 이 손으로 전부 다 죽여 버릴 거야."

그날, 이제껏 어떤 역경을 겪어도 꺼지지 않고 그녀의 안에서 늘 은은하게 빛나고 있던 하얀 불씨가 마침내 완전히 점멸했다.

『나락의 꽃 中』

세상이 온통 새하얀 색으로 뒤덮인 한겨울이었다.

"빌어먹을."

방문을 닫고 막 복도로 빠져나온 남자가 짓씹듯이 욕설을 내뱉었다. 나이는 이제 20대 중반 정도 되었을까. 검은 머리카락과 회색 눈을 가진 청년은 아그리체의 장남인 폰타인이었다.

지금 막 아버지 란트 아그리체의 방에서 빠져나온 폰타인은 몹시 기분이 저조한 상태였다. 그의 심기가 불편한 이유는 이번에 공동으로 수행했던 임무의 공이 모조리 데온에게 갔기 때문이었다.

물론 이번 마약 밀매 때 데온의 역할이 컸던 것은 사실이었다. 아마 그가 몰래 숨어 들어온 시궁쥐의 냄새를 맡지 못했다면 중간에 큰 낭패를 당했을 수도 있었다.

하지만 애초에 이번 거래를 성사시킨 것은 폰타인이었다. 그런데 쥐새끼의 무리를 소탕한 것만으로 데온에게 모든 공을 돌리다니 이건 불공평했다. 아버지 란트 아그리체가 평소에도 노골적일 정도로 데온을 편애하는 것은 알고 있었지만 이럴 때마다 열이 치솟았다.

와장창!

폰타인은 무쇠 같은 주먹으로 복도에 있는 장식품을 부숴 버렸다. 이것이 데온의 머리통이면 좋겠다는 생각을 하면서. 사용인들은 익숙한 듯이 폰타인이 떠난 자리에 남은 잔해들을 치웠다.

폰타인은 방으로 가지 않고 저택 밖으로 빠져나왔다. 기분 전환을 위해 한바탕 마물 도륙이라도 할 생각이었다. 저택 지하에 있는 노예들을 끌고 나와 가지고 놀아도 괜찮겠지만 오늘은 제대로 된 피를 보지 않고서는 이 더러운 기분이 가실 것 같지 않았다.

"폰타인 도련님, 외출하실 거라면 수행인을……."

"다 귀찮으니까 꺼져. 마물 대신 썰리고 싶은 놈만 따라와라."

그러자 뒤쫓아 오던 인기척이 끊겼다. 정말 그 말 그대로 실행에 옮기고도 남을 폰타인의 성격을 알다 보니 누구도 감히 그의 뒤를 따를 엄두를 내지 못했다.

폰타인은 곧장 아그리체를 벗어나 경계로 향했다.

휘이이이.

바깥에는 혹한의 겨울바람이 몰아치는 중이었다. 숲을 가로질러 오는 눈보라에는 북녘의 음울한 기운이 섞여 있었다. 폰타인이 도착한 곳은 북서쪽 경계였다. 마물의 서식지에 다다라 그는 등에 메고 있던 대검을 빼 들었다.

"그쪽으로는 가지 않는 게 좋을 텐데."

하지만 폰타인이 막 앞으로 발을 내디디려는 찰나, 눈발에 실린 가느다란 미성이 그의 귀를 스쳐 지나갔다. 그렇게 큰 목소리가 아니었는데도 돌아볼 수밖에 없었다. 그 음성에는 그런 기이한 힘이 담겨 있었다.

"이미 다 해치워서 뼛조각 하나 남지 않았거든."

폰타인은 얼어붙은 숲의 공기 속에 달콤한 향기가 은은히 뒤섞여 있는 것을 뒤늦게 인식했다. 다음 순간 그의 시야에 등장한 것은 하얀 털 망토를 두르고 있는 여인이었다. 밖으로 흘러넘친 금색 머리칼이 흩날리는 눈송이 속에서 빛 가루처럼 반짝이며 나부꼈다.

그녀가 손을 움직여 모자를 벗자 곧 설경처럼 새하얀 얼굴이 드러났다. 숲이 드리우는 그림자에 반쯤 모습을 가리고 있는 여인은 놀라울 정도로 아름다웠다.

폰타인은 한순간 저도 모르게 멈칫했다.

"록사나. 네가 여긴 웬일이지?"

숲에서 모습을 드러낸 것은 폰타인의 이복 여동생인 록사나였다. 폰타인은 무심코 그렇게 물어 놓고 곧바로 얼굴을 구기며 입을 다물었다. 바보 같은 물음이었단 사실을 스스로 깨달은 탓이었다.

록사나도 정말 몰라서 묻느냐는 듯이 그를 보며 고개를 비스듬히 기울였다.

제기랄. 어쩐지 주위가 이상하게 조용하다 싶더니.

이 고요함을 단순히 눈 오는 날의 숲의 특성이라 생각한 스스로가 멍청하게 느껴졌다.

"한가하게 애완동물 먹이나 주러 나오고 팔자 좋군. 독나비의 먹이라면 저택에서도 충분히 조달할 수 있을 텐데."

짜증이 난 폰타인은 괜히 눈앞에 있는 사람에게 화풀이하듯이 시비조로 말했다.

"내 독나비는 입맛이 까다로워서. 매번 먹던 건 이제 질렸다고 해서 간만에 나와 봤는데……."

하지만 록사나는 눈 하나 깜짝하지 않고 오히려 얼굴에 미소를 그려 넣었다.

"왜 그렇게 화가 나 있는 거야?"

록사나가 발소리 하나 없이 폰타인을 향해 다가왔다. 기척 없는 움직임 때문인지, 아니면 비현실적으로 아름다운 얼굴 때문인지, 어쩐지 지금의 그녀에게서는 인간 외의 존재인 것 같은 느낌이 물씬 풍겼다.

폰타인은 자신을 향해 다가오는 록사나를 보며 무의식중에 주춤한 발짝 뒤로 물러날 뻔했다. 가문의 공무 때문에 밖에서 여러 곳을 돌아다니며 많은 사람을 만나 봤지만 록사나 정도의 여자는 지금까지 본 적이 없었다.

사실 록사나의 미모는 누구를 가져다 대도 아예 비교하는 것이 불가능한 수준이었다. 어릴 때부터 말문이 막힐 정도로 뛰어난 외모이긴 했지만 성인이 된 록사나는 어떤 의미로 가히 섬뜩할 지경이었다. 이쯤 되면 록사나에게 익숙해질 만도 하건만, 나날이 새로워지는 그녀의 미모 앞에서는 적응이라는 단어가 무색해졌다.

폰타인도 록사나의 모습을 시야에 담을 때면 한순간 저도 모르게 뒷골이 쭈뼛거리는 것을 느껴야만 했다. 록사나는 그 정도로 무서운 파괴력을 가진 아름다움을 지니고 있었다.

아니, 하지만 과연 저것을 '아름답다'는 말로 표현해도 될 것인가. 폰타인의 생각에 지금 그의 눈앞에 있는 여자는 이미 존재 자체로 재

해나 마찬가지였다.

어느새 불과 한 발짝 정도 앞까지 거리를 좁힌 록사나가 어렴풋이 미소 띤 얼굴로 그를 올려다보았다.

"그러고 보니 처음 숲에 왔을 때부터 표정이 좋지 않았잖아. 왜 그렇게 화가 났는데?"

지척에서 흘러드는 달콤한 음성이 온몸을 휘감는 것 같았다. 가까이에서 올려다보는 시선에 숨이 막혔다. 아마 폰타인이 아니라 다른 누구라도 록사나를 앞에 둔다면 이런 반응을 보일 수밖에 없을 것이다.

불현듯 록사나가 무언가를 깨달았다는 듯이 '아아' 하고 작게 소리 냈다.

"또 아버지에게 안 좋은 소리를 들었구나."

그 순간 폰타인의 얼굴이 딱딱하게 굳어졌다.

"닥쳐."

그는 험악하게 일갈했다. 다른 때라면 이렇게까지 예민하게 반응하지 않았겠지만 지금의 그는 생각보다도 더 기분이 나쁜 상태였다.

그러나 록사나는 폰타인의 사나워진 분위기에도 조금도 움츠러지지 않았다.

"아버지도 참 너무하시지……. 폰타인 오빠만큼 가문을 위해 노력하는 사람이 어디 있다고."

안타깝다는 듯이 속삭이는 말에는 호소력이 있었다. 붉은 눈동자가 흐린 빛을 띠자 당장에라도 그녀를 위로해 줘야 할 것처럼 몹시도 가련한 분위기가 형성되었다.

"이번 일에 대한 소식은 나도 들었어. 데온이 마지막에 공을 가로챘다며? 역시 비열한 데온다워."

폰타인의 기세가 서서히 누그러지기 시작했다.

원래 폰타인과 록사나는 이런 식으로 대화를 나눌 정도로 가까운 사이가 아니었다. 그런데 어느 날부터인가 갑자기 자신에게 거리를 좁혀 오기 시작하는 록사나에게 그는 경계심을 느끼고 있었다. 하지만 그런 마음은 처음과 달리 많이 옅어진 상태였다.

"아버지도 연세가 드시더니 혜안이 전 같지 않으신 것 같아. 얼마 전에도 내가 폰타인 오빠와 데온에게 주는 기회가 공평하지 않다고 말씀드렸더니 화를 내시지 뭐야."

록사나는 아그리체에서 폰타인의 마음을 가장 잘 이해하는 사람이었다. 그녀가 이렇게 란트의 어리석음과 데온의 비겁함을 그의 앞에서 비난할 때면 부글부글 끓던 속이 그래도 시원해졌다. 지금처럼 나긋이 속살거리는 달콤한 목소리를 듣노라면 데온에게 품고 있던 열등감도 조금은 희석되는 것 같았다.

"아버지가 노골적일 정도로 데온만 아끼시는 걸 아그리체 내에 모르는 사람이 없어. 하지만 그는 후계자가 될 자격이 없는걸."

게다가 두 사람에게는 공통점이 있었다. 바로 데온을 몹시도 싫어한다는 것이었다.

작년에 처음으로 데온과 록사나가 함께 맡았던 임무에서 둘 사이의 불협화음이 내분으로까지 이어진 일은 유명했다. 오죽하면 그 이후로 란트도 그들에게 두 번 다시는 동선이 겹칠 만한 일을 주지 않을 정도였다.

폰타인이 록사나를 크게 경계하지 않는 데에는 그런 이유도 있었다. 그가 봤을 때 록사나는 아직 감정 조절에 미숙한 어수룩한 계집애일 뿐이었다.

"형제들 중 데온을 따르고 싶어 하는 사람은 분명 아무도 없을 거야. 누가 독재자의 밑에서 그의 발을 핥는 개가 되고 싶어 하겠어? 언제 그 발에 차여 죽을지도 모르는데."

어쨌든, 록사나가 데온을 향해 드러내는 적의는 너무도 선명해 지금도 그의 손에 잡힐 듯했다. 폰타인은 그것이 상당히 마음에 들었다.

"난 우리 모두를 포용할 수 있는 사람이 아버지의 뒤를 이었으면 좋겠어. 폰타인 오빠라면 충분히 잘해 낼 수 있을 텐데."

게다가 록사나가 애달픈 눈으로 그를 보며 이런 말을 읊조릴 때에는, 자신이 정말 그녀의 기대에 부응할 수 있는 대단한 사람이라도 되는 것 같은 느낌이 들었다.

"빌어먹을. 네 말이 맞아. 평소에 아버지가 데온 새끼만 편애하지 않고 기회를 공평하게 줬으면 내가 이렇게 밀리는 일은 없었어."

폰타인은 다시금 란트와 데온에 대한 분노를 불태우며 이를 갈았다. 그는 다른 누구에게도 뒤지지 않을 뛰어난 능력을 가지고 있는데, 두 사람 다 그것을 모르고 심지어 그를 개무시하고 있었다.

"제대로 된 기회를 받지 못하고 있는 건 록사나 너도 마찬가지 아니냐? 네가 성인이 된 지도 벌써 1년이 지났는데 그동안 자랑할 만한 성과를 낼 수 있는 임무는 단 한 번도 맡지 못했잖아."

물론 그 이유는 1년 전 록사나가 데온과 맡았던 일을 망쳐 버린 탓이 컸다. 그 후로 란트는 록사나에게 공로를 쌓을 수 있는 일을 더 주지 않았다.

폰타인은 록사나를 자신이 가진 무기조차 제대로 사용할 줄 모르는 한심하고 멍청한 계집애라고 생각했다. 그 무시무시한 독나비의 주인인 주제에 기껏해야 아버지의 장식품 노릇 말고는 아무것도 할 줄

아는 게 없다니.

하지만 다르게 생각해 보면, 그때 임무에서 데온과의 분란으로 피해를 입은 건 록사나뿐이었다. 역시 데온은 란트의 편애를 받는 자식답게 그 일에 어떤 책임도 지지 않았다. 그리고 이번에도 뻔뻔하게 폰타인의 공을 빼앗아 갔다.

"어쩔 수 없지. 아버지는 나를 장식품처럼 데리고 다니는 걸 더 좋아하시니까."

록사나가 어슴푸레하게 웃으며 흘린 말에 폰타인은 혀를 찼다. 역시 가진 거라고는 반반한 얼굴밖에 없는 멍청한 년. 저렇게 독기 없는 성격으로 어떻게 월례 평가 때마다 좋은 성적을 냈었는지 의아할 지경이었다.

시험관들에게 몸뚱이라도 굴렸나? 뭐, 그것도 나름대로 특기인 셈치면 반칙인 건 아니었다.

록사나가 월례 평가에서 두각을 드러내 대만찬에 참석할 때쯤 이미 장남인 폰타인은 성인이었다. 그래서 가장 먼저 가문의 공무를 맡아 밖으로 나돌아다니느라 그렇지 않아도 관심이 없던 이복동생들의 일에도 한결 더 소홀해질 수밖에 없었다.

게다가 그는 그쯤부터 대만찬 자리에 참석한 적도 없었다. 그것은 폰타인의 능력이 딱히 특출하지 않아서였다. 하지만 스스로는 코흘리개 동생들과 진심으로 대결하는 것도 꼴이 우스워 자리를 양보했기 때문이라고 합리화하고 있었다.

어쨌든, 그래서 폰타인은 가문의 사람들이 록사나를 대단하다고 치켜세우는 것을 이해하지 못했다.

성인이 된 이후로 그는 딱히 가문의 일을 수행할 때가 아니더라도 저택에 붙어 있지 않고 주로 밖으로 나도는 생활을 했다. 사사건건 데온과 비교해 대는 란트의 꼴이 보기 싫었기 때문이다. 거기에 더해 그를 무시하는 것 같은 데온의 무표정한 낯짝을 보면 절로 속에서 열불이 치솟기 일쑤였다.

그래서 폰타인은 3년 전 록사나가 장난감으로 삼은 청의 귀공자를 잔인하게 죽였다는 것도, 또 그녀가 엄청난 살상력을 가진 독나비의 주인이라는 것도 그의 두 눈으로 직접 목격하지 못하고 모두 다른 사람의 입으로만 전해 들었을 뿐이었다.

그런 이유로 폰타인은 그 소문이 상당히 과장되었다고 생각했다.

그래도 확실히 반반한 얼굴 하나는 쓸 만해서, 이렇게 수심 어린 얼굴을 하고 있는 걸 보니 그동안 그에게 있는 줄도 몰랐던 측은지심이 생겨나려 했다.

"이번 5가문 화합 때도 네가 아버지와 동행하는 거냐?"

"그렇게 될 것 같아."

문득 작년에 참석했던 5가문의 화합회 날이 떠올랐다. 록사나가 지나가는 자리마다 재수 없게 점잔 빼던 인간들이 멍청하게 얼빠진 인간들로 탈바꿈되던 그 촌극 같은 상황을 어찌 잊을 수 있을까. 지금 생각해 봐도 그건 꽤 볼만한 구경거리였다.

하지만 폰타인은 올해 란트에게 화합회의 참석을 허락받지 못했다. 대신 이번에 그의 자리를 차지하게 될 사람은 씹어 먹어도 시원찮은 데온일 것이 분명했다.

"올해도 같이 참석하고 싶었는데 그러지 못하겠네. 아쉬워라."

록사나는 이를 가는 폰타인을 보며 설핏 미소 지어 보였다. 묘한 울림을 담고 있는 속삭임에 폰타인의 눈이 가늘어졌다. 어느덧 그의 눈빛에는 은근한 음심이 깃들어 있었다.

어릴 때부터 느꼈지만 정말이지 외모 하나만큼은 아까운 계집애였다. 몸에 흐르는 피의 반이 동일하다고는 하지만, 어차피 서너 세대 전쯤에는 근친혼이 빈번했다고 하던데.

그러니 만약 그가 다음 수장이 된다면……

"나만 믿어. 절대 아버지 뜻대로 데온이 후계 자리를 잇게 두지 않을 테니까."

폰타인이 거들먹거리듯이 호언장담했다. 눈으로는 여전히 록사나를 진득하게 훑고 있었다. 곧 록사나의 얼굴에 아까와 같은 아름다운 미소가 떠올랐다.

"고마워. 역시 내가 믿고 의지할 수 있는 건 폰타인 오빠밖에 없어."

머저리 같은 인간.

록사나는 멀어지는 폰타인을 보며 싸늘하게 비소했다. 폰타인을 상대하는 것은 너무 쉬워서 시시할 정도였다. 그런 주제에 꿈만 허황돼서는 란트 아그리체의 뒤를 이을 후계자 자리를 탐내기까지 하고 있었다.

폰타인은 주제 파악을 못 해도 너무 못 했다.

'너는 훌륭해.'

'네가 데온보다 훨씬 뛰어나.'

'그런 너를 몰라주는 아버지가 나쁜 거야.'

록사나가 옆에서 계속 이렇게 속살거리니 정말 그런 줄 아는 모양이었다. 물론 그녀가 폰타인을 이용하기로 마음먹은 이유에는 그런 명

청함이 포함되어 있었다.

하지만 이렇게 얼굴을 마주할 때마다 정말이지 같잖기 짝이 없었다. 무엇보다도, 그녀의 온몸을 노골적으로 핥아 내리는 그 역겨운 시선에는 절로 비릿한 웃음이 흘러나오려 했다. 감히 제까짓 게 누구를 넘보고 있는지 알기나 한 걸까?

"누나, 그냥 내가 저 새끼 눈깔 뽑아 버리면 안 돼?"

그때, 록사나의 뒤쪽에 있던 나무 중 하나에서 누군가가 모습을 드러냈다. 록사나와 같은 하얀색 털 망토를 뒤집어쓴 남자는 올해 열여덟 살로 막 성인이 된 제레미였다. 어느새 소년에서 청년이 된 그의 얼굴에는 짜증과 불만이 어려 있었다.

록사나와 동행한 제레미는 폰타인의 등장 후 그녀의 명령에 따라 잠시 기척을 죽이고 있던 참이었다. 그러던 중 그는 폰타인이 록사나를 더러운 눈으로 훑어보는 것을 목격하고 말았다.

"나중에. 본인 인생이 바닥을 치는 순간 정도는 두 눈으로 직접 보게 해 줘야지."

록사나가 불쾌감을 표하는 제레미를 향해 달래는 듯한 부드러운 어조로 말했다. 조곤조곤한 목소리는 자애로운 느낌마저 풍기고 있었지만 그 안에 든 내용은 전혀 그렇지 않았다.

제레미는 조금 누그러진 얼굴로 쯧 혀를 찼다.

"저 병신은 여전히 주제 파악을 못 하네. 주위에 있는 사람이 하나인지 둘인지도 파악 못 하는 비루한 몸뚱이로 어디서 허세야. 토 나오게."

록사나도 제레미의 말에 동의했다. 그러다 문득 록사나의 시선이 아까 폰타인이 나타났던 방향으로 미끄러졌다.

그래……. 폰타인이 돌아왔다는 건 지금 저택에 데온도 와 있다는 의미구나.

록사나의 눈동자가 낮게 가라앉았다. 그녀는 다시 모자를 눌러쓰고 아그리체의 저택이 있는 방향으로 발길을 돌렸다.

"그만 돌아가자, 제레미."

"응, 누나."

저택으로 돌아온 록사나는 란트 아그리체의 부름을 받아 그의 집무실로 향했다. 제레미는 먼저 방으로 돌려보냈다.

지금은 이미 지나간 과거이지만, 제레미와는 한때 서먹해졌을 때가 있었다. 3년 전에 아그리체에서 있었던 카시스의 탈출 미수 사건과 관련된 이유 때문은 아니었다.

그때 록사나는 처벌의 방에서 나온 제레미에게 다시 다정하고 상냥한 누나로 돌아갔다. 제레미 역시 다른 아그리체의 사람들처럼 장난감에 질린 록사나가 카시스를 독나비의 먹이로 주었다고 알고 있었다. 그래서인지 제레미도 한결 더 살가운 태도로 록사나를 대했다.

제레미와 전에 없던 거리감이 생긴 것은 그로부터 조금 더 시간이 지나 그해의 마지막 달이 되었을 때였다. 그때 제레미는 열다섯 살의 마지막 월례 평가를 남겨 두고 있었다.

록사나는 하루 전날 그를 찾아가 '이번 월례 평가에서 예상치 못한 일이 벌어지더라도 망설이지 말고 반드시 시험관이 명령한 일을 수행해야 한다'고 당부했다. 제레미는 새삼스러운 말을 하는 록사나에게 의아함을 표했지만 결국 알겠다고 그녀에게 약속했다.

다음 날 해 질 무렵, 제레미는 몹시도 희게 질린 얼굴을 한 채로 마치 도망치듯이 시험의 방에서 뛰쳐나왔다. 그리고 시험 결과를 알려 주기 위해 뒤따라 나온 시험관을 벌게진 눈으로 쏘아보다가 손에 들고 있던 피 묻은 칼을 그에게 던져 공격했다.

그 후 제레미는 다시 처벌의 방에 갇혔다. 일주일 후 다시 밖으로 나온 그는 전처럼 록사나에게 엉겨 붙지 않았다. 오히려 그는 록사나를 볼 때마다 흠칫해서 자리를 피하기 일쑤였다. 록사나를 향한 눈동자가 어찌나 불안하게 흔들리고 있던지, 제레미의 심적 동요가 그녀에게까지 전해져 올 정도였다.

록사나는 제레미가 그러는 이유가 뭔지 짐작하고 있었다. 폐기 처분 소식이 없는 것은 제레미가 무사히 시험을 치러 냈다는 의미였다. 그 자체만으로도 그에게 있었던 일을 상상할 수 있었다.

"내가, 내가 누나를 죽였는데. 그래도 내가 누나 옆에 있어도 괜찮다는 거야?"

제레미의 방황을 잠시 지켜보다가 그를 찾아갔을 때, 제레미는 자신을 붙든 록사나의 앞에서 죄지은 어린애처럼 안절부절못하며 저렇게 횡설수설했다.

"제레미, 내 착한 동생. 네게 그러라고 시킨 건 나잖아."

록사나는 그런 제레미를 부드럽게 다독이며 말했다.

"넌 그저 언제나 그래 왔던 것처럼 이번에도 내가 원하는 대로 따라 준 것뿐이야. 그리고 어차피 그건 환영이었어. 넌 날 죽인 게 아니야. 자, 봐. 난 이렇게 멀쩡히 네 앞에 살아 있잖아."

"하지만……."

"제레미, 네가 해내지 못했다면 죽는 건 너였을 거야. 만약 그랬다면 난 무척 슬펐겠지. 그러니 나한테 그런 마음을 품을 필요 없어. 난 진심으로 네가 잘했다고 생각하니까."

록사나도 이미 같은 일을 겪어 봤기 때문에 제레미가 간절히 듣고 싶어 하는 말이 무엇일지 알고 있었다.

그 후 제레미는 록사나에게 다시금 벽을 허물었다. 어쩐지 이전보다 그녀에게 좀 더 마음을 연 것처럼 느껴지기도 했다.

"록사나 아가씨."

그러던 중, 란트 아그리체의 집무실로 향하던 록사나의 발길을 누군가 붙잡았다. 뒤돌아보자 익숙한 얼굴이 시야에 들어왔다. 시에라의 하녀인 베스였다.

"마님께서 록사나 아가씨와의 만남을 청하십니다. 오늘 중에 시간을 내주실 수 있을까요?"

상당히 조심스러운 요청이었다. 이제 시에라와 록사나는 미리 시간을 정해야만 얼굴을 볼 수 있는 관계가 되어 있었다. 게다가 그마저도 록사나는 번번이 거절하기 십상이었다.

그래서 시에라와 록사나가 가장 최근에 얼굴을 보았던 것도 벌써 4개월 전이었다.

"오늘따라 나를 찾는 사람이 많구나."

하지만 록사나는 그 공백을 조금도 느끼지 못하는 것처럼 여상한 어투로 말했다.

"어머니는 지금 마리아 님과 함께 계시지 않니?"

"예, 지금은 혼자 계십니다."

"그래, 이를 어쩐다. 나는 지금 아버지께 가 봐야 하는데."

"그럼 그 이후에라도……."

베스는 시름에 젖어 있던 시에라의 얼굴을 떠올리며 말끝을 흐렸다. 이러다 혹여나 록사나가 경을 치지는 않을까 두려웠지만 그래도 시에라를 생각하면 용기를 내지 않을 수 없었다.

록사나는 그런 베스를 물끄러미 바라보다가 뒤에 서 있는 사람을 불렀다.

"에밀리."

"네, 아가씨."

"마리아 님께 가서 혹시 지금 어머니께 방문해 주실 수 없는지 여쭈어보렴."

그 말에 베스가 화들짝 놀라 입을 벌렸다. 시에라를 만나지 않겠다는 에두른 거절이었다. 게다가 그것만으로도 모자라 록사나는 마리아를 다시 시에라에게 붙여 놓으려 하고 있었다. 시에라가 그녀를 얼마나 불편해하는지 알면서도.

"오늘은 간만에 티 파티가 열린다고 했던가? 그래, 어머니께서 그런 자리에 참석하지 않게 된 지도 꽤 오래되었지. 그래서 혼자 따분하신 모양이구나."

"아가씨, 그런 게 아니라 마님께서는 록사나 아가씨를……."

"에밀리. 마리아 님이라면 어머니의 방문 요청을 거절하지 않겠지만 혹시 티 파티 때문에 망설이거든, 지금 저택에 데온이 돌아왔다는 소식도 전하도록 해."

그러자 무어라 항변하려던 베스의 입이 다물렸다. 록사나를 보는 눈빛이 조금 전과는 달랐다. 베스는 이제야 록사나의 의중을 알아차린 듯했다.

"베스. 난 너 같은 아이를 싫어하지 않아. 하지만 무엇이 주인을 위하는 길인지는 좀 더 깊이 생각해 보도록 하렴."

명령을 받은 에밀리가 먼저 자리를 떠난 뒤 록사나는 베스를 향해 말을 이었다.

"지금 같은 일로 나를 계속 귀찮게 한다면, 어머니를 제대로 보필하지 못한 죄를 네게 물을 거란다."

머리 위로 떨어지는 서늘한 음성에 베스는 더욱 깊이 머리를 숙였다.

"네……. 죄송합니다, 록사나 아가씨."

록사나는 그런 베스를 뒤로한 채로 멈추었던 걸음을 다시 옮기기 시작했다.

"그럼 가서 어머니를 위로해 드리도록 해. 그게 네 역할이잖니."

베스는 록사나의 명령을 따라 조용히 뒤돌아섰다. 다행히 이번 하녀는 말귀를 꽤 잘 알아들었다. 한동안 눈여겨보다가 반년 전 어머니인 시에라의 옆에 직접 붙여 두었던 보람이 있었다.

록사나가 원하는 것은 진심으로 시에라를 위하면서 그녀의 안위를 위해 눈치껏 행동할 줄 아는 사람이었다.

시에라는 아그리체의 안주인답지 않게 여전히 상냥하고 온화한 성품을 지니고 있었다. 그래서 저택 내에는 그녀를 좋아하는 사용인들이 많았다.

베스도 그중 하나였다. 특히 베스는 예전에 마리아의 하녀로 있다가 티 파티 날 다기를 깨서 죽을 뻔한 적이 있었다. 하지만 시에라의 간청으로 구사일생한 뒤, 베스는 시에라를 은인처럼 여기고 있었다.

그러니 그녀라면 록사나의 기대대로 시에라를 잘 보살필 것이다. 록사나가 마리아를 굳이 시에라의 옆에 붙여 놓으려 하는 이유도 깨달은 것 같았으니까.

똑똑.

마침내 란트 아그리체의 집무실에 다다라 록사나는 문을 두드렸다.

"들어와라."

여전히 지긋지긋한 목소리였다. 그러나 록사나는 유순하게 웃는 얼굴로 문을 열었다.

"아버지, 부르셨어요."

마치 주인에게 꼬리를 흔드는 말 잘 듣는 애완견처럼. 눈앞에 있는 사람을 물어뜯을 날을 조용히 기다리고 있는 날카로운 독니가 그녀의 안에서 소리 없이 번뜩였다.

"생각보다 오래 걸렸군."

방으로 돌아오자마자 나직한 목소리가 록사나를 반겼다. 일순간 멈칫하던 록사나가 다시 손을 움직여 문을 닫았다.

달칵, 작은 소리와 함께 방 안은 다시금 밀폐된 공간이 되었다.

"아버지와 따로 나눌 만한 이야기가 그렇게 많았던가."

남자는 마치 그가 방의 주인이라도 되는 것처럼 자연스러운 모습으로 소파에 앉아 있었다.

밖에 눈보라가 몰아치기 때문인지 아직 해가 떨어질 시간이 아닌데도 방 안은 어둑했다. 그래서 팔걸이에 팔을 올려 턱을 괴고 있는 남자의 모습도 하나의 검은 덩어리로 보였다.

물론 록사나는 굳이 얼굴을 보지 않아도 그가 누구인지 어렵지 않게 알 수 있었다. 게다가 이 방에 들어오기 전부터 그녀는 이미 지금 이 순간을 예감하고 있던 참이었다.

"당신이 이렇게 기다리고 있을 줄 알고 일부러 늦게 온 거라는 생각은 안 하나 봐."

록사나는 유감스럽다는 듯이 읊조린 뒤 그를 향해 다가갔다.

"그래, 돌아왔다는 소식은 들었어. 오랜만이네, 데온."

폰타인과의 공무를 마치고 귀환한 데온이 자신을 향해 다가오는 록사나를 가만히 쳐다보았다. 곧 록사나의 손이 데온에게 닿았다. 그는 여전히 소파에 턱을 괴고 앉은 채로 록사나의 손길을 받았다.

"내가 시킨 일을 아주 잘해 냈다며. 폰타인이 단단히 화가 났던데. 역시 내 똑똑한 개다워."

데온의 얼굴을 스치는 손길은 퍽 부드럽고 다정다감했다. 귓가에 속삭여지는 목소리도 그에 못지않게 달콤했다. 하지만 그에게 내리꽂히는 눈빛은 바깥에서 몰아치는 북풍보다도 차디찼다.

"하지만 가끔은 멍청하게 군단 말이야. 이런 식으로 굳이 나한테 보고하러 올 필요 없다고 했는데도."

록사나가 싸늘하게 미소 지은 얼굴로 신랄하게 덧붙였다.

"당신 얼굴을 볼 때마다 역겹다고 내가 말하지 않았던가?"

마침내 데온이 몸을 움직였다. 단단한 손이 자신의 뺨을 감싸고 있는 여린 손을 덮었다. 그는 강한 악력으로 손아귀에 힘을 주며 록사나와 마찬가지로 차게 식은 미소를 입가에 띠었다.

"여전히 말과 행동이 따로 노는군. 이 꼴도 오랜만에 보니 제법 반가운데 환영 인사를 해 줘서 고맙다는 빈말이라도 해야 하나?"

어두운 방 안에서 두 쌍의 붉은 눈동자가 시리게 빛났다. 장기간 저택을 비우고 있던 데온이기에 이렇게 얼굴을 마주한 것은 상당히 오랜만이었다. 그러나 늘 그랬듯이 이번에도 둘 사이에 따뜻한 대화는 오가지 않았다.

"왜, 마음에 안 들어?"

록사나는 데온에게 붙잡힌 손을 빼내려는 시도조차 않고 다시금 천천히 입을 열었다. 하지만 이렇게 얌전히 있는 이유가 순응의 의미는 아니었다.

"하지만 어쩔 수 없잖아. 난 여전히 당신이 미치도록 싫은걸."

나긋한 속삭임에는 가시가 박혀 있었다. 그 가시는 명백히 지금 마주한 사람을 찌르지 못해 안달이 나 있었다.

"그리고 당신은 그런 나라도 갖고 싶어 하지. 불쌍하기도 해라."

록사나의 얼굴에 한결 짙은 미소가 피어올랐다. 기울어진 고개를 따라 긴 금색 머리카락이 물결처럼 굽이쳤다.

"지금도 저택에 돌아오자마자 이렇게 곧바로 달려온 걸 보니 내가 많이 보고 싶었나 봐?"

데온은 시야에 비치는 아름다운 얼굴을 보며 한동안 침묵했다. 방 안에 고인 정적은 무겁고 눅진했다. 누구라도 멋모르고 방문을 열었다가는 곧장 질식하는 기분을 느끼고도 남을 만큼 농도 짙은 침묵이었다.

"넌 늘 이런 식으로 내 속을 긁지."

잠시 후 굳게 닫혀 있던 데온의 입이 천천히 벌어졌다. 싸늘한 한기가 어린 목소리가 그에게서 흘러나왔다. 록사나를 응시하는 시선도 차게 얼어붙어 있었다.

"날 화나게 해서 너도 좋을 게 없을 텐데."

록사나는 여전히 미소 띤 얼굴로 그런 데온을 내려다보았다. 지금이라면 그녀의 우는 모습을 보고 싶다고 했던 데온의 말을 이해할 수 있었다. 록사나도 이렇게 데온의 화난 얼굴을 볼 때마다 만족스러운 기분이 들었으니까.

"그런 얼굴 하지 마. 그래도 폰타인과 달리 당신은 진심으로 상대해 주잖아."

록사나는 언제 데온을 살살 약 올렸냐는 듯이 달래는 어조로 속삭였다.

"그래, 당신은 여러 의미로 폰타인과 같은 급이 아니지. 하지만 당신 입장에서는 차라리 나한테 원하는 게 폰타인처럼 단순한 성욕 해소인 편이 더 나을 뻔했을까?"

물론 이어지는 그녀의 말은 여전히 상냥한 말투와 상반된 내용을 담고 있었다. 선연한 조롱을 담은 미소가 데온의 시야에 박혔다.

"물론 당신이 아무리 원해도 내 발등 한번 핥게 해 주지 않을 거지만."

록사나의 손에 가해지는 압력이 강해졌다. 데온에게 붙잡힌 곳이 아플 만도 하건만, 그녀는 조금의 통증도 느끼지 않는 것처럼 평온한 얼굴을 하고 있었다.

"그러니 데온, 당신이 정말 갖고 싶어 하는 걸 얻기란 그보다 더 어려울 거야."

뒤이어 록사나는 손목을 살짝 비틀어 그녀를 속박하고 있던 힘에서 빠져나왔다. 조금 전까지 그토록 강한 강제력을 가지고 있었다고는 믿기지 않게도 데온의 손은 너무도 쉽게 그 안에 잡혀 있던 것을 놓아주었다.

"그래도 포기하지 말고 좀 더 노력해 보면 혹시 모르지. 내가 적선하는 기분으로 언젠가 마음 한 자락쯤은 내어 줄지도."

그렇게 속삭이는 목소리는 순백의 색을 띠고 있었다. 티 한 점 없어 보이는 아름다운 얼굴도 마찬가지였다. 겉모습만으로는 천사라 해도 믿을 수 있을 지경이었지만, 기실 그녀는 천사가 아닌 악마에 가까웠다.

"그러니 날 좀 더 재미있게 해 줘 봐."

아름다운 악마가 데온을 향해 달콤하게 속삭였다. 꿀처럼 향기로운 목소리가 곧 질척한 늪이 되어 그의 온몸을 휘감았다. 거기에서 자력으로 빠져나올 방법 따위는 이미 없었다.

1년에 한 번 연초에 열리는 5가문의 화합회가 사흘 앞으로 다가왔다. 화합회에 참석하는 가문은 청의 페델리안, 백의 휘페리온, 적의 가스토르, 흑의 아그리체, 황의 베르티움이었다.

이 모임이 개최되는 장소 '위그드라실'은 대륙 중앙에 있는 비무장 중립 지대였다. 세계의 지배자인 그들이 한데 모여 하는 일은 말 그대로 가문 간의 화합을 도모하는 것이었다.

나는 거기에 란트 아그리체, 그리고 제레미와 동행할 예정이었다. 데온도 참석할 예정이었지만, 그는 다른 일 때문에 우리보다 늦게 도착할 것이었다.

나는 데온의 일정이 늦어져 차라리 그가 화합회에 오지 않았으면 좋겠다고 생각했다.

"흐응. 모임에 가면 어떤 얼간이들이 있으려나."

올해 성인이 되어 처음으로 화합회의 참석을 허락받은 제레미는 모처럼 흥미가 동한 눈치였다. 음, 한 해 먼저 경험해 본 사람으로서 말하자면 저 모임은 이름만 거창할 뿐, 딱히 별다른 재미가 없는데 말이지. 하지만 기대 중인 제레미에게 괜한 말을 해서 산통을 깨고 싶지는 않아 그냥 입을 다물기로 했다.

그렇게 우리는 화합회가 열리는 위그드라실로 향했다. 도착하는 데에는 거의 이틀의 시간이 소요되었다. 중립 지역에 들어서자마자 위그드라실이라는 그 이름처럼 세계수의 형상을 하고 있는 석조 기둥과 거대한 문이 가장 먼저 눈에 들어왔다.

우리가 탄 마차가 그 밑을 지나는 순간, 이상한 감각이 몸에 번졌다.

"뭐야, 지금?"

제레미도 그것을 느꼈는지 눈살을 찌푸렸다. 나는 그에게 알고 있는 것을 설명해 주었다.

"이 땅 전체에 걸려 있는 주술진 때문이야. 이곳은 중립 구역이니까."

위그드라실은 기본적으로 무기 반입이 금지였고, 그 밖에도 다른 특이한 능력의 사용을 금하고 있었다. 500년 전쯤에 백의 휘페리온 가문 소속의 사람이 마수와의 교감 능력을 이용해 이곳을 초토화시켰던 일이 있었다고 들었다. 그 후 위그드라실 전체에 거대한 주술진을 새겼다고 한다.

작년에 이곳에 와서 독나비를 소환해 본 바로는 주술진이 마물 혹은 소환수와의 연결을 교란시키는 역할을 하는 것 같았다. 잘은 몰라도 다른 능력의 발휘 역시 이런 식으로 방해하고 있을 게 분명했다.

"록사나, 네 역할은 잘 알겠지?"

"물론이에요."

시간이 좀 더 지나 우리는 마차에서 내려섰다. 란트 아그리체가 나를 보며 마지막으로 당부했다. 나는 알고 있다는 의미로 그에게 고개를 끄덕여 보였다.

오늘은 화합회의 첫날. 이 모임은 앞으로 사흘간 이어질 예정이었다. 그리고 그 시간 동안 나는 란트의 귀가 되어 밀정 비슷한 노릇을 할 계획이었다.

아마 이 주술진을 만든 선조들은 독나비 같은 특이한 마물의 경우는 고려하지 않았던 것 같다.

물론 다른 마물들과 마찬가지로 주술진이 있는 위그드라실 안에서 직접 독나비를 소환하는 것 자체는 불가능했다.

하지만 작년에 여러 방면으로 시험해 본 결과, 위그드라실 밖에서 나비를 꺼내 교감한 상태로 주술진을 밟는 건 가능하다는 사실을 알아냈다.

사실 이것도 말처럼 쉬운 일은 아니긴 했다. 데리고 들어온 독나비들과의 연결을 유지하는 데 엄청난 집중력을 요하는 건 둘째 치고, 온몸의 혈관이 쥐어 짜이는 것 같은 고통이 상시로 수반되었기 때문이다. 아마 내가 통증에 익숙하지 않았다면 몇 번은 너끈히 기절했을지도 몰랐다.

어쨌든 상당한 신체적 부담을 야기하는 일이었기 때문에 내가 이용할 수 있는 것도 고작해야 나비 몇 마리가 전부였다. 게다가 다른 능력은 모두 봉인당해 기껏해야 전령의 역할로만 써먹을 수 있을 뿐이었다.

하지만 란트 아그리체가 원하는 일을 수행하기에는 그것만으로도 충분했다.

물론 워낙에 민감한 5가문 사람들인지라, 그들에게 직접 나비를 붙이는 건 위험했다. 그 대신 나는 화합회가 열리는 이 성의 눈에 띄지 않는 곳에 나비들을 심어 놓을 생각이었다.

그렇게 해서 사람들의 동태를 살피고 그들의 대화를 몰래 엿듣다가 혹시 중요한 정보를 습득하면 그것을 란트에게 알려 주면 되었다.

작년에도 무리 없이 해냈던 일이었고, 그때도 란트는 나를 몹시 기특해했다. 내가 그에게 전해 준 정보는 진짜 중요한 것을 거의 거른 내용이었는데, 그것도 모르고 흡족해하는 꼴이 꽤 우스웠다.

어쨌든, 폰타인의 생각과 달리 란트는 단순히 나를 장식품으로 써먹기 위해 모임에 데려오는 것이 아니었다. 게다가 평소에도 내가 맡는 일은 대개 비밀 임무였기 때문에 겉으로 드러나지 않는 것뿐이었다.

하지만 사실 평소에 내가 독나비를 가장 요긴하게 써먹는 건 란트를 감시할 때였다. 친애하는 내 아버지는 눈치채지 못하고 있었지만 말이다.

"아버지. 마차를 오래 탔더니 피곤한데 먼저 가서 쉬어도 될까요?"

"그래, 허락하마."

"누나, 나도 같이 가."

나비를 심어 두는 작업을 위해 란트는 일정을 상당히 서둘렀다. 그래서 우리가 위그드라실에 도착한 첫 손님인 것 같았다. 나는 제레미를 데리고 내 앞에 우뚝 선 거대한 성으로 걸어 들어갔다.

"역시 황의 베르티움인가."

잠시 후 밖에서 물에 번진 듯한 소음이 밀려들었다. 나는 살며시 커튼을 걷고 창밖을 내다보았다. 그러자 막 마차에서 내려선 사람들의 모습이 시야에 들어왔다.

우리에 이어 두 번째로 도착한 것은 황의 베르티움 가문의 사람들이었다. 란트 아그리체가 다가가 그들과 인사를 나누는 모습이 포착되었다.

독나비를 이용해 근 3년간 란트 아그리체를 지켜본 바로는, 그가 가장 긴밀한 관계를 쌓으려 애쓰는 건 황의 베르티움 가문인 것 같았다. 가문들 간에 교류하는 것이 이상한 일은 아니었지만 베르티움과는 그 정도가 보다 주기적이었다.

그래서 나는 쭉 그들을 주시하고 있었다. 하지만 쉽게 덜미를 잡힐 짓을 하지 않는 게 과연 란트다웠다. 뭐, 그래도 아예 짐작 가는 구석이 없는 것은 아니었다.

『나락의 꽃』에 나왔던 내용을 되새겨 보면, 란트는 황의 베르티움이 가진 인형술에 관심을 갖고 있었다.

베르티움의 인형은 마리아가 가지고 노는 인형과는 궤를 달리하는 것이었다. 마리아는 단순히 마음에 든 사람을 인형처럼 가지고 노는 것뿐이었지만, 베르티움에서는 인형술을 이용해 정말 살아 숨 쉬는 사람처럼 정교한 인형들을 만들어 냈다. 란트가 베르티움의 인형에 관심을 가진 것도 바로 그 이유 때문이었다.

아마 죽음에 대한 공포도 고통도 느끼지 않는 강력한 군사를 갖고 싶었던 게 아닌가 싶은데…….

역시 탐욕스러운 악역에 딱 어울리는 생각이 아닌가?

하지만 베르티움의 수장이자 소설의 남자 주인공 중 하나였던 노엘은 란트의 단물만 쪽쪽 빨아먹고 나중에 그를 배신했다. 흑화한 실비아와 손을 잡고 결국 아그리체를 무너뜨렸으니까 말이지.

게다가 소설에서 묘사된 노엘은 상당한 귀차니즘이라 란트의 생각처럼 인형 군사니 뭐니 하는 것에 관심이 없었다. 그래서 지금 이대로라면 앞으로의 내 계획에 베르티움이 방해될 일은 없을 것 같았다. 물론 그래도 만일의 상황에 대비해 감시는 계속할 생각이었다.

조금 더 지켜봤지만 베르티움의 수장으로 보이는 인물은 마차에서 내리지 않았다. 어쩌면 작년과 마찬가지로 올해에도 모임에 불참할 생각인지도 모른다. 그는 소설에서도 베르티움 안에 자신만의 왕국을 만들어 놓고 두문불출하는 인물이었다.

나는 란트 아그리체의 모습을 내려다보다가 다시 커튼을 쳤다.

그날 저녁부터 위그드라실의 성에는 성대한 연회가 열렸다. 역시 어디를 가나 이와 같은 대규모의 교류회에는 술과 잔치가 빠지지 않는 법이었다.

하지만 거기에 나는 참석하지 않았다. 란트도 내가 독나비를 부리는 데 집중해야 한다고 말하자 흔쾌히 허락했다. 그러나 사실 내가 파티에 가지 않는 것은 그런 이유 때문이 아니었다.

하지만 딱히 다른 이유가 있다고 할 수도 없었다. 단순히 연회가 재미없었기 때문이니까.

"누나, 진짜 연회장에 안 내려갈 거야?"

"난 마지막 날에만 참석할 거야."

아까부터 문밖을 기웃거리는 움직임이 느껴졌지만 그냥 무시했다. 작년에도 내가 첫날 연회장에 모습을 드러냈던 이후로 모임이 끝날 때까지 내내 이런 식으로 내 주위를 얼쩡거리는 사람들이 있었다.

이번에는 아예 처음부터 방에만 처박혀 있었는데 작년과 같은 현상이 벌어지다니. 아마 저 사람들은 작년 참석자들이거나 그들에게 이야기를 전해 들은 이들인 것 같았다.

막상 내가 눈앞에 모습을 드러내면 가까이 다가오지도 못하는 주제에 꼭 이렇게 은근히 성가시게 군단 말이지.

"제레미, 넌 내려가서 다른 사람들하고 어울리도록 해."

나는 들고 있던 찻잔을 내려놓으며 제레미에게 권유했다. 제레미는 내 옆에 있는 소파에 눌어붙어 다과상에 딸려 온 티 푸드를 전부 해치운 참이었다.

그가 따분한 듯이 옆으로 벌렁 드러누웠다.

"누나가 없으면 나도 재미없어."

손을 닦으라고 건넨 티슈를 갈기갈기 찢으며 노는 모습이 꼭 열여덟 살이 아니라 여덟 살짜리 애 같았다.

"그리고 아까 살짝 내려가서 다른 놈들하고 만나 봤는데 죄다 별 볼일 없던데?"

아마 소설의 남주인공들을 만나면 생각이 좀 달라지지 않을까 싶지만……. 아무래도 그들은 아직 도착하지 않은 모양이니 제레미가 시시해할 만도 했다.

나도 지금 저 밑에 있는 사람들이 별 볼 일 없다는 그의 말에는 동의했다. 현재 저 밑에는 청의 페넬리안 가문을 제외한 다른 가문의 사람들이 하나둘씩 도착해 있었다.

하지만 그중에 『나락의 꽃』의 주요 인물이었던 이들은 없었다.

소설의 남자 주인공은 총 세 명.

백의 휘페리온 가문의 오르카, 적의 가스토르 가문의 류자크, 황의 베르티움 가문의 노엘이 바로 그들이었다.

으음, 물론 소설 속에서 흑의 아그리체 가문 소속인 제레미도 나름대로 중요한 역할을 맡긴 했지. 하지만 그는 비참한 최후를 맞는 악역 캐릭터였으니 일단 남자 주인공에서는 제외시키도록 하자.

어쨌든 그들은 남자 주인공답게 각자 개성 넘치는 성격을 가지고 있었다. 그리고 소설의 주연답게 굉장히 몸값이 비싸 나 같은 악역 조연 캐릭터는 얼굴 한 번 보기도 어려웠다.

작년에 이 화합회에 와서 내가 봤던 인물은 저 중에 적의 가스토르 소속인 류자크밖에 없었다. 나머지는 작년 모임에 당당히 불참했고 올해에도 여기에 올지 안 올지 불명확했다.

하기야 소설에서도 실비아가 남자 주인공들과 엮이게 된 것은 오빠의 행방을 찾기 위해 직접 그들을 찾아갔기 때문이었으니까.

아무튼 그래서 내가 직접 얼굴을 확인한 사람은 류자크 가스토르가 유일했다. 그를 본 감상을 말하자면, 확실히 소설의 남자 주인공다웠다는 것이었다.

붉은 머리카락과 자색 눈동자를 가진 류자크는 야성적인 느낌을 물씬 풍기는 구릿빛 피부의 미남이었다. 이목구비가 뚜렷하고 상당히 강렬한 인상이었는데, 작년에 화합회에 참석했던 사람들 중에서 유일하게 내 미모 앞에서도 평정심을 유지했던 사람이었다.

물론 나를 발견하고 반사적으로 걸음을 멈추며 두 눈을 크게 뜨기는 했지만, 적어도 곁에 있던 다른 사람들처럼 얼간이 같은 표정을 짓지는 않았다. 그는 얼마 안 가 무리 중에 가장 빨리 정신을 차린 뒤, 와락 얼굴을 구기며 거친 걸음으로 나를 지나쳐 갔다.

나는 류자크에게 여성 기피증이 있다는 사실을 소설을 통해 알고 있었다. 그래서 그날 그가 내보인 거대한 불쾌감이 어디에서 기인하는 것인지도 대강 짐작했다.

류자크는 바로 그날 밤 위그드라실을 떠났다. 꼭 그 이유가 나 때문이기라도 한 듯이 참으로 발 빠른 퇴장이었다. 그의 성격은 대쪽 같은 구석이 있었기 때문에 아마 여자에게 동요한 자신을 인정할 수 없었던 것이 아닐까 하고 나는 추측했다.

"베르티움의 수장은 우리 또래라고 해서 좀 궁금했는데. 작년에도 불참해서 이번에는 온다고 하지 않았어?"

"전해 들은 소식으로는 그렇긴 한데."

앞서 말한 베르티움의 수장 노엘은 현세대의 수장들 중에 가장 어린 나이였다. 더불어 소설의 세 남자 주인공 중 유일하게 후계자에서 벗어난 신분이기도 했다. 그는 거의 2, 3년에 한 번씩 화합회에 참석하고 있었다. 내 정보통에 의하면 이번에 얼굴을 볼 수 있을 텐데…….

아까 마차에서 내려서는 사람 중에 소설에서 묘사되었던 대로 주황색 머리칼에 녹색 눈동자를 가진 귀여운 외양의 남자는 없었던 걸 보니 그냥 올해도 불참하려는 것일 수도 있었다.

반면 백의 휘페리온 가문의 오르카는 지금까지 단 한 번도 화합회에 얼굴을 내민 적이 없다고 한다. 그는 '백의 마수사'라는 별칭을 가진 인물답게 마물에 관심이 많았다. 그래서 겨울마다 움직임이 활성화되는 특이한 마물의 서식지를 쫓느라 언제나 화합회는 뒷전이라고 들었다.

"제레미, 배고프면 여기로 식사를 준비시킬까?"

"그래! 내가 말하고 올게."

그냥 줄을 잡아당겨 사용인을 부르면 될 텐데 제레미는 굳이 자리에서 벌떡 일어나 문으로 향했다. 아까부터 계속 방 앞을 서성이던 인기척이 거슬렸던 게 분명했다. 제레미는 내가 바깥에 노출되지 않게 문을 조금만 열어 그 사이로 홀랑 빠져나갔다.

그 후 밖이 잠시 시끄러워졌다. 하지만 그리 오래지 않아 제레미는 한결 홀가분해진 얼굴로 다시 방에 들어왔다.

"아, 밥 가져오라고 하는 거 까먹었다."

"그냥 사람을 안으로 부르자."

역시 제레미가 밖으로 나간 목적은 밥이 아니었던 게 분명했다. 이런 걸 보면 그동안 나이만 먹었지 다른 부분은 예전과 별로 달라진 게 없었다.

나는 그냥 그것을 눈감아 주기로 하고 줄을 잡아당겨 사람을 불렀다.

화합회의 이틀째.

내 하루는 어제와 비슷했다. 하지만 아그리체에서도 워낙 혼자 있는 게 일상이다 보니, 이렇게 방에서 조용히 시간을 보내는 게 별로 심심하게 느껴지지는 않았다.

다만 오늘은 낮에 잠깐 테라스에 나와 바람을 쐬며 다과 시간을 가졌다. 겨울이기는 했지만 눈보라가 몰아치던 아그리체에 비하면 이곳은 거의 초봄처럼 따뜻했다.

"저, 아가씨. 오늘도 방에만 계실 건가요? 아가씨의 얼굴을 보고 싶어 애가 달은 분들이 많아요."

그러던 중 옆에서 시중을 들던 사용인 중 하나가 슬쩍 내 눈치를 보며 물었다. 그 말에 다른 사용인들도 하나둘씩 내 얼굴을 살폈다. 그들은 내가 테라스에 나와 있는 동안 방을 청소하는 중이었다.

나는 느긋이 찻잔을 들어 올렸다.

"글쎄, 별로 그렇지도 않은 것 같던데. 작년에도 밖에 나가 있어 봤자 아무도 나한테 다가오지 않던걸."

"그건……."

내 말에 사용인이 어떻게 말해야 할지 모르겠다는 듯이 말끝을 흐렸다. 굳이 듣지 않아도 그녀가 무슨 말을 하고 싶어 하는지 나도 알고 있었다. 다른 사람들이 나한테 다가오지 못하는 것은 내게 관심이 없기 때문이 아니라 내 미모에 기가 질렸기 때문이었다.

나는 우물쭈물거리는 사용인들을 뒤로한 채로 여유롭게 찻잔을 기울였다.

"헉!"

그러다 불현듯 밑에서 사람들이 급히 숨을 들이켜는 소리가 들려왔다. 나는 슬쩍 고개를 아래로 떨어뜨렸다.

그러자 내가 나와 있는 테라스 밑을 막 지나가는 중이던 한 무리의 사람들이 눈에 들어왔다. 그들은 걸음을 멈춘 채 나를 올려다보며 얼빠진 표정을 짓고 있었다. 마침 아래를 지나가다가 우연히 나를 발견한 모양이었다.

내려다보니 그 속에는 적의 가스토르 가문의 류자크도 있었다. 작년보다 조금 짧아진 붉은 머리카락이 바람을 타고 허공에서 잘게 흩날렸다. 눈꼬리가 약간 사납게 올라간 눈동자는 탐스럽게 익은 포도색이었다.

가스토르의 다른 사람들보다 한발 늦은 오늘 아침에 위그드라실에 도착했다고 하더니, 지금은 오찬을 마치고 다시 옆 건물로 이동하고 있던 중인 듯했다.

류자크는 이번에도 나를 보고 험상궂게 얼굴을 일그러뜨렸다.

나 참, 내가 자기한테 뭘 했다고 저런담. 까탈스러운 남자 주인공 같으니라고.

"뭐야, 넌 뭔데 그렇게 우리 누나를 야려보고 있어?"

바로 그때 제레미가 등장했다. 어제부터 좀이 쑤셔서 못 견디는 것 같더니, 이제야 겨우 시비를 걸 자리를 찾은 모양이었다. 나를 노려보던 류자크가 그 말을 듣고 고개를 내렸다.

"……지금 나한테 하는 소리인가? 그러는 넌 뭐지?"

서늘한 시선이 제레미에게 날아가 박혔다.

"너도 아그리체 소속이냐? 말본새가 상당히 건방지군."

아닌 게 아니라, 제레미는 정말 대놓고 싸움을 걸고 있었다. 물론 남자 주인공 중에 하나인 류자크가 이런 노골적인 도발에 넘어갈 거라고는 생각하지 않지만…….

"흥. 내 말본새 가지고 지랄하기 전에 네 눈깔 단속이나 잘하든가."

"애송이, 그 혀를 도려내야 입을 닥칠 테냐?"

……아닌가? 설마 지금 싸우려는 건가? 왠지 그런 분위기인데.

"제레미. 그만하고 이리로 올라와."

나는 귀찮은 일이 벌어지기 전에 제레미를 단속할 필요성을 느꼈다.

내가 입을 열자 밑에 있던 사람들이 한결 더 멍청한 표정을 지으며 나를 올려다보았다.

제레미와 류자크의 시선도 나를 향했다. 다행히 제레미는 아쉽다는 듯이 혀를 찬 뒤 곧장 발길을 돌렸다. 류자크는 그런 제레미를 황당하다는 눈길로 쳐다보았다.

"동생이 저를 아끼는 마음에 실례를 저질렀네요."

내 말에 류자크의 찌푸려진 눈이 잠깐 조용히 나를 응시했다. 곧 그가 표정을 누그러뜨리고 내게 말했다.

"저런 손 많이 가는 애송이가 동생이라니 피곤하시겠습니다."

이런 식으로 말을 섞는 것은 처음인데 의외로 정중한 어투였다.

"먼저 저에게 무례를 저지른 이들에게만 사나워질 뿐, 원래는 귀여운 아이랍니다."

물론 이어진 내 말에 다시금 마주한 얼굴이 구겨지기는 했지만 말이다. 그래도 나를 보자마자 대뜸 먼저 인상을 찌푸렸던 게 무례라는 사실은 인정하는지, 류자크는 내 말에 무어라 반박하지는 않았다. 오히려 뜻밖에도 그는 내 지적에 약간의 난색을 표했다.

나는 그런 류자크를 보며 설핏 웃었다. 내 미소를 본 그의 얼굴이 아까보다 더 딱딱하게 굳어졌다. 주위에 있던 사람들의 반응은 더 말할 것도 없었다. 나는 그 모습을 보며 조용히 자리에서 일어났다.

"저도 이만 실례하겠어요. 결속과 화합을 위한 자리이니만큼 남은 기간 동안 뜻깊은 시간 보내시기를."

위그드라실에서 의례적으로 주고받는 인사말을 남기자 류자크는 또 입을 다물고 나를 쳐다보았다. 돌아서는 등 뒤로 시선이 느껴졌다. 하지만 나는 뒤돌아보지 않고 그대로 방 안으로 들어갔다.

그날 저녁 만찬 전에, 황의 베르티움의 수장과 청의 페델리안에서 온 사람들이 성에 도착했다. 노엘 베르티움은 인사도 없이 곧바로 방에 틀어박혀 얼굴을 볼 수 없었다. 페델리안에서는 수장인 리셀과 올해로 성인이 된 그의 딸 실비아가 함께 참석했다.

이로써 백의 마수사인 오르카를 제외한 소설의 주요 인물들이 한자리에 모두 모인 셈이었다. 실비아가 이번 모임에 참석한다는 소식은 나도 이미 들어 알고 있던 참이라 그리 놀라지 않았다.

드디어 여자 주인공의 등장인가.

나는 란트와 함께 페델리안의 수장인 리셀을 보러 갔다. 막 1층에 도착했을 때, 반대쪽 계단으로 사라져 가는 소녀의 모습이 내 눈에 띄었다. 잔상처럼 시야에 남은 긴 머리카락은 분명 내가 알고 있는 사람의 것과 닮은 은색이었다.

"왔군, 리셀 페델리안."

귀에 울리는 란트의 목소리에 나는 고개를 내렸다. 란트의 인사는 인사가 아니라 빈정거림에 가까웠다. 작년에도 그는 리셀에게 먼저 다가가 이런 식으로 말을 걸었다. 그 이유는 당연히 지금 눈앞에 있는 사람이 반가워서가 아니었다.

"란트 아그리체."

견고하고 묵직한 바위 같은 느낌을 풍기는 중년 남자가 우리를 돌아보았다. 역시 피는 못 속인다는 말이 괜히 있는 게 아닌지 그의 얼굴은 카시스 페델리안과도 닮아 있었다.

하지만 카시스가 얇은 붓으로 섬세하게 그려진 느낌이라면, 리셸 쪽은 좀 더 굵은 붓으로 대범하게 그려진 느낌이었다. 카시스와는 색이 다른 싸늘히 식은 벽안이 가장 먼저 란트 아그리체에게 닿았다.

"청의 수장님을 뵙습니다."

그 후 리셸의 눈길은 인사하는 나를 짧게 스친 후 다시 란트에게 못 박혔다. 실비아의 모습이 보이지 않는 것을 보니 역시 조금 전에 계단 위로 사라진 사람이 그녀가 맞는 모양이었다.

리셸은 작년과 마찬가지로 모골이 송연해질 만큼 차디찬 눈빛을 한 채 란트를 응시했다. 리셸과 인사를 나누기 위해 걸음한 사람들이 두 사람 사이에 흐르는 분위기를 느끼고 멈칫했다. 개중에는 '또 시작이군' 하는 표정을 짓고 있는 사람도 있었다.

란트는 작년과 마찬가지로 입매를 비틀며 먼저 리셸에게 이죽거렸다.

"여전히 한 대 갈겨 주고 싶은 낯짝이군그래."

"갈겨 주고 싶은 낯짝으로 친다면 자네만 하겠나. 거울을 보라고 말해 주고 싶군."

의외인 건, 리셸도 서늘한 목소리로 란트를 마주 공격하고 있다는 것이었다. 란트가 불이라면 리셸은 물, 란트가 끓어오르는 용암이라면 리셸은 차갑게 얼어붙은 심해에 가까웠다. 리셸의 말에 얼굴을 구겼던 란트가 다시금 입꼬리를 끌어 올리며 말을 이었다.

"그러고 보니 이번에 자네 딸도 함께 왔다지? 그동안 그렇게 페델리안 안에서만 싸고돌더니 어쩐 일로 이번에는 밖으로 데리고 나왔나?"

정말 취향 나쁘네.

란트의 말이 담고 있는 의미는 너무도 명확했다. 그는 카시스의 일 이후로 딸인 실비아를 페델리안 안에서 각별히 보호 중인 리셸을 조롱하고 있었다.

작년에도 그는 리셸 페델리안에게 카시스의 안부를 묻는 졸렬한 짓거리를 했었다. 아마 화합회만이 아니라 수장들끼리 따로 만나는 자리에서도 늘 이런 식으로 카시스의 이야기를 꺼내 리셸을 분노하게 했을 것이 분명하다.

란트는 카시스를 납치해 왔던 장본인인 데다, 또 카시스가 내 손에 죽었다고 알고 있었다. 그런데도 리셸에게 저런 말을 하다니 참으로 악취미라고 할 만했다.

물론 란트의 생각과 달리 카시스는 멀쩡히 살아 있었지만, 그렇다 해서 리셸의 분노가 수그러지는 것은 아닐 것이다. 란트가 그의 아들을 죽이려 한 것은 사실이었고, 리셸은 앞으로 한평생 그것을 잊지 못할 테니까.

나는 피부가 아리도록 날카롭게 얼어붙은 공기를 느끼다가 앞으로 나섰다.

"그러고 보니 청의 귀공자께서는 올해도 함께 오지 않으셨네요."

생긋 웃으며 건넨 말에 유리처럼 투명하고 차가운 느낌의 벽안이 내게 미끄러졌다. 동시에 옆에 있던 란트에게서 저열한 희열이 전해져 왔다.

"……다른 공무로 바빠 늦을 것 같다는군."

속을 알 수 없는 눈으로 조용히 나를 내려다보던 리셸이 마침내 짧은 침묵을 깨고 대답했다. 그에 란트가 큭 웃으며 비아냥거렸다.

"작년에도 그렇게 말하지 않았던가? 그러고 보니 자네 아들의 잘난 얼굴을 본 지도 벌써 3년이나 지났군. 도대체 얼마나 대단한 공무이기에 몇 년씩이나 코빼기 하나 비치지 않는지 궁금한데."

하지만 리셸은 란트의 비아냥에 반응을 보이는 대신 그저 나를 미동 없이 내려다보았다. 나는 웃는 얼굴로 리셸을 올려다보며 한 발짝 뒤로 물러났다.

"그래요. 늦으시는 것뿐이라니, 그럼 남은 기간 동안 기대를 품고 기다려야겠군요."

"그래, 나도 기대하지. 이번 화합회 때는 꼭 자네의 귀한 아들을 다시 만날 수 있으면 좋겠군."

란트가 비릿하게 웃으며 내 말에 동조했다. 그와 나는 리셸 페델리안을 뒤로한 채로 먼저 자리를 떠났다.

"병신 새끼. 죽어서 살점 하나 안 남은 놈을 무슨 수로 데려오겠다고 아직도 저리 같잖은 허세를 부리는지."

"그래도 애쓰는 모습이 재미있잖아요."

"그건 그렇다만."

조금 전의 일을 다시금 되새기는지, 돌연 란트가 눈을 번뜩이며 웃었다. 나도 그런 란트의 옆에서 덩달아 즐거운 듯 미소를 지어 보였다.

그날 밤, 나는 시간이 늦도록 잠을 이루지 못했다. 오늘 저녁 연회는 어제보다 한결 떠들썩했던 모양이다. 드디어 5가문이 한자리에 모였으니 당연했다. 물론 개중에는 나처럼 연회에 참석하지 않은 사람들도 있었지만 말이다.

그래도 아마 화합회의 마지막 날인 내일은 모든 사람들이 자리에 나타나지 않을까 싶었다.

연회장에 심어 둔 나비에게 전해 들은 바에 의하면 오늘은 실비아가 단연코 주인공이었던 것 같다. 달빛 같은 신비로운 은발과 별 가루를 뿌린 듯 반짝이는 금색 눈동자를 가진 사랑스러운 소녀의 모습은 과연 연회장에 모였던 젊은이들의 시선을 단번에 사로잡을 만했다.

하지만 나는 독나비가 보여 주는 영상을 보다 말고 웃음을 내뱉고 말았다. 오늘 저녁 만찬 때는 제레미도 연회장에 내려갔었나 보다. 아마도 카시스의 여동생인 실비아가 궁금했기 때문인 것 같았다.

하지만 실비아를 본 제레미의 반응은…….

"시발, 청의 개새끼랑 존나 닮았잖아. 비위 상하게."

소설과 달리 굉장히 야박한 평가였다. 얼굴을 종잇장처럼 잔뜩 구긴 채 혼잣말을 읊조리는 제레미의 모습이 퍽 웃겼다. 아무래도 현실의 제레미가 실비아에게 반해서 그녀를 납치하는 일은 벌어지지 않을 듯했다.

류자크 가스토르도 실비아를 보고 또 슬쩍 얼굴을 찌푸렸지만 나를 볼 때만큼의 불쾌감을 느끼는 것은 아닌지 정도가 약했다.

노엘 베르티움은 연회에 참석하지 않고 미동 없이 방에 머물러 있었다. 중간에 란트가 접선을 시도하는 듯했지만 그는 방문을 수락하지 않았다.

"고마워. 이제 됐어."

나는 평소보다 일찍 확인을 끝마치고 독나비를 원래 있던 곳으로 돌려보냈다. 역시 이곳에서 독나비를 오래 부리는 것은 몸에 무리가 갔다.

밤이 깊은 시간이었다. 성안은 깨어 있는 사람이 아무도 없는 것처럼 작은 인기척 하나 없이 무척 조용했다. 시간이 한참 더 지나도 도통 잠이 오지 않았다.

아까 만났던 리셸과 독나비의 영상을 통해 본 실비아의 모습이 떠올랐다. 그러자 자연스럽게 그들과 닮은 다른 사람의 얼굴도 덩달아 생각났다.

잠시 후, 침대 위에서 뒤척이던 나는 결국 자리에서 일어나 방을 빠져나왔다. 낮에는 그렇게 따뜻했는데, 그래도 겨울은 겨울이라고 밤공기가 차가웠다.

두꺼운 외투를 입고 나올 걸 그랬나 하는 생각도 들었지만 잠깐 바람을 쐬기에는 지금 이대로도 나쁘지 않았다. 밖에서 보니 이 시간에도 불이 켜진 방이 두어 개 있었다. 위치상 그중 하나는 리셸 페델리안의 방이었다.

지금 시간이 벌써 4시가 넘었는데 이대로 밤을 새우려는 것일까? 물론 이 시간에 밖으로 나온 내가 할 말은 아니었지만 말이다.

나는 잠깐 불 켜진 방을 물끄러미 올려다보다가 이윽고 다시 고개를 내렸다. 그리고 나서 멈추었던 발을 뗐다.

한밤중의 위그드라실은 더없이 고요했다. 농도 짙은 이 적막감 때문일까. 어쩐지 낮보다 한결 더 엄숙하고 묵직한 장엄함이 느껴지는 것 같았다.

"아직 안 죽고 살아 있었네."

나는 길옆의 덤불을 헤치고 들어가 나무둥치에 등을 기대고 쭈그려 앉았다.

그곳에는 붉은 열매가 맺힌 풀이 자라 있었다. 작년에도 실내가 갑갑해 지금처럼 혼자 나왔을 때가 있었는데, 그 당시에 우연히 발견했던 독초였다. 뜻밖의 장소에서 발견한 뜻밖의 식물에 상당히 반가운 기분이었던 것으로 기억한다.

물론 독초라고 해 봤자 기껏해야 배탈을 야기하는 정도이기는 한데. 어쨌거나 지금도 익숙한 독초를 눈앞에 두고 있으니 마음이 조금 평온해졌다.

깊은 숨을 내쉬자 허공에 하얀 서리꽃이 피어났다. 요즘 들어 계속 그래 왔던 것처럼 오늘도 마음이 싱숭생숭했다. 그 이유가 무엇인지는 스스로 잘 알고 있었다.

원래대로라면 여주인공인 실비아가 열여덟 살이 된 올해가 소설이 시작될 시점이었다. 하지만 현실의 이야기는 소설과 다른 국면을 맞게 될 것이 분명했다.

일단은 실비아의 오빠인 카시스가 살아 있었으니까. 그는 무사히 아그리체를 빠져나간 뒤 오늘까지 공식적인 자리에 모습을 드러내지 않고 있었다.

그래서 란트는 카시스가 죽었다고 철석같이 믿고 있었다. 그런 생각을 하자 문득 실소가 새어 나왔다. 살아 있는 카시스를 보았을 때 란트 아그리체가 지어 보일 표정이 벌써부터 기대되었다. 그 놀란 얼굴을 보는 게 얼마나 재미있을까.

그러던 중, 별안간 위그드라실 안에 작은 말발굽 소리가 울려 퍼졌다. 멈춰 선 마차 안에서 머리끝부터 발끝까지 검은색 일색인 사람이 내려섰다.

겉옷의 모자를 뒤집어쓰고 있었기 때문에 턱 언저리만 언뜻 보일 뿐, 얼굴을 확인할 수는 없었다. 하지만 멀리서 언뜻 보기에도 잘 단련된 느낌을 풍기는 단단한 육체나 굉장히 큰 장신의 키를 보았을 때, 지금 마차에서 내린 사람은 남자인 것이 분명했다.

달빛 아래에서 하얗게 드러난 턱선이 베일 듯이 날카로웠다.

데온인가.

나는 눈살을 찌푸렸다. 저 정도로 큰 키와 다부지게 균형 잡힌 신체를 가진 사람은 데온밖에 본 적이 없었다.

무엇보다도 저 사람의 주위에 흐르고 있는 분위기. 존재 자체만으로도 주변에 고인 공기를 무겁게 짓누르는 것만 같은 저 위압적인 분위기는 아무에게서나 느낄 수 있는 것이 아니었다.

그러고 보니 슬슬 데온이 올지도 모르겠다고 생각하던 참이긴 했다. 되도록 화합회에 늦게 도착하게 하려고 까다로운 일을 맡기고 온 참이었는데 벌써 끝마쳤나. 이쯤 되면 정말 징그러울 정도였다.

나는 내가 있는 방향으로 걸어오기 시작하는 남자를 차게 식은 기분으로 바라보다가 고개를 돌렸다. 이대로 알은척하지 말아야지. 괜히 말 섞어서 기분을 망치기는 싫으니까.

하지만 데온은 늘 그래 왔듯이 너무도 간단히 내 기대를 저버렸다. 길을 따라 이어지던 발걸음이 돌연 내가 있는 곳의 바로 뒤에서 멈추어졌다. 옷자락이 스치는 소리가 작게 들렸다. 시선이 느껴지는 것을 보니 아마 고개를 돌린 모양이다.

알고는 있었지만 그는 상당히 밤눈이 밝았다. 어둠 속에서도 이렇게 나를 정확히 발견해 내서 곧장 시선을 보내오고 있으니 말이다.

저벅, 하는 소리와 함께 그가 내게 한 발짝 다가왔다. 나는 한숨을 내쉬지 않을 수 없었다.

"정말 지겹기도 하지……."

내가 입을 여는 순간 다가오던 걸음이 멈추어졌다. 귀신같은 놈. 기척도 전부 다 죽이고 있었는데 내가 여기에 있는지 어떻게 안 거지?

하지만 예전부터 지겹도록 끈질기게 내 뒤를 쫓던 데온이니만큼 저 집요함이 새삼 놀랍지도 않았다.

"도대체 날 얼마나 더 질리게 만들어야 만족할 셈이야? 꼴 보기 싫다고 했잖아. 당신은 정말 입이 아프도록 말해도 알아듣지를 못하는구나."

정말로 지긋지긋했다. 아마 내 목소리에도 이런 감정이 고스란히 녹아 있을 것이 분명했다. 데온의 그림자조차 보고 싶지 않았기 때문에 나는 시선 한 자락 그에게 주지 않았다.

"아무 말 하지 말고 그냥 가, 데온. 오늘은 모처럼 기분이 나쁘지 않은 밤이니까."

다른 때라면 좀 더 잔인한 말로 그를 공격해 주었을 것이다. 하지만 오늘은 그러고 싶지 않았다. 간만에 맞이한 평온한 밤을 데온 때문에 망쳐 버리는 건 아까운 짓이었다.

뒤에서는 한동안 말이 없었다. 이대로 그냥 가 버린 건지 아닌지조차 헷갈릴 정도로 주변의 공기가 조용했다.

저벅.

그러다 문득 조금 전에 멈추었던 발소리가 다시 이어졌다. 그것은 나를 향해 다가오고 있었다. 나는 욱해서 다시 입을 열었다.

"가까이 오지 말라고 했……."

휘익.

바로 그 순간, 머리끝에서부터 따스한 온기에 감싸였다. 차갑게 식었던 몸에 따뜻함이 번져 나갔다. 나는 훅 숨을 멈춘 채 그대로 굳어 버렸다.

내 몸을 덮고 있는 것은 조금 전까지 남자가 걸치고 있던 망토였다. 묵직한 무게감이 어깨를 눌렀다. 그 안에는 낯선 향기가 배어 있었다.

어째서인지 몸을 움직일 수가 없었다. 그래서 나는 손가락 하나 꼼짝하지 못하고 시간이 멈춘 것처럼 그저 가만히 숨을 죽이고 있었다.

그러다 문득 작은 풀벌레 소리가 귀에 흘러든 순간, 나는 퍼뜩 정신을 차렸다. 그 후 흠칫해 자리에서 벌떡 일어났다. 그리고 급히 뒤돌아보았다. 하지만 조금 전까지 누군가가 서 있던 자리에는 이미 아무도 없었다. 텅 빈 공간에는 차가운 한기만이 고여 있었다.

……데온이 아니야.

다만 그 선연한 깨달음 하나만이 의심할 여지조차 없이 너무도 확고한 진실을 가리키고 있을 뿐이었다.

다음 날 저녁, 이제까지 중에 가장 성대한 연회가 열렸다. 란트와 나, 그리고 제레미는 나란히 1층의 중앙 홀로 향했다.

"데온은?"

"아직이요."

내 대답에 란트가 눈살을 찌푸렸다.

"이렇게 늦다니 이상하군."

"그딴 놈 있어 봤자 번잡하기나 한데 차라리 잘됐죠, 뭘."

제레미가 냉큼 콧방귀를 뀌며 말했다. 연회를 맞아 예장을 갖춘 그는 훤칠한 외모를 자랑하고 있었다. 몇 년 전까지만 해도 예쁘장한 느낌이던 얼굴도 제법 어른스러워졌고, 나와 비슷하던 키도 훌쩍 커졌다. 이렇게 격식 있는 자리에 정장을 빼입고 참석하는 건 처음이라 영 불편해하는 것 같더니 그새 적응이 된 모양이었다.

제레미는 어느덧 평소처럼 건들거리는 모양새로 목에 맨 타이를 끌어 내리고 있었다. 제레미의 말본새가 마음에 들지 않는지 란트가 그를 향해 선득하게 눈을 빛냈다.

제레미는 날이 갈수록 겁이 없어져서 이제 그런 란트의 앞에서도 졸지 않았다. 나는 그 모습을 보며 여트막하게 웃다가 란트를 향해 입을 열었다.

"생각보다 늦는 것 같긴 하네요. 아버지가 안 계신 틈을 타서 감시 대상이 다른 문제라도 일으킨 걸까요?"

내 말에 란트의 얼굴이 미묘하게 굳어졌다. 나는 그런 그를 보며 빙긋이 웃었다.

"그래도 걱정 마세요. 다른 누구도 아닌 데온 오빠잖아요. 연회가 끝나기 전까지는 오겠죠."

란트가 내 말에 수긍했는지 다시 표정을 폈다. 물론 제레미는 그 옆에서 불만스럽게 입술을 삐죽였지만 말이다.

"그럼 들어가지."

나와 제레미는 란트의 뒤를 따라 홀에 들어섰다. 연회장 안에도 천장까지 얽혀 올라가는 거대한 세계수가 벽화로 새겨져 있었다. 화려한 샹들리에가 눈부신 빛을 발하며 머리 위에서 은하수처럼 반짝였다.

기이할 정도로 좌중이 조용했다. 감미로운 음악 소리를 제외하고는 작은 목소리 하나 귀에 들리지 않았다. 이런 상황은 먼저도 겪어 본 적이 있는 것이었다. 연회장 안에 있던 모두가 눈을 의심하는 표정을 지으며 나를 쳐다보고 있었다.

"와, 얼굴 꼬락서니 좀 봐."

제레미가 넋을 놓고 있는 사람들을 구경하며 우습다는 듯이 입매를 비틀었다. 나는 다른 귀빈들과 마찬가지로 멍청한 얼굴을 하고 있는 시종에게서 술이 든 잔을 하나 가져왔다.

이미 예상하고 있었듯이 내게 다가와 말을 건네는 사람은 아무도 없었다. 아그리체에서 내가 그냥 평상복을 입고 돌아다닐 때도 숨을 들이켜며 걸음을 멈추는 사람들이 속출하곤 했다. 그런데 지금은 연회의 참석을 위해 이렇게 단장하기까지 했으니 저렇게 정신을 차리지 못하는 것도 당연하다면 당연했다.

나도 가만히 서서 다른 사람들과 지금의 거리를 유지했다.

슬쩍 주위를 둘러보던 중에 눈에 띄는 사람이 시야에 비쳤다. 그리 멀지 않은 곳에서 가문의 사람들과 함께 서 있던 류자크 가스토르가 나를 쳐다보았다. 이번에는 얼굴 구김의 정도가 어제보다 더 심했다.

"정말, 정신 좀 차리시라니까요. 허리 좀 펴고, 옷도 좀 단정히 입고!"

그러던 어느 순간 연회장의 입구 쪽에서 어떤 남자의 급박한 음성이 흘러들었다. 그 뒤를 따라 칭얼거리는 목소리가 이어졌다.

"으응……. 집에 가서 닉스가 만들어 준 타르트를 먹고 싶어……."

"어차피 내일이면 돌아갈 텐데 왜 이렇게 보채세요? 그러니까 닉스가 노엘 님을 귀찮아하는 게 아닙니까. 아, 진짜. 그만 매달리고 제대로 서, 좀!"

우리가 들어선 이후로 홀 안이 워낙에 조용해졌기 때문인지 밖에서 들려오는 목소리가 유독 크게 울렸다. 뒤이어 입구에서 모습을 드러낸 것은 두 명의 남자였다. 그중 한 명은 나무늘보처럼 옆에 있는 남자에게 거의 매달리다시피 몸을 기대고 있었다.

그러다 문득 이상한 분위기를 감지했는지, 두 사람은 고개를 들고 주위를 둘러보았다. 둘 중 지지대 역할을 하고 있던 남자가 집중된 시선에 화들짝 놀라 어떻게든 옆에 있는 남자를 일으켜 세우려 했다.

하지만 그는 여전히 상황 파악을 못 한 얼굴로 몽롱하게 눈을 굴리고 있을 뿐이었다.

구불거리는 주황색 머리카락과 새싹 같은 밝은 녹색 눈동자. 성인임에도 아직 소년처럼 천진난만하고 귀여워 보이는 얼굴.

그는 황의 베르티움 가문의 수장인 노엘이었다. 잠이 덜 깬 것처럼 멍하니 움직이던 그의 눈이 우뚝 멈추어진 것은 다음 순간이었다.

"어……?"

초점이 흐리던 노엘의 눈이 내게 고정되었다. 그 직후 그의 입이 멍청히 벌어졌다.

"어?"

몽롱하던 녹색 눈동자가 잠에서 깬 것처럼 반짝이는 빛을 되찾은 것은 바로 그 순간이었다. 옆에 있던 남자를 붙들고 있던 그의 팔이 스르륵 미끄러졌다. 그는 녹아서 흘러내리는 아이스크림처럼 흐물거리며 옆에 있던 남자에게 더 깊이 몸을 기댔다. 그 모습을 보아 하니 넋이 나가 다리가 풀린 것 같기도 했다.

졸지에 거의 그를 안다시피 하게 된 남자가 인상을 찌푸리며 고개를 내렸다가 곧바로 기함했다.

"노엘 님, 코피……!"

"어어? 어?"

과연 그 말처럼 노엘의 코에서는 피가 흐르고 있었다. 하지만 그는 기겁해서 외치는 소리에도 여전히 상황 파악을 못 한 것처럼 정신을 빼놓은 얼굴을 하고 있을 뿐이었다. 노엘은 옆에 있던 남자의 손에 거의 질질 끌려 순식간에 연회장에서 퇴장했다.

"뭐야, 저 신박한 병신은?"

그 모습을 지켜보던 제레미가 떨떠름하게 중얼거렸다. 노엘이 이번 화합회에 모습을 드러내 한 말이라고는 '어?'밖에 없었다. 게다가 처음이자 마지막으로 보인 모습이 나를 보고 코피를 흘리는 것이라니…….

제레미가 황당해하는 것도 이해할 수 있었다. 어쨌든, 노엘 때문에 연회장의 분위기는 다시 떠들썩해졌다. 물론 조금 전에 그가 보인 기행에 대해 수군거리는 소리가 대다수였다.

란트도 지금 노엘이 보인 모습이 어지간히 멍청해 보이기는 했는지, 쯧 혀를 찰 뿐 그를 쫓아 나가지는 않았다.

"누나, 배 안 고파? 뭐 먹을래? 내가 가져다줄까?"

잠시 후 제레미가 3단 질문을 던졌다. 그는 다른 사람들과 어울리라는 내 권유를 거절하고 줄곧 내 옆을 지키고 있었다.

나는 대답하기 전에 슬쩍 홀의 입구를 시야에 담았다. 페델리안의 사람들이 아직 연회장에 모습을 보이지 않고 있었다.

"그래, 그럼 부탁할게."

제레미는 내가 그에게 무언가를 시키는 게 좋은지 희희낙락하며 연회장의 한편에 마련된 테이블로 향했다. 란트는 어느덧 자리를 옮겨 다른 가문의 사람들과 이야기를 나누고 있었다.

어쩐지 평소보다 시간이 느리게 흐르는 것 같았다. 사실 아까부터 나는 은근히 초조한 상태였다. 아니, 이것을 초조함이라고 불러야 할지 잘 모르겠다. 다만 자꾸만 마음이 지금 내가 있는 이 공간이 아닌 다른 곳으로 향했다.

어쩌면 지금의 나는 무언가를 기다리고 있는지도 몰랐다.

"앗!"

그때, 어디에선가 급히 숨을 들이켜는 소리가 들려왔다. 부지불식간에 내뱉은 탄성이 그 뒤를 따랐다. 불이 번지듯이, 그 소리를 선두로 웅성거리는 소음이 연회장 안에 넓게 퍼져 나갔다.

란트 아그리체도 미간을 찌푸리며 고개를 돌렸다. 나 역시 시끄러운 소란이 느껴지는 방향으로 시선을 미끄러뜨렸다.

익숙한 이름이 고막을 찔러 든 것은 바로 그 순간이었다.

"카시스 페델리안이잖아!"

"뭐? 청의 귀공자라고?"

"그게 정말이야?"

쨍그랑!

유리가 깨지는 날카로운 소리가 웅성대는 소음 속을 가로질렀다. 그것이 신호라도 되는 것처럼 연회장 안에 침묵이 내리깔렸다.

숨 쉬는 소리마저 크게 느껴질 정도로 짙은 정적이 밀폐된 공간 안에 가득 고였다. 그 위로 넘실거리는 푸른 파도가 밀려들었다.

곧이어 거대한 폭풍의 핵이 모습을 드러냈다. 수많은 사람들의 시선 속에서 나타난 것은 청의 페델리안 가문의 세 사람이었다. 어제 위그드라실에 도착한 리셸과 그의 딸 실비아. 그리고 지난 3년간 모습을 드러낸 적이 없는 청의 귀공자 카시스 페델리안이었다.

"세상에. 이게 몇 년 만이래요……."

누군가가 자그마하게 읊조린 말대로 그가 이런 공식적인 자리에 얼굴을 비친 것은 몹시도 오랜만이었다. 3년 만에 모습을 드러낸 카시스는 어느새 그의 아버지인 리셸을 누르고도 남을 만큼 압도적인 기운을 내뿜고 있었다.

본래도 수려하던 얼굴은 이제 스무 살 청년답게 완전한 성인 남자의 느낌을 풍기고 있었고, 3년 전보다 성장한 육체는 눈에 띄도록 다부지고 단단해 보였다.

공식 석상에 간만에 등장한 카시스 페델리안에게는 이제 빈틈이란 것이 아예 존재하지 않는 것 같았다. 정면을 직시하는 그의 곧은 눈동자에는 전에 비할 수 없는 깊이와 무게가 어려 있었다.

하지만 무엇보다 카시스를 둘러싼 분위기가 가장 크게 달라졌다. 그의 주변에 흐르는 거대한 물살에 그대로 압사당해 버릴 것 같은 느낌이 들 정도였다.

"누, 누나. 지금 내가 보고 있는 게 진짜 카시스 페델리안 맞아?"

어느새 내 옆으로 다가온 제레미가 더듬거리며 내게 물었다. 그는 꼭 귀신을 보는 것 같은 얼굴을 하고 있었다. 그 모습을 보고 란트의 얼굴을 확인하지 않을 수 없었다.

나는 눈길을 움직여 그리 멀지 않은 곳에 서 있는 란트를 찾았다. 예상했던 대로 란트는 몹시도 큰 충격을 받은 듯이 두 눈을 부릅뜬 채 카시스를 보고 있었다.

얼어붙은 그의 얼굴에는 말로는 차마 형언할 수 없을 정도의 커다란 경악이 떠올라 있었다. 나는 그 모습을 잠깐 시야에 담다가, 다시금 시선을 미끄러뜨렸다.

바로 그 순간, 멀리서 찬연하게 빛나고 있는 금색 눈동자와 시선이 마주쳤다. 카시스는 수많은 사람들 사이에서도 어렵지 않게 나를 발견한 듯, 흔들림 없이 나를 직시해 왔다. 지금 이 순간만큼은 이곳에 존재하는 사람이 그와 나, 단둘뿐인 것 같았다.

째깍.

어디에선가 시곗바늘이 움직이는 작은 소리가 들렸다. 나를 둘러싼
세계의 흐름이 지금 막 변한 것 같은 느낌이 들었다. 그와 헤어졌던
날 멈추었던 시간이 다시금 흐르기 시작했다는 신호였다.

"제길, 도대체 이게 어떻게 된 일이지?"

급히 연회장을 빠져나오는 길에 란트가 거칠게 욕설을 내뱉었다. 그
의 얼굴에는 충격과 혼란, 그리고 경악이 가득했다.

"카시스 페델리안은 분명 그때 죽었을 텐데……!"

주위에 사람이 아무도 없어서 망정이지, 그렇지 않았더라면 곤란한
일이 벌어졌을지도 몰랐다. 란트는 그런 것조차 신경 쓰지 못할 정도
로 침착함을 잃은 상태였다.

하기야 죽었다고 철석같이 믿고 있던 사람이 되살아났으니 그 놀라
움이 오죽하겠냐마는. 아까 제레미가 그랬던 것처럼 귀신을 목도한 것
같은 기분일 것이 분명했다.

문득 저 멀리서 노엘 베르티움이 걸어오는 모습이 보였다. 아마도
다시 연회에 참석할 생각인 모양이었다. 나는 란트와 그가 서로를 발
견하기 전에 움직였다.

"아버지, 진정하세요."

"내가 진정하게 생겼느냐?"

자연스럽게 란트를 유도해 방향을 틀자 노엘 베르티움의 모습이 시야
에서 사라졌다. 이로써 란트와 노엘이 지금 마주치는 것은 차단했다.

"아버지도 그때 분명 두 눈으로 똑똑히 보셨잖아요. 그는 분명 제 손에 죽었어요."

"그건 그렇지만…… 그럼 저건 도대체 뭐란 말이냐?"

당시의 기억을 떠올리는지 란트의 목소리가 조금 전보다 약간 안정되었다. 하지만 그 안에는 아직도 혼란이 담겨 있었다.

"진짜는 이미 죽었으니 저건 진짜 같은 가짜겠지요."

그러자 란트가 얼굴을 일그러뜨렸다.

"그럼 저게 대역이라는 말이냐? 하지만 저 기운은 분명 페델리안의 것인데. 게다가 저건 쌍둥이라고 해도 믿을 정도가 아니냐?"

"어쩌면 진실은 생각보다 단순할지도 몰라요."

란트의 마음에 의심이 피어나기 시작한 것이 느껴졌다. 결국 그는 이 뒤에 이어질 내 말을 부정할 수 없게 될 것이다. 나는 란트의 눈을 정면에서 직시하며 소리를 낮추어 속삭였다.

"이 세상에는 진짜 살아 있는 사람처럼 정교한 인형을 만들 수 있는 자가 있잖아요."

그 순간 마주한 눈동자에 정지된 시간이 깃들었다. 그와 나는 어느새 걸음을 멈추고 있었다.

"인형…… 인형이라고?"

란트의 반응은 기대 이상이었다. 딱딱하게 굳어진 얼굴을 보니 지금 내가 이야기한 것이 과연 실제로 있을 법하다고 생각하는 듯했다.

당연했다. 란트가 지금까지 베르티움과 끊임없이 접선을 시도하며 욕망했던 것도 이와 맥락을 달리하지 않는 것이었으므로.

"기억나지 않으세요? 그렇지 않아도 얼마 전에 페델리안과 베르티움의 교류가 확인되었다고 제가 말씀드린 적이 있었잖아요."

나는 그저 란트의 마음속에 숨겨진 부분을 건드려 그의 불안과 의심에 불을 지폈을 뿐이다.

"그렇지 않아도 이상하다고 생각했는데……. 확인된 건 최근의 교류뿐이지만 어쩌면 다른 이들의 눈을 피해 전부터 은밀히 연락을 주고받았을지도 몰라요."

물론 내가 란트에게 흘린 것은 가짜 정보였다. 근 3년간 페델리안과 베르티움은 눈에 띄는 교류를 가졌던 적이 없었다.

"설마 베르티움이……."

란트의 머리가 정신없이 굴러가는 소리가 여기까지 들릴 것 같았다. 머릿속에 일단 한번 혼돈이 생긴 탓인지, 그는 제대로 된 판단을 하지 못하는 것 같았다.

나는 란트를 향해 다시금 뱀처럼 간교한 말을 속삭였다.

"후계자를 잃어 위기에 처한 청의 페델리안이 몸을 웅크리고 있던 지난 3년 동안 카시스 페델리안과 똑같이 생긴 인형을 만들었다고 하면 아귀가 맞아떨어지지 않나요?"

예상대로 란트는 노엘 베르티움과 만날 생각인지 곧장 숙소가 있는 건물로 발길을 돌렸다. 하지만 노엘은 아까 연회장으로 향한 참이었다.

물론 록사나는 그 사실을 알면서도 란트에게 말해 주지 않았다. 록사나는 나비를 통해 그들의 위치를 확인한 뒤 걸음을 옮겼다.

홰액!

강한 힘이 그녀의 팔을 낚아챈 것은 바로 그 순간이었다. 록사나는 어둠 속에 몸을 감추고 있던 사람이 누구인지 깨닫고 그 손을 뿌리치지 않았다.

팔을 끌어당긴 거친 힘이 이번에는 그녀를 뒤로 밀쳤다. 등 뒤로 싸늘함이 흐르는 딱딱한 벽이 닿았다. 그와 동시에 그녀의 앞으로 서늘한 기운을 풍기는 몸이 다가들었다.

"……뭐야? 인사치고는 너무 격한데."

갑작스러운 상황에도 록사나는 동요 한 점 내비치지 않았다. 잔물결 하나 일지 않은 눈동자가 눈앞에 있는 얼굴을 싸늘하게 응시했다.

그 시선과 비슷한 온도를 가진 붉은 눈동자가 록사나를 꿰뚫을 듯이 내려다보았다. 시야에 불빛이 어른거렸다. 연회장에서 새어 나오는 빛이었다. 1층의 테라스와 거의 등지고 있다 보니 안쪽에서 흘러나오는 음악 소리와 수군거리는 음성들이 나직하게 들려왔다.

"카시스 페델리안이 다시 양지로 나왔더군."

불빛에 물든 데온의 얼굴은 시리게 얼어 있었다. 위그드라실에는 지금 막 도착한 것인지 그의 복장은 연미복이 아니었다.

록사나는 코끝에 희미하게 번지는 혈향에 슬쩍 시선을 내렸다. 그러자 망토에 반쯤 가려진 데온의 왼쪽 팔이 붉게 물들어 있는 것이 보였다. 아마 그녀가 맡긴 일을 처리하다가 상처를 입은 모양이었다.

하지만 록사나는 거기에 아무런 감흥도 느끼지 않았다.

"오랜만에 얼굴을 보니 반가웠나?"

오히려 그녀의 흥미를 끄는 것은 이쪽이었다. 카시스가 살아 있다는 사실을 몰랐던 것도 아니면서 이렇게 감정적인 모습을 보이다니. 록사나의 입술이 천천히 움직여 마침내 작은 호선을 그렸다.

"그렇게 잘 알면서 굳이 왜 묻는 거야?"

나른한 눈매에도 웃음기가 어렸다. 꽃망울을 틔우듯이 피어오르는 미소에 데온을 둘러싼 공기가 더욱 날카로워졌다.

"……난 가끔 널 죽여 버리고 싶어."

특유의 냉담하고 단조로운 음성과 달리 그의 눈빛에 틀어박힌 감정은 그보다 훨씬 격렬하고 사나웠다.

저벅.

옆에서 누군가의 발소리가 들려온 것은 바로 그때였다.

"설마 화합회의 취지조차 모르는 자가 이곳에 있을 줄은 몰랐는데."

나지막한 음성이 시린 밤공기를 가로질러 고막을 찔렀다. 그와 동시에 록사나의 팔을 움켜쥐고 있던 데온의 손목에 강한 악력이 깃들었다. 록사나는 데온과 마주하고 있던 시선을 끊어 내고 고개를 돌렸다.

빛과 그림자의 경계 속에 우뚝 서 있는 남자의 모습이 시야에 비쳤다. 불빛에 번진 은색 머리카락이 허공에 잘게 흩날리는 것이 보였다. 음영이 진 눈동자는 그녀의 기억 속에서보다 한결 더 강렬한 광채를 머금고 있었다.

곧게 뻗어진 시선이 록사나 앞에 위협적으로 도사리고 선 데온을 꿸 듯이 직시하고 있었다.

"원치 않는 상대를 힘으로 겁박해 강제하는 게 아그리체의 인사법이라면 형편없군."

시야에 모습을 드러낸 것은 카시스 페델리안이었다. 이렇게 가까이 접근할 때까지 기척을 느끼지 못했다니. 있을 수 없는 일이었다. 싸늘한 눈빛만큼이나 냉엄한 음성이 뒤이어 귓전을 때렸다.

"당장 그 손 떼."

거센 힘이 기다리지 않고 데온의 손목을 옥죄었다.

카시스에 의해 강제로 록사나에게서 손을 떼어내게 된 데온의 몸에서 살기가 피어올랐다. 하지만 그것을 정면으로 맞고 있는 사람에게서는 미동 한 번 생기지 않았다.

소년티를 벗은 카시스는 여러 가지 면에서 놀라울 정도로 성장해 있었다. 지금 이 순간 그에게서 흘러나오는 데온 못지않은 위압감이 숨을 막히게 할 지경이었다.

이 모습을 본다면 란트 아그리체도 카시스 페델리안이 가짜일지도 모른다는 의심은 추호도 할 수 없을 것이 분명했다.

물론 이번 화합회에서 란트가 카시스와 따로 이야기를 나누는 일 따위는 없을 것이다. 그가 원하는 대로 베르티움의 수장인 노엘과 만나는 것도 불가능했다.

록사나가 그렇게 만들 것이었으므로.

"데온."

마침내 록사나의 입술이 작게 달싹여졌다. 귓가에 닿은 자그마한 부름에 카시스에게 박혀 있던 흉포한 눈길이 다시금 록사나를 향했다.

그녀에게서 흘러나온 것은 끝내 그 한 마디뿐이었다. 하지만 그것만으로도 폭주 직전인 짐승의 고삐를 조이기에는 충분했다.

데온은 여러 감정이 부딪쳐 균열을 그리는 눈으로 그녀를 내려다보다가 이윽고 거칠게 날뛰는 기운을 갈무리하고 물러났다. 데온이 돌아서서 어둠 속으로 사라진 후 록사나도 몸을 똑바로 세웠다.

"곤란한 상황이었는데 도움을 주셔서 감사합니다."

그녀는 한 손으로 치맛자락을 잡아 올리며 앞에 있는 사람을 향해 예의를 갖추어 인사했다.

"제 이름은 록사나 아그리체. 귀인의 성함은 어떻게 되십니까?"

만약 다른 누군가가 지금의 그들을 본다면 이것이 두 사람의 첫 만남이라 생각할 것이 분명했다. 카시스는 무슨 생각을 하는지 알 수 없는 얼굴로 록사나를 잠깐 말없이 바라보았다.

"……카시스."

짧은 침묵 끝에 마침내 카시스가 굳게 다물려 있던 입술을 천천히 움직였다.

"카시스 페넬리안입니다."

깊은 울림을 지닌 낮은 목소리가 그의 입에서 흘러나왔다.

"청의 귀공자셨군요."

"허락해 주신다면 인사를."

카시스는 자신을 소개한 데 그치지 않고 록사나처럼 동요 없는 모습으로 그녀에게 손을 내밀었다. 록사나는 그 손을 보며 한순간 멈칫했다. 그러나 주저함은 지극히 찰나라 해도 좋을 정도로 짧았다.

"기꺼이."

곧 장갑을 낀 두 손이 겹쳐졌다. 록사나가 손을 올리자 카시스가 그것을 붙잡아 손등에 입술을 묻었다. 서늘함이 감도는 피부 위에 낯선 열기가 얕게 스몄다.

가까이에서 시선이 부딪쳤다. 정면에서 마주한 눈동자는 익숙했지만 그 익숙함을 상쇄하고도 남을 만큼의 낯선 느낌을 풍기고 있었다. 그런 감상을 느끼게 하는 것은 눈빛만이 아니었다.

록사나는 먼저 그에게 붙잡혀 있던 손을 빼냈다.

"청의 귀공자의 위명이라면 저도 잘 알고 있습니다. 남매간의 철없는 다툼을 보여 드려 부끄럽네요."

그러자 카시스의 고요한 금색 눈동자가 옆으로 슬쩍 미끄러졌다. 그것은 조금 전에 데온의 모습을 삼킨 어둑한 공간을 서늘히 스쳐 지나갔다.

"남매간의 철없는 다툼이라."

"네, 그러니 청의 귀공자께서 깊이 마음 쓰실 필요 없는 일입니다."

"그렇습니까."

카시스는 혼잣말처럼 그렇게 나지막하게 읊조린 뒤 다시 눈앞에 있는 록사나를 응시했다. 연회를 맞아 화려한 복장을 한 록사나는 그야말로 눈이 멀어 버릴 정도로 아름다워 어둠 속에서도 홀로 두드러지게 눈에 띄었다. 하지만 그와 동시에 그녀는 이대로 밤공기 속에 소리 없이 스러져 버릴 것 같은 기이한 느낌을 풍기고 있었다.

"어느새 밤이 깊어졌네요. 저는 이만 방으로 돌아가야겠습니다. 청의 귀공자께서는 다시 연회장 안으로 들어가시지요."

록사나가 먼저 자리를 떠날 의사를 내비쳤다. 카시스는 그런 그녀를 붙잡지 않았다. 다만 뒤이어 록사나의 어깨에 어디선가 겪어 본 적이 있는 것 같은 안온한 무게감이 내려앉았다.

"밤공기가 차니 걸치고 가십시오."

얇은 드레스를 입고 있어 차게 식었던 몸에 따스한 온기가 스몄다. 록사나는 카시스의 겉옷을 어깨에 걸친 채 그를 올려다보았다.

"오늘은 지난밤보다 옷차림이 더 얇은 듯해 염려되니."

그 말을 듣고 간밤에 마주쳤던 사람이 누구인지 비로소 완전히 확신할 수 있었다. 다시금 허공에서 시선이 얽혔다. 두 사람의 거리는 아까보다 한결 가까웠다.

카시스의 얼굴을 이렇게 지척에서 마주하는 것은 실로 오랜만이었다.

그렇기 때문인지 어쩐지 말로 설명하기 어려운 이상한 기분이 들었다. 시선을 맞댄 채로 이번에는 카시스가 먼저 오늘 밤의 작별을 고했다.

"……하면, 모쪼록 편안한 밤 보내시길 바라겠습니다."

나지막한 인사가 여운을 남기며 귀에 휘감겼다. 록사나는 한동안 미동 없이 서서 멀어지는 그의 뒷모습을 바라보았다.

"저, 저기. 아그리체 양?"

숙소가 있는 건물로 향하는 길에 어떤 남자가 록사나에게 다가왔다. 그의 머리가 한순간 은발로 보여 멈칫했으나 다시 보니 그것은 새하얀 백발이었다.

"저희 수장님께서, 그러니까……. 이걸 꼭 아그리체 양께 선물하고 싶다고 하셔서 제가 대신 왔습니다."

"감사하다고 전해 주세요."

록사나는 꽃다발을 건네받고 다시 걸음을 재촉했다. 남자가 또 할 말이 있는 것처럼 잠깐 뒤를 쫓아오며 어물거렸다. 하지만 록사나는 그에게 일말의 관심도 없었다.

그녀의 머릿속은 다른 생각으로 바삐 돌아가고 있었다. 카시스가 드디어 전면에 나섰다는 건 때가 되었다는 의미였다.

"그래. 곧 웅장한 파티가 열리겠구나."

록사나의 얼굴에 어딘가 선득한 느낌을 풍기는 달콤한 미소가 피어올랐다. 그녀의 손안에서 화려하게 만개한 장미꽃이 부서졌다. 록사나는 허공에 흩날리는 붉은 꽃잎을 뒤로한 채 걸음을 옮겼다.

잠시 후 그녀가 도착한 곳은 란트 아그리체의 방이었다. 예상대로 그는 노엘 베르티움과의 접선에 실패한 뒤 초조하게 방 안을 서성이고 있던 중이었다.

"아버지, 지금 바로 아그리체로 돌아가야 할 것 같아요."

록사나의 말에 란트가 의문을 표했다.

"그게 무슨 말이냐?"

"방금 데온 오빠를 만나서 소식을 들었는데⋯⋯."

뒤이어 란트의 얼굴이 험악하게 일그러졌다.

"아버지가 안 계신 틈을 타서 폰타인 오빠가 반란을 일으켰다고 하네요."

그들은 곧장 위그드라실을 떠났다. 마침 록사나의 말을 따라 먼저 연회장을 벗어난 제레미가 하인들에게 미리 채비를 시켰던 참이었다. 그들은 곧장 준비를 마치고 아그리체로 향할 수 있었다.

"란트 아그리체가 지금 막 성을 떠났다고 합니다."

그 소식은 카시스에게도 전해졌다. 어느새 그는 연회장에서 입었던 예복을 벗은 뒤였다.

"준비는?"

"지시해 놓으신 대로 이미 끝마쳤습니다."

"지금 바로 출발한다."

광택이 나는 구두 대신 투박한 가죽 부츠가 복도에 깔린 붉은 융단을 밟았다. 어깨에 걸친 짙푸른 망토가 절제된 걸음을 따라 흔들렸다. 예복을 벗은 카시스의 모습은 귀공자라기보다는 단련된 기사 내지는 노련한 사냥꾼에 더 가까워 보였다.

오늘은 화합회의 마지막 날이었고, 지금은 아직 연회가 한창인 시간이었다. 그래서인지 숙소 주변을 한가하게 얼쩡거리는 사람은 없었다.

그러다 문득 카시스의 눈에 여동생 실비아의 모습이 띄었다. 카시스처럼 외출복으로 갈아입은 실비아가 다가왔다.

"오빠, 조심해야 돼."

카시스와 닮았지만 훨씬 따뜻하고 부드러운 느낌을 풍기는 금색 눈동자가 그 안에 미약한 걱정을 담고 그를 올려다보았다. 카시스는 손을 뻗어 여동생의 머리를 얕게 헝클어뜨렸다.

"아버지와 함께 돌아가. 일이 전부 끝나면 나도 곧장 페델리안으로 갈 테니까."

이미 모든 이야기를 끝마친 뒤였기에 아버지인 리셀을 지금 따로 만날 필요는 없었다. 카시스는 처음 이곳에 올 때처럼 조용히 위그드라실을 떠났다.

목적지는 숙원이 남아 있는 아그리체였다.

붉게 타오르는 낙조가 지평선 위로 떨어졌다. 아그리체에는 낯설게 느껴질 정도로 짙은 불온함이 감돌고 있었다. 성벽의 내부뿐만이 아니라 외부에서부터 그 불길한 기운이 여실히 느껴질 정도였다.

"당장 그놈을 내 눈앞에 끌고 와라!"

란트는 저택에 들어서자마자 사납게 명령했다. 장남의 모반 소식을 알게 된 그는 몹시 대노한 상태였다. 란트는 그의 손으로 직접 판결을 내려 죄인을 처벌할 때 이용되는 심판의 방에 폰타인을 끌고 오라고 명령했다.

란트가 없는 동안 한바탕 소란이 일어났던 탓인지 저택 내부는 다소 어수선했다. 이번 일에 관심이 있는 몇몇 형제와 안주인들이 방에서 나와 기웃거렸다.

개중에는 록사나의 이복 언니인 그리젤다도 있었다. 록사나는 란트를 뒤따르다가 그녀를 발견하고 걸음을 늦추었다. 그런 록사나의 뒤로 그리젤다가 조용히 따라붙었다.

앞서 걷는 란트의 등을 바라보며 록사나가 작게 입술을 벌렸다.

"준비는?"

"끝났어."

록사나의 얼굴에는 작은 표정 변화 하나 생기지 않았다. 그 대화를 끝으로 두 사람은 다시 거리를 벌렸다. 록사나에게서 떨어져 나온 붉은 나비가 벽에 스며들듯이 조용히 사라졌다.

"제레미. 넌 밖을 정리해."

"알았어, 누나."

곧 록사나는 아버지 란트 아그리체의 뒤를 따라 심판의 방에 들어섰다.

잠시 후, 포박당한 폰타인이 심판의 방에 끌려 들어왔다.

"폰타인, 네놈이 기어이……!"

란트가 짓씹듯이 일갈하며 바닥에 무릎 꿇려진 폰타인에게 다가갔다. 반란을 도모했다는 죄로 잡혀 온 폰타인은 크게 부상을 입은 상태였다. 그를 제압한 데온이 팔을 다칠 정도였으니, 폰타인의 상태가 어떨지는 사실 두 눈으로 확인하지 않아도 뻔했다.

"아, 아버지!"

폰타인은 자신을 향해 다가오는 란트를 보고 다급히 입을 열었다.

"이건 다 오해…… 커억!"

하지만 그가 막 입을 열기 무섭게 란트의 손에 들려 있던 단장이 휘둘러졌다.

이제껏 란트가 잘못의 경중에 따라 죄인들에게 형벌을 내리고, 또 간혹 제 손으로 직접 즉결 처분을 내리기도 했던 곳이 바로 이 심판의 방이었다.

그가 자식들에게 폐기 처분 명령을 내렸던 곳도 바로 이곳이었다.

퍽! 퍼억!

란트는 지금 이 자리에서 폰타인을 패 죽이기라도 할 것처럼 거침없이 손을 휘둘렀다. 끝부분이 금속으로 장식된 단단한 막대기가 폰타인을 내려칠 때마다 눈부신 대리석 바닥에 피가 튀었다. 그 손길에 자비라고는 눈곱만큼도 없었다.

"감히 네가!"

퍼억! 퍽!

"내 등에 칼을 꽂으려고……!"

퍽!

폰타인을 내려다보는 란트의 눈에는 이글거리는 분노가 담겨 있었다. 그에게서는 살기마저 느껴졌다. 중년에 접어든 나이였지만 란트의 풍채와 힘은 폰타인에 뒤지지 않았다. 더군다나 지금 폰타인은 사지를 결박당한 데다 그전까지 거칠게 다루어져 큰 부상을 입은 상태였다. 그렇기 때문에 란트에게 속수무책으로 당할 수밖에 없었다.

퍼억!

결국 란트의 손에 들린 단장이 부러졌다. 그제야 란트는 폰타인을 패는 것을 멈추었다.

"버러지 같은 새끼. 내가 금수만도 못한 놈을 낳았어. 감히 이 아비의 뒤를 치려고 하다니."

란트는 피로 칠갑되어 축 늘어진 폰타인을 매섭게 노려보며 부러진 단장을 바닥에 아무렇게나 집어 던졌다.

"네놈이 내 뒤에서 몰래 일을 꾸미고 있는 것을 모를 줄 알았더냐? 그래도 설마 하는 마음에 기회를 주려고 했건만, 감히 네가 이런 식으로 나를 배신해⋯⋯!"

폰타인은 피를 흘리며 바닥에 쓰러져 머리 위에서부터 쏟아지는 란트의 분노를 고스란히 뒤집어썼다. 이를 악물어 고통을 참아 내는 동안에도 그의 눈은 형형히 불타고 있었다.

제기랄, 어떻게 들킨 거지? 모든 계획이 완벽했는데.

데온, 저 새끼가 중간에 갑자기 나타나 방해하지만 않았어도⋯⋯!

증오로 범벅된 폰타인의 눈이 문 쪽에 선 데온을 쏘아보았다.

"아버지, 이건⋯⋯ 이건 전부 다 데온, 저 새끼가 저를 모함하려고! 저는 억울⋯⋯."

"아직도 정신을 못 차리고 개소리를 지껄이는구나."

폰타인의 애끓는 호소에도 란트는 냉담했다.

"내가 네놈의 얕은수를 모를 줄 알았더냐? 네놈이 뒤에서 몰래 사병을 모으기 시작하는 걸 알고 데온에게 감시를 맡긴 게 나인데!"

그 말에 폰타인은 눈을 부릅뜰 수밖에 없었다. 순간적으로 모골이 송연해졌다. 사병을 모으기 시작할 때라면 폰타인이 본격적으로 란트의 뒤를 칠 계획을 세우기 시작했을 무렵이었다.

그러고 보니 유달리 그때부터 폰타인을 대하는 란트의 태도가 싸늘해지기는 했다. 하지만 설마 그렇게 일찍부터 폰타인이 다른 마음을 먹은 것을 알고 있었단 말인가?

"게다가 그뿐만이 아니지. 지금까지 네가 나 몰래 부려 온 농간들을 이 자리에서 빠짐없이 읊어 주랴? 정녕 내가 그 방만한 짓거리들을 하나도 모르리라 여긴 것이냐?"

"아, 아버지."

"네가 나를 얼마나 우습게 봤으면. 그래, 네놈 눈에는 내가 그렇게 병신으로 보이던가?"

분노를 참지 못한 란트는 폰타인의 멱살을 들어 올렸다. 단단한 손이 폰타인의 뺨을 사정없이 후려갈겼다. 그렇지 않아도 란트는 화합회에서 있었던 카시스의 일 때문에 신경이 날카롭게 곤두서 있었다.

폰타인은 날이 설 대로 선 란트의 눈앞에 제발 나를 죽여 달라고 머리를 들이민 것이나 마찬가지였다.

"가져와."

란트는 살기가 흐르는 눈을 폰타인에게 고정시킨 채 수하에게 손을 내밀었다. 란트의 눈에는 시퍼런 안광이 서려 있었다.

란트의 명령을 받은 수하가 미리 준비해 놓고 있던 것을 냉큼 그에게 가져다 바쳤다.

"그래도 이번에 보니 버러지 같은 놈이 쓸 만한 재주를 하나쯤은 가지고 있더구나."

란트가 날이 바짝 선 칼을 손에 들고 스산한 목소리로 물었다.

"내가 없는 사이에 네놈이 몰래 빼돌린 아그리체의 군사들은 어디에 있지?"

그 말에 폰타인이 눈을 홉떴다.

"그게, 크윽, 무슨…… 빼돌린 군사라니……."

시치미를 떼는 얼굴이 얼마나 그럴듯한지, 정말 이 일과 무관한 사람 같아 보일 정도였다.

"저는, 저는 모르는 일……."

푹!

란트는 폰타인의 손에 주저 없이 칼날을 박아 넣었다.

"아악!"

앞에서 비명이 터졌으나 란트의 얼굴에는 한 치의 흔들림도 떠오르지 않았다.

"그래, 아들아. 내가 고작 이 정도 고통도 못 이겨 쉽게 입을 나불거리도록 널 가르치지는 않았지."

폰타인을 보는 눈빛에는 일말의 자비도 애정도 찾아볼 수 없었다.

"어디 사지를 하나씩 절단해도 네가 말하지 않는지 보자꾸나."

란트는 실로 비정했다. 그는 결코 배신자를 용납하지 않았고, 그것은 자식이라고 해서 예외가 아니었다. 손에 박아 넣은 칼을 비틀어 빼자 폰타인의 입에서 다시 한번 비명이 터져 나왔다.

록사나는 바닥에 고여 있는 피를 조용히 내려다보았다. 폰타인에게서 흘러나와 서서히 영역을 넓혀 가던 붉은 피가 마침내 란트의 구둣발에 닿았다. 폰타인은 란트와 데온을 지나치게 의식하느라 그녀가 이 자리에 있다는 사실조차 깨닫지 못한 것 같았다.

"아버지."

그래서 록사나가 란트를 불렀을 때, 폰타인은 무척이나 뜻밖의 소리를 들은 것처럼 경황이 없는 와중에도 멍청히 고개를 들었다.

"더 이상 불필요한 시간 낭비를 하실 필요는 없을 것 같아요."

란트도 그 말을 듣고 눈길을 돌렸다. 록사나는 아주 평온한 얼굴을 한 채로 란트와 폰타인을 바라보고 있었다. 그 얼굴을 보니 지금 그들이 있는 곳이 심판의 방이 아니라 봄날의 정원인 것 같은 착각이 들 정도였다.

"혹시 찾은 것이냐?"

록사나는 란트의 물음에 그저 빙긋이 미소 지었다. 사실 폰타인의 일을 독나비로 알아내 미리 언질해 준 것도 다름 아닌 록사나였다. 그래서 란트는 한동안 폰타인을 주시했고, 그가 뒤에서 수작을 부리는 것을 모조리 파악할 수 있었다.

물론 란트는 록사나에게 그리 큰 도움을 받았다고는 생각하지 않았다. 설령 폰타인의 일을 미리 알지 못했다 해도, 하룻강아지 같은 아들놈에게 그가 당했을 것이라는 생각은 들지 않았다.

하지만 록사나의 말을 듣고 저택을 비운 동안 데온에게 감시를 맡겨 폰타인의 모반을 사전에 저지한 것은 효율성의 면에서 제법 만족스러운 일이었다.

"잘했다. 일 처리가 아주 신속하군. 역시 내 딸……."

"아무리 애타게 찾아봤자 아버지가 원하는 건 나오지 않을 테니 더는 헛수고할 필요 없다는 뜻이에요."

그러나 잇따른 록사나의 말은 란트의 생각과 조금 달랐다.

그 음성이 파문 한 점 없는 호수처럼 여전히 잔잔해 란트는 거기에 담긴 의미를 곧바로 파악하지 못했다.

"오랜 세뇌로 당신에게만 충성하도록 키워진 그 사냥개들, 지금은 전부 제 귀여운 나비들의 피와 살이 되었으니까."

"뭐?"

멈칫.

하지만 란트는 의문 어린 말을 끝맺지 못했다. 뒤이어 그의 시야에 비친 일이 그만큼 충격적이었기 때문이다.

또각.

구두 굽이 대리석 바닥에 부딪쳐 나는 소리가 조용한 방 안에 울려 퍼졌다. 록사나가 산책이라도 가듯이 가벼운 걸음을 내디뎌 향한 곳은 심판의 방의 앞쪽에 놓인 커다란 의자였다.

한편으로 왕좌처럼 보이기도 하는 그 자리는 이제껏 가문의 주인인 란트만이 앉을 수 있던 곳이었다.

"……지금 이게 뭐 하는 짓이지?"

록사나는 놀랍게도 일말의 주저함도 없이 아그리체의 왕을 위해 준비된 그 유일한 옥좌에 올랐다.

"전부터 앉아 보고 싶었거든요."

진주를 깎아 만든 것 같은 섬섬옥수가 화려한 보석이 붙은 의자의 팔걸이를 부드러운 손길로 스쳤다.

"이곳에서 내려다보면 어떤 기분이 들지 늘 궁금했어요."

그녀의 입에서 흘러나온 말이 너무도 천연덕스러워서 란트는 한순간 화를 낼 생각조차 하지 못했다.

어안이 벙벙한 것은 폰타인도 마찬가지였다. 지금 록사나는 너무도 아무렇지도 않게 미친 짓을 하고 있었다.

그러다 록사나의 붉은 눈동자가 다시금 앞에 있는 란트에게 향했다.

"이렇게 위에서 보니까……."

다음 순간, 꽃물이 든 것 같은 붉은 입술에 꿀처럼 달콤한 미소가 떠올랐다.

"아버지도 꽤 작아 보이시네요?"

란트의 얼굴에 균열이 그려지기 시작했다.

"네가……."

금이 간 사기그릇처럼 평정이 깨진 얼굴에 매서운 한기가 몰아쳤다.

"네가 지금 나를 능멸하느냐?"

살기등등한 붉은 눈동자가 록사나를 그대로 씹어 삼킬 것처럼 거칠게 파도치고 있었다. 록사나는 그것을 보고 나긋이 눈꼬리를 휘었다.

"그렇게 노여워 마세요, 아버지."

고작 이 정도 일로, 라고 덧붙이며 미소 짓는 얼굴이 더없이 해사했다.

"아버지, 지금까지 단 한 번도 의심해 본 적 없으세요?"

심판의 방 안에 울리는 음성이 마치 달콤한 밀어를 속삭이는 것처럼 한결 더 작고 농밀해졌다.

"이 모든 게 아버지를 위해 제가 공들여 준비한 연극이라고."

그 순간 의미 모를 불길함이 란트의 심장 어귀를 스쳐 지나갔다.

"그게 무슨……."

마침내 록사나가 지금 그들이 있는 이 공간에 깔려 있던 환상을 거두어들였다.

살랑.

폰타인의 피가 고여 있던 바닥에서 지금까지 그곳에 있는 줄도 몰랐던 나비들이 일제히 날아올랐다.

화아앗!

한 차례 시야에 붉은 폭풍이 몰아쳤다. 그 직후 그 자리에 나타난 것은 지금껏 환상에 의해 숨겨져 있던 거대한 주술진이었다.

란트는 그것을 발견하자마자 자신이 처한 상황을 빠르게 깨달은 듯했다. 그는 황급히 자리에서 벗어나려 했다.

"록사나 네가 감히……! 크헉!"

하지만 그가 막 첫걸음을 떼기 무섭게 주술진이 발동했다. 눈앞에서 신성한 느낌을 풍기는 하얀빛이 폭발했다. 그러나 주술을 발동시키는 조건도, 그 효과도 신성함과는 거리가 멀었다.

피를 매개로 하는 주술은 란트가 주술진 위에서 기어이 아들인 폰타인의 피를 제 몸에 묻히는 순간 완성되었다. 그리고 주술과 엮인 란트가 거기에서 벗어나려 시도하는 순간 발동 조건을 충족했다.

철컹, 눈에 보이지 않는 덫이 먹잇감을 순식간에 낚아챘다.

"으, 커억……!"

란트는 흡사 거대한 운석에 짓눌리기라도 한 사람처럼 속절없이 바닥에 쓰러졌다. 그 위로 엄청난 중력이 폭격처럼 쏟아져 내렸다.

록사나는 지금까지의 란트가 그랬듯이, 죄인에게 심판을 내리는 왕처럼 오연한 눈을 하고 그런 그를 내려다보았다.

"그러게 제 앞에서 왜 그렇게 방심하셨어요."

란트는 손가락 하나 까딱하지 못할 정도로 끔찍한 중압감에 짓눌리는 상황에서도 핏발이 선 눈을 앞으로 움직였다.

"부모 자식 간의 애정도 신의도 모조리 헛것이라고 손수 알려 주신 분이 바로 아버지셨으면서."

란트의 주의를 폰타인에게 돌려 놓고 뒤에서 진짜 모반을 꾀했던 것이 다름 아닌 록사나였다니. 란트는 그 사실이 도무지 믿기지 않았다. 하지만 그렇다 한들 뼈아픈 현실이 변할 리는 없었다.

실핏줄이 터져 흰자위가 뻘겋게 물든 눈이 진정한 반역자에게 날아가 못 박혔다. 눈빛만으로도 사람을 찢어 죽일 수 있다면 골백번은 능히 그러고도 남을 만큼 살기 어린 눈이었다.

하지만 록사나는 오히려 그런 란트의 모습을 보며 웃었다.

"하긴, 그동안 제가 아버지 앞에서 꼬리를 퍽 잘 흔들긴 했죠?"

우습게도 란트의 눈에 선명히 박힌 감정은 배신감이었다. 하지만 그것은 딸을 향한 배신감이라기보다는 기르던 개에게 목을 물렸을 때 느끼는 감정과 비슷했다.

물론 록사나는 어느 쪽이든 우습다고 생각했다.

"데…… 온……."

놀랍게도 란트는 압사당하기 직전의 상황에서도 입을 열어 말을 했다. 물론 그것은 가까스로 쥐어짜 낸 작은 발악이었고, 란트의 입에서는 그 티끌 같은 목소리와는 비할 수 없을 정도로 많은 피가 토해져 나왔다.

"당장, 저년을……."

"데온, 이리 와."

록사나는 기꺼이 입을 열어 란트의 목소리를 짓밟았다.

란트는 저 멀리 서 있는 데온이 자신의 마지막 구명줄이라고 생각한 듯했다. 하지만 멍청한 생각이었다. 데온이 란트를 도울 생각이었다면 진작 자리에서 움직이고도 남았을 테니까. 데온은 무슨 생각을 하는지 모를 서늘한 눈으로 바닥에 엎어진 란트를 응시하고 있었다.

마침내 문 앞에 그림자처럼 서 있던 데온이 움직였다. 그의 걸음은 란트와 록사나, 둘 모두가 원하는 대로 심판의 방의 앞쪽으로 향했다. 하지만 그는 팔을 들어 록사나의 목을 날리는 대신 자신의 앞으로 내밀어진 그녀의 손을 붙잡았다.

사실상 가장 신뢰했던 아들과 딸의 배반이었다. 란트는 믿을 수 없다는 듯이 부릅뜬 눈으로 그 모습을 지켜보았다.

덜컹!

"누나!"

바로 그 순간 굳게 닫혀 있던 문이 열렸다. 그 사이로 뛰어 들어온 것은 제레미였다.

"기다렸지? 나 왔……."

그런데 그는 들어오자마자 안쪽의 상황을 보고 얼굴을 굳혔다.

"뭐야, 이 거지 같은 상황은?"

제레미의 반응에 란트는 일말의 희망을 가졌다. 하지만 이어지는 제레미의 말은 그의 기대를 또 한 번 박살 냈다.

"데온, 너 이 새끼. 누나 손 안 놓냐? 사나 누나 오른손도 왼손도 다 내 거거든?"

제레미는 데온에게 이를 갈면서 록사나를 향해 뛰어갔다. 바닥에 쓰러진 란트에게 잠깐 시선이 닿기는 했지만 제레미는 그에게 일말의 관심도 없는 듯했다.

"안타깝게도, 아버지. 아그리체에 당신 편은 아무도 없답니다."

록사나의 얼굴에 싸늘한 미소가 피어올랐다.

"그래도 너무 걱정하지는 마세요."

잇따라 나긋이 덧붙여진 말은 란트에게 있어 사실상의 사형 선고나 마찬가지였다.

"이렇게 쉽게 끝내는 건 시시하니, 지금 바로 죽이지는 않을게요."

휘오오오.

침엽수림이 울창하게 자라난 깊은 숲속에 사나운 바람이 몰아쳤다. 살이 에일 듯이 시리고 날카로운 북풍이었다. 어딘가 불길한 느낌을 풍기던 붉은 해가 저물고, 숲에는 다른 땅보다 한발 일찍 밤이 찾아들었다.

그 어둠을 틈타 조용히 숨을 죽이며 때를 기다리고 있는 자들이 있었다. 그들은 란트 아그리체가 돌아오기 전부터 저택 주변을 포위하고 있었다. 깨진 달 조각처럼 시리게 번뜩이는 눈에는 잘 갈린 예기가 서려 있었다.

"오셨습니까."

마침내 그들이 기다리고 있던 주인이 도착했다. 어둠 속에서 소리 소문 없이 등장한 남자가 작게 고개를 끄덕였다. 그가 팔을 움직이자 이곳에 오는 길에 처리한 정찰병이 바닥에 풀썩 떨어졌다. 건초가 웃자란 차가운 바닥에는 먼저 처리한 아그리체의 하수인들이 있었다.

"상황은?"

"아까부터 안쪽이 다소 소란스럽습니다."

서늘한 금색 눈이 먼발치의 불빛을 주시했다.

"움직일까요?"

"잠시 대기한다."

카시스가 오기 전까지 지휘를 맡고 있던 이시도르는 아무런 의문도 표하지 않고 주인의 명에 복종해 물러났다. 카시스는 싸늘히 가라앉은 눈으로 정면을 응시했다.

휘오오오.

거친 바람 소리가 귓가에 내달렸다. 그 소리가 꼭 짐승의 우짖는 소리 같았다. 숲의 겨울 짐승들조차 몸을 옹송그리는 밤이었다.

매섭게 몰아치는 바람에 앙상한 나뭇가지가 파르르 몸을 떨었다. 그러나 어둠 속에 우뚝 선 이는 어깨 한 번 움츠리지 않았다. 뼛속까지 얼려 버릴 것처럼 밀려드는 추위에 뺨과 손발이 아릴 만도 하건만, 숫제 한기조차 느끼지 않는 모양새였다.

단단한 암벽처럼 미동 없이 버티고 선 몸에는 사냥 직전의 맹수 같은 날카로운 기운이 흘렀다. 정면을 곧게 응시하고 있는 눈동자도 마찬가지였다.

주위에 있는 이들은 조용히 그의 명령을 기다리고 있었다. 문득 암흑 속에 먼지 같은 하얀 티끌이 내려앉는다 싶더니, 하늘에서 눈발이 날리기 시작했다.

착각처럼 계절에 맞지 않는 나비 한 마리가 눈이 흩날리는 밤하늘을 유영하다가 금세 종적을 감추었다. 차가운 금색 눈동자가 선득한 빛을 발했다.

마침내 기다렸던 명령이 떨어졌다. 어둠 속에서 때를 기다리고 있던 자들이 민첩하게 움직이기 시작했다. 이제는 해묵은 악연을 끊어 낼 때였다.

⁘ ✦ 🦋 ✦ ⁘

모반이 성공해 란트가 실각했다는 소식이 금세 아그리체 전체에 퍼져 나갔다. 화합회에 참석했던 일행이 돌아온 지 불과 한 시간도 지나지 않은 시점의 일이었다.

당연히 저택 안은 큰 혼란에 휩싸였다. 더군다나 아그리체를 장악한 것은 바로 직전까지 저택을 어수선하게 만들었던 장남 폰타인이 아니었다.

"다들 정신없이 뛰어다니는구나. 꼭 개미 떼들 같네."

아그리체의 장녀인 그리젤다는 바삐 움직이는 사람들을 테라스에서 내려다보며 웃었다. 그녀는 이 모든 것이 록사나의 안배라는 사실을 알고 있는 몇 안 되는 사람 중 하나였다.

란트가 자리를 비운 사이 심판의 방에 그를 포박할 덫을 만든 것이 바로 그리젤다였다. 그녀는 다른 방면에서는 두각을 드러내지 못했지만 주술진의 설계에는 제법 소질이 있었다.

"록사나, 걔도 참 보통이 아니야."

그리젤다는 지금의 상황이 몹시도 흥미진진했다. 록사나가 이렇게 재미있는 애인 줄 알았다면 진작 그 옆에 붙어 있을 걸 그랬다는 생각도 들었다.

지금 실질적으로 아그리체를 장악한 것은 록사나와 데온, 그리고 제레미였다. 다른 이들에게 알려진 반란의 대표자는 데온이었지만 그리젤다는 그를 움직이는 것이 록사나라는 사실을 알았다. 이미 저택의 실권도 그녀에게 넘어가 있었다. 폰타인이 일으키려 했던 사병들도 진짜 그의 명령을 따라 움직였던 것이 아니었다.

그리젤다도 그녀를 따라 란트를 몰아내는 데 한몫했다. 다른 이유가 있어서는 아니고, 그저 재미있을 것 같았기 때문이다.

어찌 보면 아버지를 배반하는 짓이었지만 딱히 죄의식 같은 것을 느끼지는 않았다. 어차피 그에게 지켜야 할 의리 같은 게 있었던 것도 아니고.

란트는 필요하다면 얼마든지 자기 자식도 죽일 수 있는 남자였다. 실제로 그가 폐기 처분시켜 죽인 자식도 몇 있었다. 그렇다면 그 반대의 경우도 충분히 있음직한 일이 아닌가? 그런 란트의 밑에서 나고 자랐기에 그리젤다를 포함한 아그리체의 아이들은 가족애를 몰랐다. 날 때부터 약육강식의 경쟁 구도에 내던져져 각자의 능력만으로 살아남아야 했으니 당연했다.

어쨌든 그런 이유로, 란트의 실각 소식에 그를 구해야겠다고 마음먹은 형제들은 아무도 없었다.

처음에 그들은 아그리체의 절대자라고 생각했던 란트가 실각당했다는 소식에 크게 놀라고 당황했다. 하지만 곧 대부분의 형제는 지금껏 상상조차 하지 못했던 이 새로운 판도에 무척이나 흥미로워했다. 다만 저택의 안주인들은 지금의 상황에 다소 혼란스러워하는 눈치였다.

그리젤다는 머리가 제법 비상하게 돌아가는 축이었다. 그래서 그녀는 곧 이 모든 것이 아무런 의미도 없는 무로 돌아가리란 사실을 눈치챘다.

"오늘 밤 아그리체에 역사상 가장 성대한 축제가 열리겠구나."

그리젤다는 즐겁게 웃으며 테라스를 벗어났다.

끼이익.

처벌의 방을 지키고 있던 감시인이 그곳에 막 도착한 사람에게 공손히 인사한 뒤 문을 열어주었다. 그 안에서는 오랜 시간 축적된 지독한 피비린내와 다양한 약 냄새가 풍겼다.

란트는 그 한가운데에 묶여 있었다. 꼭 지금껏 그가 사냥해 왔던 인간들처럼 사지를 결박당해 사슬을 단 채로, 온몸이 만신창이가 되어서.

또각.

록사나는 자리에 멈춰 서서 그런 란트를 물끄러미 내려다보았다.

"록사나…… 네년이 감히……."

란트가 발개진 눈으로 그녀를 올려다보며 피가래가 끓는 목소리를 토해냈다. 섬뜩할 정도로 무표정하던 록사나의 얼굴에 서서히 가느다란 미소가 피어났다. 그 얼굴이 평소처럼 지독히도 아름다워 오히려 지금의 상황과 괴리되게 느껴졌다.

"이제야 좀 어울리는 몰골을 하고 있네요, 아버지."

철컹!

"큭!"

"사실은 아주 오래전부터 당신의 이런 모습을 보고 싶었어요."

앞으로 가볍게 내디뎌진 록사나의 발이 란트의 목에 연결된 사슬을 짓밟았다. 그 반동에 란트의 몸이 바닥으로 한층 더 가깝게 낮추어졌다. 억지로 취하게 된 굴욕적인 자세에 란트가 거칠게 몸부림쳤으나 록사나는 꼼짝도 하지 않았다.

"그동안 당신의 그 역겨운 낯짝을 볼 때마다 제가 무슨 생각을 했는지 아세요?"

밀폐된 방 안에 고요하게 울리는 목소리가 연회장 안에 흐르는 선율처럼 부드럽고 나긋했다.

"어떤 식으로 죽여야 당신에게 가장 큰 모멸감과 절망을 줄 수 있을까."

그러나 거기에 깃든 것은 그동안 란트가 상상조차 하지 못했던 피맺힌 저주였다.

"또 당신을 죽는 것보다 더 고통스럽게 만들 수 있는 방법이 뭘까."

란트는 당장에라도 록사나에게 욕설을 퍼붓고 싶은 듯했지만 잡아당겨진 사슬에 목이 조여 끅끅거리는 숨소리만 간신히 내뱉을 수 있었다.

"내 눈앞에서 독나비에게 뜯어 먹혀 고통스럽게 죽는 꼴을 보는 것도 괜찮을 듯했지만……."

살랑.

록사나의 말을 따라 팔랑거리며 허공에 나타난 나비가 우아하게 날갯짓해 란트에게 날아갔다. 그것은 곧 그의 몸 위로 내려앉아 먹음직스러운 살을 우드득 물어뜯었다.

"당신이 정말 세상 그 무엇보다 용납할 수 없고, 또 죽기보다 더 끔찍하게 싫어서 진저리칠 일은 아마 그런 게 아닐 거예요."

나비 몇 마리가 더 나타나 살점을 뜯어낼 때까지만 해도 란트는 이를 악물고 독하게 신음 한번 흘리지 않았다.

그러나 바스락거리는 날갯짓 소리가 점차 커지고 벽면을 물들인 나비들의 그림자가 불빛을 거의 다 뒤덮을 정도로 불어났을 때에는, 그의 얼굴도 희게 질릴 수밖에 없었다.

"지금만큼은 당신이 아그리체임을 기쁘게 생각해요. 어떤 식으로 당신을 고통스럽게 만들어도 쉽게 죽지 않을 테니까."

록사나는 그런 그를 보며 감미롭게 미소 지었다.

"그러니 되도록 오래 버텨 주세요, 아버지."

하지만 어둑한 불길이 고인 그녀의 붉은 눈동자 안에는 잔혹한 살의가 흘러넘칠 듯이 일렁이고 있었다.

"살면서 제가 당신에게 입은 은혜를 오늘 모자람 없이 갚을 수 있게."

그리고 마침내 터져 나온 참혹한 비명이 아름다운 음악의 전주처럼 처벌의 방 안에 아득하게 울려 퍼졌다.

"야, 너네도 들었어? 아버지, 지금 처벌의 방에 있대."

란트의 상황에 가장 큰 관심을 가지고 있는 것은 단연코 그의 자식들이었다. 란트가 권위를 잃은 것으로도 모자라 처벌의 방에 갇히기까지 했다는 그 믿기 어려운 소식은 이복형제들의 귀를 빠르게 강타했다.

"뭐? 진짜야? 잘못 들은 거 아니고?"

조금 전 우스갯소리 삼아 그와 비슷한 이야기를 꺼낸 이복형제가 있긴 했지만 설마 진짜로 그런 일이 이루어질 것이라고는 누구도 생각하지 못했다. 그래서 그 소리를 듣고 모두가 얼이 빠졌다.

"그럼 진짜지, 가짜겠냐?"

"제레미!"

그때, 형제들이 모인 곳에 피 칠갑한 제레미가 나타났다.

"너 지금까지 어디 있었던……."

하지만 그에게 질문 세례를 퍼부으려 했던 사람들은 곧바로 입을 다물 수밖에 없었다. 안으로 들어선 제레미가 손에 들고 있던 무언가를 다른 사람들 앞에 장난감 공처럼 내던졌기 때문이다.

붉은 흔적을 남기며 바닥을 뒹구는 것이 뭔지 확인한 이복형제들이 하나같이 놀라 숨을 들이켰다.

"이, 이게 뭐야! 교육관이잖아? 설마 네가 죽인 거야?"

잘린 머리는 그들도 모두 아는 사람의 것이었다. 사실 하극상으로 친다면 란트를 강제로 자리에서 끌어내려 처벌의 방에 가둔 것이 가장 심했지만, 그건 그들이 직접 눈앞에서 목격한 일이 아니었다. 그래서인지 지금 제레미가 벌인 일이 그보다 훨씬 더 충격적으로 느껴졌다. 주변의 공기가 삽시간에 얼어붙었다.

"어, 전부터 진짜 미친 듯이 죽여 버리고 싶었거든."

제레미는 여러 교육관 중에서도 란트의 명으로 그를 집중적으로 가르치고 평가했던 개인 교육관을 가장 먼저 죽였다고 했다. 귀를 의심하게 만드는 이야기에 모두 경악해 정신을 차리지 못했다.

"이 미친 새끼, 너 돌았어? 폐기 처분 당하고 싶어서 작정……."

"폐기 처분? 하, 처벌의 방에 갇혀서 빌빌거리고 있는 인간이 어떻게?"

하지만 이어진 제레미의 말을 듣는 순간 공간을 장악하고 있던 혼란이 단숨에 응고되었다. 말문이 막힌 이복형제들을 보며 제레미가 피 묻은 얼굴에 어울리지 않는 화사한 미소를 꽃피웠다.

"참. 방금 언뜻 들었는데 문이 열려 있어서 우리도 처벌의 방에 출입할 수 있다고 하더라. 그래서 난 아버지가 어떤 꼴로 있을지 좀 구경하러 가 주려고 하는데, 그 전에……."

나지막한 음성이 악마의 속삭임처럼 달콤하게 심장을 간질였다.

"남은 교육관이랑 집행관들 처리하러 같이 갈 사람?"

아그리체에서 나고 자란 아이들이라면 누구나 어릴 때 한 번쯤은 상상해 봤음직한 일이었다. 그들의 목숨 줄을 쥐고 지금까지 내키는 대로 일생을 좌지우지해 온 어른들에게서 벗어나는 것.

하지만 나이가 들수록 그런 욕망은 점차 사그라졌다. 란트와 교육관에게 복종하는 것은 너무나 당연한 일이라고 사는 동안 귀에 못이 박이도록 들어 이미 그렇게 길들었기 때문이다.

그런데…… 죽여도 되는 건가?

하긴, 안 될 게 뭐가 있겠는가?

아그리체에서는 강한 것이 법이었고, 그들을 지배하던 란트는 이제 패배자가 되어 처벌의 방에 갇혔다. 아그리체의 주인은 바뀌었다. 그러니 란트를 따르던 그의 개들이 함께 도축되는 것도 당연한 일 아닌가?

갑자기 폭풍처럼 밀려든 현실감이 살갗을 아리게 찔렀다.

검은 독사들의 눈에서 짐승의 안광 같은 새파란 광채가 터져 나왔다. 질척한 희열이 짙은 비린내를 풍기며 전율로 떨리는 등줄기를 휘감았다.

소리 없이 방아쇠가 당겨졌다. 그들은 시위를 떠난 화살처럼 제레미를 따라 누가 먼저라 할 것도 없이 밖으로 뛰쳐나갔다. 꼭 한평생 이날을 기다려 오기라도 한 듯이 그 뒷모습들에 망설임이라고는 추호도 없었다.

"뭐? 그게 정말이야?"

시에라는 놀란 가슴을 진정시키려 노력했다. 하지만 두근거리는 심장이 좀처럼 쉽게 가라앉지 않았다. 조금 전 하녀에게서 들은 말이 그 정도로 놀라웠던 탓이다.

당연했다. 그녀가 들은 것은 아그리체의 절대적인 권력자였던 란트가 데온에 의해 감금되었다는 소식이었으니까. 하지만 시에라의 생각에 이 일에는 분명 그녀의 딸이 연관되어 있을 것 같았다.

그녀는 자리에서 일어나 한동안 불안하게 방 안을 서성이다가 이윽고 결심했다.

"지금 당장 사나에게 가 봐야겠어."

시에라의 하녀인 베스가 곤혹스러운 기색으로 그녀를 말렸다.

"마님, 지금은 저택 내부가 상당히 혼잡합니다. 차라리 분위기가 좀 더 차분하게 가라앉을 때까지 기다려 보시는 것이……."

똑똑.

문밖에서 노크 소리가 들려온 것은 바로 그때였다. 마침 그 가까이에 서 있던 시에라가 베스를 뿌리치고 직접 문을 열었다. 그녀는 뒤이어 시야에 비친 여자의 모습에 멈칫했다.

"너는……."

문밖에 서 있는 여인이 시에라를 향해 공손히 고개를 숙여 인사했다.

"오랜만에 찾아뵙습니다, 마님."

그녀는 록사나의 그림자나 마찬가지인 에밀리였다. 고개를 든 에밀리가 다시 입을 열어 시에라에게 말했다.

"록사나 아가씨의 명으로 왔습니다."

록사나의 시선은 줄곧 창밖을 향하고 있었다. 어느덧 겨울 해가 완전히 저문 하늘에 짙은 어둠이 내려앉았다.

지금 그녀가 있는 곳은 대대로 아그리체의 수장들이 사용해 온 집무실이었다. 이곳은 바로 어제까지만 해도 란트의 소유였던 공간이기도 했다. 그래서인지 집무실에는 란트가 간간이 피우곤 하던 각성제의 매캐한 향이 배어 있었다.

록사나는 손을 움직여 고급스러운 마호가니 책상 위에 놓인 유리잔을 집어 들었다. 그 안에는 은은한 향기를 풍기는 붉은 술이 담겨 있었다.

이렇게 란트의 집무실에서 그가 사용하던 의자에 앉아 술을 마시는 기분은 퍽 각별했다. 처벌의 방에 있는 란트를 보고 온 데 이어, 죽어 마땅한 더러운 해충을 일부나마 직접 청소하고 오기까지 한 길이라 입안이 더욱 달게 느껴졌다.

어둠 속에 잠긴 록사나의 흰 뺨에도 타인의 붉은 피가 튀어 가느다란 실선을 그리고 있었다. 제레미와 다른 이복형제들이 활개를 치기 전에 앞서 들렀다 온 교육실에서 묻은 것이었다.

록사나는 느긋이 술잔을 기울이며 지금 막 소리 없이 문을 열고 집무실 안으로 들어선 남자를 향해 말했다.

"들어와도 된다고 허락한 적 없는데."

하지만 데온은 언제나처럼 눈 하나 깜빡하지 않았다. 그는 록사나의 말을 듣지 못한 것처럼 걸음을 옮겨 오히려 그녀에게 더 가까이 다가왔다.

"그래, 뭐……. 오늘은 기분이 좋으니까."

록사나도 애초에 데온이 다시 밖으로 나갈 것이라고는 생각하지 않은 듯했다. 그녀는 의자에 더 깊숙이 등을 기대며 데온의 접근을 허용했다.

"한 잔 줄까?"

기분이 좋다는 말은 사실인지, 록사나는 드물게도 데온에게 상냥한 태도를 보였다. 하지만 데온은 서늘히 거절했다.

"필요 없어."

"그래? 아쉽네. 이런 기회는 오늘뿐일 텐데."

데온의 시선은 아까부터 줄곧 한곳에 고정되어 있었다. 방 안은 창밖에서 새어드는 엷은 빛을 제외하고는 어둑했다. 하지만 데온에게는 그런 것이 조금도 방해가 되지 않는 모양이었다.

록사나도 데온의 눈길이 박힌 곳이 어디인지를 눈치챘다.

"알아보는구나."

그녀는 손에 들고 있던 술잔을 내려놓으며 입꼬리를 끌어 올렸다. 록사나는 아직 옷을 갈아입지 않아 외출복 차림 그대로였다. 하지만 그 위에 걸치고 있는 겉옷은 어디로 보나 그녀의 것이 아니었다.

"카시스가 준 거야."

록사나가 드레스 위로 입고 있는 것은 품이 상당히 큰 남성용 외투였다. 옷깃을 좀 더 제대로 여미자 여린 몸이 거기에 반쯤 파묻힌 것 같은 느낌이 들 정도였다.

"마음에 들어서 입고 있었지."

록사나는 그 상태로 데온을 보며 생긋 웃었다.

"내가 이러고 있는 걸 보니까 기분이 나빠?"

데온은 대답 없이 그녀에게 냉랭한 눈길을 보냈다.

위그드라실을 떠나기 전에 만났던 카시스 페델리안. 지금 록사나와 데온이 동시에 생각하고 있는 것은 따로 확인할 필요도 없이 바로 그였다.

"당신이 그런 얼굴을 할 때마다 아직도 조금 신기하단 말이지. 이제는 거의 날 볼 때마다 화를 내는 것 같은데."

록사나는 나른한 어조로 속삭이며 다시 술잔으로 손을 뻗었다. 데온은 그런 그녀를 여전히 조용히 바라보고 있었다.

"나는……."

그러다 곧 데온이 느리게 입술을 벌렸다.

"아실을 죽인 걸 후회하지 않아."

막 술잔에 닿은 손길이 멈추어졌다. 록사나의 얼굴에서 서서히 미소가 사라지기 시작했다. 자취를 감춘 것은 미소뿐만이 아니었다.

"다시 그때로 돌아가도 난 망설임 없이 그놈을 또 죽일 거야."

실낱같은 희미한 감정마저 모조리 증발된 그녀의 얼굴에는 버석거리는 건조함만이 남았다.

"다만 이번에는 네가 보는 앞에서 직접 그놈의 목을 치겠지."

한없이 차분하고 단조로운 음성이 적막한 집무실 안에 낮게 울려 퍼졌다.

"넌 고작 환영 따위를 보고도 그 정도로 동요했으니까."

"……."

"그럼 만약 진짜 아실이 죽는 모습을 네 눈으로 보게 되면 어떨까?"

어둠에 묻혀 나지막하게 읊조려지는 데온의 음성은 한편으로는 혼잣말처럼도 들렸다.

"난 그게 늘 궁금했어."

록사나는 뜨거운 분노도, 날카로운 증오도 어리지 않은 무감한 눈으로 그를 바라보았다.

집무실 안의 공기는 냉랭했다. 하지만 평소라면 그에 비할 바 없이 차디찼을 두 사람의 얼굴에 오늘은 북풍보다 싸늘한 한기가 서려 있지 않았다.

"그런 생각을 하면 내 손으로 이미 아실을 죽여 버린 것에 아쉬운 마음마저 들더군."

데온은 록사나에게 복수하기 위해 이런 말을 하는 것이 아니었다.

"하지만 그래 봤자 소용없지. 그놈은 이미 죽어 버렸으니. 그래서 그 다음으로 나는 네 어머니를 네가 보는 앞에서 죽이고 싶어졌고."

그녀를 협박하기 위해 이런 소리를 꺼낸 것도 아니었다.

"너도 그걸 알기에 네 어머니를 보호하는 역할을 내 어머니에게 맡긴 거겠지."

록사나도 그 사실을 알고 있었다. 인정하고 싶지는 않았지만, 어찌 보면 이 아그리체 안에서 그들은 서로를 가장 잘 이해하고 있는 유일한 사람이라고 할 수 있었다.

"그날, 넌 내가 원하는 게 뭔지 안다고 했지."

두 사람의 기억이 3년 전으로 되돌아갔다. 그들이 지금 매여 있는 이 늪에 처음으로 발을 들였던 그 날로.

"하지만 우스운 일이야. 나조차 모르는 걸 네가 알고 있다니."

그때까지만 해도 누가 알았을까. 그들의 미래에 오늘이 있을 것이라고.

록사나조차 그 당시에는 이런 순간을 상상하고 있지 않았다. 란트 아그리체를 몰아내고 그의 집무실에서 데온과 이런 대화를 나누는 날이 오리라고는. 아마도 그것은 데온 역시 마찬가지일 것이다.

문득 바깥에서 어수선한 기운이 느껴졌다. 만약 다른 일이 벌어진 것이라면 록사나를 찾는 이가 있었을 것이다. 한데 그러지 않는 것을 보니 아마도 그녀가 미리 당부한 일들을 제레미가 잘 이행하고 있는 모양이었다.

록사나는 느리게 시선을 내리깔았다.

"……어쩌면 당신과 나는 조금 닮은 부분이 있는지도 모르겠어."

기다란 속눈썹이 창밖에서 들어오는 은은한 불빛에 작게 반짝였다. 록사나의 눈은 유리잔 안에 고인 붉은 액체를 응시하고 있었다.

"난 말이야. 지금까지 내가 이 시궁창에서 어떻게든 살아남기 위해 아등바등 발악해 온 이유가 따로 없다고 생각했어."

이상한 밤이었다. 아니, 어쩌면 특별한 밤, 혹은 특이한 밤이라 명해야 할지도 몰랐다.

분명 오늘은 그녀가 이제까지 살아온 날들 중에서도 가장 의미 있는 하루라 할 만했고, 이제 막 시작된 이 밤은 그 어느 때보다 긴 시간으로 이루어져 있을 것이었다.

"사실 그렇잖아. 단지 난 아실처럼 죽고 싶지는 않았으니까. 굳이 말하자면 살아남는 것 자체가 목적이었다고 할 수 있겠지."

어쨌든 평소와는 다른 밤이었다. 어쩌면 앞으로 두 번 다시 찾아오지 않을 순간이기도 했다. 그렇기 때문에 록사나와 데온도 서로에게 겨누고 있던 날카로운 가시를 꺾고 이런 이야기를 할 수 있는 것인지도 몰랐다.

"그런데 지금 생각해 보면 그게 내 최후의 목적은 아니었던 것 같아."

조금 전 데온이 그랬던 것처럼 록사나의 목소리도 어떤 의미로는 혼잣말처럼 느껴지기도 했다. 이번에는 화자와 청자가 뒤바뀌어 있었지만 마찬가지로 부자연스러움은 없었다.

"아마도 난 이렇게 끈질기게 살아남아서 하고 싶은 게 있었던 거야."

지금까지 이런 순간이 있었나 싶을 정도로 두 사람 사이의 분위기가 차분했다.

"당신은 그게 뭔지 알아?"

록사나가 조용한 음성으로 물었다. 고요한 빛을 띤 데온의 눈동자가 그런 그녀를 가만히 응시했다.

"알아."

얼마간의 시간이 지난 후 데온이 대답했다. 록사나의 얼굴에 어스름한 미소가 떠올랐다.

"그래……. 사실 난 이런 순간이 되어서도 아직까지 헷갈리는데."

조금 전 록사나가 자신과 데온에게 닮은 점이 있을지도 모르겠다고 말한 이유였다. 타인의 욕망은 언제나 손쉽게 꿰뚫어 보는 주제에, 정작 그들 자신의 욕망에는 확답하지 못하니까.

바깥이 아까보다 조금 더 소란스러워졌다. 많은 사람들이 한꺼번에 이동할 때의 인기척이 느껴졌다.

"내가 너한테 원하는 걸 주면."

한결 짙어진 어둠 속에서 데온이 천천히 입을 열었다.

"너도 나한테 내가 바라는 걸 줄 수 있는 건가."

록사나는 아무 말 없이 그를 물끄러미 바라보았다. 데온은 마주한 눈을 조용히 들여다보다가 처음에 들어올 때처럼 소리 없이 먼저 방을 나섰다.

혼자가 된 록사나는 다시 창밖으로 눈길을 돌렸다. 어둠에 먹힌 밤. 그 너머에 도사리고 있는 것이 무엇인지 그녀는 알았다.

살랑.

어느덧 다가온 붉은 나비 한 마리가 덩그러니 놓인 술잔 주위를 배회했다.

"시간이 되었구나."

짧은 축하연은 끝났다. 록사나는 자리에서 일어나 조금 전 데온이 빠져나갔던 문을 열었다. 잠시 후 다시 문이 닫힌 뒤, 차게 식은 방 안에 진득한 암흑이 깔렸다.

어느새 창밖에는 하얀 눈발이 흩날리고 있었다.

"어디를 그렇게 급히 가는 중이니?"

아그리체의 하인 중 하나인 진은 뒷덜미를 잡아채는 음성에 흠칫 어깨를 떨었다. 뒤돌아보자 눈부시도록 아름다운 여인의 모습이 시야에 박혀 들어왔다.

"로, 록사나 아가씨."

그는 절로 말을 더듬었다. 하지만 록사나 앞에서 말을 더듬는 정도야 다른 사람들도 늘 하던 일이었으니 그리 특이할 것은 없었다. 버벅거리는 그를 보고 록사나가 비스듬히 고개를 기울였다.

"사용인들을 소집한 장소는 별관이니 그쪽이 아닌데."

"아, 그, 그게…… 저는 잠시 속이 안 좋아서……."

"그래?"

"예, 예⋯⋯."

진의 얼굴은 희게 질려 있었다. 그러면서 식은땀을 흘리는 모양새를 보니 정말 몸이 안 좋은 것처럼 보이기도 했다. 록사나가 알겠다는 듯이 고개를 끄덕였다.

"그럼 넌 쉬는 게 좋겠구나."

상냥한 목소리가 귓가에 흘러들었다. 진은 록사나를 무사히 속인 것에 대한 안심과 죄책감을 동시에 느끼며 허리를 굽실거렸다.

또각.

하지만 록사나는 곧바로 발길을 돌리지 않고 어째서인지 그를 향해 다가왔다.

"잠에서 깨어나면 전부 다 끝나 있을 테니 아무것도 걱정하지 않아도 돼."

그 말이 무슨 의미인지 되물을 새조차 없었다.

"그러니 편히 눈 감도록 하렴."

녹아드는 것 같은 미소가 시야에 이지러졌다. 부드러운 손길이 그의 뺨을 매만지는 느낌이 마치 꿈결 같았다. 가까이에서 밀려드는 달콤한 향기가 머리를 어지럽게 했다. 심장을 조이게 만드는 아름다운 얼굴이 다가오는 것을 끝으로 진의 기억은 끊어졌다.

"이것 참 마지막까지 아버지답다고 해야 할지."

록사나는 구겨진 서신을 손에 들고 시리게 웃었다. 다른 사람들과 따로 연락을 취할 시간 따위는 분명 없었을 텐데 이렇게 란트의 전언을 밖으로 빼돌리려는 사람이 있다니. 만일의 상황에 대한 최소한의 대비 정도는 늘 하고 있었다는 의미인가?

게다가 그 역할을 맡은 것은 평소에 란트가 아끼던 수하들이나 곁에 항시 두고 있던 사용인들이 아니라 그동안 저택에 있었는지 없었는지조차 알 수 없는 눈에 띄지 않는 하인이었다.

란트에게 맹목적인 충성을 바치던 이들은 이미 제거한 뒤였으니, 이런 존재감 없는 사람을 이용한 것은 나름대로 머리를 굴렸다고 할 만했다. 물론 들키지 않았을 때의 일이지만.

록사나의 싸늘한 시선이 발밑에 쓰러져 있는 남자 위로 내리꽂혔다. 그는 록사나와 가까이에서 얼굴을 맞대자마자 의식을 잃고 쓰러졌다.

현실의 란트는 소설에서처럼 딸인 록사나에게 몸을 굴려 다른 남자들을 유혹하는 일을 시키지 않았다. 그러지 못했다고 표현하는 쪽이 더 정확했다.

그 이유는 바로 록사나의 온몸이 치명적인 독이나 마찬가지였기 때문이다. 독나비의 주인이 되면서 꾸준히 맹독을 다량 섭취해 온 탓이었다.

그래서 독에 면역이 없는 사람은 지금처럼 록사나와 가까이에서 숨결을 섞는 것만으로도 중독 증상을 보이며 정신을 잃을 수 있었다. 물론 훈련이 되면서 몸의 독기를 어느 정도 갈무리할 수 있게 되었지만 그것은 내밀한 접촉이 없을 때의 일이었다.

소설 속에서 실비아의 키스가 사람을 치료했던 것과 반대로 록사나의 키스는 사람을 죽일 수 있었다.

"그나저나 또 베르티움이라."

록사나는 고개를 갸웃 기울였다. 란트가 베르티움과 친교를 쌓고 싶어 하는 것은 일찍부터 알고 있었지만 이런 상황에서 병력을 요구할 만한 관계였던가.

적어도 란트는 그렇게 생각하는 것이 분명했다. 그렇다면 두 가문 사이에는 남들이 모를 은밀한 끈이 연결되어 있다는 의미였다. 최소한 이런 상황에 도움을 요청할 수 있을 정도로는, 란트가 베르티움에 무언가 준 것이 있다는 뜻이었다.

하지만 그는 이미 화합회에서 카시스의 일로 베르티움에 의심을 품지 않았던가.

아, 그렇지만 란트는 현재 록사나의 배반 사실을 알게 된 상태였으니 그녀의 입에서 나온 말을 모조리 불신한다 해도 무리는 아니었다.

록사나는 잠깐 이런저런 생각을 하다가 곧 아그리체와 베르티움의 관계에 대해 고민하는 것을 멈추었다. 이제 와서 그런 것은 아무런 쓸모도 없게 느껴졌기 때문이다.

어차피 베르티움에서 이제 와 병력을 보낸다 해도 소용없는 짓이었다. 게다가 록사나는 이 모든 것이 이제 전부 다 귀찮게 느껴졌다.

"누나."

그때, 복도의 끝에서 제레미가 나타났다. 교육실이 있는 건물에서 먼저 빠져나온 그는 서신을 들고 있는 록사나의 앞으로 다가와 섰다. 제레미의 눈길이 흘깃 바닥에 쓰러져 있는 남자를 스쳤다.

"에밀리는 뭐 하고 누나 혼자 있어?"

"어머니께 보냈어."

록사나의 대답에 제레미는 잠깐 말없이 그녀의 얼굴을 들여다보았다. 그런 제레미의 눈빛은 약간 어둡게 침잠해 있었다.

"누나, 시키는 대로 했어."

아까 심판의 방에서 아버지 란트를 상대했을 때나, 조금 전 다른 이복형제들을 선동해 교육관들을 처리하러 갈 때와는 달리 지금의 제레미는 다소의 혼란스러움을 느끼고 있었다.

그는 록사나의 명령이라면 무엇이든 따를 준비가 되어 있었다. 재수 없는 데온이 록사나의 옆에 찰싹 달라붙어 있는 것이 불만이었지만 그녀의 명이 있었기에 제레미는 지난 3년간 단 한 번도 데온을 건드리지 않았다. 예전과 달리 이제는 데온에게 마냥 질 것 같지 않았는데도 록사나가 바라지 않았기 때문에 근질거리는 손을 움켜쥐고 호승심을 꾹 억눌러 참았다.

철없는 마음에 제멋대로 행동했던 것은 3년 전 록사나의 장난감인 카시스 페델리안을 실수로 위험에 처하게 했을 때가 마지막이었다.

이제 제레미는 록사나에게 진정으로 쓸모 있는 사람이 되어 그녀의 옆에 당당히 자리 잡고 싶었다. 그래서 그녀의 소원이라면 무엇이든 그의 손으로 이루어 주고 싶었다.

그러니 록사나가 아그리체를 갖고 싶다고 하면 얼마든지 그것을 가져다 바칠 생각이었다. 만약 그녀가 아버지 란트를 비참하게 죽이고 싶다고 한다면 기꺼이 앞장설 수 있었다.

하지만 록사나가 란트를 몰아낸 뒤 제레미에게 시킨 일은 어딘가 이상했다.

이건 마치…….

애당초 아그리체를 갖는 것이 목적이 아니었던 것처럼…….

"그래, 잘했어. 마지막으로 이 사람을 사용인들에게 데려다주고 올래?"

록사나는 제레미의 동요를 모르는 것처럼 여상한 태도로 말했다. 그래서 제레미도 목 끝까지 치솟은 의문과 불안을 삼켰다.

"응, 그럴게."

어쨌거나 그는 록사나가 바라는 일이라면 그것이 무엇이라도 돕고 싶었으니까. 제레미는 바닥에 쓰러진 남자를 둘러업고 사용인들을 소집한 별관으로 걸음을 옮겼다.

록사나는 제레미의 뒷모습을 바라보다가 그가 완전히 시야에서 사라진 뒤 발길을 돌렸다.

그녀는 벽에 걸린 촛대의 불에 서신을 태웠다. 그리고 아직 불씨가 남은 종이를 반대쪽 창가에 걸린 커튼에 가져다 댔다.

화르륵!

일렁이는 불길이 두꺼운 천에 금세 옮겨붙었다. 록사나는 표정 없는 얼굴로 서서히 영역을 넓혀 가는 불꽃을 바라보다가 멈추었던 몸을 돌렸다.

우우우웅!

때마침 침입자를 알리는 경보가 복도에 가득 울려 퍼졌다. 멀리서부터 시끄러운 소음이 밀어닥쳤다. 하지만 그 사이로 이어지는 록사나의 걸음에는 한 치의 흔들림도 없었다.

명령을 받은 나비들이 저택 곳곳으로 뿔뿔이 흩어졌다. 그녀의 등 뒤로 아까보다 거대해진 불길이 지옥의 문처럼 입을 벌렸다.

늘 그래 왔듯이, 아그리체에서의 생존은 각자의 몫이었다.

새해의 첫 달, 그 끝자락에서 청의 페델리안이 흑의 아그리체의 성문을 부수고 쳐들어왔다. 무기와 갑주가 부딪쳐 내는 소리가 밤의 고요를 깨트리며 얼어붙은 겨울바람 사이로 내달렸다.

페넬리안은 물 샐 틈 하나 없이 아그리체의 주위를 포위한 채 사방에서 맹공격을 퍼부었다.

예기치 못한 기습에 아그리체는 발 빠르게 대응하지 못했다. 때마침 내분으로 혼란스럽던 참이라 위에서부터 제대로 된 지시를 받지 못한 영향이 컸다.

앞을 막아선 이를 단숨에 베어 넘긴 카시스가 명령했다.

"달아나는 자는 쫓지 마라! 란트 아그리체의 신병 확보를 최우선으로 한다!"

무기를 들지 않은 자와 도망가는 자는 공격하지 않았다. 목적은 아그리체 내에 있는 사람들의 몰살이 아니었다. 소란스러운 와중에 누군가 사육장의 문을 열었는지, 아그리체 내부는 어느새 마물과 인간이 뒤섞여 아수라장이 되었다.

카시스는 걸음 한 번 멈추지 않고 앞을 가로막는 것들을 모조리 쓸어 냈다. 고개를 들자 불길이 번져 나가는 건물이 시선 끝에 걸렸다. 카시스는 거기에 누가 있을지 알고 있었다.

이미 모든 준비를 끝마쳤음에도 곧바로 눈앞의 성을 침략해 공격하지 않은 것은 그가 보일 수 있는 최대의 인내이자 예우였다.

설령 아그리체가 투항한다 해도 카시스는 멈추지 않을 것이다. 저 불길 너머에 있는 사람이 원하는 것도 분명 동일하리라.

키아악!

앞에서 덮쳐들던 마물이 허공을 찢듯이 위에서 아래로 내려그은 검날에 두 동강 났다. 카시스는 마물의 피를 뒤집어쓴 채 벌벌 떨고 있는 아그리체의 수하를 내려다보며 서늘히 입을 열었다.

"란트 아그리체는 어디에 있지?"

"제길, 도대체 뭐가 어떻게 돌아가는 거야."

폰타인은 짓씹듯이 혼잣말을 읊조렸다. 어쩐지 지하 감옥이 아까부터 조용했다. 철창 앞을 지키고 있던 수하들도 어느새 모조리 사라져 있었다. 그는 기민하게 주위를 살피며 족쇄를 풀기 위해 애썼다. 그러던 중 멀리서 지하 감옥의 문이 열리는 소리가 들렸다.

끼이익.

폰타인은 움직임을 멈추고 철창 너머를 주시했다. 그러다 마침내 눈앞에 나타난 사람을 보고 그는 얼굴을 일그러뜨릴 수밖에 없었다.

지하 감옥에 찾아온 사람이 바로 데온이었기 때문이다. 그는 철창밖에 서서 한 차례 주변을 훑어보았다. 곧 느린 시선이 묶여 있는 폰타인에게 미끄러졌다.

"란트는?"

"이제 아버지라고도 안 부르는 거냐?"

폰타인의 비아냥거리는 어투에도 데온은 반응을 내보이지 않았다.

"안에 없으면 도망갔겠지."

폰타인은 그렇게 말하며 이를 갈았다. 처벌의 방에 갇혔던 란트가 초주검이 된 채 그가 있는 지하 감옥으로 옮겨 온 것이 불과 한 시간쯤 전이었다. 그러고 나서 한동안 절절 끓는 목소리로 악에 받친 저주를 씹어 뱉는 소리가 멀리 떨어져 있는 폰타인의 귀에까지 흘러들어와 얼마나 거슬렸는지 모른다.

그래도 어느 순간부터는 조용해져서 기절한 줄 알고 신경을 끄고 있었는데……. 그사이에 혼자 달아났단 말인가? 이런 빌어먹을.

"이봐, 데온. 어차피 아버지 자리를 차지하려고 날 이용한 거면 이렇게까지 할 필요 없잖아?"

폰타인은 지하 감옥에서 빠져나가기 위해 일단 데온을 회유해 보기로 했다.

"원래 난 수장이 되고 싶은 생각도 없었어. 그런데 록사나가 계속 옆에서 간교하게 속살거리니까 잠깐 혹했던 것뿐이지."

맨 처음 란트의 앞에 불려 나가 얻어터질 때만 해도 이대로 꼼짝없이 죽나 싶었는데, 상황이 예상치 못한 방향으로 돌아갔다.

그런데 아무래도 그것이 폰타인에게 나쁜 방향은 아닌 것 같았다. 아니, 오히려 그에게는 반길 만한 일이었다.

그렇게 고고한 척하더니 결국 네놈이 원하는 것도 나와 같은 것이었나.

그리 생각하니 소리 높여 지금 눈앞에 있는 이복 남동생을 크게 비웃고 싶은 심정이었다.

욕망이 뚜렷한 자는 차라리 상대하기 까다롭지 않다. 그런 면에서 폰타인은 지금까지 도무지 속을 내비치지 않던 데온보다 지금의 그가 더욱 회유하기 쉽게 느껴졌다.

처음에 이 지하 감옥에 갇힐 때도 최소한 사지에 말뚝이라도 박을 줄 알았는데 이렇게 그냥 묶어 놓기만 한 것도 의외였다. 물론 그렇다 해서 지금이 아주 좋은 상황이라고도 말할 수는 없었지만, 적어도 심판의 방에 있을 때 상상했던 최악의 결말은 피할 수 있을 것 같았다.

"지금 날 내보내 주면 이 손으로 직접 아버지의 목을 따서 네게 주마. 나도 사는 동안 아버지에게는 유감이 많았어. 그러니 차라리 네가 수장이 되면, 나도 지금까지보다 너와 잘 지내볼 수 있을 것 같은데."

물론 실제로 데온에게 속해 그의 밑을 닦아 줄 생각 따위는 눈곱만큼도 없었다.

"난 승패에 깨끗이 굴복할 줄 아는 남자다. 내가 물러나마."

하지만 일단은 살고 봐야 나중 일도 도모할 수 있는 것이 아니겠는가.

"원한다면 아그리체를 떠나서 죽은 듯이 조용히 살겠다. 그래도 의심이 되거든 각서라도 쓰지. 앞으로 절대 널 방해하는 일은 없을 테니……."

하지만 뒤이어 데온의 입에서 흘러나온 무감한 음성이 폰타인의 혀를 멈추게 했다.

"가당치도 않은 착각을 하고 있군. 너 따위가 내 앞길에 걸림돌씩이나 될 수 있다고 생각하다니."

"뭐?"

"지금까지도 그랬고 앞으로도 네놈이 뭘 하든 내게 방해가 될 일은 없을 텐데."

이 새끼가……! 이런 순간에마저 무시당하고 있음을 깨달은 폰타인의 눈에서 불똥이 튀었다. 그의 이마와 목에도 굵은 핏대가 섰다.

하지만 폰타인은 치솟는 열을 애써 삭여내며 악문 잇새로 짓씹는 듯한 목소리를 내뱉었다.

"그럼 그냥 여기서 날 풀어 줘도 상관없겠군? 내가 있든 없든 조금도 신경 쓰이지 않는다면 말이야. 그렇지 않나? 어차피 내 존재가 네게 위협이 되지 않는다면 이렇게 경계하듯이 감옥에 가둬 놓을 필요가 어디에 있지?"

데온은 말이 없었다. 그는 어떻게든 살려고 발악하는 폰타인을 온도 낮은 눈으로 응시했다.

제길, 뭘 저렇게 가만히 서서 쳐다보고 있는 거야?

데온의 침묵이 길어질수록 폰타인의 초조함과 짜증도 함께 자라났다.

"뭘 그렇게 오래 고민하고 있는 거냐? 내 말대로 하면 간단할 것을."

폰타인이 독촉하자 마침내 데온이 입을 열었다.

"그냥 지금 이 문을 열고 들어가서 널 죽일까 하는 생각을 하고 있었다."

"뭐……."

"그러고 보니 그동안 나는 네가 마음에 들지 않았던 것 같기도 해."

"자, 잠깐만……."

"특히 그 눈을 뽑아 버리고 싶을 때가 가끔 있었지."

순간 좆 됐다는 생각이 들었다. 무엇이 잘못된 것인지, 돌연 데온이 태도를 변화시켰다.

아니, 딱히 폰타인을 대하는 데온의 태도가 바뀐 것은 아니었다. 그는 여전히 서늘하니 무심한 얼굴을 한 채로 폰타인이 있는 철창에 다가섰다.

그러나 이어지는 그의 행동은 폰타인에게 있어 상당히 위협적이었다.

콰직! 철컹!

데온은 열쇠 없이 그냥 철창의 자물쇠를 부숴다. 마치 이 순간 이후로 다시는 이 문을 잠글 필요가 없게 될 것이라는 듯이.

"너……! 설마 지금 진심이냐?"

설마 진짜로 자신을 죽이려는 것인가 싶어서 폰타인은 질겁했다.

끼이익!

철창의 문이 열리는 소리가 그 어느 때보다 소름 끼치게 느껴졌다. 데온의 발이 철창 안으로 한 발짝 들어섰다. 싸늘한 시선이 폰타인의 얼굴에 박혔다.

우우우웅!

그 순간 밖에서 시끄러운 소리가 들렸다. 안으로 들어올 때 지하 감옥의 문을 열어 두고 왔는지, 소음이 상당히 크게 들렸다.

침입자 경보였다. 철창의 문을 밀어젖히던 데온이 움직임을 멈추었다. 그는 고개를 돌려 멀리 있는 문 쪽을 날카롭게 응시했다. 폰타인은 숨조차 제대로 쉬지 못하고 그런 데온을 지켜보았다.

저벅.

잠시 후 다시금 데온이 걸음을 옮기기 시작하자 폰타인은 저도 모르게 흠칫했다. 그러나 데온이 향한 곳은 폰타인이 있는 철창 안이 아니었다. 폰타인에게는 천만다행인 일이었다.

그대로 몸을 돌린 데온이 지하 감옥의 문을 향해 걸어갔다. 폰타인은 데온의 모습이 시야에서 사라지고 그의 발걸음 소리마저 완전히 들리지 않게 된 뒤에야 비로소 참고 있던 깊은숨을 내쉴 수 있었다.

"시발, 뭐야?"

제레미는 별관으로 향하다 말고 번쩍 고개를 들었다.

우우우웅!

귓가에 울리는 요란한 침입자 경보에 고막이 따가웠다. 그러고 보니 어쩐지 등 뒤가 아까부터 시끄러웠다. 몸을 돌리자 조금 전 빠져나온 건물의 한쪽에서 연기와 불길이 치솟는 것이 보였다.

제레미는 둘러업고 있던 하인을 급히 내던지고 왔던 길을 향해 다시 달리기 시작했다. 저곳은 록사나가 있던 곳이었다. 물론 그녀가 고작 저 정도 불길을 피하지 못해 위험에 처했을 리는 없었다.

하지만 갑작스러운 침입자 경보도 그렇고, 도대체 일이 어떻게 돌아가는 것인지 알 수가 없었다. 그러니 일단은 록사나에게 돌아가야 했다.

몇 년 전과 달리 이번 침입자 경보는 진짜였는지, 눈앞에 무기를 든 외부인이 나타났다.

"비켜!"

제레미는 날아드는 무기를 피하며 재빨리 앞에 있는 사람의 급소를 후려쳤다. 평소라면 좀 더 오래 가지고 놀면서 상대해 주었겠지만 지금은 그럴 시간이 없었다. 어서 록사나에게 가 봐야 한다는 생각만이 그의 머릿속을 가득 채우고 있었다.

그러나 금세 수많은 사람들이 몰려와 그의 앞을 가로막는 바람에 발이 묶이고 말았다.

챙강! 챙!

주위에는 침입자와 아그리체의 병사들이 뒤얽혀 피를 뿌리고 있었다.

그때, 눈앞에 붉은 눈보라가 밀려들었다. 머리 위를 가로질러 순식간에 시야를 뒤덮은 핏빛 잔상에 모두 한순간 움직임을 멈추었다.

제레미는 그것이 눈보라가 아니란 사실을 가장 먼저 눈치챘다. 그는 록사나의 나비들이 날아온 방향으로 급히 고개를 돌렸다.

하지만 제레미가 미처 다음 행동을 취하기도 전에 눈앞의 공간이 일그러지며 거대한 암흑이 펼쳐졌다.

"젠장, 내가 왜 이런 꼴로……."

폰타인은 혼란을 틈타 지하 감옥을 탈출했다. 우여곡절 끝에 사슬을 끊어 내는 데 성공하자 그 뒤는 일사천리였다. 데온이 철창과 지하 감옥의 문을 열고 간 데다 앞을 지키는 간수도 없었던 덕분이었다.

지하의 계단을 올라 복도로 나서자 침입자 경보가 한결 더 우렁차게 들렸다. 그 소리에 고막이 터질 듯했다. 폰타인은 성치 않은 몸을 이끌고 거의 벽에 의지하다시피 해 걸음을 옮겼다. 앞서 데온과 란트를 상대한 몸은 이미 만신창이였다.

끝까지 자식 취급도 해 주지 않던 아버지와 마지막까지 그의 앞에서 잘난 척하던 데온을 생각하자 또 한 번 용암처럼 뜨거운 분노가 치솟았다. 어른거리는 두 얼굴 사이로 심판의 방에서 보았던 또 한 사람의 모습도 떠올랐다.

"씹어 먹을 연놈들."

그 순간 아득, 이가 갈렸다. 그를 이 지경으로 만든 사람들에게 반드시 복수해 주고 말리라. 란트도 란트였지만, 그를 이용한 데온과 록사나도 용서할 수 없었다.

그래, 그러려면 일단 여길 빠져나가서 세력을 키워야 했다. 그런 후에…….

"먼저 아버지와 데온을 죽이고……."

그다음으로 그가 오르고자 했던 옥좌에 먼저 앉아 감히 그를 벌레 보듯이 내려다보았던 계집을…….

"록사나, 그년도 죽여야……."

푸욱!

그 순간, 복부에 선득한 감각이 퍼졌다. 폰타인은 일순간 자신에게 무슨 일이 벌어진 것인지 인식하지 못했다. 고개를 내리자 배를 관통하고 나온 검이 그의 것으로 보이는 붉은 피를 묻히고 있는 것이 보였다.

"으, 헉."

차가운 날붙이가 처음 살을 찔러 들어올 때처럼 예고 없이 빠져나갔다. 폰타인은 피가 울컥 쏟아지는 배를 붙잡고 주저앉았다.

"란트 아그리체가 아니군."

머리 위에서 들리는 나지막한 음성은 폰타인이 알고 있는 사람의 것이 아니었다.

"지하 감옥의 흔적을 쫓아왔는데 헛걸음했나."

그를 곧바로 죽일 생각은 없었던 듯, 복부를 파고든 검은 급소를 피해 갔다. 하지만 그렇다 해서 고통이 없는 것은 아니었다.

폰타인은 식은땀을 흘리며 자신을 공격한 이를 확인하기 위해 고개를 들었다. 그 후 그는 자신을 내려다보고 있는 남자를 보고 소리 없이 경악했다.

은발과 금안이라니, 저것은 분명 페넬리안의 특징이었다. 그럼 설마 지금 울리고 있는 침입자 경보의 원인도? 게다가 저 얼굴은 분명 청의 귀공자인 카시스 페넬리안을 닮아 있지 않은가?

폰타인은 예전에 5가문의 모임 같은 곳에서 카시스의 얼굴을 본 적이 있었다. 기억 속에서보다 좀 더 나이가 들고 분위기가 상당히 많이 바뀌기는 했지만 그래도 아예 못 알아볼 정도의 변화는 아니었다.

그러나 분명 그는 록사나에 의해 죽었다고 했는데…….

도대체 어떻게 된 거지?

하지만 오래 혼란스러워할 틈이 없었다. 카시스 페넬리안이 차게 식은 눈으로 폰타인을 내려다보며 검에 묻은 피를 털어 냈다.

폰타인은 신음을 삼키며 가까스로 입을 열었다.

"란트 아그리체는…… 먼저 탈출했다."

"그런가."

지금 카시스는 분명 폰타인을 란트인 줄 알고 공격했다고 말했다. 그렇다면 란트가 아닌 그를 굳이 죽일 필요가 없다는 의미일지도 몰랐다.

그래, 그렇겠지. 만약 복수를 위해 이곳에 다시 기어들어 온 것이라 해도 그 대상은 란트와 록사나가 되어야 하는 것이 아닌가?

"크윽……. 조금 전에 데온이 란트를 찾아 지하 감옥에 왔었다."

상처가 쑤셔 와서 말 한마디 하는 것조차 버거웠다. 그를 공격한 카시스 페델리안을 당장에라도 찢어발겨 버리고 싶었지만 지금 덤볐다가는 뼈도 못 추릴 것이 분명했다.

폰타인은 살기를 감추고 카시스에게 그가 찾던 사람의 행방을 알려 주었다.

"그놈의 흔적을 쫓으면 란트를 만날 수 있을 테지. 록사나도 거기에 있을 거다."

폰타인의 말에 카시스는 잠깐 침묵했다.

"너, 조금 전에 록사나를 죽일 거라고 했었지."

방금 전 폰타인이 읊조렸던 혼잣말을 역시 들은 모양이었다. 폰타인은 마치 '나는 너와 같은 편'이라는 양, 최대한 무해함을 드러내려 애쓰며 긍정하는 표정을 지었다.

"그, 그래. 나도 피해자야. 아버지와 그년에게 속아 무고하게 해를 입은……."

그러면서 폰타인은 카시스가 빨리 그 대신 세 연놈들을 죽이러 자리를 떠나기를 기다렸다. 하지만 뒤이은 카시스의 반응은 폰타인의 기대를 벗어났다.

"그래, 그럼 역시 너도 지금 죽여 두는 게 나을 것 같군."

폰타인은 귀를 의심했다. 지금, 아무 잘못도 저지르지 않은 그를 죽이겠다고? 타당한 이유도 없이?

여기에서 카시스가 폰타인을 죽일 만한 사유에는 그가 아그리체 소속이라는 것밖에 없었다. 왜냐하면 맹세코 그는 카시스에게 어떤 해도 끼친 적이 없었으니까.

물론 이런 식으로 아그리체에 침입해 란트를 죽이려 하는 것을 보면 그의 심중에 있는 원한이 보통은 아닐 것이었다.

하지만 다른 누구도 아닌 고고한 청의 페넬리안이 아닌가? 폰타인이 알고 있는 리셸과 카시스는 절대 이런 말을 할 성품이 아니었다.

그런데 직접적인 숙원이 있는 것도 아닌 무고한 사람의 피를 기어이 제 손에 묻히겠다고, 지금 그런 소리를 한 건가? 더군다나 분명 폰타인 역시 란트와 록사나에게 원한이 있는 피해자라고 했는데?

"그게 무슨 개소리……."

하지만 폰타인은 다음 순간 마주한 카시스의 눈을 보고 말문이 막히는 것을 느낄 수밖에 없었다. 그를 내려다보는 유리 조각 같은 눈동자에는 한 점의 자비도 인정도 없었기 때문에. 거기에는 인간적인 온정이 파고들 만한 틈 하나 보이지 않았다.

하다못해 그 안에는 자신과 직접적인 은원 관계에 있는 것도 아닌 무관한 한 사람을 죽이는 것에 대한 일말의 죄책감이나 동정심도 없었다.

폰타인의 입에서 허탈한 웃음이 새어 나왔다.

이게 공명정대한 심판자 페넬리안이라고?

이것이야말로 진정한 개소리가 아닌가.

"시발……."

곧이어 그의 목에 사신의 낫을 드리운 남자가 다가왔다. 이번에는 진짜 끝이라는 것을 폰타인도 알 수밖에 없었다.

"이쪽입니다."

시에라는 에밀리의 뒤를 따라 걸음을 서둘렀다. 그녀의 뒤에는 베스가 따르고 있었다. 그들은 에밀리가 이끄는 대로 안전한 곳으로 몸을 피하는 중이었다.

챙!

멀리서 날붙이가 마찰하는 소리와 고함에 가까운 소음이 밀려들었다. 하지만 그 소리는 보다 큰 경보음에 묻혀 스러졌다.

지금 그들이 걷고 있는 복도는 저택의 깊숙한 곳이었고, 침입자들이 여기까지 당도하려면 시간이 걸릴 것 같았다. 그래도 시에라는 얼굴을 굳히며 입술을 깨물었다.

"마님, 너무 염려 마세요. 침입자들과 마주치지 않고 무사히 빠져나갈 수 있을 거예요."

뒤따르던 베스가 그런 그녀를 안심시키려는 듯이 말했다. 하지만 시에라가 걱정하는 것은 그녀 자신의 안위가 아니었다. 결국 오늘 얼굴을 보지 못한 록사나가 지금도 계속 눈에 밟혔다.

그러나 지금 여기에서 그녀를 찾아 나서는 것은…….

"정말 저를 위하신다면, 저를 도와주시기는커녕 짐만 될 상황을 만들지

마세요. 제가 어머니를 거추장스럽다고 생각하지 않게요."

아직도 변함없이 가슴에 깊이 박혀 있는 목소리가 떠오른 순간 옷
자락을 움켜쥔 시에라의 손에 지그시 힘이 들어갔다. 그녀는 눈을 질
끈 감고 에밀리의 뒤를 따라 걸었다. 그러던 중에 매캐한 공기가 그녀
의 코끝을 스쳐 지나갔다.

"이게 무슨 냄새지?"

복도로 떠밀려 온 냄새를 맡으니 어디에선가 불이 난 것 같았다.

"좀 더 서둘러야 할 것 같습니다."

에밀리는 그렇게 말한 뒤 지금까지보다 빠른 속도로 앞장섰다.

챙강! 콰앙!

"커윽!"

바로 그때, 앞에 있던 문을 부수며 누군가가 밖으로 튕겨져 나왔다.
그는 순식간에 눈앞을 가로질러 반대쪽 벽에 처박혔다. 콰직, 뼈가 부
러지는 소리가 들리고 벽에 걸려 있던 장식품이 바닥에 떨어져 산산
조각 났다.

"물러나십시오."

에밀리가 시에라의 앞을 가로막고 섰다. 워낙 순식간에 벌어진 일이
었기 때문에 시에라는 바닥으로 곤두박질친 사람이 누구인지 확인하
지 못했다.

쾅!

그러나 뒤이어 부서진 문에서 쏜살같이 튀어나온 사람의 얼굴은 볼
수 있었다. 그는 곧바로 손을 들어 올려 벽에 기대 쓰러진 사람의 몸
에 무기를 찔러 박으려 했다.

"헉……!"

베스의 입에서 토해져 나온 숨 들이켜는 소리를 듣고 남자의 스산한 시선이 일순간 미끄러졌다. 시에라의 푸른 눈동자와 남자의 붉은 눈동자가 마주친 것은 지극히 찰나의 순간이었다.

하지만 그녀가 눈앞의 상황을 깨닫기에는 충분했다. 복도에 나타난 두 남자는 란트와 데온이었다. 그리고 데온은 지금 손에 들고 있는 검으로 자신의 아버지를 찌르려 하고 있었다.

그와 동시에 바닥에 쓰러져 있던 란트가 손을 움직였다.

쉐액! 푹!

다음 순간, 시에라의 눈앞에서 붉은 피가 튀었다.

란트와 데온은 동시에 서로를 공격했다. 그 결과 데온의 검은 란트의 가슴에 비스듬히 박혔고, 란트의 단검은 데온의 목을 베어냈다.

옆에서 나타난 그녀들을 본 순간, 어째서인지 데온의 움직임이 잠시 늦춰졌기에 가능했던 일이었다. 뒤이어 데온이 란트의 가슴에 박혔던 검을 빼내며 몸을 물렸다.

모두 찰나라 할 만한 시간 동안 벌어진 일이었다.

"크흐, 윽……."

란트는 피가 쏟아지는 가슴을 붙잡고 고통에 찬 신음을 내뱉었다. 반면 데온은 조용히 뒤로 물러나 란트와의 거리를 확보했다.

그러나 다음 순간, 그는 피가 뿜어져 나오는 목을 움켜쥐고 몸을 무너뜨렸다. 시에라는 그런 두 사람의 모습을 보고 훅 숨을 들이켰다.

그녀는 떨리는 손으로 입을 막았다.

도대체 이전까지 두 사람에게 무슨 일이 있었던 것인지 알 수가 없었다. 다만 이렇게 만신창이가 된 란트와 데온의 모습은 처음이라 몹시도 충격적이었다. 놀라 펄떡이는 가슴이 도무지 진정되지 않았다.

특히 란트는 각종 고문을 당한 것뿐 아니라, 온몸을 무언가에 물어뜯기라도 한 듯이 흉측한 몰골을 하고 있었다.

다만 방금 전의 일로 데온 쪽이 좀 더 위험한 급소를 베인 것 같았다. 핏발 선 눈을 한 채 어떻게든 상체를 일으키는 란트와 달리 데온은 쉽게 자리에서 일어나지 못했다. 그런 와중에도 검에 기대 꼿꼿한 자세를 유지하고 있는 것이 데온다웠다.

"이, 빌어먹을 새끼……."

란트는 데온을 씹어 삼킬 듯이 맹렬히 노려보며 욕을 읊조렸다. 지하 감옥에서 탈출해 비밀 통로를 향해 몰래 이동하던 란트를 발견한 것이 바로 데온이었다. 누가 먼저랄 것도 없이 두 사람은 서로를 공격했다. 이미 부자간의 혈연은 끊어진 뒤였다. 마치 일생일대의 숙적이라도 되는 것처럼 란트와 데온은 서로를 죽이기 위해 그 어느 때보다 치열히 접전했다.

그리고 그 결과가 바로 이것이었다.

"시에라……!"

시에라는 란트의 시뻘게진 눈을 보고 흠칫했다.

"어서, 크윽, 이리 와서 날 부축해."

그는 마침 잘 만났다는 듯이 명령했다.

"어서 저 새끼의 숨통을 마저 끊어야……."

핏발 선 눈을 하고 품속을 더듬거려 각성제와 진통제가 섞인 알약을 꺼내 든 란트가 그것을 생으로 씹어 먹었다. 그중 몇 알은 손가락 사이로 흘러 바닥에 떨어졌다. 몸이 이렇게 망가지고도 데온을 상대할 수 있던 이유였다.

란트는 데온이 무력해져 있을 때 서둘러 죽일 생각이었다. 데온은 란트가 가장 믿고 아끼는 자식이었지만 이제는 그 누구보다 위험한 천적이 되어 있었다. 후환을 남기지 않기 위해서는 지금 바로 죽여야만 했다. 란트를 찾아와 덤비던 데온은 진심이었다. 그는 진정으로 아버지인 란트를 죽이려 혈안이 되어 있었다.

아마 방금 전에 데온이 잠시 주춤하지만 않았다면 지금 바닥에 엎어져 죽어 가고 있는 것은 분명 란트였을 것이다. 그러니 시에라가 지금 눈앞에 나타난 것은 란트에게 있어 몹시 큰 요행이었다.

"제길…… 비밀 통로를 이용하려면 내 집무실까지는 가야 하는데……."

현재 란트가 처한 상황은 좋지 않았지만 역시 사람이 그냥 죽으란 법은 없구나 싶었다. 어쩌면 딸년의 죄를 어미가 대신 갚는 것일지도 몰랐다. 만약 좀 더 일찍 누군가의 도움을 받았다면 지하 감옥을 탈출하는 것부터 쉬워졌을 것이다.

하지만 란트는 누구도 믿을 수 없었다. 가장 신뢰해 아꼈던 자식인 데온과 록사나에게도 배신당했지 않은가? 게다가 심판의 방에 그려져 있던 주술진은 장녀인 그리젤다의 솜씨인 것이 확실했다.

그렇다면 도대체 저 배신자들에게 몇 놈이나 넘어간 거지? 배은망덕한 새끼들 같으니!

한번 의심이 들기 시작하자 자식 놈 중에 믿을 사람이 하나 없었다. 그런 의미에서 차라리 시에라는 믿을 만했다. 그녀는 살면서 단 한 번도 란트의 말에 불복한 적이 없는 온순한 여자였으니까.

"뭘 멀뚱히 서 있지? 당장 이리 와서 날 일으켜 세우란 말이다."

시에라는 한동안 참았던 숨을 천천히 내쉬었다. 처음에는 당혹감에 머리와 몸이 얼어붙었지만 곧 지금 그녀의 눈앞에 펼쳐진 상황을 어렵지 않게 파악할 수 있었다.

"마님, 다른 길로 돌아가기에는 시간이 다소 지체되었으니 이대로 곧장 이동하겠습니다."

그때, 에밀리가 앞으로 나섰다. 란트는 옆에 있는 줄도 몰랐던 그녀의 존재에 눈을 더욱 형형히 불태웠다.

"네년은 록사나의 암캐가 아닌가? 왜 여기에 있지? 헛소리 지껄이지 말고 네년은 꺼져!"

거의 한계에 달한 몸은 이제 말하는 것에도 힘겨움을 호소하고 있었다. 색색거리는 거친 숨소리와 함께 한 마디씩 내뱉을 때마다 입에서 피비린내가 물씬 올라왔다.

"시에라, 죽고 싶나? 빨리 이리 오지 못해?"

란트는 마음이 급해지는 것을 느끼며 다시 한번 시에라를 독촉했다. 에밀리는 란트를 처리할 필요성을 느꼈으나 그녀가 나서기 전에 시에라의 말이 앞섰다.

"……내가 왜?"

"뭐?"

란트는 귀를 의심하며 반문했다. 시에라의 뒤에 있던 베스가 마님, 하고 작게 그녀를 불렀다. 그녀 역시 놀란 기색이 완연했다.

오히려 시에라는 침착한 낯을 하고 있었다. 온몸이 넝마가 되어 피를 쏟으면서도 그녀를 윽박지르던 란트가 멍청히 입을 벌렸다.

옷자락을 움켜쥐고 있는 시에라의 손과 깨물린 입술이 잘게 떨렸다.

란트를 보는 동안 조금씩 울렁이기 시작하던 가슴이 지금은 그 어느 때보다 크게 뛰고 있었다. 하지만 그녀는 멈추지 않고 말을 이었다.

"내 아들을 죽이고 내 딸마저 불행하게 만드는 당신을 내가 왜 도와야 해."

란트의 얼굴은 심히 볼만했다. 그는 단 한 번도 상상해 본 적 없던 시에라의 반항에 적잖이 경악하고 있었다.

"당신이 살아야 할 이유가 어디에 있지?"

한평생을 아름다운 인형처럼 살던 여자였다. 시에라는 란트에게 늘 순종적이었고 언제나 조용히 그의 뜻을 따랐다. 그런데, 그런데…….

"내 아이를 죽인 당신이 왜 살아야 해?"

감히 지금 그에게 뭐라고?

시에라는 이제껏 본 적 없는 각오가 어린 눈으로 란트를 바라보고 있었다. 그 눈을 본 순간, 데온과 함께 그의 등에 칼을 꽂은 록사나의 모습이 시야에 겹쳐졌다.

이제 보니 그 어미에 그 딸이 아닌가!

"망할 년……! 네 딸년도 너도, 내가 가만히 둘 줄 알아? 둘 다 사지를 자르고 내장을 파내 죽여 버릴 테다!"

란트는 눈이 뒤집혀 피를 토하며 악에 받친 저주의 말을 쏟아 냈다. 시에라는 하얗게 질린 얼굴로 그것을 온몸으로 받아 냈다. 그러면서도 그녀는 한 번 몸을 휘청이지도, 란트를 향한 두 눈을 감지도 않았다.

"내, 가……."

그때, 아직까지도 피가 분수처럼 터져 나오는 목을 움켜쥔 채 숨을 고르던 데온이 자리에서 몸을 일으켰다.

"내가, 죽여야……."

하지만 그는 한 발짝도 자리에서 떼지 못하고 다시 무릎을 굽히고 말았다. 그러면서도 집념 어린 데온의 시선은 란트에게 못 박혀 있었다. 란트는 그런 데온을 보고 피 섞인 기침을 토해 내며 이를 갈았다.

"여기 있었군, 란트 아그리체."

낯선 이의 음성이 고막을 찔러 들어온 것은 바로 그때였다. 란트는 불현듯 숨을 멈추며 소리가 들려온 방향으로 고개를 돌렸다.

"네, 네놈은……."

화합회의 마지막 날 귀신처럼 나타났던 카시스 페델리안이 지금 다시 그의 눈앞에 서 있었다. 아무런 감정도 담지 않고 그저 시리기만 한 금색의 눈동자가 주위의 광경을 한 차례 훑고 지나갔다.

피투성이가 된 데온과 시선이 마주치는 순간, 카시스의 입술이 느리게 벌어졌다.

"지하 감옥에서부터 란트의 뒤를 쫓았다는 말을 듣고 네게도 한 번은 기회를 주려 했는데 역부족이었나."

그 말에 데온의 눈동자에 잠들어 있던 불길이 다시금 고요히 일렁이기 시작했다. 지금 눈앞에 있는 남자에게만큼은 절대로 먹잇감을 양보할 수 없다는 광기와도 비슷한 오기와 집착이 그 안에서 형형히 타올랐다. 하지만 이미 그는 몸을 가누지 못하게 된 상태였다.

"그럼 내 차례로군."

카시스는 미련 없이 시선을 뗐다.

"마님, 가시지요."

때를 놓치지 않고 에밀리가 시에라에게 말했다. 카시스의 시선이 잠시 시에라의 얼굴에 닿았다. 하지만 그는 아무 말 없이 고개를 돌렸다.

시에라는 아직까지도 그녀를 무섭게 노려보고 있는 란트와 어느새 정신을 잃고 쓰러진 데온을 한 차례 훑어보았다. 그 직후 그녀는 입술을 깨물었다.

"결국은 골육상잔이라니 아그리체다운 말로로군."

찰박.

카시스는 붉은 융단처럼 깔린 피 웅덩이를 밟아 목적했던 이의 앞에 섰다. 늦지도 이르지도 않은 때였다. 카시스가 원하는 이는 기대했던 대로 아직 숨이 붙은 채 그를 올려다보고 있었으므로.

"이렇게 직접 얼굴을 마주하는 건 3년 만이던가."

나지막한 음성이 적막한 공간에 울렸다. 피투성이가 되어 벽에 기대 있던 란트 아그리체가 카시스를 보고 잘게 눈매를 떨었다.

"네놈이, 쿨럭……. 어떻게 여기에……."

입을 열자마자 배 속에 고여 있던 피가 쏟아져 나왔다. 그런 란트를 내려다보는 카시스의 얼굴은 그저 한없이 시리기만 했다.

"내가 어떻게 네 눈앞에 나타났는지, 그게 가장 궁금한가?"

란트의 시선이 카시스의 발치에 새로운 피 웅덩이를 만들고 있는 날카로운 검으로 떨어졌다. 끝이 아래로 향한 칼날에서 질척한 피가 흐르고 있었다. 저기에 몇 명의 생명이 스러져 갔을지 짐작이 가지 않았다. 하면, 아까부터 저택이 소란스러웠던 원인도…….

란트는 다시금 고개를 들어 섬뜩한 광채를 발하고 있는 금색 눈동자를 마주했다.

"너…… 역시 진짜로군. 가짜 따위가 아니야. 그럼 설마 록사나, 그년이⋯⋯."

그렇다면 카시스는 3년 전 아그리체에서 죽지 않은 것이 분명했다. 록사나가 또 그를 속인 것이다. 어떻게 그런 일이 가능한지 방법은 알지 못했지만 록사나가 술수를 부렸다는 사실만은 확실했다.

하지만 깨달음이 너무 늦었다. 이미 상황은 아그리체를 뒤덮은 화마처럼 걷잡을 수 없이 치달은 뒤였다.

"란트 아그리체. 너는 몰랐겠지만 지금껏 나는 줄곧 너를 지켜봐 왔다."

스산한 음성이 란트의 머리 위로 떨어져 내렸다.

"그동안 너는 네 앞에 있던 무수히 많은 기회를 내버렸고, 수많은 악행을 저질렀지."

페델리안은 길다면 길고 짧다면 짧은 시간 동안 심판자의 눈으로 란트를 지켜보았다. 그리고 마침내 결정했다.

"만약 지난 시간 동안 네게서 조금이라도 가능성을 엿보았다면 나 또한 망설였을지도 모르지만."

나직하게 읊조려지는 목소리 사이에서 란트는 조용히 기회를 살폈다. 감히 그의 뒤를 친 것으로도 모자라서 숨통마저 끊어 놓으려 찾아온 데온을 상대하느라 기력을 거의 소진한 상태였으나 아직은 움직일 수 있었다.

빌어먹을, 시에라 그년이 말만 잘 들었어도 진작 여길 빠져나갈 수 있었을 텐데. 결국은 그를 혼자 적의 아가리 속에 밀어 넣고 떠나다니, 사지를 찢어 죽여도 시원찮을 지경이었다.

어쨌든 이대로 가만히 앉아서 페델리안의 놈에게 맥없이 당할 수는 없는 노릇이었다.

"솔직한 심정으로는 너의 본성이 악함을 기쁘게 생각한다. 그 덕분에 지금 나는 일말의 주저함도 갖지 않을 수 있으니."

카시스가 더 가까이 접근한 순간, 란트는 섬광처럼 몸을 움직여 부러진 칼날을 그의 심장에 박아 넣었다.

챙!

하지만 카시스는 란트의 최후의 발악마저 별 볼 일 없는 것으로 만들어 버렸다.

란트는 손이 베이는 것도 신경 쓰지 않고 바닥에 떨어져 깨진 장식품의 유리 조각들을 한 움큼 쥐어 집어 던졌다. 그리고 곧바로 몸을 일으켜 도망가려 했다.

하지만 카시스는 팔을 들어 망토로 유리 조각들을 전부 쳐 낸 뒤 뒤돌아선 란트의 다리에 검을 박아 넣었다.

"아악!"

"쓸데없는 짓을 하는군."

란트의 버둥거림에도 바닥에까지 박힌 검은 꼼짝도 하지 않았다.

"란트 아그리체. 내가 이제부터 네게 무슨 짓을 할지 궁금하지 않나?"

검은 음영이 진 수려한 얼굴에 깨진 달 조각 같은 첨예한 미소가 스쳤다. 카시스는 다리를 들어 아직도 그의 앞에서 달아나려 애쓰는 자의 몸을 무자비하게 짓눌렀다.

"사는 동안 네가 죄의식 한 번 느끼지 않고 저질러 온 숱한 악행들을 보니, 너를 한 번만 죽이는 것은 너무 관대한 처사라는 생각이 들었다."

란트는 이런 상황에서도 살기 어린 눈으로 카시스를 쏘아보고 있었다.

문득 처벌의 방에서 록사나가 그에게 지껄였던 말이 떠올랐다.

"그동안 당신의 그 역겨운 낯짝을 볼 때마다 제가 무슨 생각을 했는지 아

세요?"

"어떤 식으로 죽여야 당신에게 가장 큰 모멸감과 절망을 줄 수 있을까."

"또 당신을 죽는 것보다 더 고통스럽게 만들 수 있는 방법이 뭘까."

핏물 밴 입술에서 저절로 가열된 비소가 샜다. 입안을 하도 세게 짓씹은 탓에 살점이 남아나지 않을 지경이었다.

그래서 록사나, 그년이 결국 생각해 낸 방법이란 게 이것이란 말인가.

"내 눈앞에서 독나비에게 뜯어 먹혀 고통스럽게 죽는 꼴을 보는 것도 괜찮을 듯했지만……."

"당신이 정말 세상 그 무엇보다 용납할 수 없고, 또 죽기보다 더 끔찍하게 싫어서 진저리칠 일은 아마 그런 게 아닐 거예요."

이 아그리체가 다른 어디도 아닌 페델리안에게 통째로 짓밟히는 꼴을 보게 하고, 또 이 개만도 못한 페델리안 놈의 손에 그의 목숨을 잃게 만드는 것.

그렇다면 이것만은 인정해 줘야 할지도 몰랐다.

록사나의 생각대로 리셀의 아들인 카시스 페델리안 따위에게 패잔병처럼 목이 따이는 수모를 당하는 것만큼은……. 정말이지, 그가 죽어서도 절대로 받아들이지 못할 일이었기 때문이다!

란트는 카시스를 향해 퉤 침을 뱉으며 충혈된 눈을 번뜩였다.

"크윽…… 빌어먹을 새끼. 더러운 페델리안의 손에 죽을 바에는 차라리 자결을 하고 말겠다!"

그 말이 란트의 유언이었다. 그는 정말 제 손으로 가슴에 난 상처를 찢어 벌려 자결했다.

하지만 잠시 후, 어찌 된 영문인지 란트는 다시 눈을 떠 카시스를 보고 있었다. 여전히 흔들림 없는 냉랭한 금색 눈동자와 시선이 마주치는 순간, 란트는 털끝이 쭈뼛 곤두서는 것을 느끼고 말았다.

"이게, 무슨……."

"쓸데없는 짓이라고 말하지 않았나."

고개를 내려 보니 심장 부근의 상처가 다시 아물어 있는 것이 보였다. 하지만 분명히 조금 전에 자신의 손으로 상처를 후벼 팠던 감촉이 아직 생생히 남아 있었다.

카시스는 그런 란트를 내려다보며 냉소했다.

"자긍심 때문에 자결을 선택했을 리는 없고. 그만큼 두려웠나 보지?"

란트의 뒷덜미에 식은땀이 흘렀다. 그 말이 사실이었기 때문이다. 저런 눈을 하고 있는 사람이, 절대로 그를 온전히 죽일 리가 없었다. 란트도 이미 수많은 사람을 죽여 보았기에 카시스 페넬리안이 진심이라는 사실을 알 수밖에 없었다.

지금 이곳에서 그가 살아서 나가지 못하는 것은 이미 기정사실이었다. 그렇다면 차라리 그냥 깨끗이 자결하는 것이 더 이상의 굴욕과 고통을 피하는 방법이리라. 그렇게 생각했다.

"란트 아그리체. 나는 너를 몇 번이고 살릴 수 있다."

잇따른 카시스의 말은 차마 그 어떤 말로도 형언할 수 없을 정도로 섬뜩하고 공포스러웠다.

"그 말은 곧, 앞으로 너를 몇 번이고 죽일 수 있다는 의미다."

란트의 인생에 이보다 더 끔찍한 말을 들어 본 적이 있었을까? 아니. 그럴 리 없었다. 단언컨대 이보다 더 지독한 말이 세상에 있을 리가 없었다.

란트는 새벽빛처럼 더없이 고결하고 정순해 보이는 청년 앞에서 저도 모르게 몸을 떨었다. 사는 동안 언제나 포식자이고 사냥꾼이었던 그였다. 하지만 지금은 생전 처음으로 궁지에 몰린 쥐가 된 것만 같았다.

카시스가 그런 란트를 향해 주저 없이 손을 뻗었다. 그가 할 일은 처음부터 정해져 있었다. 란트 아그리체의 뒤를 쫓아 이곳으로 향했을 때부터, 또 3년 전 미처 풀지 못한 은원을 남기고 이곳을 등져 떠났을 때부터.

화륵.

어디에선가 새어 들어온 바람에 벽에 일렬로 늘어선 촛대의 불길이 일제히 흔들렸다.

"여기까지군, 란트 아그리체."

검은 그림자에 반쯤 집어삼켜진 카시스는 지옥에서 올라온 사자 같았다. 앞으로 카시스가 할 일도 그와 별반 다르지는 않을 것이었다.

"네 그 더러운 목숨, 오늘 내가 끝장을 내주지."

비명을 삼킨 숨이 카시스의 손 아래에서 부스러졌다.

얼마간의 시간이 흐른 뒤, 카시스가 아그리체의 저택 밖으로 빠져나왔다.

"퇴각한다."

"알겠습니다."

이시도르가 카시스의 명령에 고개를 숙였다. 목적을 이룬 아그리체에 더 이상 볼일은 없었다. 지금 막 빠져나온 건물은 불에 타고 있었고 바깥은 여전히 소란스러웠다.

잠시 후 카시스의 시야에 붉은 나비가 들어왔다. 카시스는 하늘로 흩어지는 붉은 점을 바라보다가 그 뒤를 쫓아 발길을 돌렸다.

"이시도르. 먼저 가라."

"예? 잠깐……."

이시도르가 드물게도 카시스의 말꼬리를 잡았으나 그는 이미 저만큼 멀어진 뒤였다. 카시스의 시선은 여전히 붉은 나비의 흔적을 쫓고 있었다.

이 밤이 지나기 전에 반드시 찾아야 할 사람이 있었다.

성이 불타올랐다.

하얗게 얼어붙은 성벽이 거대한 불길에 집어삼켜졌다.

밤의 고요는 날 선 쇠붙이가 몸을 부딪치며 우는 소리에 깨져 버렸다. 뒤엉킨 이들 사이에 울리는 비명과 고함이 별 무더기처럼 머리 위로 쏟아져 내렸다.

화르륵!

이 세계에 태어나 단 한 번도 자력으로 벗어난 적 없던 고향이 눈앞에서 망가져 불타고 있었다.

록사나는 그 모습을 조용히 지켜보았다. 간만에 진정제와 진통제를 다량 복용한 탓인지 시야가 또렷하지 않았다. 그래서 반대로 예민해진 청각에 침입자들이 보내는 퇴각 신호가 잡혀 왔다.

어느덧 서서히 주위의 소란이 잦아들고 있었다.

살랑.

저택에서 날려 보냈던 나비들도 한 마리씩 돌아오기 시작했다.

"수고했어."

환상을 이용해 사람들을 교란시키는 역할을 무사히 수행해 낸 나비들이 록사나에게 애교를 피우듯이 날갯짓했다.

그녀가 원하는 것은 아그리체의 몰락이지 이곳에 있는 사람들의 몰살이 아니었다. 아그리체의 군대를 거의 해산시키고 사용인들을 별관에 대피하게 한 것도 그래서였다. 물론 뼛속 깊이 란트 아그리체의 사람이라고 할 수 있는 자들은 단 한 명도 남겨두지 않고 이미 없애 버린 뒤였지만 말이다.

오랜만에 힘을 과하게 사용한 몸에 무리가 갔는지 검은 피가 속에서 역류해 쏟아져 나왔다. 아까 처음 나비를 꺼냈을 때부터 이미 수차례 피를 토한 탓에 눈앞이 조금 어지러웠다.

하지만 록사나는 눈을 감지 않았다. 그녀는 지금 눈앞의 광경을 마지막까지 지켜보아야 할 의무가 있었다.

란트 아그리체는 지금쯤 죽었을까?

페델리안에서 물러나기 시작한 것을 보면 목적을 이룬 것이 분명해 보였지만…….

아그리체는 불타고 있었고, 아그리체의 사람들은 이제 갈 곳을 잃었다.

그럼 이제 끝인가?

정말 이제 다 끝난 건가?

록사나는 다시 피가 흐르는 입가를 닦아 내며 멈추었던 발길을 뗐다. 그녀가 한 걸음 앞으로 내디딜 때마다 그 밑에 깔린 마른 풀들이 새까맣게 시들어 죽어 갔다.

약해진 몸은 이제 이 정도 힘을 사용한 것만으로도 버텨 내지 못했다. 지금도 록사나의 몸에서 흘러나온 강력한 독의 기운이 주위의 생명을 모조리 집어삼킬 것처럼 거칠게 넘실거리고 있었다.

살육 나비를 제대로 사용하지 못하게 된 지도 상당히 오랜 시간이 지났다. 한번 사람의 피 맛을 알게 된 살육 나비는 그녀가 조금만 경계를 늦추어도 제멋대로 날뛰어 대기 일쑤였다.

작년에 데온과의 임무를 실패한 진짜 이유도 제어를 잃은 독나비가 일대에 있던 사람들을 모조리 학살해 버렸기 때문이다. 그런 힘이니만큼 차라리 독나비를 이용해 란트 아그리체도 가축을 도륙하듯이 죽여 버렸다면 일이 간단했을 것이다.

그러나 공식적으로 아그리체는 지금까지 벌인 악행에 대한 죄를 처벌받아 파멸했다.

페넬리안은 거기에서 정의로운 심판자의 역할이었다.

"사나 누나……!"

멀리서부터 그녀를 부르는 목소리가 들려왔다. 록사나는 무심코 그 소리를 따라 고개를 돌렸다. 그러자 그녀를 향해 달려오고 있는 제레미의 모습이 시야에 들어왔다.

눈앞을 가로막았던 거대한 암흑이 사라진 직후 제레미는 곧바로 나비를 쫓아 록사나를 발견하는 데 성공했다. 록사나의 나비 덕분에 피해 규모에 비해 사상자의 수는 적었다.

하지만 그런 만큼 제레미는 록사나의 상태를 걱정하지 않을 수 없었다. 물론 록사나는 자신의 약한 모습을 결코 그에게 보이지 않았다.

그러나 제레미가 그녀의 옆에 붙어 있던 것이 한두 해던가? 게다가 제레미는 언제나 록사나에 대한 일에는 촉각을 곤두세우고 있었다. 그렇기 때문에 록사나의 몸이 예전 같지 않다는 사실을 모르려야 모를 수가 없었다.

제레미는 록사나를 보고 안심했다. 비록 옷에 피가 묻어 있기는 했지만 그래도 일단은 멀쩡해 보이는 모습으로 서 있었으니까.

"누나, 여기 있었구나. 혹시 다친 데는 없는 거지?"

그녀는 어딘가로 향하다가 제레미의 부름에 그를 뒤돌아보았다.

"그런데 혼자 여기서 뭐 해. 그쪽에는 아무것도 없는……."

다음 순간 마주한 록사나의 얼굴을 보고 제레미는 불현듯 걸음을 멈출 수밖에 없었다.

"뭐야……."

록사나는 평소와 같은 듯하지만 분명 다른 눈빛으로 그를 바라보았다. 제레미의 얼굴이 딱딱하게 굳어졌다. 불현듯 기이한 느낌이 스쳐 지나갔다. 그것은 어떤 불길한 예감과도 비슷했다.

"누나, 혼자 어디 가고 있었던 거야?"

하지만 그때의 제레미는 그가 느낀 감정을 어떻게 표현하면 좋을지 몰랐다.

"왜 날 그렇게 쳐다봐?"

그래서 그저 불안한 마음을 속으로만 끓이며 입술을 달싹였다.

"꼭 이게 마지막인 것처럼……."

그렇게 읊조린 순간, 뒷덜미를 타고 선득한 감각이 피어올랐다. 록사나는 여전히 아무 말 없이 제레미를 가만히 응시하고 있었다.

마주한 그 얼굴이 제레미에게 알려 주고 있었다. 조금 전 그의 입으로 말한 것이 정답이라는 사실을.

"누나……."

제레미는 비로소 록사나가 아그리체를 버리려 한다는 사실을 깨달았다. 그리고 그녀가 줄곧 원해 왔던 것이 바로 이것이라는 사실도.

아니……. 그는 정말로 몰랐던가. 록사나의 곁에서 10년이 넘는 세월을 함께했던 그가, 정말 그녀의 바람이 무엇인지 조금도 눈치채지 못하고 있었던가.

그저 제레미는 아무래도 상관없었던 것 같았다. 록사나가 앞으로 무엇을 하든, 그는 무조건 그녀의 뒤를 따를 것이었으니까.

하지만…….

지금 록사나의 눈을 보는 순간 강제로 깨닫게 될 수밖에 없었다.

"누나…… 나도 버릴 거야?"

그녀에게는 그를 데려갈 생각이 없다는 것을.

불타오르는 아그리체 속에서 두 사람은 서로를 마주했다. 제레미는 비수에 찔리기라도 한 것 같은 얼굴을 하고 록사나를 바라보고 있었다. 록사나는 그 모습을 조용히 시야에 담다가 이윽고 설핏 웃었다.

"그때 네게 손을 내미는 게 아니었는데."

처음에는 그저 이용하기만 할 생각이었다. 그렇다면 그러기로 마음먹은 대로 끝까지 냉정히 굴었어야만 했다. 아무리 입으로 달콤한 말을 속삭이고 다정한 손길로 온기를 나누어 주어도, 그것이 꾸며 낸 거짓이라는 사실을 스스로 잊어서는 안 되었다.

하지만 언젠가부터 그러지 못했다.

"널 옆에 두는 게 아니었어."

함께했던 모든 순간이 진실인 것은 아니었지만 그 모든 순간이 거짓이었던 것도 아니었다. 마음 붙일 곳 하나 없는 이 황무지 같은 곳에도 아주 가끔은 메마른 땅을 적시는 단비가 내려서, 방심한 순간 저도 모르게 그만 정을 줘 버렸다.

"제레미."

그렇기 때문에 데려가고 싶지 않았다.

"난 아그리체에서 아무것도 가져가지 않을 거야."

차라리 지금 여기에서 헤어지는 것이 두 사람에게 더 나을 테니까.

"그러니 여기까지야."

제레미는 자리에 우두커니 서서 그녀의 말을 듣고 있었다. 동력을 잃은 것처럼 미동 없는 몸이 애달팠지만 다가갈 수도 달래 줄 수도 없었다.

"안녕."

록사나는 어머니와 죽은 오빠를 제외하고 유일하게 가족이라 여겼던 이를 등지고 돌아섰다. 제레미는 그런 그녀를 따라오지 않았다.

"누나……!"

등 뒤에서 들려오는 부름에 발이 붙들릴 뻔했지만 그런 적 없다는 듯이 더욱 꼿꼿이 걸음을 내디뎠다.

"누나가 지금까지 단 한 번도 진심으로 웃은 적이 없다는 걸 알아."

이어지는 제레미의 목소리는 분명 그녀가 늘 들어 왔던 익숙한 것인데, 어쩐지 지금까지와는 조금 다른 것처럼 느껴졌다.

"만약 내가…… 내가 아그리체를 누나가 웃을 수 있을 만한 곳으로 만들면 다시 돌아올 거야?"

록사나는 마지막으로 그를 돌아보았다. 흩날리는 머리카락 사이로 아까보다 작아져 있는 제레미의 모습이 보였다. 아직 꺼지지 않은 불길이 일렁이며 제레미의 얼굴에 짙은 그림자를 만들었다.

그래서 그가 어떤 표정을 짓고 있었는지는 알 수 없었다.

하지만 그것으로 괜찮다고 생각했다.

록사나는 그녀의 가여운 동생을 향해 마지막으로 웃어 주었다. 그가 좋아했던 대로 따스하고 자애롭고, 또 다정하게. 그러고 나서 그녀는 다시 뒤돌아섰다. 그 무엇도 약속할 수 없으니 아무 말도 하지 않았다. 그렇게 파멸한 아그리체의 땅을 밟고, 아직도 뒤에 서서 그녀를 지켜보고 있을 이에게서 멀어졌다.

폐허가 된 땅에도 훗날이나마 다시 소생하는 것들이 있을까?

겨울이 깊었던 땅에도 다시 봄이 오는 것이 당연할진대, 이곳은 록사나에게 있어 따스한 봄철에도 마냥 차갑고 춥기만 하던 곳이라 그런 것이 상상되지 않았다.

다만 그녀는 이제 그만 이곳을 떠나고 싶었다.

아무 생각 없이, 그저 자유롭고 가볍게.

고작해야 이곳에서 열아홉 해를 살았을 뿐인데, 그동안 너무 많은 것에 얽매여 있던 느낌이었다. 태어났을 때부터 몸을 깊이 담그고 있던 늪에서 벗어나는 기분은 몹시도 기묘했다. 완전한 해방감도, 완전한 허탈함도 아닌 애매한 감정이 반쯤 녹은 눈처럼 가슴에 질척하게 남았다.

휘이이.

쏜살같이 달리는 하얀 바람에 시야가 흐려졌다. 거기에 떠밀리기도 한 것처럼 록사나의 몸이 일순간 휘청거렸다. 여기에서 이러면 안 되는데, 서서히 의식이 멀어지기 시작했다.

하지만 힘없이 허물어지는 그녀의 몸을 뒤이어 누군가 받아 들었다. 록사나는 그것이 누구인지 미처 확인조차 하지 못하고 눈을 감았다.

시야가 완전히 점멸하기 전, 눈보라 속의 이정표처럼 반짝이는 선명한 황금빛을 언뜻 본 것 같았다.

가혹할 정도로 매서운 찬바람과 눈보라가 쉴 새 없이 몰아치는 혹독한 계절이었다. 영원히 끝나지 않을 것만 같던 밤이 지나고, 폐허가 된 땅 위에 시린 첫 새벽빛이 비쳐 들었다.

파괴된 땅을 떠나는 이에게도 어김없이 아침은 찾아왔다.

덜컹.

매끄럽게 굴러가던 바퀴가 돌부리에라도 걸렸는지, 별안간 몸이 크게 흔들렸다. 록사나는 깊은 잠에서 깨어나 무거운 눈꺼풀을 들어 올렸다.

주위가 어둑한 것이 흐린 시야에 비쳐서 처음에는 아직 밤인 줄 알았다. 하지만 초점 없는 눈을 느리게 깜빡이는 동안 어디에선가 새어 들어온 가느다란 빛이 앞에서 흔들리고 있는 것이 보였다.

알고 보니 커튼으로 막아 놓은 작은 창문에서 햇빛이 들어오고 있는 것이었다.

덜컹.

또 한 번 몸이 흔들리고, 커튼 틈으로 기어든 빛줄기가 눈앞에서 이지러졌다. 그 순간, 지금 이 공간이 아그리체에 있는 그녀의 방이 아니란 사실을 깨달았다.

"깨어났군."

그때, 머리 위에서 누군가의 나직한 음성이 울렸다. 록사나는 숨을 들이마시며 자리에서 벌떡 일어났다.

덜컹!

그와 동시에 그녀가 있는 공간이 조금 전보다 크게 흔들렸다. 록사나는 균형을 잃고 앞으로 손을 뻗었다.

하지만 그곳에는 지지대로 삼을 만한 것이 전혀 없어서, 앞으로 내민 손은 무엇에도 닿지 못하고 허공을 가로질러 곧장 밑으로 떨어졌다.

때마침 옆에서 뻗어진 누군가의 팔이 록사나의 몸을 휘감아 단단히 지탱하지 않았더라면 그녀는 아래로 굴러떨어졌을 것이 분명했다.

"조심해. 아직 달리는 마차 안이야."

귓가를 파고든 낮은 목소리가 어쩐지 낯설지 않았다. 록사나는 맞닿은 몸을 밀쳐 낼 생각조차 하지 못하고 고개를 돌렸다.

그다음 순간, 가까이에서 그녀를 내려다보고 있는 금색 눈동자와 시선이 마주쳤다.

"……카시스."

록사나는 무의식중에 그의 이름을 소리 내 불렀다. 그러자 마주한 눈에 한순간 이채가 스쳐 지나갔다. 지금 이게 어떻게 된 상황인지 그녀는 이해할 수가 없었다. 굳은 머리를 움직여 간밤의 기억을 헤집어 보았지만 두통만 느껴질 뿐, 쓸 만한 기억이 도통 떠오르지 않았다.

다만 지금 그녀가 카시스와 함께 어디론가 이동하고 있다는 사실만은 알 수 있을 것 같았다. 당연한 말이지만, 뒤이어 록사나의 머릿속을 가득 채운 것은 크나큰 혼란이었다.

〈여주인공의 오빠를 지키는 방법〉 2권에서 계속